你好，我的维纳斯

HELLO MY VENUS

然水儿 著

你好，我是浴
你好，我是艾阳

那些随着成长被你遗忘的梦想
你还有勇气捡起吗？

Published by

KCL Publishing House Ltd

An imprint of Billson International Ltd

27 Old Gloucester Street

London

WC1N 3AX

UK

First published 2024

ISBN 978-1-80377-070-3 paperback
ISBN 978-1-80377-071-0 e-book

The authors and publisher have made every attempt to ensure that the information contained in this book is complete, accurate and true at the time of printing. You are invited to provide feedback of any errors, omissions and suggestions for improvement.

Every attempt has been made to acknowledge copyright. However, should any infringement have occurred, the publisher invites copyright owners to contact the address below.

27 Old Gloucester Street, London WC1N 3AX UK

Company Number: 14114430

cs@billson.cn

作者简介

　　然水儿，纽约金融从业者，与许许多多人一样过着朝八晚六时不时加班的打工牛活，不同的是，她喜欢早起晚睡，每天伴着日出提笔写作，夜深人静时仍在思考笔下某个人物的爱恨纠葛。周末，在纽约这个歌酒喧嚣的城市里，她总爱背着包带着水雷打不动去打卡纽约公立图书馆，闻着书墨香奋笔疾书，于是，就有了这本书，这个将她曾经历的事，想象的人，期许的愿景，努力的方向记述铺陈的故事。这是她笔下出版发行的第一本书，却不会是最后一本，明日可期，未来待续。

序

写这本书时，我刚刚从波士顿搬到纽约，某天下班，偶然抬头，看到高楼林立间隐现的一线天，忽然想起从前站在波士顿金融区同样回眸望天的情景，不同地点，同样的心情，想去更远更广阔的地方看看，于是，就有了这个故事。

那时的我同晓晴一样，还是个步入职场不久凡事都做得小心翼翼的新人，通过观察与积累工作中出现的失误、解决问题的方法、前辈的处事方式以及获得的认可"打怪升级"，逐渐摸清自己想去的方向。有时我会想，五年后，我会成为什么模样？于是就有了洛一。

洛一是当年的我所期待五年后成长成为的模样，所谓年少轻狂，明知是不可能达成的梦想，还想去试一试，至少，我希望自己能若洛一一样历尽千帆仍以少年赤诚对待发生在生命中的每一件事，走过的每一段路，收获的每一程际遇，以及出现的每一个人——

在纷繁复杂的城市里生活，在竞争与机遇并存的行业里打拼，总能遇到一群富有生命力的、时而迷茫时而充满梦想、斗志与疲惫并存的女孩儿们，她们如我一样，想在这个节奏快到能包容所有惊涛骇浪的城市里努力写下属于自己的篇章。于是就有了月尔，有了唐凌，有了王甜，有了姜倩，有了许许多多没有具象形象但代表不同选择的人物，无谓对错，各自有各自的人生。或事业或爱情，或幸运的二者兼得，或潇洒的独善其身，亦或被一段不健康的关系拖累着……

我一直觉得，爱情是人生中最难修炼的课题之一，因为其结果有时还真不取决于你能掌控的努力与付出。但我一直坚信，一段良好的爱情，双方都是独立的，是在我们过好自己的生活、调整好自己的状态，在自如又惬意的状态下吸引来与自己气场相近的人，开始一段舒服的相处，是锦上添花，并非雪中送炭，所以，就有了艾阳，这个在现实生活中有具象形象的人。希望每一个在迷茫中努力找寻方向，在疲惫与忙碌时偶然想停下获得喘息与慰藉的人都能获得属于自己的一寸阳光。

这本书从大纲初现到初稿完成，经反复思考修改、等待机遇、完稿校对、排版，到现在与大家见面整整用了五年时间。这期间，我得到许多人的支持，感谢所有帮助陪伴过我的家人、朋友，也感谢好友安琪帮我画封面。有时候，过于忙碌，会忘了自己出发时的所思所想。翻开文章，第一句话，我在问大家："那些随着成长，被你遗忘的梦想，你还有勇气拾起吗？"

写想写的故事，给想看的人看，是我从年少时就有的梦想，如今，无论以何种形式，我走在坚持梦想的道路上，遇见你们，拥抱你们。那么，你们的梦想呢？

CONTENTS

目　录

Chapter 1.
你好，我是洛一，你好，我是艾阳

——

作者寄：那些随着成长，被你遗忘的梦想，你还有勇气拾起吗？

旅行的决定，是洛一忽然做出的。

那天，她走在人潮拥挤的金融街上，无意间回望身后高耸林立的写字楼，高楼压下的阴影让她有种天要下雨的错觉。停下脚步，她努力向上张望，夕阳微倾在高层玻璃上洒下一道暖暖的光。逆着光，她望向更远更远的天空，淡紫色反衬下的蔚蓝，清澈透亮。不知看了多久，街两侧的霓虹灯，一盏又一盏，愈加炫彩斑斓，可再绚烂的光也抵不上她对狭小缝隙间一抹阳光的贪恋。天色渐暗，她脑海里的决定逐渐清明——七年，是时候去兑现她曾许下的诺言……

清晨的波士顿，宁静又喧嚣。

铭刻进历史的旧时建筑静静矗立于 Freedom Trail 之上，见证这座城在悄无声息间峥嵘变迁。高楼迭起，遮住了光，却并未改写阴影下那些记录岁月的砖瓦。似乎再没有哪个地方能像波士顿这般不着痕迹的将古老留存于现代文明中，再予其新的使命。

摩登大厦间的钟楼，此刻，时针正指八点，厚重的钟响仿佛击碎长夜的光瞬间点燃整座城市的喧嚣。由 Old State House 改建而成的地铁站是这个时点金融街上最繁忙的存在。衣着正式的人们涌出地铁，与街边哼着歌悠闲贩卖热狗的商贩不同，脸上带着前一晚觥筹交错或熬夜忙碌遗留下的倦怠，步履匆匆又目的明确地涌向各间写字楼。

楼里，等待开市的操盘手们已然就绪。从业多年的老手利落地点开各类软件，将面前四五个屏幕悉数占满，新闻、检索、花花绿绿的交易数据，他们以此为依据快速提炼信息；反观那些入职场不久的人，正襟危坐，如临大敌般目不转睛地紧盯实事，生怕遗漏哪条重要信息导致误判。忙碌的清晨是这层楼在一天里最清净的时刻，无论是经验丰富的老手还是小心翼翼的新人，脸上都还保留着未经争论的淡然。

高压与快节奏的工作自然而然将生活在这条街上的人逐渐打磨成相似的模样。放眼望去，格子间、街道上，黑灰或深蓝的正装包裹住打扮精致的人得体地笑着说着千篇一律的问候。至于初入职场时的抱负与梦想则伴随五颜六色的灵魂埋没进不停跌涨惊心动魄的数字里，变得不再重要。人们仿佛化身成海洋里的沙丁鱼，被浪潮推着拼命向前，无问方向。

庸庸碌碌的人海里，有一个人显得格外不同。

晨曦微光中，一个身着水红色套装的女子拉着淡白色的旅行箱，仿若扎身于深海的礁石，任流水从身侧飞逝，她则不紧不慢地走着，从容不迫。阳光也似偏爱这般跳脱的人，在其周身结起一道柔暖的光晕，弱化了红色的张扬，散发出一种笃定又随性的气场。

在一栋镶着金冠的高楼前，她慢下脚步，从人群中抽离，走进旋转的玻璃门。门内，大厅两侧的商铺还关着，由明黄色大理石铺成的地面反射出天花板上吊灯炫目的光，令整座大厅格外辉煌。

远远的，卡门处的保安朝女子挥着手，脸上是与这条街格格不入的生动的笑容，热情问候道，'Good Morning, Dr. Luo. How are you？'

摘下墨镜，洛一笑着，殷红的唇没有拒人于千里之外的感觉，反而亲和又明快，以同样热切的语气道，'Morning, Jeff. I'm good. How are you?'

'Perfect!'

带着笑意，洛一刷卡进门。电梯内已然站着一个人，那人瞧见洛一，伸手挡住即将关闭的电梯门，门开，露出一个男人冷俊的脸，萧肃的气场裹覆进墨蓝色的西装，压不住那仿若浸没冰雪的檀松味，沉静又清冷。

"早啊，应凯！"洛一笑着冲进电梯，一下子就冲散了这股冷意。

应凯挑了挑眉，唇峰已是柔和，抬手按下她要去的楼层，淡淡道："早安，洛一。"

电梯门关，映出两人并肩而立的倒影，应凯这才注意到洛一脚下的行李箱，"怎么，今天要出差？"

"不是。"洛一摇头，嘴角抑不住地上扬。

应凯虽然好奇，倒也没再多问，反是洛一敛起笑容，神色"正式"道："老板，我想去旅行，准个假吧。"

应凯："这么突然？！"

"更突然的还在后面呢！"洛一心想，面上仍是淡淡的，"我订了晚上十点的机票。"

应凯："……"

洛一没有笑，可应凯却分明感受到她眼里狡黠的光，衬着她脸上的酒窝，越来越深邃也越来越明亮。末了，他扶额阴郁道："你要去哪儿，我总该知道吧？"

洛一眼里的光仿佛遇风摇曳的烛火，瞬间熄灭。垂下眼睑，她不着痕迹地敛起眼底一泻而出的伤。不是她不想告诉他此行的目的地，只是，如果说了，恐怕他会直接替她取消行程！定下心绪，洛一抬起眼眸，清清亮亮的眸底不显任何情绪，"应凯，你不是总劝我该休息休息吗？这话你说了这么多年，我好不容易听一回，你不高兴吗？"

"没有。"应凯无奈地笑，"只是，现在是公司业务扩张的关键时刻，东部和明氏的谈判即将启动，西部与成田的合作还在洽谈，你手里的风险分析至关重要，你不在，我是怕……"

"总经理，"洛一眼中的笃定令人心安，"成田的分析报告已经拟好，今天我同各部门确认后就发给沈童。假，我只请两周，明氏的项目等我回来启动也不迟。至于公司内部汇报由唐凌代我发言，"抬手，她轻轻拍了拍应凯的手臂，语气柔和，"放心，乱不了！"

电梯门开，洛一拉起旅行箱向外走去，应凯默不作声地跟着，两人一前一后走进入风险部。

硕大的办公间内安安静静。工位上的电脑开着，有人已经开始认真工作，有的踩着洛一进门的脚步从茶水间偷溜回来，还有刚入职的经理助理迎洛一匆匆而来，在接过她手中的行李箱后递上一份文件，"经理早。"

翻开文件，洛一稍稍侧身，小姑娘这才注意到她身后的应凯，立马垂眸，低声道："总，总经理，早……"

看着眼前之人唯唯诺诺的样子，应凯攒眉，冷峻的脸越发阴沉。

洛一似不在意，从包里拿出一副黑框眼镜戴上，迅速浏览目录，心中已有梗概。"晓晴，今天的工作日程要重新安排，汇报总结会议得提前，"她低头看表，指针刚过八点，"我只给你们58分钟整理报告，九点整正式开会。你通知大家，下两周我要休假，工作上有什么问题会上一并解决。"洛一边说边往前走,晓晴跟在她身后奋笔疾书只来得及记录梗概。洛一的余光落在她身上,见她七手八脚甚是慌乱,慢下脚步,继续道:"商业部的报告你上午总结好,我核对后下午给他们反馈。同审核组的会议推迟一小时,由唐主管负责答疑。"

"是,经理。"晓晴乖巧地答。

看着小姑娘拘谨的模样,洛一想起自己刚入职时也是这般谨小慎微,遂投去一个鼓励性的眼神,"辛苦了,去工作吧。"

突如其来的鼓励让晓晴受宠若惊,未经世事的脸上浮起红晕,腼腆地笑着返回办公区。

洛一回头,迎上沉默的应凯,"总经理,这样安排,你可放心?"

应凯干笑道:"你办事,我怎能不放心!"抿了抿唇,他似乎有话要说,眼神难得一见的犹豫着、沉默着,最后像是放弃挣扎似的敛眸转身,冲晓晴所在的方向,闷声道:"你这样惯着她,练不出人。"

洛一莫名笑了,"你就想说这个?"微敛笑容,她眼里闪着不属于这个级别该有的光,清澈又明亮,"我知道,新人嘛,总得给些时间。"

应凯没再说话。直至走出风险部,他蓦然回首,沉声道:"要休假就好好休息,别惦记工作,同样的话给你,有我在,乱不了!"

洛一点头,目送他离开。

望着那道清俊的背影,不知怎么,洛一黯然想起很多年前自己跟在他身后东奔西走为公司做推广的时光。说是公司,其实就是几个同学攒起来接外包的编程工作。自主创业很苦,尤其在陌生的土地上,这么多年来,当初一起打拼的小伙伴走的走散的散,如今就只剩下她和应凯互相扶持,将单一的编程公司逐渐拓展成涉及审计、资产管理、风险预估等领域的综合性咨询公司,办公室也由城郊搬到城里,最后进驻金融街最核心的地段。

公司发展对应凯来讲意味着什么，洛一自然知晓，所以，这七年，她将记忆里那永远炙烈的阳光深埋心底，兢兢业业从未停歇。可光总有裂出缝隙的时候，正如工作永远不可能做完。桌上的文件堆叠如山，洛一摩挲着最上方与成田的合作企划，轻轻呼出一口气，或许，此时是休假最好的时候。

阳光照在办公桌上，柔和又明亮，这缕光慢慢平移，扫过书架，掠过办公间，直至消失不见。

洛一再抬头时，办公间里空空荡荡。低头看表，时针已至七点，她才后知后觉的意识到早过了下班时间。揉着僵硬的脖颈，她起身收拾桌上凌乱的文件，门外还在加班的晓晴赶来帮忙，她摆了摆手，从钱包里抽出一张信用卡递给她，"这里我来收拾，你帮我买份晚餐，再叫辆出租车。"说完，又翻出车钥匙，"把这个交给应总。"

"要给我什么，不亲自送来？"应凯的声音透过玻璃窗远远传来。

洛一微微一笑，对晓晴道："不用忙了，早点回家。"

"是，经理。"晓晴转身离开。

应凯进门的瞬间，一道弧线划天空而来，他利落地伸手去接，才发现落在掌心的是把水红色的车钥匙。明艳的颜色仿若打开冰封的锁，令接住它的人都愉悦起来。此时的应凯脱去正装，白色衬衫外套着一件米色风衣，整个人看起来神清气爽。他抖了抖车钥匙，一改白日里的萧肃，满眸春风道："那我开你的车去兜风啦！"

洛一挑眉轻笑，"车这两周拜托你照看，开可以，不许磕着碰着。"

"行吧。"应凯反手抄兜，靠近办公桌的同时将遗落在茶几上的文件顺手递给她，"还停在老地方？"

洛一点头，接过文件，浏览梗概时听他抱怨："我说你，既然要买车位，干嘛不买近些，还得走上一站。"

"因为……"合上文件，洛一抬头，一脸惨兮兮地笑，"因为便宜啊，总经理！"

"你买得起跑车买不起车位？"应凯攒眉，"不是给了你员工折扣吗？"

洛一撇撇嘴，"可还是贵！"

应凯无语，眼神紧紧盯住洛一，倒想看清"挥金如土"与"一毛不拔"是怎样完美的体现在同一个人身上，而洛一在他的注视下从容不迫地整好书桌，又从衣架上取下外套，笑着指了指他的衣兜，"车钥匙上有我家门钥匙的备份，我那两只猫也拜托你啦！"

"成，保准把他俩养的白白胖胖。"说着应凯拉起旅行箱，两人一同出门。

门外，晓晴仍在加班，屏幕荧光照在那张年轻的脸上，显得懵懂又执拗。见两人出来，她匆忙站起身，张了张口却不知该说些什么。

洛一驻足，看着她局促的模样，温和道："晓晴，今年咱们组只有你申请工作签吗？"

晓晴点头。

洛一："那你还有什么文件需要我签字？"

"没，没有了。"晓晴的目光不自觉移向洛一身后的应凯，默默缓了口气，才通顺道："律师所要的材料我都已经提交了。"

"那就好，"洛一抬手，轻轻拍了拍她的肩，"我不在的这两周里，你有什么事就去找唐主管，我会叮嘱她。"

"谢谢老板。"晓晴眼里蓦然涌出一股热流，微微垂首，轻声道："老板旅行愉快。"

"谢谢你。"洛一的目光转向屏幕上不停滚动的程序，想起早上自己的纠结，微微一笑，"工作是永远忙不完的，早点回家。"

"好。"待两人离开，晓晴方才抬头，一双眼湿湿润润，微不可闻地叹了口气。

一出门，应凯就笑，"你倒是管的多！"

"我能不管吗，你又不是没经历过抽签，能帮一点是一点。"当年抽签的煎熬，洛一记忆犹新，二十一万人里抽八万五的感觉当真是整夜整夜睡不着觉。

听她这样讲，应凯摇头，"那是你不够忙，还有时间胡思乱想！"

这话惹得洛一不乐意了，她翻了个大大的白眼，嗔怨道："资本家，就知道压榨我们这种廉价劳动力！"

"廉价？！你？！"应凯抄着兜上下打量洛一，"你可不便宜！"

"怎么着，心疼预算？"洛一炫酷地扯了扯衣领，"告诉你，物超所值！"

"是是是，你说什么都对！"应凯不再争论，电梯门开，他护着洛一先进，自己则乖顺的像个关门小弟似的站在门边。转身，他见洛一摘下古董似的黑框眼镜，不禁调侃，"我说你近视度数又不高，平时都不戴眼镜，怎么上班非要戴副老人镜，这么古板？"

"你要我这副模样去开会？"洛一慢慢靠近，一双水汪汪的大眼睛盯住应凯，笑容如暖阳，清澈透亮，两个深邃的酒窝，越靠近越无辜，勾起人毫无防备的怜爱。

应凯忍不住伸手去挡，"好啦，我知道，别人都费劲儿往年轻里打扮，就你，得反其道而行！"

洛一笑着拨开他的手，把眼镜戴上，颇为得意道："你不觉得我这样才压得住阵吗？"

应凯哼笑，"我觉得你两米八的气场更压得住阵！"

"切！"别了他一眼，洛一收起镜框，顺手将扎着的头发放开，用手指打散。带着柠檬香的乌黑的短发瞬间铺上水红色的外套，丝丝点点沾上米色的风衣，衣料摩挲，微风流动。

看着指尖的碎发，应凯没再说话，唇角的笑如被风拂过的花蕊，绽放的刚刚好。

写字楼外停着一辆轿车，通体黝黑，棱角硬朗，同它的主人一样给人一种肃穆又威严的感觉，除了在洛一面前。

洛一："辛苦你送我。"

"没事儿，"应凯笑着拉开副驾驶的门，"这么多年，我只送你一次，怎么也得还清你次次接送我的人情。"

"好说好说！"洛一上车，一股浓郁的海鲜味儿扑面而来，她一惊，立马回头，眼神里皆是欢喜，"你买了 NJ 的章鱼丸子？！"

"鼻子还挺灵！"应凯绕回驾驶位，上车前先打开窗，满脸嫌弃，"我可真受不了这股味儿！"

洛一忍不住笑，"那你还买？"

应凯："谁叫某人爱吃！你说我好不容易还次人情，功课总得做足吧。"

打开餐盒，里面整整齐齐放着八颗团子，浓郁的酱汁浇洒在煎的金黄的章鱼丸上，光看着就让人食欲大增。洛一迫不及待用竹签插起一颗放入口中，香浓的海鲜在舌尖炸裂，她不禁眯起眼无比满足道："这一口，就足够还七年的人情！"

"你还真好满足！"应凯笑着发动车，驶进一片炫目的灯海。

波士顿在这片灯海与章鱼小丸子的美味中与洛一挥手告别……

洛一是在飞机降落的提示音里惊醒的。

摘下眼罩，一瞬间的光亮刺得她眯起眼，她缓了好一阵才适应这灼人的日光。明艳又炙烈的光在高楼林立间鲜少能见，她迫不及待地趴到窗口，去看这令她朝思暮想的地方——天空蔚蓝连接浩瀚黄沙漫天璀璨，目之所及处，没有建筑更没有路，有的是稀疏的植被在皑皑黄沙间屈指可数。

机舱里冷气寒凉，可她却觉得满眸炎热。

她要的就是这份热烈，毫无保留的，用尽力气的！

微微蜷起手，她摩挲掌心，心里的悸动无处躲藏，"七年，整整七年，我终于回来了！"

机身在她的期盼里一点一点接近地面，降落在这炙热如火的地方，这是沙漠里开出的一条柏油路，只有短短一段距离。

舱门打开，洛一踏上扶梯，一瞬而来的热浪激得她微微一晃，她赶忙握紧扶手稳住身形，就听机舱下方传来一个男声以中文问："你还好吗？"

洛一向下望去，才发现飞机四周围着几个荷枪实弹的军人，黄绿色的迷彩与金沙融为一体，难怪她方才远望时并未发现。

此刻，扶梯尽头站着一个身着墨绿色制服却无军衔的年轻人，小麦肤色，精干的板寸，以及一双清澈的眼，纯净到似乎要将心事一并呈现——因为，隔着这样远的距离，洛一都能读懂他眼里的关切，还有那按捺不住的兴奋，夹杂着惊讶，汹涌澎湃。

洛一眯起眼，静静地审视了他好一会儿，才在对方迟疑又惶惑的眼神里一蹦三跳地跑下扶梯。风吹起她脖颈上的白丝巾，掠过她扬起的笑脸，酒窝深邃。她在男孩身前站定，像是见到老友般仰头轻笑，伸出手轻快道："你好，我是洛一！"

逆着光，男孩修长的影子罩在她身上，掩不住那炙热的笑容如阳光一样。

望着她唇角两颗精灵般的小虎牙，男孩儿喉结微动，伸手间发觉掌心汗水淋漓，慌忙收手，在裤子上俐落地抹了两下，才握住那只停在空中雪白的手，清凉感一瞬间自手心穿至心口，压倒了沙漠的燥热。他微微笑起，露出洁白的牙，轻声道："你好，我是艾阳。"

……

飞机起飞，轰鸣声渐远。

洛一独自坐在车内，看军人将厚重的补给箱一件件装到车上。

车门打开，那个叫艾阳的男孩儿递来一瓶水，她接过，礼貌道谢。

一个文件夹出现在眼前，里面是薄薄的几页纸。

她抬头，迎上艾阳局促的眼，他像是怕她不开心似的解释道："这里的研究涉及机密，他们需要你签字保证不会泄密。"

接过文件，洛一微微一笑，这里的规矩她怎能不懂。迅速浏览条款，她翻到最后一页，利落地署名后将文件递还给艾阳。

艾阳攒眉，"里面的内容，你不仔细读一下吗？"

洛一轻笑，"这些规则，我第一次来时读过，这么多年，什么都没变，连页数都一摸一样。"

艾阳望着她，没再说话，转身将文件递给身后的军人，绕过车厢，坐进驾驶室。

"你不和他们一起装箱吗？"洛一疑惑。

艾阳轻笑，"我只负责保护你。"

他衣襟内的紧实若隐若现，洛一窃喜，"原来，这年头，做科研都有帅哥做贴身保镖啦！"未及细想，艾阳低沉的声音传来，"Kim 担心你害怕，让我来接你。"她这才发觉，上车后，艾阳一直盯着窗外，机警的模样令空气都似乎凝滞下来。

洛一向外望去，军人们脚踩黄沙，背着货真价实的机枪，分散上了四辆越野车，其中两辆先启动，驶入漫漫黄沙，艾阳驱车跟上，后视镜里又映出另外两辆车紧紧追随。

严密的阵队，肃静的气氛。

微微垂眸，洛一发现自己的手不知何时握紧了拳，本就清凉的指尖越发冰冷。压下心底莫名而起的惊慌，她张了张口，却只淡淡道："谢谢你。"说罢转头，不想被艾阳发现自己的慌张。

窗外，黄沙渐渐被废墟替代，焦土与残垣交错，令洛一万分陌生——眼前的景象哪儿还有七年前模样？七年前，这里虽不繁荣但好歹有人居住，她还记得每天早上她从被黄土埋过的军帐里出来，总有老乡吆喝着给她送来一瓢老远打来的泉水，那般甘甜的水映着老人慈祥的笑脸，是她在繁华都市里再也寻不到的归宿。

可现在呢？

那些岌岌可危的土胚房去了哪里？那些与世无争的村民又在何方？

"小心。"身侧传来一声低吼，她这才发觉，车队不知何时慢下速来，残垣断壁间静悄悄的，唯有发动机的轰鸣声清晰可闻。

艾阳盯着前方，面色凝重，他不想吓到初来乍到的洛一，可前方车尾灯亮起的摩斯密码却让他握着方向盘的手逐渐收紧。

"快下车！"就在他喊出这句话的瞬间，枪声传来，细密一片。

洛一分的清重机枪与手枪的区别，这种混乱的轰鸣声她只在七年前听过一次，自此便成梦魇。她挺住想要蜷缩起的身体，却豁然感觉一只大手附上头顶，大力将她压下的同时又推开她身侧的门。慌乱间，她几乎是连滚带爬地跳下车，蹲在车轮边，大口大口喘气。

"别躲在车边。"艾阳跳下车，一把拉起脱力的她，向残垣断壁后跑去。

没跑几步，身后"哄"一声响，强大的爆破力带着烈火般的热流，将两人掀翻在地。

洛一只觉脑仁儿生疼，耳边仿若聚起无数只蜜蜂"嗡嗡嗡嗡"响个不停。背上重压减轻，一双温暖又宽大的手抚上她的脸，有人在焦急唤："洛一，洛一……"她闭眼再睁开，眼前虚影汇聚成实，现出满眸焦灼的艾阳。毫无掩饰的关心，令她毫无防备的心蓦然抽痛，她努力保持清醒，声音嘶哑道："我……没事。"

艾阳松了口气，一把揽起她，"再坚持一下，到那边，我们就安全了。"

洛一看不清他指的是哪儿，只知道，此时此刻，他是她唯一的依靠。握紧他的手，她随他拼命奔跑，任狂风呼啸，枪雨飘摇。

忽然，眼前一暗，她似乎跌入一个洞穴却一点也没有摔疼。墙壁暗淡了枪声，只留她颤抖的声音不停在念："这是怎么了，这是怎么了……"

"你还好吗？"身下传来虚弱的声音。

她胡乱摸索着撑起身，才发现自己是摔在艾阳怀里，而艾阳硬生生磕在一片碎沙间，鲜血一片。

"你受伤了？"她大惊，顾不得自己昏昏沉沉的脑袋，解下丝巾去堵艾阳血污的脖颈，"还有哪儿受伤，背上吗？"

艾阳转过头，眼神有些涣散，"不是那里……"他紧紧握住她冰凉的手，将那只颤抖又执拗的手从脖颈移到胸膛直至左臂，艰难道："只有这里，受伤。"

洛一蓦然松了口气，匆忙将他扶起，才发现他背后的衣服被火烧出斑驳的窟窿，露出泛红的皮肤，左臂上有一道不知被何物划开的伤，殷殷冒血。想起方才爆炸时自己毫发无伤，原来是他在背后保护着她。

丝巾用于止血，收效甚微。看着艾阳越渐惨白的唇，再看自己全身上下单薄的衣物，洛一用力咬了咬牙，心一横，纵身一跃跳出地洞，将艾阳的惊呼甩在身后。

伏在地面，她环顾四周，方才来时坐的车已被大火吞噬，浓烟如猛兽汹涌冲天，明明是晴空万里，此刻却暗如黑夜，万幸的是自己跳车时带下的背包就落在不远处，几乎是触手可及。

小心翼翼地，她匍匐向前，不远的距离像是挪了半个世纪。在触碰到包的一瞬，她忽听身后有人喊，'Watch out！'心中一紧，不知从哪儿迸发出的勇气，她抱起包，飞速冲回地洞，只听身后"哄"一声响，天旋地转。

"你不要命了！"耳边歇斯底里的怒吼压过裂响。

她转过头，晃了晃手中的包，冲艾阳苍白又带有愠怒的脸没心没肺地笑起来，"这个，能救你的命！"

艾阳便在这笑声中由愠怒变得满眼通红。怔怔地，他看她打开背包，整整齐齐平摊开纱布与药品，利落地用固体酒精洗手，再撕开他的衣袖，用止血带扎好上臂，拿起盐水，咬掉瓶盖，一点儿也不含糊地浇在他的伤口上。他猛地倒吸一口凉气，未及反应，又见她抄起纱布紧紧按压住伤口，他只得咬牙，堪堪吞下那差点溜出口的惊呼。

洛一看他一眼，张口咬开绷带，故作轻松道："你是军人吗？"

艾阳垂眸，看她娴熟地包扎，颤声答："不是，我只学过搏击。"

洛一脸上印出深深的酒窝，"那刚好，我也不是护士，我只学过急救。"说完，将绷带打了一个蝴蝶结，指尖弹了弹那个结，明眸浅笑，"这一手，足够让你活着撑到营地！"

看着她被泥土沾脏却依旧明艳的脸，艾阳忽然觉得伤口好像也没那么疼了。

不知过了多久，洞外轰隆声渐响，这么大动静，大约只有重型装甲碾断残垣才发得出。

"救援队到了。"艾阳松了口气，指尖摩挲那只蜷缩在掌心的手，轻声安慰道："我们安全了。"

手背突然传来的温暖令洛一心惊，低下头，才发现，不知何时，自己的手竟然紧紧握住艾阳的，十指相扣。她没有挣扎，这种情况下将手抽出未免太过矫情，便静静坐在对方身边等待救援。

头顶的光线忽然变暗，洛一抬头，一个魁梧的外籍军人探出身子向下望来，'Dr. Ai, are you OK？'

洛一一怔，doctor，他是医生？！

艾阳指了指被洛一简单包扎的手臂，爽朗地笑道，'I'm having a great time!'

军人明显松了口气，伸手让艾阳搭了他的手臂跳出洞穴。

刚落地，艾阳转身将未受伤的右手递给仍傻站在洞里的洛一，洛一稍加迟疑，缓缓握住那只早被自己掐红的手，借力爬出洞外。

'Dr Luo, sorry to startle you. The attackers have been driven off, we will return to the camp immediately.'

军人说着打开装甲车门。

扫了一眼四周的重挺机车，洛一心里陡然一慌，匆忙抱紧包钻进车厢。车内空间狭小，憋闷的空气让她有些昏昏欲睡。许是方才太过紧张，忽然而来的放松让她再无力支撑沉重的身体，她寻了个舒服的姿势，放肆地睡了过去。

迷迷糊糊间，她听到有人在喊，'Yi，wake up.'

揉了揉疲倦的眼，她挣扎着坐起身，环视四周，一间熟悉的单板房，一排蓝色的屏幕荧光闪耀。记忆里熟悉又陌生的身影正坐在简易折叠椅上，匆忙地操控电脑。

'Yi，come here.'身影回头道。

眼前之人，络腮胡须灰白发苍苍，一双浑浊的眼，神情殷切，她一个机灵清醒过来，像怕惊散对方似的轻声唤，'Professor…'

老人快步走来，将一个黑色密码箱塞进她怀里，沉声道："飞机即将起飞，你快带数据离开，重要文件都在里面，你先回去带大家分析。"

"那您呢？"洛一握紧箱子，紧张地望着老人。

老人摇头道："我留下继续采集数据，这里的研究不能停。"

"可我不能留您一个人……"像是抓住救命稻草般，洛一握紧老人的衣袖，老人不由分说拉起她往门口推去，"这里危险，留下的人越少越好。你先走，等这个周期结束我就回去。"

"导师……"洛一还想说什么，身后帐帘打开，两个魁梧的军人走进来，"教授，直升机已备好，噪音大易引人注意，我们得赶紧离开。"

老人拉开洛一的手，沉声道："Yi，跟他们走。"

"导师……"洛一不舍。

"快走！"老者的语气不容置疑。

咬了咬牙，她上前抱住老人，强忍泪水道声"珍重"，转身踏出军帐。

飞机起飞的轰隆声响彻天际。目之所及处，帐篷一点点缩小，忍了许久的泪在玻璃倒影里缓缓流下。洛一缩进角落，怀里的箱子越来越重也越来越令人无法喘息。

忽然，一声滔天巨响破窗而来，震的机身猛烈颤抖。

"不好！"坐在前排的军人大吼一声，返身拉下应急装置。

洛一向外望去，只见，漆黑的夜里，一团火由地面直蹿上天，夹杂着此起彼伏的枪响，硬生生挤走夜的沉静。

火光四溅处，正是刚才的军帐！

"导师……"洛一的心抽痛，身上的重物压得她仿佛就要窒息，"导师……导师……"她尖叫着想挪开重物，可手腕上一股大力传来，制止了她的动作。

"导师……不要走……"她放声大哭。

"洛一，洛一……"耳边有人轻唤，声音听起来是那般焦急。

身子随唤声剧烈晃动，是飞机终于要坠毁了吗？不知为何，她豁然松了口气，脸上一片温热。撑起沉重的眼，眼前人影重重，她闭眼再睁开，重重的人影汇聚成一张陌生的脸，那人轻声问："你做梦了？"

回望四周，她这才发现自己是坐在装甲车上，狭小空间里，身侧的年轻人撑起胳膊护住她，似怕她伤着自己。

梦？！

洛一摇了摇头，原来方才的一切只是一场梦啊……

失落如鲠在喉，吐不出也咽不进，无比难受。

"你还好吗？"年轻人满脸担忧，"你睡得很不安稳，是被吓到了吧。"

洛一望着他，沉默无言，过了许久才记起他的名字——艾阳。突如其来的陌生感令她摇了摇头，可不知为何心里某处柔软又令她忍不住点了点头。

叹了口气，艾阳伸手握住她的肩，"不要担心，我会保护你。"

温暖的手掌传递来温柔的力量，沉稳又执着。看着那双清澈的眼，洛一慌乱的心莫名平静下来。抿了抿唇角，她淡淡道："谢谢你。"

"不要说谢，"他认真看着她，眼神真挚，"我很高兴，你能来……"

装甲车在军营门前停下。

土黄色的军帐一排排整齐驻扎在被压实的土坯上，放眼望去，黄沙一马平川，即便不用望远镜也能辨得清十几里外移动的物体。

洛一跳下车，泥土特有的腥气充斥鼻腔，将她瞬间拉回七年前相似的场景，只是这一回她的使命不再一样。

回头，她望向艾阳，未及开口询问，便见他抬手指向不远处的军帐，"Kim 在那儿。"她立马跑向军帐。

'Kim，Kim…'喊声由远及近，原本躺在硬板床上的男人挣扎着坐起身。

洛一快步进门，眼见对方吊起的胳膊，硬生生将已到嘴边的'How are you'吞了回去。轻轻地，她走到床边，俯身去看他手臂上的伤，红肿的指尖青紫一片，不禁唏嘘，"你怎么能弄成这样……"

"你还不了解？"Kim 一脸轻松地笑，"你可是第一个跟导师来这里的人啊！"

"却也是第一个离开的人。"洛一轻声道，眼里的愧疚不言而喻。

望向 Kim 泛红的眼，她轻轻叹息，"我没想到，在这种条件下，你还能坚持下来。"

"这也是导师所希望的吧。"

洛一别过头，藏起眼底蓦然斑驳的泪，重重点头，"的确是导师所希望的……"淡淡的眼神隐匿哀伤，"你很棒！不像我，做了逃兵。"

"师姐……"Kim 想安慰她，张了张口却不知该说些什么。

一阵沉默。

洛一扬头，眨掉眼里那股湿意，转眸间淡淡笑着，"不过，最后我还是回来了。"

"是啊，师姐，每回你都在关键时刻出现，这样就足够了。"Kim 满怀感激，"这次也要多谢你赶来帮忙。"

洛一摇头，"不必言谢，这也是我的梦想，没能接下导师衣钵，至少要参与最后一期实验，不枉导师所托。"

提起实验，Kim 缓缓道："前两年，项目一直是我一人在做，光程序修复就花了不少时间。后来，艾阳加入，有了他的帮助进度明显快了许多。就模型本身来讲，前期有数据支撑，后面只留概况，所以我决定回来重新监测。也是不如愿，上回外出我们遭遇伏击，我受伤不能下床，数据采集光靠艾阳无法按期完成，所以，我才想到师姐你，唐突联系，你别介意。"

"怎么会！"洛一拍了拍 Kim 的肩，柔声道："联系我是应该的，我很乐意回来。"

风过，掀起帐帘，洛一看到不远处坐在军车上接受包扎的艾阳，不知他说了什么，溅起四周一片欢笑。

洛一迟疑道："你总提艾阳，他是你的……"

"他是我的学生。"Kim 脸上的笑容甚是骄傲，"他是我做博导后带的第一个学生。"

　　洛一惊讶，再次望向艾阳，此时此刻，艾阳回头正巧也望向她。

　　一瞬间，灰蒙蒙的天，有阳光开天辟地倾泻而来，而她，沐浴在阳光下，不由自主地笑了起来。

Chapter 2.

阳光下最美的笑容，是你欣赏我的模样

——

作者寄：读博，遇到一位好导师，遇到一个肯让自己为之奋斗的课题，
是最幸运的事。

这里还是曾经的模样，山石嶙峋，寸草不生。

坐在山崖边，洛一伸手去挡阳光，掌心撑起的一息荫郁刚好让她有机会眺望远方。风是炙热的，吹起她的发，掀着白衬衫勾勒出纤瘦的身影在黄沙浩瀚间显得单薄又寂寥。扬起头，她任光照在白皙的脸上，贪婪又肆无忌惮地享受着在高楼大厦间永远都得不到的阳光，阳光照射下的旷野，宁静又安详，彷佛刚才所经历的惊险只是一场梦，梦醒时分，那些由梦而起的坏情绪也随之消散。洛一轻轻呼出一口气，揉了揉还有些疼的脖颈，闭上眼向后躺去。

光线豁然变暗，有什么东西遮住了光，她睁开眼，眼前蓦然出现一个人，自下向上望去，仿若擎天柱一般，一手端一茶缸，正惊讶地望着她。洛一慌忙起身，局促地扫了扫背后的尘土，再抬头，迎上艾阳清澈的眼，微微一笑，"你怎么来啦？"

艾阳的耳朵在她的注视下悄然涨红。伸手，他递来一个茶缸，待洛一接过，才尴尬地挠了挠头，"这个……有助于安神。"语气里透露着扰人清梦后的局促。洛一似乎并不介意，大方地笑着拍了拍身侧的位置，他这才松了口气，坐下身来。

青草香融化在热气里，袅袅而来。

轻轻吹开浮在水面的草叶，洛一抿一口茶，茶香四溢，甘草的清冽顺舌尖淌进心底，连心情都跟着畅快起来，眯起眼，她满足道："还是这儿的茶好喝！"

端起茶缸，艾阳学着她的模样小酌一口，茶香回味，甘甜清爽，同往日渴极时如牛灌饮的味道的确不一样，轻敛眼眸，眼底快要溢出的笑化作唇角的弧度，微微上扬。

这么静的氛围，这么宁静的人，洛一望向艾阳，对方乖乖喝茶，不言不语，似乎只要自己不开口，他就能永远沉默下去。她脸上的笑意逐渐加深，这么乖的小孩儿，自己怎能不关心一下？于是，她随意拨了拨被风吹乱的头发，问道："你博几了？"

艾阳抬头，迎上她满含笑意的眼，微微一怔，嘴上不由自主答："博四。"

"博四……"洛一喃喃道："那，快毕业了啊。"想起 Kim 提到艾阳时骄傲的表情，她忽然有点看热闹不嫌事大的感觉，笑问："Kim 舍得放你走吗？"

艾阳握着茶缸的手蓦然收紧。其实，他很想提醒对面的人别用这样过分炫目的眼看他，可最终只有自己默默转头回避那扰人心神的目光。收敛心绪，他认真答："其实，我还从未想过毕业的事。你也知道，咱们的实验有多复杂，这些年，我一门心思做科研，都没时间仔细思考未来，毕业后该去业界还是留在学术界，留在学术界是教书还是只做科研，我都没认真想过，也可能是在逃避现实吧……"说到这儿，他轻轻叹了口气，"总觉得自己还是个学生，但其实，离独立只差一步。"

洛一静静凝视着他，没想到自己一句玩笑能引出这样一段肺腑之言。她有过相似的经历，热爱的科研不足以抵消对现实的惧怕，纠结再三，她最终走上一条完全不同的路，不能说有遗憾，但的确与初衷背道而驰。所以，她很理解艾阳此刻的逃避，没有人能潇洒的替未来做决定。抬手，她轻轻拍了拍他的肩，柔声宽慰道："你还有时间，不要急,慢慢想。专注做手头的事没什么不好,最重要的是自己不要后悔。"她的笑是暖暖的，正如此刻绽放的阳光。

迎着那道光,艾阳轻轻点头。回想自己曾无数次幻想过洛一的样子：是不善交际的学霸,还是不易接近的金领？眼前灵动又温暖的人是他无论如何都想不到的。

"你和我想象中不太一样。"他感叹。

洛一微微一愣，"你还想象过我是什么样吗？"

艾阳点头，诚实道："刚读博时，我还不习惯 Kim 总提起你，哪有人会当着学生的面夸师姐比自己强的！我好奇，就到系里的照片墙上找你，没想到，你居然出现在优秀毕业生那栏，还是为数不多的亚洲面孔。"

洛一想起那张照片是十几年前自己刚入学时系里的秘书随手拍的，那时，她疯玩儿了一整个暑假，被晒得黝黑黝黑，难怪和现在不一样。她正要开口解释，又听艾阳道："你知道吗，咱系的亚洲学生有个不成文的传统，每逢大考，必拜你的照片，传说，拜洛一，得第一！"

"啊？！"洛一惊讶，"还有这种说法！"不由抚上心口，喃喃自语，"难怪，每到寒暑假前，我都觉得浑身发冷！"

她认真的模样弄笑了艾阳，他承认，"我考资格考那会儿也跟着他们拜你来着，现在想来，可真是傻！"

洛一不住点头，"同学，你也知道傻啊！！！"

两人不约而同笑起来。

系里的照片墙有着不短的历史。每年新生入学，秘书会给每个博一新生拍一张照片，按入学年份挂到走廊上。博二资格考后，合格学生的照片被保留，未通过的被取下，博三分科考再刷一轮，到毕业时，照片所剩无几。学生们最简单又直接的愿望，就是希望自己的照片能一直出现在墙上，直至荣升到毕业生一栏。

洛一也是如此。

还在学校时，每一年，她都要到照片墙前看看上面挂着的相片，今年的新生有几个，又有哪些熟悉的面孔在悄无声息间消失不见。

这就是青春啊，很多人来过又离开，都没来得及挥手告别。

那，艾阳呢？

洛一忽然这样想，便也直率地望向对方，此时此刻，这个阳光恣意的大男孩还陷在由自己导师编制的梦里无法自拔，"Kim说，你是从国内本科直接申请读博的，咱们组的博士项目不好申，你当时肯定遇到不少困难吧。"

洛一不介意他想多了解自己一点，诚实道："其实，我申请时什么都没想，就是觉得这个项目有意义很想加入，根本没想自己够不够资格又有多少竞争对手，凭着初生牛犊不怕虎的劲儿吧，就申到了。那时，只觉得自己很幸运，现在想来，所有幸运都来自平时的积累。"洛一不像许多功成名就的人，以谦虚掩饰骄傲，反而诚恳道："我很感谢大学时期的班主任，非常严格的要求我们每门功课必须达到优秀、大一后半学期通过英语四级、大二上半学期考过六级，这样才有足够时间专心准备考研或者出国。不仅如此，她还带我们做科研，鼓励我们参加各类竞赛，手把手教我们如何将平时所学运用到现实问题的解析上，正是如此丰富又硬核的大学生活才给了我足够的底气申请直博。"

青春年少的记忆总是鲜活又有趣，连追忆它的人都洗尽铅华不由自主露出单纯的笑。洛一笑的昂扬恣意，像个未经世事的小姑娘，落在同样心无城府的艾阳眼里，像是找到了同频的人，不知不觉间又亲近不少。

"你为什么想来这里做科研呢？"洛一对艾阳同样充满好奇，这年头肯静下心做科研的人不多，尤其在这样恶劣的环境里。她的眼神无意间掠过艾阳衣领里隐隐透出的纱布，想起他为护自己而受伤，不觉揪心，"我没想到这里的情况会恶化成这样。你觉得在这里生活，苦吗？"

"苦。"艾阳直率地点头，"可正因为苦，我们的研究才更有意义。不知道你有没有同样的感受，社会类科学的研究很少有对现实极其直接的贡献，但我们却深入一线，揭示战争对一个民族经济、文化、习性长久的影响，带来关注的同时才会有所改变，不是吗？"

他的话完全说出了洛一的心声，她凝望着他，仿若从那双炙热的眼里看见多年前的自己，无所畏惧。不知为何，她忽然有种热泪盈眶的冲动，赶忙低头，平复内心波澜起伏。

一只手伸到她面前，耳边响起男性特有的沉郁的声音，"这些天，请您多多指教。"

不知是凑巧，还是他想安慰她，阳光下，那只温柔而来的手带着善意瞬间抚平她愧疚的心绪。

或许，这次归来，她真能同曾经的自己握手言和。

风吹过，她缓缓伸手，轻轻将手放进那只温暖的大手里，淡淡笑起，"也请你多加关照。"

……

　　两人回到营地时，正是晚饭时间。七小时的时差令洛一根本感觉不到饿，她让艾阳先去吃饭，自己则来到实验室整理模型。空荡的军帐里，键盘敲击声伴随机器运转的声音充斥房间。坐在电脑前，洛一戴着那副只有上班才会佩戴的黑框眼镜，目不转睛地盯着屏幕上不停闪动的代码，指尖如风快速敲击键盘，并未注意到军帐门口有一个人望着她站了许久。

　　艾阳同样没有意识到自己一直盯着洛一，眼前专注的人同他脑海中的影像重合，这种做起事来完全沉浸在自己世界里的状态才是他想象中的洛一。专注做事的人有种特殊的吸引力，他被这股力牵引慢慢上前，拉开洛一身侧的椅子坐下，才发现屏幕上跃然运行的是自己修补许久仍未完成的程序，函数残缺的部分显然被洛一补齐，此刻正规规矩矩被其他程式调用，他不禁惊喜地望向身旁咬唇沉思的人，有这样有能力的人加入课题，简直是不可多求的财富。

　　他兴奋地正要开始工作，扭头才想起洛一还没吃饭，摸了摸还温着的盒饭，他轻声问："要不要先吃饭？"见洛一点头，他将盒饭掀开放到她面前，又将干净的叉子递过去，指尖轻触她的手背，温声道："先吃饭，吃完再工作。"

　　洛一道谢，接过叉子，戳了块牛肉入口，边嚼边打备注，直到写完备注才回头，迎上艾阳关切的眼，微微一笑，"导师的编码不好改，我帮你添些东西，进度能快一点，你千万别急。"

　　艾阳压抑不住眼底的兴奋，心想："你怎么看出我在着急？"嘴上什么都没说，却夹起碗里可数的牛肉添给洛一。

　　两人你一言我一语，聊课题，聊接下来的行程，一顿饭吃的充实又融洽。

饭后，艾阳加入研究，整理这些天收集的数据。科研条件有限，并非每组数据都由电脑直接录入，更多是纸质填写。厚重的资料铺满桌面，艾阳细心整理，一页页扫描，再编码分析。期间，洛一偶尔扫过他的屏幕，没有说话，艾阳的心蓦然揪起，伴随手下的动作越来越快，也越来越慌乱……

　　不知过了多久，洛一摘下眼镜，扭了扭僵硬的脖颈，发现艾阳竟趴在桌上睡了过去，低头看表，时针刚过七点，她这才后知后觉意识到当地时间已是凌晨。"这么晚啦！"她惊叹，身体的疲倦随之而来，尤其在看到艾阳趴在一堆资料里睡得安稳的模样。

　　不知不觉，她靠近艾阳，徐徐不急地打量起眼前这个棱角分明的大男孩，轻轻抖动的睫毛，高挺的鼻梁，还有那张即便不说话都能让人感觉到倔强的唇，统统融合进小麦色的皮肤里，散发出加州阳光特有的自由不羁。这样的男孩，若是再白两个色号，放到波士顿，定算是极品。

　　洛一暗自叹息，有多久没有这样静下心去打量一个男人了？恋恋不舍地拍了拍艾阳，她轻声道："你要不要回宿舍，在这里睡觉，小心着凉。"

　　温柔的呼吸轻抚面颊，艾阳冷不丁睁开眼。灯影下的人，清眸浅浅，一弯小酒窝映着暖融融的笑，漾起人心底悸动的涟漪。他冷不丁坐起身，揉了揉眼才发现自己是在实验室，而洛一满眸疲倦显然是忙了一整晚，愧疚感毫无防备地袭来，他无所适从，"那个，我……对不起，我睡着了。"

　　洛一哪会介意，打趣道："是我忘了时差，哪有这么用人的！"说完，拿起外套递给他，"赶紧回去睡觉！"

　　艾阳被推着走出军帐，回眸间豁然瞥见还在运行的电脑，意识到洛一似乎并未打算离开，关心道："那你呢？"

洛一指了指身后的简易支架床，彷佛在说什么平常事，"我在这儿将就一晚，程序刚开始调试，离不开人。"

"那怎么行！"艾阳势要进门，却被洛一拦住，垂眸，他逆光望进她倔强的眼，柔声道："那是白天我困极了才休息的地方。"

"你是怕我占用你的床？"不知何时，洛一又戴上眼镜，古板的镜框配上她古灵精怪的模样，彷佛是从漫画里走出的人物。

艾阳摇头，低声道："不是。"

她笑着后退一步，"那就赶快回去睡觉，白天的编程由你负责。"说完，不给他任何拒绝的机会，径自关上帐门。

漆黑的夜里，幽黄色的光漏出门缝隐隐照来。透过塑料窗，艾阳望向电脑前的洛一，她胡乱扎起及肩的短发，揉了揉脸重新投入工作。

灯影下的人纤瘦又孤单，艾阳默默叹了口气，心像被什么砸出个窟窿，除了疼，还有种说不出的牵扯感引他往不知名的方向，慢慢走去……

清晨，艾阳是在军人们的操练声中醒来的。走出大帐，他伸了个懒腰，冲正在站岗的士兵挥了挥手，眼见士兵微微眨眼，他惬意地卷起裤腿，追上刚经过的拉练队伍加入晨跑。

'Morning，Dr.Ai.'队尾的士兵向他问候。

'Morning，David.'艾阳回应，在听到 Doctor 这个称呼时，微微挑眉。其实，未被授予博士学位的候选人并不属于真正意义上的博士，但士兵们喜欢以 Doctor 称呼他，更多是出于尊敬。

区别于军人严肃的刻板印象，驻扎在这里的军人有着如沙漠般的热情，他们教他搏击自救，带他夜练射击，周末的篮球赛更是算他一份。充满荷尔蒙的生活简直满足了他对博士生涯所有的奢求，酣畅淋漓的工作，忘乎所以的挥汗，斗志满满，青春昂扬。跟在队伍后，艾阳跑了一圈又一圈，直到精疲力竭。

早训过后，各队解散洗漱，队长们到厨房领取早餐，说是厨房，其实就是一间简易的单板房，里面架几口锅，做最裹腹的食物。

站在队尾，艾阳闻着熟悉的披萨香抬头望向黑板上列出的今日份餐食，待士兵们哼着歌扛着硕大的装有披萨的木盆四下散去，他才缓缓挪到窗口。

窗内，挥着火铲的炊事员中气十足道，'Good day, Dr. Ai, the usual? Four pieces of pizza?'

艾阳点头，瞬间又摇头，'One more – Spaghetti with Meat Ball!'

'Roger!'

炊事员取了两个纸盒，先铲出四片披萨，又从大锅里舀出一勺意面外加几个肉丸，撒过碎奶酪后递给艾阳。

艾阳道谢，又撇了一眼黑板上寥寥无几的菜名，转身走向军帐。

一路上，他都在担心洛一能不能吃得惯这里过于淳朴的食物。赶着给 Kim 送完早餐，他揣着怀里温着的餐盒忐忑地走进实验室。

实验室里，安安静静。

他一眼看到单架床上和衣而卧的洛一，凌乱的头发遮住她的脸，即便看不清五官也能感受到那浓浓的倦意。

"定是熬到很晚吧！"艾阳心生怜惜，轻手轻脚走上前，他将盒饭放到桌上，随手脱下宽大的外套轻轻罩在洛一身上。有光倾泻而来，他抬手遮挡，转头看向被风吹开的窗帘，赶忙将那条漏光的缝隙掩好，回头再望洛一，轻轻呵一口气。

　　早餐，他想等她一起吃，便先开始工作。

　　桌上的电脑是睡眠状态，轻轻一碰自动恢复到程序窗口，是一个被加密的对话框。屏幕下方贴着一张便条，上面以粉色字迹写道："程式已调试完成，你可以继续编写模型，密码是我的生日，你随便改，我先睡了。"

　　唇角上扬，他回头看洛一，岌岌可危的自尊心还在挣扎，"你怎么觉得我应该知道你的生日？"脑海里不由闪现洛一环抱手臂不屑的模样，"哼，大神你都拜过了，大神的生日你岂能不知？"他只得缴械投降，伸手在键盘上输入一个深刻脑海却从未与人提起的日期，果然，屏幕在他输入日期后开始变换，层层代码犹如开启一个新世界，带他穿过程式，去看前所未有的框架。他的眼在不停运行的程序里越来越亮也越来越深邃。

　　键盘敲击声回响在安静的房间里，扰人清梦。

　　睡梦中，洛一侧耳倾听，多年养成的习惯让她立马切换到工作模式。坐起身，她迷迷糊糊望向电脑前的身影，晨光柔和照在只穿了薄薄一层 T 恤的背脊上，描绘出完美的肌肉线条，她不禁惊叹，"帅哥在写代码？！我不是在做梦吧！"她的笑花枝招展，丝毫未留意对方已然转身，眼神流转在健硕的胸肌上，花枝乱颤，"哟哟哟，前面更火辣，不得了哎！"

　　"哼嗯！"一声轻咳截断胡思乱想，思绪回转间，洛一逐渐意识到眼前所见可能并非是梦，尤其当对方涨红的脸无法再被忽略，她立马像当机似的倒回床榻，以外套遮面，火烧火燎道："我在睡觉！"

　　空气中响起一声低笑，洛一抓狂，宛如一只被踩住尾巴的猫，一跃而起，红着脸嚷嚷道："都说了，我在睡觉！"

"好，好，我知道你在睡觉。"艾阳的声音带出一丝宠溺，微微垂眸，他试图平抚此刻纷繁复杂的心绪，无法抑制的笑漫溢在唇角，他干脆岔开话题，"那个……后面的模型，我已经开始编写，你要不要过来看看？"

果然，一提到工作，那"猫"便幻化成一只柔顺的"兔子"欢脱地蹦哒到桌前，瞪着圆溜溜的大眼睛专注地望向屏幕，再也想不起刚才的困窘。

见她一本正经，艾阳忍不住想笑，倒是洛一，像个老干部似的拍了拍他的肩，"小伙子，不错嘛，这么快就有思路啦！"

"那当然！"艾阳笑着，意识到自己在不知不觉间对洛一从仰视逐渐转变成朋友间的欣赏，能平等对话的感觉，真好！

大着胆子，他再问："怎么样，写的可还行？"流光溢彩的模样活像只等待夸赞的大狗狗。

而洛一从不吝惜夸奖。

她望着他，眼里的血丝不掩惊喜，"真的，写的很棒！"

艾阳便在这句话里，绽放出最简单又真挚的笑容，那笑融和晨光一起照进洛一心里，在不经意间被她收录进一本不知名的画册，小心珍藏。

吃过早餐，洛一去洗漱，回来时特意绕道去看 Kim。

见她进来，Kim 放下手中的书，"早啊，师姐。"

洛一潇洒地摆摆手，捋了捋被压皱的衣服。

Kim 打量眼前之人，凌乱的头发，着装简单，丝毫不见昨日刚来时的疏离，不觉笑道："师姐的适应力是真好！"

洛一挑眉，"你这话不是在夸我吧？"

Kim 点头，神色认真，"是在夸你！"

洛一无语，挪步到桌边，抽了张纸巾擦手，神态惬意，"到这种地方做科研，不拘小节又怎样？"说着坐到床边，瞥见 Kim 手里的书，《时间简史》，神色蓦然黯淡。

Kim 感知她的哀伤，轻抚扉页，幽幽道："这个时候重读这本书，感受不太一样。"

洛一叹了口气："半壁江山倒了……"

"但学术还在传承。"

"是啊，总是后继有人的。"洛一忽然想到艾阳，回想他整理数据时沉稳的模样，不禁感慨，"Kim，你真的招了个好学生！"

"你说艾阳？"Kim 脸上又露出欣慰而自豪的笑，"是啊，那么多申请人里，只有他是为这个项目而来，在经历这么多困难后仍旧保持初心，是个好孩子。"

洛一点头，"现在，肯静下心专注学术的年轻人不多。我看他写程序的模式跟导师极其相似，咱俩都随着自己的性子编写，倒是他工工整整，的确难得。"

"是，导师的模型一直由他整理。"

"整理就能学得精髓，光这点就足见其用心。"

Kim 不住点头。

两人聊着科研，洛一发觉 Kim 似乎除了科研对其他事均不关心，于是，提醒道："你打算何时让艾阳毕业？他毕业后的去向，你给过建议吗？"

"毕业？！去向？！"Kim迟疑，"这不该由他自己决定吗？"

洛一无语，"你身为导师，在这种决定人生的大事上，都不给点参考意见？！"她推了Kim一把，有些气恼，"你这人，不是真把人家当廉价劳动力吧！"

"这……"Kim挠了挠头，满脸写的都是："我还真没想过！"

洛一不住叹息，"我昨天问他毕业后有何打算，他说还未考虑。现在他已经博四，是进工业界还是留在学术界总得有个大致方向，这样博五找起工作来才有针对性。"

Kim连连点头，"师姐说的是，是我疏忽了，改天我找他谈谈。"

看着他缚在胸前的手，洛一叹了口气，"行了，你还是先操心自己吧，职业规划这事你不介意的话，我找他谈。"

"师姐……"Kim凝望着她，眼神复杂，仿佛千言万语又要融进一个"谢"字中脱口而出。所以，在他开口前，洛一先道："不必说谢，他是你带的第一个学生，我自然要上心。"

Kim张了张口，终是没再说话。直到洛一离开，望着她悠悠逛逛惬意的背影，他才露出一丝苦笑，"你说你，总在关键时刻帮我，让我怎能不说谢呢……"

洛一回到实验室时艾阳正咬着指节沉思，皱紧的眉仿若迭起的山峦遮去那双未经世事的眼，退却青涩。洛一凝视着他，忽然觉得眼前之人似乎有着许多面，初见时的纯净、战火间的果敢、交谈中的真挚，以及做起事来令人无比心安的踏实。唇角印出笑意，连洛一自己都没发觉，那笑彷佛有了生命力般攀上脸颊融进眸眼直至漾进整个心间。洛一轻手轻脚进门坐到艾阳身边。

好闻的柠檬香幽幽而来，搅乱原已纠缠的思绪。艾阳回头，见洛一将湿漉漉的头发随意绑起，额前几缕碎发，有水珠顺发尾滑落面颊。那张未施粉黛的脸，白皙的好像透光的鸡蛋，吹弹即破，抖动的长睫仿若生出翅膀的蝴蝶，遥遥坠入心间，那眉，那眼，那娇俏的鼻尖，还有那片隐隐上扬红润的唇……

他的喉头蓦然一紧。

就在此刻，她像是感知到他的注视般悄然转眸，冲他微微一笑，那双明亮的大眼睛瞬间弯起，浸出流光溢彩，而那对深邃的酒窝仿若惊动了心间的蝴蝶，让它肆无忌惮地扑腾起翅膀，横冲直撞。

豁然间有团烈火自心底烧起瞬间令他体无完肤。

"哗"一声响，他站起身，带掉桌上的资料，纸张摇摇曳曳掉落一地，他顾不上去捡，一个健步奔出门。

"哎……这是怎么了呢？"洛一莫名其妙。

对啊，这，是怎么了呢？

……

绕营地转了整整一圈，艾阳才勉强把心里这股说不清道不明的慌乱压下。望着天边难得团起的云，他悠悠长长叹了口气，时间还早，实验还得继续，他该怎么面对她呢？

兜兜转转，他返回实验室，透过窗看里面的人，那人专心致志在工作似乎并未被他的反常打扰，他仿佛唱了一场跌宕起伏的独角戏，自始自终，只是一个人的慌乱。莫名间一股挫败感涌上心头，他失落地推开门回到桌前。

洛一转过头，脸上带着淡淡的笑，没有问他离去的原因，倒像是欢迎老朋友回归似的柔声道："你回来啦。"

"嗯。"艾阳应了一声，耳根不由烧热，停顿片刻，觉得还是应该解释一下自己刚才的行为，于是，边想边道："对不起，刚才，我……"

"无妨。"似乎看出他在犹豫，洛一打断他的话，轻声道："来，把你昨天的数据汇总给我看一下。"

提到工作，艾阳瞬间松了口气。他迅速打开文件，将屏幕转向洛一，自己则挪着椅子退至一边。洛一移动鼠标，指尖轻击键盘，表格在她的调试下整合变幻，变得清晰简洁，一目了然。

洛一边改边道："演示文稿是传达模型构架的灵魂，想在最短时间内将所做工作精准表达，就要去糙取精，突出重点，让不懂建模的人也能看懂结果，明白吗？"她的眼神前所未有的认真，机智又伶俐的神态仿佛一眼便能望进他的灵魂。

艾阳点头，将洛一所做的修改一一记下，接过鼠标，按照她的方式，逐步完善程式。

洛一默默观察着他，见所列结果逐渐清晰了然，脸上的笑意越渐加深。

夜深了，工作总算告一段落。

伸了个懒腰，洛一转头见艾阳还在拼命思索某个程式，皱眉的样子有种别人欠钱讨不回的苦闷，于是，碰了碰他的手臂，轻声道："我们出去走走，剩下的工作明天再做。"

"好。"艾阳起身，顺手将外套披在洛一肩上，"夜里凉。"

"谢谢。"

撩开帐帘，洛一率先出门，踩着她遗落的剪影，艾阳缓缓跟上。

两人绕营地走着，徐徐不急。微弱的光照在洛一脸上柔和了轮廓，她似乎在想什么事，不言不语，艾阳也未开口打扰这份宁静。

直到走出营地，两人停下脚步，面对漆黑不知深远的沙漠，洛一抬头问艾阳："你想不想听我当初择业的故事？"

听她这样问，艾阳挑眉轻笑，原来她是在为他的未来而操心，抑制住内心恸动，他强行掩饰笑意，轻声应："好。"

沉寂的月色里，往事随风浮起，如今回顾曾经的迷惘，就像在做一道答案已揭的题，不再艰难。

洛一讲述自己当初放弃科研转而创业的故事，字里行间有意无意回避某些不愿提及的事，越讲越深入，越深入越思索，渐渐的，她似乎真的触及到曾经的自己，试着同过去握手言和。轻轻的，她抬头向艾阳，心里有些感激他肯耐心听自己倾诉。而艾阳，此刻陷入沉思，脑海里将所听到的故事穿起试图还原更完整的洛一。

"我很庆幸现在的自己没有辜负当初的决定。"轻声的，她说出这句话，长长缓缓舒了口气，遥望远方，她似乎从那辩不清方向的荒漠里看清自己来时的路，"人总对未知的事物充满好奇，因为好奇所以难以舍弃。"她的笑如月清澈，那双望向艾阳的眼忽然亮起了光，"既然拿不定主意，或许，你可以利用假期去体验另一种生活，尝试过就明白自己真正想要的是什么了。"

迎上那双眼，艾阳没有急着回答，但他明显感觉自己内心的迷惘像是被破开云雾的天，有光照进，有风徐徐，飘忽不定的心变得踏实又有力，在他没有察觉的角落里，一颗蠢蠢欲动的种子开始生根发芽……

日子在平静又不平凡的年岁里匆匆流逝。

相处久了，艾阳逐渐发现洛一在生活中有许多有趣的小动作，比如她口渴时记不得喝水而会不自觉地添嘴唇，这个习惯可不好。望着眼前又开始舔唇的洛一，再看对方空着的水杯，艾阳默默起身给杯子填满水，撒上几片麦梗茶，洛一便自觉地端起水杯轻轻抿着喝茶，惬意时还会眯起眼，像笑着一样。

再比如，今天中午，艾阳去领午餐，回来时，远远看到一大群士兵围在装甲车前嘻嘻哈哈笑着，引擎盖上坐着洛一，不知在讲什么有趣的故事，一张明媚的脸，眉飞色舞，生动的令人目不转睛。

无论身处什么样的环境，她总有办法成为人群中最耀眼的一个。

望着她笑的没心没肺的模样，艾阳不觉唇角上扬，双腿像是有了自己的主意，放弃通往实验室的路，鬼使神差地朝她走去。

说着故事，洛一看到人群外的艾阳，仿佛放飞笼外的鸟儿"呼"地一下站起身，振臂高呼："艾阳，艾阳，我在这儿。"一下子比周围的人高出许多。

艾阳俊逸的眼眸不再淡然，笑容洋溢里都是她绚烂的模样。

"样子好傻！"他笑念着挤进人群，站在车边仰头看她，晃了晃手中的饭盒，"要不要下来吃饭？"

"我早饿了！"蹲下身，她试图去踩车轮，可怎么都够不到。

艾阳没说话，把饭盒往车上一放，双手扶上她的腰，本想帮她下来，没想到洛一没站稳直接落进他怀里，他赶忙将她稳稳放下。

四周的军人"哇"地一声尖叫。

洛一微微一愣，顾不上搭理起哄的人，拿起饭盒，在一片口哨声中匆匆离去。

待她走远，艾阳才挥拳去打起哄声最大的 David，David 笑着闪躲，二人你来我往过了十几招，众人才欢笑着四散开来。

回到实验室，艾阳一撩门帘瞧见椅子里抱膝团坐的洛一，面前的盒饭还未开启。见他进门，她撇着嘴嘟喃道："我还以为你不回来了呢！"说的像是受了多大的委屈。

艾阳挑眉轻笑，快步上前打开饭盒推到对方面前，像只讨摸的大狗狗，"在等我吃饭？"

"你说呢？"见他满眼生笑，毫无介意，洛一这才接过饭盒重重地拨了一口饭，将嘴填的满满当当，满满当当，才能压下此刻砰砰乱跳的心脏。

......

Chapter 3.

职场上，出言呵斥的人，未必是针对你

作者寄：争辩是不会平息偏见的，更重要的是积聚实力。

周四，是风险部最忙碌的日子，这天，作为下周企划参考的周结报表要在午夜前发给各部门领导审阅。上周的报表洛一在出发前已经交付，这周报表的绘制工作交由入职不久的麦晓晴独立完成。作为新人，这是晓晴首次单独负责一项任务，一大早，在各模型负责人转交结果后，她便开始漫长的制作过程。

夜幕降临，硕大的办公间内一片幽暗，空荡的格子间只有靠近经理办公室的办公桌上亮起一盏小小的灯，微弱灯光下，晓晴还在认真地对报表做最终审核。

玻璃门开，有人走进来，冲那一息灯光喊："楼下大门要锁了，你还不下班？"

蓦然响起的声音吓了晓晴一跳，她捂住心口回头，发现对方是巡楼的保安，松了口气，连忙道："我马上走，再给我五分钟！"

保安大叔感慨，"怎么每天都是你走最晚，部门的工作全是由你在做？"

晓晴咬着唇，没有回答。

保安摆了摆手，"你赶紧做吧，做完早点回家，女孩子单独走夜路，不安全。"

"谢谢您！"晓晴回身，迅速检查完文件剩余部分，在确定没有语法错误后，打开邮箱，找出之前草拟好的邮件，添加附件，输入各领导所在的邮件组，抄送自己，再三确认无误后点击发送。

"终于完成了！"她长舒一口气，顶着全身酸痛，匆忙收拾好东西下楼。

电梯门开的一刻，金光闪烁，她被这突如其来的光晃花了眼，缓了好一阵才走进那炫彩夺目的光中。金碧辉煌的穹顶，琉璃吊灯晶莹，她笑着，浴光前行，周身疲倦仿佛在灯火里自愈。

在街角等 Uber 时，她回望身后硕大的写字楼，夜色里，楼顶镶嵌的皇冠闪闪发亮，如月照繁星也点亮她前行的路。"我会努力的！"迎着风，她为自己打气，"麦晓晴，加油！"

有车在街口停下，司机探头问："姑娘，是你打车吗？"借着车尾光，晓晴核对手机里 Uber 的信息，确认无误后才走过去。

车辆开启，穿梭在宁静的街道间。她懒懒地靠着窗，卸去白日里的伪装，重新变回那个稚嫩的、可以犯错的、对所有事物都充满好奇的姑娘。眼神流转，她望着窗外流星般闪过的灯光，思绪仿佛生了翅膀沿着车的轨迹驰骋在查尔斯河上，与肃穆的麻省理工大学擦肩而过。回眸，她望着逐渐远去的恢宏的教学楼，唇角一丝笑，清淡又浩远，仿佛不是自己的声音般，缓缓道："这就是我的梦想啊……"

清晨，突兀的铃声打断睡梦，灰白色的床榻间，蜷缩在被子里的人缓缓挪动，伸出胳膊摸索着关掉手机，喧嚣的世界瞬间重归宁静，翻了个身，那人似乎又沉沉睡去，直到十分钟后，再次响起的闹钟才将她从被子里捞出，正是睡的迷迷糊糊的晓晴。看了看表，她挣扎着起身最后还是败给手机里五分钟的倒计时，"再睡五分钟，就五分钟！"终于，在跟闹钟大战几回合后，她艰难起床，顶着蓬乱的头发走进卫生间，门再开时，走出的却是个妆容精致的女孩儿。

此刻，客厅壁钟显示七点二十，晓晴匆忙冲进厨房，差点撞倒从里面走出的人，那人护住手中的咖啡嚷嚷道："哇塞，麦晓晴，你怎么每天早上都跟打仗似的，要不是我躲得快，杯子都不知道摔多少个啦！"

"抱歉，阿诺。"晓晴说着打开冰箱，从里面翻出一片面包叼在嘴上，又放了一盒酸奶进包，冲到门口换鞋，"我先走啦。"

"哎……"叫阿诺的女孩追出来，"你晚上回来吃饭吗？"

晓晴的声音在风中回响，"不知道，应该能回来。"

阿诺继续喊："你老板不是去旅行了吗，怎么你还这么忙！"

晓晴没回头，挥了挥手臂，消失在街角，阿诺只得咽下后面的话，叹了口气，关上门。

周五，搭乘红线地铁的人明显减少，虽然还是没座，可站着不挤就很舒服。躲在角落里，晓晴着急咽下卡在喉咙里的面包，顺了好一会儿才缓缓呼出一口气。

清晨的阳光，暖的正好。

抬起头，她望进透出街景的窗，不知想到什么，唇角微微上扬。这是属于她的最普通的一天啊……

在市中心下车，对面的 Macy's 还没开门，街上已人潮汹涌。跟随人流，晓晴快速走进写字楼，刷卡进门，电梯里站着几位同事，西装革履，表情肃穆。面对晓晴，对方轻轻点了点头，晓晴也收起明媚的笑容，点头示意后安静地退到角落。走出电梯，她快步赶往风险部，落座开机，一气呵成。现在的她似乎已经完全适应并融入这高速中又有些冷漠的生活，似乎一切都开始得心应手起来。

可真是这样吗？

邮箱最顶端带着红色感叹号的邮件率先吸引她的注意，这是一封来自商业部经理王甜的邮件，邮件主题是回复自己昨晚发送的商业报表。不知为何，晓晴的心莫名揪起，迅速点开邮件，里面是一句简单的话，'Stop by please.'发件时间是早上七点三十五，而此刻已过八点，没有犹豫，她快速关闭电脑走出风险部。

如果把公司比作一个人，风险部是支撑人体的骨骼，那么商业部就是心脏，由它带来的注资、维持的新老客源是供给公司竞争力最重要的血液。

晓晴深知这个道理，所以不敢怠慢。没用五分钟，她已走进商业部，这个全公司工作环境最好、要求也最严格的部门——

工作区正中央的屏幕还停留在昨日股市交易的市值上，四周一排钟表显示世界各地核心金融区的当地时间，职员们犹如上了发条的木偶，指尖如飞梭，在高速运转的数据前，快速提炼信息，明明还未开市，这里已喧嚣一片，键盘声、接线声、打印声烘托着讨论与争辩，开启商业部最普通的一天。而在喧嚣背后，一间由硕大落地窗组成的办公室就像遗落在天空的眼，闪着忽明忽暗的光幽幽注视着一切，坐在里面的人便是商业部的缔造者——王甜，这个素有"魔头"之称的冷面经理。

深吸一口气，晓晴小心翼翼地敲了敲经理办公室的门，在获得许可后，推开玻璃门，以她从未感受过的沉重的脚步一点一点挪到办公桌前，战战兢兢道："王经理早。"

王甜没有说话，强大的气场令晓晴藏在衣袖里的手微微蜷起。她感受得到王甜的注视，自她踏进商业部起，那双无情的仿佛要洞悉她整个灵魂的眼便未离去。她从里面读到了厌恶，居然是，厌恶？！

晓晴的心不由一紧。

就在她想说些什么以缓解这凝重的气氛时，一份文件从王甜手中甩出，顺桌面碰倒笔筒，笔"哗"地一声散落一地。晓晴大惊，慌忙俯身去捡，再看地上的文件，正是报表的复印件，她不知所措地望向王甜。

王甜终于开口，带出一丝冷笑，"你们老板才走一周，你就这么糊弄工作？你自己瞧瞧，这报表都标了些什么，里面的数据你核对过吗？这周的数跟上周所报方向完全不一致，是你这份有问题还是洛一错了？这样失真的数据让我们怎么敢用！"

如此严厉的批评晓晴从未听过，且不说上学时她乖乖女的性格一直是父母与老师眼中好学生的典范，就是初入职场，顶头上司洛一也从未对她有过苛责，以至于今天当她面对以严厉著称的王甜，除了受伤和委屈外，根本不知该如何化解。玻璃门外喧嚣声锐减，同事们化身看客，用同情、冷漠、抑或是看好戏的眼神直戳在她身上，她就要忍不住嚎啕大哭了……

然而，在晓晴看不见的角落里，一道纤长的身影隐在初阳温暖后默默注视着她，平静无澜的眼里泛起不知名的涟漪。慢慢地，那人走出光晕，周身上下仿佛披着由月华织出的纱，如月清冷，如风辽阔。她走近靠近经理办公室的工位，工位上赫然挂着"商业部主管：月尔"的名牌，慢慢落座，她又看了一眼怯懦发抖的晓晴，轻声问身旁正在看热闹的同事："姜倩，你知道里面发生什么事吗？"

名叫姜倩的同事似笑非笑道："她上报的数据有误，版式也不合咱老板的规矩，这不被叫来挨批了嘛。"

"数据有误？误差多大？"月尔目不斜视地盯着屏幕，却是悄声在问姜倩。

"你不知道？"姜倩同样平视前方，轻声答："两个小数位，方向不合预期。"

月尔沉默，"误差不大啊……"停顿片刻，似是想到什么，又摇了摇头，"也不算小。"

余光里，急切翻阅报表连手都在发抖的晓晴的确惹人怜惜，她微微攒眉，"但这样隔过洛经理直接训其手下，到底不大合适，再说，风险部不是还有唐主管吗，怎么不找她一起来？"

姜倩嗤笑，"这要真动到唐凌，上面还得了？只能训个无足轻重的小兵罢了。你也知道，咱老板一直盯着风险部的错处，奈何人家做事滴水不漏，如今好不容易碰上个不知轻重的新人，还不赶紧借题发挥！"有人路过，姜倩赶紧闭嘴，手上装模作样地敲击键盘，等人走远，才放慢速度继续道："你说，光茂案都过了半年了，她怎么还耿耿于怀？谈判失败的确是咱们策略上的失误，洛经理不过在会上说的直白了些，不至于这样一直被穿小鞋吧，再怎么说，谈判还得靠人家的分析支撑呢，何必做得太过难看！"

月尔静默。片刻后，她忽然翻动身侧的文件栏，边翻边问："咱们跟明氏的谈判拟稿呢？"

"我收好了。"姜倩打开上锁的抽屉，从里面抽出一份订封好的文档，"你要这干嘛？"

月尔的眼神瞟向玻璃窗，"给经理送去。"

姜倩迟疑："现在？！"

月尔点头。

"我才不去呢!"姜倩拼命推辞,"我傻啊,这会儿往枪口上撞,还嫌平时挨的骂不够多吗?"

月尔拿过文件,利落道:"我去。"说完,不顾身后姜倩小声的阻止,"哎,我说,你还真去啊!"微微一笑,抬手敲了敲玻璃门。

王甜的目光穿晓晴而来,毫无情绪。

深吸一口气,月尔快步上前递上文件,"老板,这是同明氏集团谈判的拟稿,请您过目。"

接过文件,王甜随意撩翻,眼神不经意地掠过晓晴转向月尔,"接洽会议安排在什么时候?"

"下午三点。"

王甜沉默,静静审阅。

彷佛抓住根救命稻草般,晓晴顾不得对方是何身份,只想拜托她能替自己求情,因而看向月尔的眼里满满都是求助。

月尔垂眸,避开那道意图过于明显的目光,似乎并不打算帮忙。

过了许久,就在晓晴焦急到想要豁出去请示离开时,月尔忽然开口,"老板,您专心办公,我替您处理这些闲杂事宜吧。"

王甜似乎这时才想起晓晴,冷言讽刺道:"也不知洛一是怎么教她的,连份报表都做不好,平时的干练都是装出来的吗,真是!"

月尔走向晓晴,接过她手中的报表,边看边点头,"是稚嫩了些。"指尖划过一组数值,她侧目向晓晴,轻声道:"这数同上周的不一致,你核实原由,再重新做份报告。"

这话是给了她台阶下,晓晴心中一亮,赶紧记下她指尖点出的数,感激道:"我这就回去重做。"说完,冲王甜点了点头,不等对方回应便匆匆离开办公室。

王甜的脸瞬间幽暗。抿唇，她吞下即将脱口而出的脏话，像个恨铁不成钢的长辈，冷哼道："你瞧瞧她，不知悔改的样儿，还有没有规矩啦！"

月尔脸上笑容清淡，"为个新人生气，不值得，往后，她要学的还多着呢！"

王甜瞥了她一眼，面色和善许多，"你去工作吧，让我静静。"

月尔点头，"您有事叫我。"

回到工位，月尔拿起咖啡杯，转头问姜倩，"我去沏杯咖啡，你要吗？"

"要！"姜倩从一大堆文件中翻出自己花花绿绿的咖啡杯递来，"我要拿铁，谢谢啦。"

月尔接过，"少糖，多奶，对吧。"

"对！"姜倩笑容灿烂，嗲声嗲气撒娇道："月尔最好啦！"

月尔笑着走出门外。

休息室里的沙发上坐着一个人，那人望向窗外灰蒙蒙的天，不知在看些什么。

月尔走过去，没有惊动沙发上的人，在硕大的玻璃窗前站定，她眺望远方蔚蓝的海，静默无言。

感知到人来，晓晴迅速抹掉脸上的泪，顶着红红的眼睛抬头，轻声唤："月主管……"

月尔望向远方，恬淡的眸子深邃如海，似乎再大的风暴也掀不起丝毫波浪。她就这样望着，望着，忽然长舒一口气，转头向晓晴，周身宁静的气场叫人莫名安心。

"你在这里哭，很容易被人看到，看到了又要生出许多事端，对谁都不好。"

这道理晓晴从未想过，立马垂眸，将脸上的泪擦的干干净净。

月尔继续道："你现在要做的是在事情扩大前查出误差原因，洛经理的工作我了解，不会出问题，那么你的呢？是什么发生了变化？模型吗，还是数据？我想你比我更加了解。"她眼前出现一个人影，那人远远望着她带着阳光般的笑，温柔又亲切。轻轻地，她叹了口气，转头向窗外，远方的港口宁静依旧。"以前，有人对我说，出了问题，一定要先想解决办法，不要让情绪左右判断。有时候，一个人说苛责的话未必是在针对你，慢慢的你就懂了。"月尔淡淡笑着，仿佛陷入无尽的回忆，不愿也不想被打扰，默默转身，她向外走去。

"等一下……"晓晴慌忙起身去追，在离月尔不近又不远的地方停下，轻声问："月尔姐，你为什么要帮我？"

月尔没有回头，唇角的笑悠远而恬淡。她想起多年前，自己眼含泪水问身前的人："洛一姐，你为什么要帮我？"一晃，这么多年过去了啊！没有回答对方的问题，她只道："晓晴，你遇到一个好老板，要好好努力，不要辜负她。"

"你要记得，争辩是不会平息偏见的，更重要的是积聚实力。"

很多年前，洛一轻抚月尔的肩，镜子里倒映着的容颜，一张含笑温暖，一张泪眼朦胧。淡淡的话语浮起在宁静的空气中，轻柔却叫人铭记，"争辩是不会平息偏见的，更重要的是积聚实力。"

……

今早的阳光真好！

走出实验室，洛一站在阳光下大大地伸了个懒腰，回望身后灰蒙蒙的实验室，空无一人的房间清清冷冷，莫名竟还带出一丝凄凉。

怎么平时没觉得呢？

低头看表，已过十点，往常这时艾阳早守在电脑前陪她一起修改模型，可是今日……洛一远远望向军营外围起的人群，呐喊声隐隐传来，是难得一回的篮球赛啊！没忍住好奇，她慢慢朝人群走去，越靠近欢呼声越大，可惜魁梧的军人挡住了视线，她完全看不清里面赛事的进程。

幸好，David看到她，走过来一把揽住她的肩，拍了拍身前的士兵。士兵回头看见洛一，自然地侧身让出一条道，又招呼前面的人。就这样，在军人的礼让下，洛一挤到第一排，激烈的赛况随那混杂着汗水的风迎面而来。

有人进了球，欢呼声排山倒海。炙热的氛围感染了洛一，她还没弄清楚状况就跟着欢呼起来，温柔的声音夹在浑厚的男声中，一下子就吸引了那名进球队员的注意。转身，队员冲她挥了挥手，阳光恣意的模样仿佛带着光，正像他方才进球那般横冲直闯地闯进洛一的心房。洛一瞬间失声，空白的大脑只记得自己机械地抬手，挥舞着，朝那明媚的人影大声喊："艾阳，加油！"

比赛继续。

阳光下，艾阳带球机敏地绕过围追阻截直奔篮下。身前豁然筑起一道墙，他无所畏惧直面而上，手中的球却在瞬间飞向身侧，突破防线的队友接球，两人一左一右，默契突围。在艾阳一跃而起之时，球自队友手中抛出，在他掌心划出一道干净的弧线，利落地进了篮筐。

'Wow, good job！' 全场躁动，洪亮的欢呼声中隐隐传来几句中文，"艾阳，好帅！好帅，艾阳！"

艾阳侧目望向兴奋的洛一，身后魁梧的军人映衬她娇小的身躯，挡不住她脸上如阳炙烈的笑容，光一般照进心房，暖暖的，柔和的，撩拨起他心里蠢蠢欲动想赢的劲儿，他很想拼尽全力维持住她脸上崇拜的神情，所以，他接连发力，在之后的比赛里连续进球，将比分拉开差距。在球场气氛达到顶峰后，他朝场边的候补队员招了招手，自己却朝场外走去。

一路上，他同观赛的军人逐个击掌，听着来自四面八方传来的赞扬，'Dr. Ai, you're on a roll today!'

'Great job，Dr. Ai！'

'Cool！'

……

可他最想听到的只有一个人的欣赏。

慢慢地，他朝她走去，一步又一步，探向她欢笑伸来的手，指尖相触，他没有像同旁人那般简单击掌，而是鬼使神差的用力握紧那只温暖的手，贪婪又不甘心地攫取上面的温度。

洛一有些惊讶，那只手像是洞察到她摇摆不定的心一样，无所顾忌地冲破防守握稳了她的心脏。微微抬头，她迎上那双清澈的眼，眼里真挚的笑仿若流水般轻拂她的惊慌。所以，她没有退缩，也用心地抚了抚他的指尖。艾阳微微挑眉，松开了手。

没有再向前，他留在了洛一身边。

一高一矮两个人，目不转睛望向球场，可没人知道，那两颗同样砰砰乱跳的心所关心的早已不是旁人眼中的赛况……

球赛结束，军人各自归岗。

洛一和艾阳踱走向实验室，一路静默无声。

"周六是这里的常规赛，我们都会去打球。"不知该说什么，艾阳只能聊聊刚结束的球赛。

"嗯。"洛一点头，有些心不在焉。

"你怎么了，不舒服吗？"艾阳关心道。

"没有……"洛一抬头，望向艾阳的眼带出些许遗憾，想到下周六自己已然离开，再也看不到他在球场上挥汗如雨的模样，心里莫名感伤，可她不想让他知道，于是强忍着即将夺眶而出的情绪，挤出一抹笑，故作轻松道："我在想你打球时怎么可以这么帅！"

艾阳的脸蓦然涨红，"你……"张了张口，他想说些什么，可话到嘴边，还是被咽了回去。最终，他也没有说出这句："你喜欢我就打给你看。"

两个人的错过，或许，只在一念之间。

……

午餐后，David走进实验室，问正在工作的二人想不想一起去集市采购生活用品，洛一随即答应下来。

"可是模型……"艾阳迟疑。

洛一顺手搭上他的肩，"小朋友，工作是永远做不完的，不如及时行乐！"

艾阳诧异，这话一点儿也不像洛一能说出来的。

David点头，用僵硬的中文附和，"Dr.Luo没说错！"

艾阳幽怨地瞅了他一眼，"瞎起哄！"

"哈哈哈哈哈……"

军车在断壁残垣间停下，几人下车，顺着被沙土掩埋的石阶往墙内走去。周围的房屋残破不堪，有地基裸露在沙土外，似不堪重负似的蜷起木边，令整栋房屋显得岌岌可危。破不成形的街道尽头，转个弯，忽然出现一处集市，人们在地上随手铺块布，沿石垣而立，卖瓷碗、卖炖料、柴米油盐，熙熙攘攘占据一条街，短短十几米的路像是聚起整片区域的居民，叫卖声、杀价声夹杂在邻里间的问候声中显得生机勃勃。有孩童拨开人群，你追我逐，欢笑声惊动了静坐在石垣上的老者，老人笑起来，露出空洞的牙床，脸上沟渠显示着岁月沉浮。

没有人不为这战乱中珍贵的宁静而动容，洛一也是如此。

缓缓地，她停下脚步。

"怎么了？"艾阳回头问。

深吸一口气，她压下鼻尖忽然浮起的酸意，断断续续道："你们先走，我等下就来。"

艾阳转身同David说了些什么，David朝洛一点了点头，带领随行士兵先行离开，而艾阳则静静站到洛一身后，望向她望着的方向，没有打扰。

墨镜下，有泪悄无声息地流淌。洛一轻叹，明明是绚烂夺目的阳光，明明是明艳动人的笑容，明明是生生不息的景象，可就是让人有种说不清道不明想要流泪的动容……

漫步于市集，洛一在一个货架前驻足，从琳琅满目的首饰里拾起一串小小的链珠，珠链中间的绳线还牵出另外一条链珠。手中这串是一半粉一半白中间由一颗银质圆珠分隔，而荡在空中那条，半黑半白间穿着一颗正方体的银块，洛一细细打量珠链，晶莹剔透的粉水晶在阳光下闪闪发亮。

"喜欢吗？"艾阳问。

洛一点头，眼见他付钱，才慌忙道："哎，我没说要买。"

她出手相拦，被他握住手腕。

"没事儿，喜欢就买，一个小东西而已。"说着，艾阳将两条珠串一齐套上她的手腕。

'No,no,no.'卖珠串的婆婆摇头，急着将洛一腕上的珠串摘下，用剪刀剪断绳线，双手合十，将珠串藏于掌心，闭上眼虔诚祈祷，随后将粉色珠串戴给洛一，另一条则套在艾阳腕上，做完这一切，婆婆才心满意足地望向两人。

洛一有些不知所措，指尖轻触腕上的珠串，抬头望进艾阳的眼，那双眼里带着温柔的笑，如清风流水，涓涓细柔。

两人继续向前走，谁也没有说话。

感受手腕上传来的丝丝凉意，洛一捂住心口，那里，一颗躁动的心宛如迷了路的小鹿，怀揣着对大自然毫无防备的勇气，横冲直撞……

途径一排小店，洛一包里传来一声响，她翻出手机，上面居然有了 Wi-Fi 信号，抬头看屋顶歪歪斜斜挂着的店名'From Here to Eternity'，她蓦然笑起，这家店还开着，都过去七年了啊！更令她惊讶的是，自己那复制原系统的手机居然还能自动连接这里的 Wi-Fi。

望着那道破旧又熟悉的店门，洛一回忆起七年前自己风风火火冲进店里，撞倒了站在门口店主的儿子，小男孩儿哭个不停，她慌慌张张掏出根棒棒糖去哄，才止住对方震天的哭声。许是从未见过带把儿的糖，小孩儿举着糖小心翼翼舔一口，天真烂漫的笑容瞬间遍布眉眼，连洛一也跟着笑起来。

"要不要喝杯东西？"洛一晃了晃手腕上的珠串，"就当是我谢你送我礼物。"

"好。"艾阳点头。

两人一前一后走进酒吧。

刚进门，有人冲上来，艾阳一把将洛一拉进怀里，才堪堪与那人擦身而过。

洛一回头，迎上一双熟悉的眼。

"你……"她上下打量眼前这个端着酒水还莽莽撞撞的服务生，总感觉自己似乎是认得他的。

男孩看上去不过十三四岁的模样，一双大眼睛同样惊喜地望向洛一，"洛一姐姐？"

"姐姐？！"艾阳莫名。

"你是……Eric！"眼前这个几乎同自己一般高的男孩儿居然就是七年前站在门口哭鼻子的小屁孩儿，洛一瞬间感慨时光荏苒，"你都长这么大了！"

"当然！"男孩儿拍拍胸脯，"我都长成男子汉了！"

"哎呦，"洛一笑着拍了拍他的肩，"好厉害啊！"

Eric引他们去窗口坐下，自己先去送酒水。看着那道稚嫩又莫名坚韧的背影，洛一轻叹："七年前，我到这里上网，认识了他。你知道，这里方圆百里没有信号，只有这家酒吧提供Wi-Fi。那天，我来店里上网，一进门就撞倒了这个男孩，那会儿他还是个不大点儿的小豆丁，一转眼，长这么大了。"

艾阳点头，"都七年了。"

"是啊，七年了……"

拿出手机，洛一摩挲着上面岌岌可危的信号格，这是此刻她同外界唯一的联接，"你看看想喝什么，我看下邮件。"说着，打开手机。

微信上亮着一个红点，安安静静，没多理会，洛一径自用保密系统登录公司邮箱，开始浏览邮件。几封带着感叹号的邮件率先引起她的注意，那是晓晴发给数据部的邮件，只抄送了自己。

洛一数着，一封、两封、三封，三封邮件均无回复。

一般情况下，但凡邮件带上"！"便表明内容重要需及时回复，可连续三封未得答复，实在是太奇怪了。洛一不知组里发生了什么事，所以，只回复：Please help.

一声铃响，有短信进来，她点开信息看到留言，微微攒眉。

"怎么了？"艾阳问。

洛一抬头，迎上他关切的眼神，微微一笑，收起手机道："工作上的事，我回去解决。"

"不要紧吧？"

洛一摇头，指尖摩挲珠串，慢慢收紧，"不要紧，等我回去……"

看着她忽然冷下的脸，艾阳心中一悸，没再追问下去。

"等会儿陪我去个地方，"洛一环顾四周，"我记得这附近有家香氛店，不知它还在不在。"

"好。"

这时，Eric走来，手里端着两杯鸡尾酒，"姐姐，这是我调的酒，你尝尝。"

"不错呀，你还会调酒！"洛一端起酒杯，抿一口，甘甜顺舌尖沁入喉咙，酒香微醺，她眉头一挑，"嗯，很好喝。"

"你没尝出这是什么味道吗？"Eric眼里闪着希冀。

见他如此认真，洛一又尝一口，思索这熟悉的味道，"很甜、水果味、像柠檬、又有点草莓味……"她似乎摸到记忆的尾巴，眼神逐渐发光，

"是那颗棒棒糖的味道！"

Eric 瞬间笑开了花，"姐姐，你还记得啊！"

"怎么可能忘记！"那一回来，她带了好多糖，自己只尝了两根就把剩下的全送给了他。

Eric 忆起儿时的味道，眸光奕奕，"我从没吃过那么好吃的东西。姐姐走后，糖吃完了，我就想复制出那种味道，尝试了好多次，终于调出配方。我想让这里的人都尝尝，这种我们这里没有的、外面世界的味道。"

洛一望着他，心一下子柔软起来。

有种力量，是境遇不能困住的，那就是梦想。

有客人进门，Eric 去接待，洛一望着他的背影，是那般清瘦的模样。她从兜里拿出钱包，从里面抽出两张二十美元，又找出一张小票，转头问艾阳，"你有笔吗？"

艾阳摸摸衣兜，掏出一只笔递给她。

洛一翻过小票，在背后写下自己的邮箱、电话以及在美国的住址。

写字的时候她的钱包安安静静躺在桌上，艾阳看到透明夹层里是一张男孩的照片，男孩看上去不大，十几岁的模样。

他随口问："这是谁？"

洛一抬头看去，眼中的眸色忽而黯淡，指尖轻轻摩挲钱包，淡淡道："是我弟弟。"

这时，Eric 走过来，看到杯子见底，明朗的笑容瞬间闪现，"姐姐，你们喝完了，觉得怎么样？"

"特别好喝！"洛一笑着将钱和纸条递给他。

Eric 摇头，把手背在身后，"姐姐，这杯酒我请你。"

洛一笑着将钱硬塞给他，"这杯酒我已经答应这位哥哥要请他，下次我单独来，你请我，好吗？"

Eric 看看洛一，又看看艾阳，迟疑地接过钱，"这也太多了。"

他正要把多余的钱还回去，洛一握住他的手，"Eric，拿这些钱多买些书看，外面的世界真的很大。"

Eric 的眼神晶亮，阳光下，他大大的笑容是那般纯净与美好。

告别 Eric 时，洛一同他约定一定会再来。其实，她很想告诉他，如果可以，一定要去看看外面的世界。但是，这样的话，她不知适不适合在这种情形下提及，有种无奈叫做：若是没有希望，便不会失望吧……

两人在不远的香料铺买了几包香料。回头，洛一看向那间小小的不知能不能被称为酒吧的酒吧。她看到 Eric 站在门口向她挥手，原来，他的目光一直追随着她。

洛一笑着冲他挥手，然后便看到一条白色的线划天空而来。瞬间，艾阳扑来，将她紧紧按在身下。

一声"轰隆"巨响，响彻天际……

Chapter 4.
都说，可以把后背露给对方的，都是过命的交情

—

作者寄：愿世界和平！

窄小的单人床上，晓晴蜷缩在角落，被子铺在身下，她和衣而卧，身旁摊开的电脑已然黑屏。有光透过窗帘缝隙照在脸上，她动了动，缓缓睁开眼，天已大亮了啊。回头看闹钟，八点一刻，她"噌"地一下坐起身，匆忙打开电脑。

　　等了一宿，邮件无人回复。晓晴自己也知道，白天都得不到的回复夜里怎么可能得到，更何况今天是周六，可她就是睡不着，哪怕有一丝希望，她也想等下去，等着，等着，越发心焦。倘若拿不到数据，她怎么修改报表，若周一再交不出新报表，事情弄大该怎么办，她真的很怕很怕。

　　忐忑间，她点开邮箱，一封来自数据部的邮件赫然置顶，她的心瞬间揪起，颤抖着手点开邮件，上面简单写着："新数据将于周一早上发送，结果以新数据为准"。

　　长长的，她舒出一口气，指尖往下滑，看到洛一的回复，'Please help.'

　　原来，是老板帮了她！

　　豁然间，有温热的液体夺眶而出，她再抑制不住焦灼的情绪，蜷起身子不住地颤抖，"谢谢老板，谢谢您，谢谢……"

"洛一，洛一……"

"嗡嗡"的嘈杂声里有人不断呼唤一个名字，洛一艰难睁眼，眼前人影憧憧，闭上再睁开，意识慢慢重聚，她终于想起自己便是那个被呼唤的人，而眼前之人正是艾阳。

见她苏醒，艾阳松了口气，将她揽进怀里，递上军用水壶，"把这个喝了。"

洛一毫无防备地被灌下一大口苦涩的液体，苦味充斥口腔叫人无法下咽，她挣扎着想要吐出，一只温暖的手轻抚背脊，有呼吸温热拂过耳垂，"洛一，咽下去。"她只得强忍不适吞下液体，药效瞬间直冲大脑，召回她涣散的意识。

坐起身，她环顾四周，烟雾迷蒙间军人们抬着担架来去匆匆，血渍顺担架稀稀拉拉滴落，救援声、哭喊声，声声刺耳。

这是怎么了呢？

洛一记不起这里究竟发生了什么，直到她看清残墙断壁下，一个扭曲的招牌被人随意踩踏——'From Here to Eternity'，犹如被惊雷击中，她这才意识到方才那震天巨响，竟然是……

竟然是……

"不要，Eric！"她趔趄着爬起身，发疯似的奔向废墟，不顾艾阳阻拦，拼命喊：'Eric，Eric！'可惜，撕心裂肺的哭喊融进悲怆的洪流里，激不起一息回应。

不知艾阳做了什么，有军人脱离队伍朝他们快步走来，'Dr.Luo, don't stay here, it's dangerous!'

'David？！'待看清军人脖颈间掉出的军牌，洛一这才认出眼前这个满脸黑尘声音嘶哑的人竟然是 David，仿佛抓住救命稻草般，她飞奔上前紧紧握住他的手臂，急切道，'Where's Eric, is he…'深吸一口气，洛一停顿片刻，终于问出，'Is he still alive?'

David，'Still alive but barely. Performing emergency operations right now.'

"还活着……"洛一松了口气，身体犹如被掏空般瘫软在地，"活着就好……"

活着就好……

从何时开始，她的愿望竟变成只要人活着就好？！

David，'The explosion caused the bar to collapse, burying many people including Eric's parents. We're doing our best to rescue, time is running against us.'

'Is there anything we can help?'艾阳问。

David 摇头，悄声对他道，'This area is very dangerous, bring her to safety as soon as possible.'

艾阳不觉抱紧洛一，'I will.'

David 看了他一眼，没再说话，转身走进废墟。

鲜血是红色的吗？

不是。

在这里，鲜血与黄土混合，变成黑色的泥，一块块被压实再被抬起，人被从沙石里拖出，完整抑或是不完整的。

刚才还是一片祥和的街道，转瞬变成炼狱，这个坚持了七年的小酒吧，在一声巨响里消失不见了……

怎么会这样？

心若被巨石压住，除了沉重再感受不到其他任何情绪。

"人在极度悲伤时是不会哭的，会哭是因为还不够悲伤。"

不知是谁曾对她说过这句话，直到此刻洛一才切实体会到它的真实。

抬起头，她近乎哀求地望向艾阳，手颤颤巍巍寻到对方的手臂，努力出声道："你能带我去看 Eric 吗？你知道他在哪儿，对吗？"

她从来都是笑着的，所以，艾阳见不得她如此悲凉。抬手，他心疼地摸了摸她苍白的脸，柔声道："我可以带你去见他，但你千万不能激动，进了 ER 的人，情况不会太好。"

"好。"洛一点头，沉痛的心已感觉不到更多伤痛。任由艾阳牵着，她随他往墙垣边走去，那里，一个由简易帐篷搭建起的救护所正传出一声声剜心的惨叫。

洛一的害怕无处躲藏。

终于，两人来到门口。

"你确定要进去吗？"艾阳的手触及帐帘，可他犹豫着还想再问问身后的人，你确定要面对这残酷的一切？

洛一凝重地点了点头。

她怎能不去呢？

艾阳明白，所以，一把揭开帐帘，里面是洛一从未想象过的惨况。

曾几何时，她天真的以为生灵涂炭的场景只会出现在博物馆的油画里，人们用想象渲染历史的沧桑，所以才极具冲击与争议。可是今时今刻，面对如此血腥的场景，她才深刻意识到，或许，炼狱般的世界的确存在，冲击正是因为真实，而争议——

只是因为有人想掩盖，有人想揭开罢了……

强忍内心不适，洛一随艾阳走进这犹如炼狱般的营帐，每一张床都承载着一个万般苦楚的灵魂，洛一不忍去看，侧头将脸埋进艾阳心口，用耳边那强有力的心跳声驱走迫心的惨叫。

墙角简易的担架床上躺着一个全身裹满纱布的人，或许因为年纪小，那人看起来过于消瘦。

没有靠近，洛一已然知晓，这个安安静静躺在病床上的人就是Eric。

'Eric…'她轻声唤。

那人一声不吭。

她想确认他平安，又怕打扰他休养，迟疑着，又唤一声，'Eric…'

"他还在麻醉中。"窗边，正在给另一个病人包扎的护士对洛一道："截肢手术很成功。"

"截肢手术？！"洛一望向床尾，殷红的床榻上一片空荡。

一束光破帷帐而来静静照在的孩童身上——

"我想让这里的人都尝尝，这种我们这里没有的、外面世界的味道。"

"姐姐，下次，你一定再来！"

"你再来，我请你啊！"

明媚的笑脸，笃定的人，站在阳光下冲她挥手，是笑着的，是充满希望的，她以为他还那么小，还有无穷无尽无忧无虑的未来，她甚至都没来及和他说声："再见。"

再见，再次相见，还能再见吗？

"啊……"她死死揪住艾阳的衣襟，内心的恐惧、沁入骨髓的悲哀统统袭来，她挣扎，她想逃，她想赶快赶快离开这里，不再面对这无法承受的伤。

就如七年前，一样……

一双手伸来，包裹住她的同时，将她一瞬抱起。

艾阳抱着洛一大步踏出营帐，直到将身后的一切远远隔绝，才将她轻轻放下，而洛一在落地的瞬间疯狂朝戈壁跑去。

艾阳追随她的身影，不远不近。

洛一猛然停下脚步，冲他大喊："我想一个人静静，你走开！"生硬的语气没留一丝情面。

艾阳在她的吼喊中停下，望着她离去的背影，第一次真真正正感受到什么叫无能为力……

这里很宁静，这里很喧嚣；这里有最纯净的笑容，这里有最血腥的杀戮；这里的人民每一天都在向往生活的美好，生生不息；这里的统治者每一刻都向全世界宣誓无礼的霸道，毫无顾忌。

蜷缩进土垣的阴影里，洛一将头没入膝盖嚎啕大哭，她已经很久没有这样放声哭泣了。

哭声回荡在岩壁间，不知惹了谁心疼。

直到哭累了，洛一抽泣着抬头，她才发现不远处的大石头上，一个人影正坐在太阳底下一动不动注视着她。

见她抬头，那人从石头上跳下，犹豫再三才慢慢靠近。近了，艾阳低下头，看着那双哭红的眼，叹了口气，缓缓坐到她身边。

这一回，洛一没有驱赶。

"你，还好吗……"艾阳轻声问。

洛一摇头，有泪掉落。

艾阳想去擦，可交织在一起的手像是失掉之前的勇气变得迟疑又犹豫，"我知道，你害怕，放心，我会护着你的。"

一瞬间，那双含泪的眼像是被触及心事般，露出一丝不屑一顾的笑，"你？！"她眼里的不信任过于直白，甚至有些伤人，"你会保护我？多久呢，一周还是一个月？你的目的是什么？为了课题顺利完成，自己顺利毕业？"她越说越伤人，完全像是变了个人似的，浑身带刺，"这年头，还是靠自己比较实际。"伸手，她抹去脸上的泪，手上的泥在脸上抹出一道黑，艾阳看到想帮她擦，可最终还是转过头，只留沉默。

洛一一直哭，艾阳一直沉默。

过了好久，哭声逐渐变成抽泣，她才抬手附上他的手臂，梨花带雨道："对……对不起……你，我……不……不应该……"

"嘘……"艾阳一把将她揽进怀里，小心翼翼，倍感珍惜，"不用说对不起。"他的声音很低，在她的耳畔回响，"我会护着你，没有期限……"

很久很久以后，洛一对艾阳说，当我刚及成年，一起长大的弟弟意外去世，我便不再相信永远；当我接二连三被自己所爱之人伤害，我就不容易相信爱情；当我在最无助时得不到父母的支持，甚至被推往更黑暗的深渊，我便与亲情渐行渐远。所以，在这个世界上，我只有自己，我只相信只有自己加倍努力，才能换取想要的一切！

那时，艾阳就想，不会有人一直孤独。孤独，是因为还没遇到合适的人愿意同你并肩而行。但，现在的你，遇到此时的我，从此，你便不再孤单。

艾阳望着洛一，阳光下，她脸上的泪水晶莹剔透。他忽然就明白了，一个人爱笑并不代表她不会悲伤，或许正因为曾历经万般苦楚，她的笑容才那般具有感染力。

正所谓，笑是因为泪都是留给自己的。

……

这里的情况一天不如一天。Kim 收到上级指令，项目需提前结束，他决定待这一期数据采集完便带艾阳离开，后续分析等回校后再做。这些天，洛一和艾阳外出采集数据，爆炸前后指标的变化对研究来讲至关重要。

车在荒芜的废墟间穿行。黄昏映衬下的沙漠，绚烂的金色遮掩苍凉却赶不走战火洗礼后死寂。

都说有人的地方就有喧嚣，但这里不是。

车在由简易帐篷搭起的居民区前停下，洛一背着包下车，一眼看到帐篷前围坐的居民，一大群人守在岌岌可危的篝火旁看护那被炮火轰的不成形的大铁锅，晚饭飘香，可没有人说话，人们脸上似乎除了专注再无其他。

没人抱怨现实的不公吗？

洛一却听到那以最平静的方式申述的生命的不屈。

夕阳将剪影投射在干涸的土地上，硕大的背包似乎要将她娇小的身影吞噬，可即便包再重，她都倔强的挺立着，踩着厚重的军靴，一步一步向前走去。

废墟外的平坦处，是今夜他们歇脚的地方。

没有可栖身的房屋，洛一从背包里抽出统一分配的军用帐篷。搭帐篷对洛一来讲是个新鲜事。面对摊开一地的零件，她第一次觉得无从下手。

艾阳走来，身上除了背包还挂着大大小小的炊具。放下包，他径直走到洛一身前，拾起断成一节一节的钢管轻轻一抖，钢管就在他手中"嗖嗖嗖"地接成一根长管。

"这么神奇？！"洛一惊讶，学着他的模样拿起另一堆管子向外一抛，钢管瞬间立起，后劲儿大到吓了她一跳。捂住心口，她脸颊绯红，抬手示意艾阳，像是讨夸奖似的摇了摇手中的长管。

艾阳宠溺的说了声"好"，接过钢管将其十字交叉穿进摊平的帐篷里而后用力一拉，一个小巧的帐篷瞬间完成。

看着他娴熟的动作，洛一忍不住问，"你经常搭帐篷吗？"

艾阳点头，"我很喜欢露营。"

"露营？！"洛一的眼睛瞬间闪亮，"那可是我一直想做但没机会尝试的事！"

她的眼灿若星河，艾阳从里面看见自己的倒影，是笑着的，是充满希望的，"以后，我带你去露营。"

"好！"

他这么说，她便也这样答。

夕阳像是迸发出最后一息力量照在黄沙上，给这漫无边际的沙漠披上一层璀璨却柔和的光，沐浴在光里，洛一忽然觉得眼前的景象似乎不再凄凉。

望着天边，夕阳映晚霞，一片鎏金，洛一感慨道："其实不用等以后，我们现在不就在露营吗？"

艾阳回头，看她眼里的风景，笑道："是啊，很特别的露营。"

远远的，David招呼大家生火，不一会儿，在众人齐心协力下，一个简易的灶台搭建完成。

架起锅，David麻利地将速食罐头倒进锅里，牛肉、黑豆、脱水的蔬菜兑水，搅拌均匀后，他指着锅里混沌一坨的东西，略带调侃道，'This is our dinner, so precious！'

望着他骄傲的模样，众人无语，倒是洛一率先舀起一碗汤，笑应道，'Sounds delicious！'

艾阳望着洛一，她带笑的眼里毫无介意，彷佛"难以下咽"、"味同嚼蜡"这类词从未出现在她的字典里，正如之前她守在实验室里一夜夜熬着，身着单衣，简单露宿，似乎再艰苦的条件都抹不去她明动的笑颜，艾阳不禁想，从前，她究竟吃过怎样的苦，才能变得如此从容？

心事是藏不住的，所以，当洛一望向艾阳时，直接望进他阴郁中充满忧伤的眼。她以为是他吃不惯一锅乱炖的食物，于是，悄声安慰道："出门在外，吃饭自然没得讲究，咱们动作快些，差不多三天就回去了。"

艾阳垂眸，掩饰眼底即将决堤的心疼，拿起地上的碗，默默盛了一碗汤，抿一口，酸甜苦辣，五味杂陈。

洛一轻声问："你还好吗？"

艾阳依旧低着头，没有说话。

洛一："你是想家了吗？"

艾阳一瞬抬眸，眼里的汹涌让洛一微微一愣。

不想家，她是不信的，所以，她自顾自道："这里是挺苦的，再坚持一下，过几天，你也能回去了。"

"不是，我没觉得苦。"艾阳闷声道。

没觉得苦？！那是为什么呢？虽说满心疑惑，但洛一并未问出口。

艾阳自然也没有说，他其实是在心疼她。

低头，他恰好看清洛一卷起的裤管下纤细的小腿，腿上不规则排列着大大小小十几个蚊子包，殷红印记藏不住一块黄豆大小深陷的伤疤。疤虽小，但在她白皙的腿上格外明显，艾阳早就注意到了，可一直小心翼翼不敢多提，直到今天，借着内心苦楚，他才终于问出口："你这伤是怎么弄的？"

洛一错愕，她从未想过那些深藏心底的事会如此直截了当地被人提及。微微蜷起身子，她将腿抱进怀里，挡住伤的同时，并未真正逃避问题，"你真想知道？"她唇角的笑太过勉强，彷佛面具般岌岌可危地挂在脸上，一碰就要掉了。

艾阳觉得此刻将笑未笑的洛一分外陌生，是因为自己触碰到她不想说的事吗？不忍强求，他正要转移话题，只听洛一平静道："是我前男友打的。"

前男友，打的？！

这个答案，艾阳万没想到。

心像被一只手狠狠攥紧，捏出了血还带着腥，又湿又疼。

他直截了当地盯住洛一，望着她逐渐失去神采的眼，她在回想那些令她伤痛的事啊！

沉寂多年的夜在悄无声息间涌现脑海，洛一明白，好多事不是想忘就能忘掉的。

那夜发生的事，起因很简单，无非是男人趁她洗澡时翻看了她的QQ聊天记录，里面她对朋友倾诉他不停出轨、言语上的羞辱、以及被感知到的潜移默化的精神虐待。朋友劝她分手，她自己也知道，这段关系迟早到头，可她万没想到，当这些话被男人看见，会带来那么悲惨的后果——

当她穿着短衣短裤走出卫生间时，男人正阴厉地提着皮带守在门口，他的脸隐在阴影中，她看不清他的神情，却感知到他恼羞成怒。挡住她可以逃离的路，男人挥起皮带，毫不手软地重重抽打在她毫无保护的身体上，皮带是军用的，硕大的铁扣甩在身上，铮铮厉响。她痛的节节败退，却没有叫，更没有求饶，这下男人被彻底激怒，如同疯了一般将皮带狠狠甩向她的小腿，铁扣坠落处瞬间将骨头凿出一个坑，连皮带肉深陷其中。洛一仿佛被雷击中，蜷缩起身子，护住腿不住颤抖。

男人还在疯狂抽打，可她却只注意到那不断流脓的骨头，原来，骨头受伤是不会流血的，它只会流出黄色的液体，浓稠的，带有腥气的……

后来，男人打累了，把皮带往澡池里一丢，走到客厅中央的地毯上坐下，抬起那只殴打女人的手，拍了拍身侧的位置，像唤狗一样唤道："过来。"

她没有动。

男人冷笑，又重重拍了拍身侧的地毯，幽幽道："过来！"

语气不容置疑。

她只得拖着重伤的身体一点一点蹭到他面前，狼狈至极。

这时候呢……

电视剧里演的其实就是生活的缩影，这个时候就轮到男人表演忏悔的戏码，真心或假意，总要演上一出。

待她靠近，男人一把将她搂住，像是害怕玩具被抢的男孩，哭着不肯松手，"你以后别再这样了，好吗？"

别再这样……

别再哪样？

所以，刚刚发生的一切归根究底都是她的错吗？

她颤抖着，没有回答，一双大眼睛紧紧盯住屋顶的灯，灯很亮，可她眼里一片黑暗。

自那以后，两人之间没再出现如那夜一般的狂风暴雨，但也是从那一天起，她真正打起想要离开他的念头。后来，他们又纠缠了很久，直到男人同说不清是第几任的出轨对象结婚，她才总算落得清净。

这段关系几乎耗尽洛一所有的精力，以至于，之后，她遇过许许多多人，有过各式各样的追求者，可她再无心力为谁停留。

"这就是疤痕的由来。"洛一叹了口气，淡淡笑起。过了这么多年，她以为自己可以很平静地说出这句话，可话到嘴边，才发现自己早已泣不成声。

哭泣，是为了那个人那段情吗？

不是。

这种悲伤更多来自于心疼当初那个小小的自己。

倘若现在的她能回到多年前，回到那个因为气自己没有勇气离开而狂扇自己耳光的女孩儿面前，她一定要大声告诉她，以后的你会拥有很多东西，现在你要做的就是努力放手！

望着洛一，她的泪伴着他的心疼，艾阳第一次感受到什么叫做感同身受，喉咙像被人勒住呼吸，他觉得自己就要窒息了。

"对……对不起……"他艰难道歉，眼神不由自主瞥向被她藏起的伤，又不忍心地别过脸，避免一丝一毫伤她的可能。

"没事儿……"洛一淡淡笑着，眼神越发淡漠，"好久以前的事了，我都不记得了。"

她故作坚强的模样被艾阳看进心里，一阵钝痛。翻腾绞覆的情绪一下一下冲击原本坚强的心脏，他觉得，自己坚守的堤坝就要决堤了！

远处，一个小男孩跑来，手里提着个布袋。David 迎上去，从男孩高高举起的手里接过袋子，打开来一看，立马伸手摸了摸他的脑袋，那孩子"咯咯咯"地笑起来。转身，David将袋子里的东西递给洛一，那是一块干瘪的还带着热气的饼。

"是这孩子的妈妈做的，让他送来。"艾阳在她耳边翻译男孩儿的话。

饼只有一块，洛一的心却格外温暖。

她掰下两口饼，一块给艾阳，一块留给自己，然后把饼传了出去。

男孩站在远处怯怯地望向他们。

洛一将饼塞进嘴里，拿起包，朝他招了招手，手里不知何时出现一支棒棒糖。

男孩趔趔趄趄跑过来，从她手里接过糖，舔一口，咧嘴冲她笑，露出缺了门牙的牙床，连带着两只眼睛眯成一条缝，欢天喜地举着糖跑回营地。

洛一笑起来，无忧无虑。回眸间，她撞进艾阳深邃的眼，眼波如深海，汹涌而来，她像个溺毙在海浪里的人，忘了自己忘了伤，只留一颗砰砰乱跳的心脏，无以压抑。

夜色浓重，篝火熊熊燃烧，火光染红夜幕也温暖了孤凉的人。

皎月下，一群人朝这边走来，是几位身着长袍的女子，她们怀里抱着孩童，手中还拿着什么东西，清淡的容颜上是最明媚的笑脸。

'May we?'一名女子用蹩脚的英文问，并指了指David身旁的座位。

David立马让出位置，'Of course！'

刚说完，他手中就被塞进一样东西，他低头看去，是一尊古老的铜杯。

'This is our traditional drink, welcome to taste.'女子说着，招呼孩子们给众人分发茶盏。

舔着棒棒糖的小男孩跑到洛一面前，举起小手将杯子递给她。糖果被他含在嘴里，只露棍子在唇边一抖一抖。

洛一笑着将孩子揽进怀里，轻声问，'How old are you？'

男孩儿似是听懂了她的话，伸出手比了一个数字七。

"七岁啊……"洛一笑着。

原来，在她第一次认识这个地方时，他才刚出生啊。

古老的歌声回荡在宁静的夜里，赶走黑暗的空虚，消散战后残败，悠扬、婉转、曲折、摇曳，飘向更远更远的地方。

艾阳忽然感觉衬衫袖口一紧，他没有回头，也没有动。细心的人仔细观察就会发现，他脸上的阴郁因为唇角微微上扬而一扫而光。此时此刻，他疼了一整夜的心啊，终于变得雀跃又彷徨，那是因为——

衬衫下，洛一的手正紧紧握住他的，犹如他们初识那天，十指相扣……

清晨的金融街喧嚣依旧。丛林般高耸的楼宇间，办公室如蜂巢里的洞穴紧密排列。镶嵌金冠的高楼在清一色深灰墨蓝的建筑间格外显眼。距离拉近，再拉近，硕大的落地窗里，一个修长的身影穿梭于看不见尽头的长廊，稳步急行。风吹过，掀翻她手中薄薄的纸张，她急忙将散开的文件夹捏紧护进怀里，像个押送珍宝的战士，英勇赴役。

身影在一扇玻璃门前停下，抬头望向上方的标识，"商业部"三个大字像是戳中惧怕的箭羽，令她不寒而栗。闭上眼，她深吸一口气，平稳心绪后推开了门。

"王经理，这是我新做的报表，基数与洛经理提交的一致，请您过目。"

老板椅上，王甜抬头，懒懒扫过对面年轻的脸，这张脸上带着明显的不安，正带着期待望向自己。

是期望自己给予正面回复？

王甜唇角咧出一个冰冷又不屑的笑，接过文件，翻开浏览，一页又一页，指尖划过那些熟悉的数字，越看越慢，越看越阴冷。

呵，没想到，又让你逃了……

闭上眼，王甜默默咽下心里翻涌的气，再睁眼，直视晓晴忐忑的眼，幽幽曳曳道："数据对上了啊……"

晓晴莫名松了口气，"对上就好，对上就好！"

"不过……"王甜指尖点着表格，想说什么又停下。

这样的停顿狠狠击中晓晴七上八下的心，她有些迫不及待地问："不过什么？"

"呵，真是心急！"王甜像是被惹恼似的将文件往桌上一扔，"你看看你做的报表，这里，还有这里，"她点着两处表格，唇带讥讽，"相同内容被你标示的完全不一致，你之前就是这样做总结的？难到洛一没教过你报表格式？"盯住晓晴，她神色严厉，"像你这样不用心做事的人，换作是我，压根连初试都过不了，洛一居然还招你进风险部，还真是……"

她没有再说下去。

当看清晓晴眼里翻涌的泪水时，她憋闷的心早已畅快无比。

将文件摔到晓晴身上，王甜压下想要笑出声的念头，幽幽道："拿回去再改，改不好，别再来！"

胡乱接住文件，晓晴道了句"谢王经理"便落荒而逃。

跑出商业部，停下身，她默默靠在墙上，怀里的文件是她熬了几个通宵才做好的，加班的疲惫、受辱的不甘让她忍不住想哭，可干涩的眼哪还有泪，她只能狠狠喘气，压下心里不断翻涌的委屈。

她不能为这样的事分心，还有好多工作等着她做呢！

翻阅报表，晓晴实在看不出自己这份和老板做的有何不同。

"问题究竟出在哪儿呢？"

转头向窗外，天空一片灰暗。

她默默叹息，"老板，你快回来吧，回来告诉我，我究竟该怎么做……"

七层的露天阳台，有光照在一片人工绿植上，绿意盎然间是打工人午餐小憩时最拥挤的地方。不过，在上班时间，这里一空旷，所以，此时此刻站在草坪上的两个人格外显眼。

"Tony，你为何这么快交出数据，你不是答应我再拖一周吗？"说话人是王甜，语气听着不是质问，而是威胁。

身后，那个叫 Tony 的男人小心翼翼的往前挪了两步，卑躬屈膝道："学姐，你是没看到，洛经理都发话了，我不敢再拖延。"

"她发话？"王甜转身，神色阴冷。

"可不是，"Tony 连连点头，"她回邮件，就俩词，语气那叫一个生硬，你说我再拖，不就太明显了嘛！"

王甜冷哼一声，嗤笑道："她倒是拼命，七年不休假，休假还多管闲事！"俯身，她望着楼下川流不息的车群，收起笑容，阴沉道："这一回，石头扔进湖里还没溅出个水花儿就沉了，真是没劲！"

"学姐，咱不急，这回不成不还有下回嘛，我就不信，咱还抓不住她的把柄？"Tony 谄媚的笑，"学姐，您丢的面子，咱迟早找回来！"

"但愿吧。"王甜抬头迎上好不容易透出的阳光，淡淡叹了口气。

Chapter 5.
若从此不再相遇，那么让我放肆一次

—

作者寄：再会，或许有一天会相遇，而再见，大多是再也不见。

洛一要走了，在这残破的地区转过一圈，收集完所需数据后。

临行前，她去看了 Eric，孩子的身体正在恢复，可内心创伤何时痊愈，大约只能交由时间来答复。

看着洛一一件件收起散落各处的行李，艾阳想上前帮忙，最终还是停下脚步。他迟疑着、犹豫着，最后，反倒痛快地一撩帐帘，大步跨出军帐。

或许不看就不会难过，不难过就不会如此失魂落魄……

洛一回头，恰好看到艾阳遗落在地面的剪影，剪影修长，拉向很远很远的地方，不知为何，她竟从那萧瑟的影子里看出一袭悲凉。

不能再看了！她警告自己。

她好怕，好怕自己会忍不住，惹来两个人的心伤……

'Dr. Luo，are you ready？' David 走进军帐，告诉她开往机场的车即将启程。

洛一背起包，环顾四周，这个由军帐搭建起的实验室相当简陋，可她仍在这里奋战到忘乎所以。短短两周，她像是与世隔绝了许多许多年。

不舍吗？

是真的。

能留下吗？

洛一默默叹息，转身走出军帐。

军车上，艾阳一个人不知在想些什么。

见洛一出来，他跳下车，大步朝她走来，接过她背上的包，目光略过她微红的眼，微微一怔，停顿须臾，他仓皇转身，压下心里无以言喻的悲伤。

洛一一直注视着他，不胆怯也不逃避。看他默默将行李放进后备箱又沉默地拉开副驾驶的门，洛一叹了口气，只能上车。

她想说些什么，可他却关上了门，她只得沉下心，咽下想说的话。

车子行驶在沙漠间，满眸萧瑟，无尽苍凉。

洛一靠着窗，躲在角落，默默注视艾阳。

气氛很安静，安静到揭开所有人的悲伤。

"艾阳，我要走了。"洛一轻声道。

艾阳不敢答，握紧方向盘的手慢慢收紧，目视前方。

洛一忽然有些委屈，甚至还有点怪他沉默不语。自此一别，她将回到东海岸，回到她按部就班的生活里去，即便之后他回校，从东到西，五千多公里的距离，相见亦难，难道，他真不想和自己说说话？还是说，他根本不像自己，这样不舍……

不舍？！她惊觉，自己竟然不舍得与他分离？

凝视艾阳年轻的脸，她想起他在阳光下笑着的模样，眸底清澈，自由的灵魂，是那样充满朝气，生机勃勃，同墨守陈规的自己还真是不一样。

七岁的差距、五千公里的距离、许多许多年的阅历横亘在两人之间，相差的不是一星半点儿！

她突然觉得心里很堵，很堵，两周时间同那么多年相比，算得了什么！

她轻笑，眼神飘向远方，摇摇曳曳，忽然没了方向。

她望着天，略过地，看穿天际，却未发现，身后，一道目光，灼灼相望。

车队终是抵达机场。

直升机的轰鸣声里，艾阳握着方向盘的手微微一松，一种无力感顿时涌上心头。

她，真要走了啊！

洛一大声道："以后，我们恐怕很难再见。"

艾阳喉结微动，半天才"嗯"了一声。

若再见不到他，她会后悔吗？洛一问自己，指甲刺进肉里，生疼生疼。

既是殊途，这一刻，可否放纵？

解开安全带，她侧身向他，轻声道："艾阳，分别前，你送我一个礼物吧。"

艾阳转过头，眼神认真，"你想要什么？"

洛一利落起身，跪坐在座椅上，慢慢朝他靠去，越近，身子越颤抖。

她想做什么？

艾阳的身体瞬间僵硬。

看着她的脸一点点靠近，漂亮的眼睛缓缓闭起，放出长睫毛上那只乱人心曲的蝴蝶，蝴蝶翩飞处，她的唇碰触到他的，艾阳的呼吸，就在这一刻彻底停息。

洛一唇角上扬，她像个得到糖吃的孩子伸出舌头轻轻舔着他的唇，他的防守是那样薄弱，只需稍加用力便被撬起，她大胆的长驱直入，带着那颗不舍的心，用力在他的唇齿间汲取安慰。

艾阳僵硬的手臂逐渐收回，僵持在空中不知该防守还是该进攻。他好不容易控制好的情绪啊……在她的攻击下，摔得粉碎！他的身子越来越炙热，大脑里的不舍、难过、纠结甚至是霸占统统袭来，叫嚣着要他将她留下。

反手，他想要将她禁锢，可就在手碰触到她身子的一刻，她豁然停下攻势，抬起头，一双清澈的眼睛直接望进他心底。艾阳觉得，自己在她面前就像被剥光一样，赤裸裸呈现出所有情绪，他一切的一切她都了如指掌，甚至可以轻易将自己玩弄于股掌之间。

他甘心吗？

他心甘情愿！

洛一定定望着他，道出一句：“艾阳，再见。”说完，推开车门，几乎是逃命般仓皇离去，没留给他一丝一毫挽留的机会。

艾阳跳下车，跟随她的脚步，看她跳进机舱，关上舱门。

看不见了啊！

艾阳只觉得心里发苦，很苦，很苦。

“洛一，再会。”他轻声念着，注视着逐渐上升的直升机，越飞越高越来越远，直至消失不见。

透过窗，洛一望向地面的人，嘴里有东西咸咸苦苦，“艾阳，你要记得我啊！”

艾阳：不会忘……

不记得自己是怎么回到营地的，一回去，艾阳便把自己关进实验室。

翻着这些天收集的资料，他就这么翻着，翻着，脑海里还是洛一笑着的模样，好像空气一动，自己又能闻到她身上的柠檬香，酸酸甜甜令人神往。

一个人的研究所，空空荡荡。

艾阳转头望向身旁空着的座椅，第一次感受到什么叫做失落。

打开电脑，他第一次查阅同科研无关的词：洛一……

再见艾阳，再会洛一。

早上八点的金融街繁华依旧。

突如其来的拥挤人潮令洛一格外不适应，抬起头，她望向缝隙间狭窄的天空，那种漫天漫地满眸金黄的景象恐怕再也看不到了。

再也看不到了……

洛一有些失落，心里某处像被凿开一个洞，空空落落，不知是为那灿烂的阳光，还是为那阳光下的人。在这条以金钱衡量价值的街道上，她心里忽然有了某种无法用物质填塞的悸动，该怎么办呢？

叹了口气，洛一走进公司，满眸鎏金同沙漠里的炙烈完全不同。她大口大口呼吸，却再感受不到那种能点燃灵魂的热情。抬头，她望向匆匆而过的人，切实感受到孤独这个词的含义。

可她不能沉浸其中，她还有更重要的事情要做。

理了理衣襟，同时理好情绪，她以饱满的笑容迎上远远走来的趾高气扬的人，亲切道："王经理早！"

王甜停下脚步，斜眼瞧她一眼，似笑非笑，"哟，看来洛经理玩儿得不错嘛，皮肤都晒黑啦！"

洛一看了看手背，似是惊讶道："您不说，我都没发现，还真是！"

风过，留香一片。

王甜吸了吸鼻子，"你用了什么牌子的香水，还挺好闻？"

"王经理识货！"洛一笑着从包里拿出特意包好的香囊递给她，"这是我专门为您准备礼物，知道您爱香，特意让老乡扎的香囊，纯手工制作，独一无二。"

"呀，这怎么好意思。"王甜脸上终于露出笑容。

洛一顺势拉起她的手，将香囊塞进她手心，"没什么不好意思的，一个小礼物而已。"

"那真是谢谢啦。"王甜没再推辞。

寒暄几句后，洛一势要离开，王甜叫住她，"洛经理回去可得管管手下，你不在的这些天，风险组的工作质量大不如前，你总不能一天到晚盯着他们吧！"

洛一惊讶，"有这样的事？！"

王甜点头，信誓旦旦道："这次失误事小，可到底有损部门声誉。"

洛一微微攒眉，似是颇为忧虑，"多谢王经理提点，我这就回去说他们，给您添麻烦了。"

"好说好说。"摆摆手，王甜转身走向商业部。一路上，她嗅着手中的香囊，眉峰一挑，颇为满足道："洛一，你也有低头的时候！"

望着她远去的背影，洛一唇角的笑逐渐加深，转过身，笑容就像按下静止键的影像，戛然而止。深深呼出一口气，她大步向前走去。

风险部就在眼前。

停下脚步，洛一没有即刻进门，而是透过玻璃墙，捕捉到重重人影间的一双眼眸，没有多言，那人随即起身向外走来。

"你回来了？"主管唐凌走来，满脸欣喜。

洛一的脸色总算有所缓和，"我不在这些天，组里一切可好？"

垂下眼眸，唐凌停顿片刻，"总体都好，只有晓晴……"

"我知道，"洛一冷哼一声，"刚才我遇到了王甜。"

"她没为难你吧？"唐凌满是担忧。

"没有。"洛一淡淡的笑，"这点小事算不了什么。"

"那，晓晴……"

"放心，我会处理。"

唐凌攒眉，"需要帮忙吗？"

洛一摇头，"这事从一开始就是冲我来的，你没插手是对的。"

唐凌："那……等下组会由我去开，你刚回来别太辛苦。"

洛一点头。

唐凌向前走去，刚走两步，回身又道："抱歉，千防万防还是没能防住。"

洛一笑，"没事，该来的总会来的。"

望着唐凌的背影，洛一叹了口气，随之走进风险部。

老板进门，组员们纷纷起身问好。

洛一脸上笑容淡淡，不严肃也不疏离。在经过晓晴时，她停下脚步，眼锋扫向屏幕上的表格，清冷道："拿上电脑进来。"声音不大，却足以引人注意。

众人纷纷朝晓晴投来同情的目光，邻座的 Kris 更是夸张到冲她比了一个加油的手势。

顾不得许多，晓晴迅速收拾好东西跟上，满怀忐忑地看着眼前利落的身影，心抑制不住地狂跳。

待她进门，洛一要她把门关上，率先走到会客的沙发边坐下。

关上门，晓晴战战兢兢挪到沙发边。

洛一拍了拍身旁的位子，柔声道："坐。"

语气如风般拂过晓晴慌乱的心，她像是溺毙前被抛下救生圈的人，瞬间有了求生的意志。

"给我看看你做的报表。"洛一道。

晓晴慌忙打开电脑，点开署名为"Work"的文件夹，从一列标示着"week1"、"week2"…"week11"的附属文件里拖出所需文件，展示给洛一。

洛一没急着检查报表，反而问："你来公司三个月了？"

"嗯，"晓晴点头，语气明显轻松不少，"三个月零两周。"

洛一唇角上扬，转头看向屏幕，在看到报表第一页时心中已然了然。指着其中一幅图，她问晓晴，"如果你是客户，看到这张图表时，要怎么分析？"

晓晴望向屏幕，又回看洛一，唇角微张却没有出声。

洛一移动鼠标开始修改，边改边道："重要数据用粗线体强调，数值标示清楚；横纵坐标轴按数据特征固定区间，同一数据出现在不同图表中时颜色、区域需一致……"余光里，晓晴认真记录她所说的每一句话，洛一不介意多教她一些，于是将几张图表依次排列，细细讲道："你看，这几幅图你采用小数进行绘制，而这几幅又用百分数，同一数据格式该统一……"她快速点击、输入、调试，几十秒的时间页面焕然一新，将屏幕转向晓晴，她轻声问："这下，你看出不同了吗？"

望着屏幕上清晰一致的图示，晓晴眼含泪水咽下不知何时而起的哽咽，轻声回："谢谢老板，我明白了。"

洛一点头，"你把剩下的报表重新编辑后给王经理送去。"自始自终没有一句苛责。

"是。"起身，晓晴向外走去，在出门的一刻恍然回头，迎上洛一淡然的眼眸。

"还有事吗？"洛一问。

晓晴慌忙摇头，积攒在心底的愧疚令她说话有些堵，可她不得不说。深吸一口气，她鼓足勇气道："老板，对不起。"

洛一很是惊讶，这件事对她来讲微不足道，待看清晓晴眼眶里的泪水，她蓦然想起自己初入职场时的境遇，何其相似。无关紧要的小事在职场新人眼里总是举足轻重。当岁月沉淀，历经百战后，惊慌失措变成游刃有余，事还是那些事，而人早已不是当初的人。她和晓晴对待这件事的不同在于，她是从途中回望，而晓晴还站在起跑线上。

她笑着，带起岁月留下的平和，轻声细语，"不用说对不起，以后的你看今天，会明白这些事有多么寻常。你做的很不错，只需在细节上加以提高。"她看着她，是上司的期许也是前辈的叮咛，"给你一个建议，将格式进行编程，但凡数据更新图表就自动生成，工作效率会大大提升。你可以做到，不要急。"

晓晴眼眶温热，她觉得再待下去就真要控制不住流泪了，重重答了句"您放心"飞奔出门。

身后，洛一的目光紧紧相随，她像是站在迷宫外的人看困在局中的人，那些坚定执着又肯努力的人最终都会走向终点，需要的仅仅是时间的沉淀。

她望向玻璃墙外忙碌的身影，这些都是她精挑细选招揽的人才，每个人手头都有忙不完的活，若还要分心顾及这些子虚乌有的事就太累了，思量再三，她拨通总经理助理的电话，约了下午两点同应凯单独会面。

昨夜抵达波士顿，今早八点上班，她只睡了四个小时。因为困倦，短短一上午显得格外漫长。琐碎事务处理起来可比在沙漠做实验要累的多。想起沙漠，想起漫天的阳光，洛一忽然想到阳光下笑着的人，心像被针扎一样，密密麻麻的疼，指尖不由抚摸腕上的珠串，那是她与他仅剩的联结。叹了口气，她埋下头，继续集中精力工作。

备忘录在一点四十五准时弹出。

拿着晓晴新改的文件，她径直走向总经理办公室。时间刚好两点，她抬手敲了敲门，未及门开，应凯的声音从里面传来，"怎么样，你玩儿的可好？"洛一微微一笑，推开办公室的门。

应凯在看到她的第一眼便笑，"哟，看来玩儿不错，都黑了一圈。"

这是什么形容！

她不予理会，径直走到他面前，递上文件，"这是上周的报表，请您过目。"

应凯闷声道了句，"又要公事公办？"见她不动声色，只得收起笑容，打开文件一页一页浏览。

"这是，那个谁……那个叫……麦什么做的？"

洛一点头，"是麦晓晴做的。"

合上文件，应凯眯起眼，"有你的痕迹。"

说实话，应凯严肃起来给人一种无形的压力，在他的审视下，洛一只得承认，"我刚才改了改。"

手指摩挲纸页，应凯似笑非笑，"你想说什么？"

洛一耸了耸肩倒是一脸坦然，"我想问你，这件事你知不知道。"

将文件往桌上一扔，应凯神色懒懒，"公司每天有那么多事要处理，这点小事，我怎会知道！"

"可你还是知道了，不是吗？"洛一唇角带笑，但那笑太过浅薄，根本牵不起脸上的酒窝，更别提掩盖眼底凌厉的冰霜。

应凯凝视着她，目光锐利。他最看不得她这幅冰冷到六亲不认的模样，仿佛连他都被划进敌人的领域，叫人抓狂。

叹了口气，他想试着亲手撕掉她脸上的面具，柔声安慰道："这点小事，即使有人到处说也掀不起任何风浪，你做事，谁不放心？"

"一件事没有影响，可如果事事如此呢？"

"怎么可能！"

"不可能吗？"洛一望着应凯，眼底流露出与她年纪不符的沧桑，"人没经历生死才会把时间浪费在这种没意义的事上。应凯，我没时间应付这些勾心斗角！"许是感知到自己语气激烈，洛一压低声音，近乎恳切道："更况且，高层之间不能通力合作，你知道后果将会是什么。这里是金融街，不是我们想来就来，不想离开就离不开的！"

应凯深深望着洛一，他很想知道这次回来她怎么像变了个人似的，如此直截了当戳破利害，之前她不是总劝他退一步海阔天空吗？

可应凯明白她是对的。

当初，他不遗余力邀王甜加盟是看准其强大的社会关系网，背景强大的人自然嚣张跋扈，他也未曾想会招来这样一个无穷无尽的黑洞。

转身，面朝大海，他沉声道："我来解决。"说完，摆了摆手，让洛一先行离开。

蔚蓝天空下，返航的游轮拉起号角静静行驶在波光粼粼的海面上，有海鸥追逐飘扬的旗，行云流水地迎风翱翔。眼前的风景如此宁静，所以人们自动忽略查尔斯河入海口处尖锐岩石间的惊涛骇浪。就像这条街上的风景一样，表象平静终究难掩吃人的竞争，而内部混沌就像游船年久失修，只怕经不起任何风浪。

应凯思索着，犹豫着……

金融街上声名鹊起的华人不多，他有幸招到两位实属不易。一个在他麾下多年，不离不弃，公司有今天的规模她当居首功，彼此间的信任与默契自是无需多言；而另一位他数次邀请，重金相聘，首度加盟便带来庞大的客户群，财务效益和她休戚相关。这两位缺一不可，可偏偏她们又水火不容。洛一倒是好说，但是王甜……

须臾间，应凯终于做了决定。

拿起电话，他拨出一串号码，电话接通，从里面传出一个女声，他沉声道："月尔，你来一下。"

Chapter 6.
年少时错过的人，终究不会等在原地

作者寄：最难过的重遇不是我原谅你、我不恨你、我放下你，而是，我不记得你。

夕阳下的 Boston Common 最是热闹。

似乎有林荫的公园一定会有旋转木马，而有旋转木马的地方一定充满欢声笑语。孩童们你争我抢纷纷想坐那领头的骏马，有父母隔着围栏大声呼呵他们不要乱跑，嬉笑声、呼喊声将这空旷的草场填的满满当当。更远更远的湖边，风吹树动冲散了喧嚣，情侣们手牵手，或漫步湖边或依偎长椅，有卖艺人拉起悠扬的小提琴，琴声婉转，给这甜蜜题注轻柔的尾音。这里的慢节奏与不远处的金融街形成鲜明对比。

被重重玻璃过滤后的阳光照进办公室，温暖但不刺眼。阳光下，洛一静静修改明早的会议提案。忽然，玻璃发出声响，她抬头望进空空荡荡的办公间，正迎上门外春风洋溢的应凯。

隔着那么远的距离，他一眼便瞧见她眼下的乌青，直接问："你眼睛怎么了，怎么看上去这么累？"

洛一撇他一眼，并未停下手里的工作，只道："要不，你也试试坐一天飞机睡四小时带时差赶工作的感觉？"

说这话时她没带任何情绪，可话落在应凯耳朵里倒像在诉说委屈。径直走进办公室，他一把拉起洛一，"下班就要有个下班的样儿，走，我送你回家，回去好好休息。"说着挽起她挂在衣架上的大衣。

洛一忙道："会议提案我还没写完呢！"

应凯倒不在意，"没样稿你不照样'大杀四方'！更何况，明天会议的重点在实习生面试，你没时间细讲。"

"实习生面试？！"洛一惶惑，"面试这么早就开始了？"

"早？！"应凯将大衣罩在她肩上，摇头道："看来，你真是累晕了，往年这会儿实习生早定了，哪能拖到四月，还不是因为成田的项目迟迟未定，名额才一拖再拖。"

洛一笑得恍恍惚惚，"还真是，今年都过去四分之一了，可真快啊！"

两人走进电梯，待门关闭，应凯望向靠墙而立的洛一，转换话题，"周六晚上来我家烧烤吧。"

"烧烤？"洛一显然没跟上他跳跃的思维，顿了好一阵才揉着酸痛的脖颈道："不去。"

应凯喷笑，"这局可不只请你，还有沈童，"见她回眸，他盯住她的眼，深深望进那双布满血丝但锐利依旧的眼，低声道："还有他那所谓的青梅竹马。"

青梅竹马是指谁，两人心照不宣。

果然，洛 没再拒绝，"聚餐几点开始？"

"五点我来接你。"

"不用，我自己过去。"洛一神色严肃，她明白应凯此举定与自己下午说的话有关，深思几许，试着问："需要我准备些什么？"

应凯想了想，以一副深思熟虑的模样道："辣炒年糕。"

"什么？"洛一以为自己听错了，直到对方笑嘻嘻又道："你不觉得烤肉配年糕是绝配吗？"她才恍然瞪了他一眼，颇为嫌弃道："这么没正形，都没人管你吗？"

应凯深深望着洛一，收起喜形于色的吊儿郎当，轻轻拍了拍她的肩，"一顿晚饭而已，不用这么紧张。"

洛一缓缓呼出一口气，想来确是自己草木皆兵，才会这么沉不住气。收紧大衣，她发觉衣兜里鼓鼓囊囊像是装了什么东西，掏出一看，居然是个苹果，只听应凯幽幽道："你说你，好不容易旅行一趟，想着给王甜带礼物都不给我带，那我以后出差只给你带苹果喽？"语气听起来颇为幽怨。

"又不是小孩子，还计较这个！"洛一笑着咬一口苹果，果味清甜，瞬间填满辘辘饥肠，她这才意识到自己一天没吃东西，又咬了一大口，心满意足，"谢谢啊，这苹果来得正是时候。"

应凯没说话，伸手拨去她咬进唇间的发，叹了口气。

黄昏的郊外，茂密枫林间曲曲折折的高速公路载着从城市疲惫而出的人去往四面八方。路的尽头，一栋栋二层小楼隐在新芽抽绿的枝梢间，披起夕阳红霞，一片绚烂。

车在一栋楼前停下，应凯望向身侧不知何时睡去的人，那人睡得安安静静消失了白日里的干练变得柔和又沉寂。看了许久，他伸手将空调温度调暖，换上轻柔的音乐，转头望向窗外。

夕阳在林间洒下星星点点的光，光斑随风荡漾，仿佛起了波澜的湖水，摇曳间反射出五颜六色，宁静又绚烂，像极了某人笑时的模样。

应凯回头又望向那个无忧无虑时爱笑的人，此刻，音乐里有人在唱："还要多远才能进入你的心，还要多久才能和你接近，咫尺远近却无法靠近的那个人，要怎么探寻……"[1]

1　歌词出自郭顶《水星记》

洛一在此时睁开眼睛。

朦胧的光，雪白的墙，还有门廊下挂着的捕梦网，熟悉的场景竟让她用了好一会儿才忆起这里是何方，伸了个懒腰，她揉着睡意朦胧的眼，迎上身旁的人，淡淡一笑，"到家了啊！"

那人轻哼一声，收回眼神，闷声问："洛一，这段时间你究竟去了哪里？怎么这么累？"

不知是没听清还是有意逃避，洛一推门下车，道了句："我先走啦，你回去慢点。"关上车门，慢吞吞走进庭院。

房门开了又关，一楼灯启，不一会儿二楼也亮了灯。望着那温柔的光，应凯长长呼出一口气，未解的问题似乎已不再重要，只要人平安归来，就好！

车风驰电掣驶出小区。

望着车离开的方向，洛一慢慢放下窗帘。其实，应凯的问题她有听到，只是，这个问题会牵扯出她不想记起的某个人，所以，没有作答。

可是不答就不会想吗？

温暖的浴室流水潺潺，朦胧雾气里，手腕上的珠串焕发出晶莹亮光，那光落在洛一眼里唤回一段刻骨铭心的记忆，她想起那个如阳光一般的男孩，年轻的脸，朝气蓬勃的模样，总是小心谨慎地对待她所说的每一句话，所以给人一种不苟言笑的感觉，可他笑起来又是那般有感染力，灿烂到仿佛要将全世界燃烧，让人过目不忘。

不忘，所以悲伤。

淡淡的，她叹了口气，转身关水换上浴袍。

卫生间的镜子上浮起一层水汽，她抬手擦去，少女般的容颜出现在里面。她静静望着镜中的自己，这张脸锁住了时间，时光并未无情地留下深刻的痕迹，但她知道，过往经历终究苍老了内心，她和他不在一条路上。

所以，不该妄想。

可为何会有一点不甘心呢？

清脆的门铃声打散回忆，她恍然将珠串拢进衣袖，定了定神，转身下楼。

"谁啊？"她问，意外的，门外传来应凯的声音，"是我。"她匆忙开门，一眼看到夜幕下手提大包小包的应凯，"你这是……"

应凯晃了晃手中的纸袋，"我亲自来送外卖，你要不要赏脸吃点？"

洛一笑着迎他进门，"这么晚，你大费周章去买吃的，不嫌麻烦啊！"

"我不去买，你今晚吃什么？"他指着厨房里的冰箱道："不好意思，我接猫时看过冰箱，里面可够空的！"

洛一这才想起旅行前她把冰箱里能吃的东西全吃光了，毫无存粮可不得挨饿，顿生感激，"多谢！"走进餐厅，她将食物一一取出，香喷喷的中餐诱人垂涎欲滴。

应凯不知从哪儿变出一打啤酒，笑盈盈道："给你接风洗尘。"说着，拿起一瓶酒，张嘴要咬盖开瓶。

洛一赶忙捂住瓶口，她的手便出现在他的唇边。

她笑着截下酒瓶，返身去找开瓶器，并未留意到对方眼底一瞬而起的局促，"说过多少次，别用牙咬，你怎么不记呢？"再回身，应凯已乖乖坐到桌边。

洛一将开了盖的酒递给他，自己也拿起一瓶打开，在他对面坐下。

美食当前，她饥肠辘辘，迫不及待地舀了一勺红烧肉放到应凯碗里，"忙了一天，你也饿了吧，先吃饭再喝酒。"说完，也舀一勺入口，幸福的眯起眼。

　　见她大快朵颐，应凯也跟着吃起来，总觉得嘴里的饭比任何时候都香。

　　两人说着笑着，喝着酒，直到月上夜深……

　　周五的例会，作为公司各部门互通信息协调工作的重要环节，一般由各部门经理携主管参加，当然也有类似于麦晓晴这样级别低的职员以会议记录员的身份参与。

　　周五一早，洛一带着唐凌和晓晴走进大会议室，应凯早早等在那里，洛一看了他一眼，在其右方第二个位置落座，唐凌紧随其后，而晓晴则坐到外围靠近门边的位置。

　　洛一刚坐下，商业部的人走进来，经理王甜、主管月尔和副主管姜倩，只是今天，王甜身边跟着人力资源部经理徐露，两人有说有笑，在进门的瞬间，王甜看向门边的晓晴，扭头同徐露说了些什么，徐露的目光随之而来，令晓晴原本忐忑的心越发紧张起来。

　　走到应凯左手边，王甜自然地拉开第一把交椅落座。徐露望向对面的洛一，自觉退到第三位，而月尔则坐到王甜身边，冲洛一点了点头。

　　应凯默默注视着一切，阅尽众人千般姿态，傲慢的，卑微的，谄媚奉承的，不卑不亢的……他将这些人事记在心里，不动声色道："时间不早了，会议开始。"

　　汇报顺序不知由谁决定，每一回都由商业部率先开始，风险部紧随其后，两个部门明争暗斗如狼似虎，将审核部、技术部、审计部等部门远远甩在身后，其余部门经理也并不想参与其中，保持作壁上观的姿态观人相斗。不过这一回，洛一明显不想多做纠缠，在王甜大肆渲染的演讲后，简明扼要地点明项目进程及后续安排，便将话题转移到实习生招聘上来。

见洛一败下阵势，王甜不禁沾沾自喜，"洛经理出门两周工作质量大不如前啊！"

洛一不予回应，转头向徐露，逐字清晰道："暑期实习的面试流程定了吗？"

徐露赶忙接话，"我正要汇报初步筛选名单，审核完毕后安排具体面试时间。"

没等她说完，会议室门大开，一阵凉风带着一个爽朗的男声呼啸而来，"抱歉诸位，飞机晚点，我来晚了。"有人立即起身，惊喜道："沈副总回来了！"只见，一个英俊到近乎邪魅的男人自风中而来，灰色大衣裹挟风霜，压不住他张狂的气场，他笑着同众人一一握手，在路过刚才惊叫的女生时，不忘打趣道："哟，朗纯，又漂亮了啊！"

"嗯哼！"一声轻咳压下活跃的气氛，应凯没起身，只用下巴点了点身旁的位置，冷声道："沈童，来了赶紧坐，就等你了！"

"好嘞！"沈童轻快地越过洛一，冲她点了点头，在她身旁的位置落座。

应凯："人都到齐了，徐露，你继续。"

"好。"徐露抽出一叠文稿传给大家，环视一周后，将目光落到沈童身上，"沈副总回来的正好，下周实习生面试，您挑些合适的进审计部。"说完将文件亲手递给沈童。

"多谢。"沈童笑着接过，眼峰顺着她的手臂看向她身旁静默的月尔。

这丫头，自他进门，头都不抬一下，亏他弄出这么大动静，她还是一副事不关己高高挂起的模样！心有不甘，他转头向王甜，大声问：

"王经理，你们商业部有人选了吗？"

"嗯？"王甜抬头迎上他似笑非笑的眼，满心狐疑，平日里这小爷吊儿郎当没个正形，从未与自己有过交集，怎么这会儿没头没脑问她关于实习生的事，是想抢名额还是别有目的？顿时没好气道："实习生简历我都没看到，怎么选？"

在沈童的余光里，月尔终于看向自己，他唇角牵起一丝不易察觉的笑，将手里的资料递给月尔，却对王甜道："那，这份名单就给您吧。"

月尔伸手去接，指尖不经意间碰触到沈童的手，那只手很凉，如冰霜一样，她即刻收手，将材料交给王甜。

商榷好面试流程，会议结束。坐在门边的晓晴即刻起身目送每一位主管离开，在看到王甜时，她赶紧低头行礼，却还是听到对方微不可闻的"啧"了一声，顿时汗毛直立，直到一个轻柔的女声唤她"晓晴，我们走"，她抬头迎上洛一沉静的眼，才缓缓呼出一口气。

回去的一路晓晴格外沉默。不知是有心还是无意，走在前面的洛一和唐凌你一句我一句聊起刚入职时做过的糗事，气氛一下子轻松起来，连晓晴都忍不住牵起唇角，没想到历来以严谨著称的洛经理都有被客户数落的时候，正应了唐主管那句："现在工作能力强还得感谢之前所有的为难。"这话很有道理，晓晴松了口气，心情随之明媚起来。

回到商业部，王甜的心情很不错，即便进门时撞见一个小职员毛毛躁躁弄掉了文件，她也只是数落了两句没有过份苛责。见她心情好，姜倩趁机在提交企划书时提起自己想请三周年假的事，王甜脸上的笑容即刻淡去。

翻阅企划书，王甜微微攒眉，却是问："你请这么多假干什么？"

姜倩小心翼翼地观察她的表情，在察觉到她似乎不高兴后，转换语气，状作柔弱道："我最近不是身体不好嘛，想请假休息几天，顺便趁孩子放春假多陪陪她。"

王甜没有说话似乎在认真审阅文件，可在人看不见的文件背面，尖锐的指甲在纸页上划出一道深深的疤，深吸一口气，她抬头迎上姜倩精致妆容下那双狐媚的眼，冷冷道："两周可以，多了不准。"

姜倩想再争取一下，未及开口，便见王甜提笔在她撰写的企划书上重重打下一个叉，随之而来的话冰冷如寒风令人瑟瑟发抖，"姜倩，你记住，如果我三周不需要你，那我就永远不再需要你。"姜倩瞬间红了眼，没再说话，拿起企划书讪讪离开。

回到工位，姜倩终于忍不住低声骂了一句："老妖婆！"便听月尔大声道："内容你修改完，我再核对。"恍然抬头，才发现信息部人称"小喇叭"的朗纯正站在工位旁同月尔对接工作，对方明显嗅到八卦的味道，一脸兴奋地望向她，她顿时心生懊恼，气鼓鼓地打开电脑不予理会。

月尔更不纵容旁人胡乱八卦，对接完工作后便打发朗纯离开，见人走远，她转头望向身旁情绪恹恹的姜倩，低声问："要不要去喝杯咖啡？"

姜倩点了点头，拿起马克杯抱着薯片大大咧咧出门，毫不顾忌自己会不会被当作"摸鱼"再被刁难。月尔赶忙去看王甜，见对方正对窗接电话并未留意这边，这才放下心起身出门。

休息室的沙发上，姜倩耷拉着脑袋团在上面，见惯她这副挨训后霜打茄子的模样，月尔走过去坐到她对面，距离不近也不远。

"想不想说说你为何挨训？"看了看表，她沉静道："我这个树洞，可以借你五分钟。"

"才五分钟？"姜倩捏了一把薯片塞进口中，边嚼边愤愤道："说老板坏话，一天一夜都不够！"

月尔笑，"那就捡重点说，今天是怎么了？"

将薯片丢到一边，姜倩往月尔身边靠了靠，委屈道："我不是想请三周假带孩子回国看老人嘛，我今天和那位说了，你猜她怎么说？"微微停顿，姜倩叹了口气，"她说，'她要是三周不需要我，就永远不需要我了'。你说，这不是赤裸裸的威胁吗？"姜倩越想越气，眼泪不争气地跟着往下流，她着急去抹却越抹越多，最后，泣不成声道："你说，我机票都买好了，还得改签，真烦！"

月尔平静地递上纸巾，幽深的眼眸里蓦然涌出一股叫人摸不透的情绪，这些情绪如流星划夜空，稍纵即逝，再留意时已是一片宁和，"你知道，她人就是这样，说不行就不行，下回你还是先请好假再买机票。"

姜倩胡乱用纸巾擦了擦脸，语气哀怨，"你说她是不是提前进入更年期了啊，情绪火爆不说还经常没事找事，不成家也没稳定的交往对象，你说她会不会心里不正常啊？"

"嘘。"月尔赶忙压住她的唇，微微攒眉，"背地里议论老板已是大忌，这些话若被她知道你就惨了。"

姜倩吐了吐舌头，不甚在意，"我也就敢和你说。再说……"环视四周，在确认无人后，她继续道："我是真心觉得，咱老板不正常！"月尔白了她一眼，她破涕为笑，"你看，风险部的洛经理就很正常，同样是大龄未婚，但人家还跟个小姑娘似的，性格又好，对属下还仗义，所以说相由心生。"

这一回，月尔没有制止她说话，回头望向风险部，居然鬼使神差地点了点头。

这时，有人朝休息室走来，姜倩机警地站起身，胡乱理了理妆发，低声道："我去接水，你等下再回。"

月尔点头，目送她离开。

待人走近，姜倩认出对方是风险部的晓晴，点头示意后便要离开。

"等一下，姜主管，"晓晴看着她手中的马克杯，提醒道："咖啡机坏了，我去报修，您等一会儿。"说完急匆匆跑向电梯间。

"哎，晓晴。"休息室门口，月尔叫住了她，"咖啡机坏了怎么是你报修，保洁人员呢？"

晓晴笑答："我去报修用不了几分钟，等保洁人员过来还不知得等到什么时候。"说完，她朝月尔挥了挥手，转身走进电梯。

姜倩踱步回来，满心感慨，"哎，这老板回来了就是不一样！你瞧她，前些天还像根霜打的茄子似的，没精打采，这会儿又活蹦乱跳跟打了鸡血似的。"

月尔伸手点了点她的脑袋，"你啊，好好的话到你嘴里，怎么就这么不好听呢？"

姜倩大咧咧地笑起来。

沈童看到月尔时，她正用手指点着姜倩，眉眼间尽是笑意，可当她转头看到自己时，笑容微敛，又恢复那副拒人于千里的模样，淡淡道："沈副总好。"

姜倩迅速转身，急着唤了句，"沈副总好。"捂着脸落荒而逃。

沈童纳闷，"我有这么凶神恶煞吗，见了我就跑？！"说着不忘抬手摸了摸自觉英俊的脸。

月尔揶揄道："你还挺有自知之明。"

沈童嗔怒似的瞪她一眼，见她抿嘴轻笑，丝毫没了开会时周身清冷的模样，不禁心中一暖，正想和她安安静静说说话，便见她挪动脚步，招呼也不打地要回商业部，心里一急，赶忙上前拉住她的胳膊，这下可算踩中小老虎的尾巴。

只见，"小老虎"呲牙咧嘴地甩开他的手，一双大眼睛尽显怒意，却被毛茸茸的睫毛遮挡，好强的装出一副生人勿近的模样，凶巴巴道："沈副总找我有事？"

沈童好不容易压下想要摸一摸"虎头"的念头，抿嘴轻笑道："你怎么不问问我这两个月在加州过的好不好？"

月尔上下打量着他，眉目清冷，"沈副总过得不好吗？"

"这是什么话？！"

"那不就好喽。"她轻笑，"还要我问什么！"

"你……"沈童哑口无言。眼前之人，和他记忆里那个古灵精怪的小女孩重合又分离，唯一不变的是她怼人的语气，从小到大，叫人接不上一句。

反观月尔倒笑得惬意，"我还不了解你，哪儿有能让你吃亏的道理！"

这话说的甚是亲密，沈童很是满意，眼瞧四下无人，他又靠近两步，低声道："明天我去接你。"

月尔后退着点了点头，"那我先回去。"

"好。"望着她远去的背影，沈童唇角的笑越来越深邃也越来越抑制不住内心狂喜。

正当他幻想着同月尔更近一步时，一个冰冷的男声惊雷般将他劈回现实，"你站这儿傻笑什么呢？"

沈童幽怨地望向声音传来的方向，只见应凯环抱双臂靠着墙，一副看好戏的模样，"还不去见尹总，小心迟到！"

沈童揉了揉眉心，敛去唇角痴憨的笑，"你急什么，我这早上刚下飞机，还不让人喘口气？再说，从波士顿到纽约不到两小时的航程，放心，误不了下午的会。"

应凯不理他，向前走去，冷俊的脸上倒散出几分温和的笑，"我是怕你明天赶不回来。"

"怎么可能！"沈童快走两步，跟上他的脚步。

楼道里，应凯和沈童两大帅哥并肩而行吸引了不少人侧目。

论长相，帅哥分许多种，如应凯这般周旋于权利中心的人，身上自带一种疏离又霸道的王者之气，让人想亲近却不敢亲近，只能默默躲在远处瞻颜；而沈童则不同，他像那漫山遍野开出的锦盛繁花，叫人忍不住想摘一朵据为己有，可偏偏这花太过繁盛，是自己的也是别人的，无穷无尽，所以，他于聪明之人为胜景，于愚笨之人为砒霜。

至于聪明之人嘛，少之又少。

就像现在，一群群小姑娘聚在走廊里争先恐后同笑嘻嘻的沈童打招呼，可沈童的眼神却穿越人群落在一人身上，那人侧影向他，清冷地注视着屏幕，丝毫未察觉周围人影攒动。

"喂，我问你话呢。"应凯的声音再次打断沈童的思绪，收回眼神，他这才发现，此时此刻，应凯也用同样的眼神望进商业部，嘴角笑意了然，"月尔真是越来越有大将风范了！"

他盯住应凯，像只护食的猫，嘴角抽动，半晌没说出一句话。

应凯转头，眼里带出几分戏谑，"我说，你稍微收收心啊，这回咱们主动联系尹氏为国内公司牵线，虽不盈利，但也能扩大影响，你可上点心。"

沈童搭上应凯的肩，强行将那人拉回正轨，脸上倒是吊儿郎当的笑着，"我出马，你放心！"

应凯闷不吭声地打掉他的手，"你有主意就好，我可是等着你的好消息！"说完，向前走去。

回望那道清丽的身影，沈童叹了口气，快步跟上应凯。

临近下班，晓晴忽然接到室友阿诺的电话，女孩儿在电话里哭得急，根本说不清公寓里究竟发生了什么，没办法，晓晴只得硬着头皮向洛一告假提前回家。

临上地铁，她终于弄清楚缘由，原来只是浴室老旧的水管忽然漏水。松了口气，她告诉阿诺："你打电话给房东，我马上回来。"阿诺支支吾吾抽泣道："还是你打吧，你知道，我英语不好。""行吧。"晓晴应了一声，急忙去赶地铁，待她好不容易挤上车，再看屏幕，电话早已挂断。窗外，幽深的隧道漆黑一片，她倚着身边的陌生人伸手去够悬在空中的扶手，可惜，车厢里人太多，她太远，试了几次都没能成功，不知为何，一股深深的无力感莫名涌上心头。

可地铁不会因为某个人的失意而停靠，正如这座城永远不会因为有人哭泣而停止喧嚣。

Cambridge，这个汇聚了哈佛和麻省理工两大名校的区域，注定在周五傍晚的喧嚣里也会带起浓浓的书卷气，有人夹着书本穿梭于狭窄的街道，路过穿着厚厚羽绒服等待公交车还不忘看书的人，行人来来往往，每一个看上去都格外睿智。

睿智？

对，就是这个形容词。

因为睿智，所以从容。

夕阳温暖，从容的行人犹如一弯平静的湖水，向着想去的地方缓缓流淌。

可人群间有一个人却不一样。

寒风里，她裹着过于正式的大衣，躲避缓步而行的人，急匆匆奔跑在狭窄的小巷间，如激石入湖水，惊起一片涟漪。路是石子铺成的，凹凸不平，她穿着带跟的皮靴跑的踉踉跄跄，像是不会累更不怕受伤似的一路向前从未停歇。终于，她在一栋二层小楼前停下，三步两步跨上楼梯，摸出钥匙开门，消失在一片空洞的暗色里。

这个横冲直闯的女孩儿就是晓晴。

公寓里静悄悄的，除了水声潺潺。蜿蜒流水顺木质楼梯而下，沾湿了地毯。踮起脚，她走进卫生间，见阿诺光脚踩在水里挽起袖子用毛巾堵爆裂的水管。

听到声音，阿诺回头，仿佛看到"救世主"般兴奋道："你可算回来啦，给房东打电话了吗？"

"打了，房东说，水管工马上就到。"看着阿诺狼狈的模样，晓晴问："你怎么不把水闸关了？"

"啊？"阿诺一脸懵，"水闸在哪儿？"

晓晴暗自抚额，"好吧，我去关。"说完，转身走进客厅，从墙上黑色的匣子里找到水闸关闭开关。水声渐小，她松了口气，麻利地换上短裤 T 恤，返回卫生间，脱了鞋踩进水里，在阿诺身旁蹲下，"你休息一下，我来擦地。"

阿诺摇头，"没事，反正我都弄湿了，不在乎这一会儿。"她长长的睫毛上布满细密的水珠，不知是汗还是水，晓晴没多想，替她拭去，"那行，我们一起擦。"

阿诺冲她笑，露出洁白的牙齿。

好不容易收拾完卫生间，门铃响起，阿诺欢快地跑下楼，不一会儿带着一个修理工上楼，晓晴流利地用英文向其说明情况，在检查完爆裂处后，工人拿出工具开始修理。

天渐渐黑了，卫生间里小小的灯让人有种天还大亮的错觉。

昏暗的客厅里，晓晴打开灯，落地钟上时针已过七点。转身，她走进厨房准备做晚餐，这才发现冰箱里空空如也，想起周末加班前，她曾嘱咐阿诺买菜，这些天忙的昏头转向也没留意，于是问："阿诺，上周末你没买菜吗？"

一直守着卫生间的阿诺猛然回头，后知后觉地拍了拍脑袋，"哎呀，糟糕，我给忘啦！"说完，踢踢踏踏跑进厨房翻找，可连方便面也没找到，"这下可怎么办？"

晓晴面露难色，但面对满脸歉意的阿诺，她没法苛责，想了想，道："我去买饭，你想吃什么？"

"什么都好。"说完，阿诺仿佛馋嘴的小孩儿似的掰着指头细数，"那就来份小笼包、皮蛋瘦肉粥、夫妻肺片，再来个拍黄瓜吧，NBJY 的小菜最爽口啦！"

晓晴点头，穿上鞋准备出门。

"哎，等等。"阿诺拦住她，指了指卫生间，犹豫道："你出门了那位该怎么办？他说什么我可不懂！"

"没事儿，"晓晴安慰似的拍了拍她的肩，"该说的我都跟他说清楚了，修理费房东支付，你送他出门就行。"说完，穿上外套，临出门，仍不放心，回头又道："万一有什么事，给我打电话。"

"好。"阿诺关好门，深吸一口气，回头望向卫生间，卫生间里"叮叮当当"一阵脆响，她犹豫着挪步上前，刚好见工人回头，迎着灯光，她局促地挥了挥手，甜甜道："Hi！"

......

三月底的波士顿，寒冷依旧。冷风像看透人情冷暖似的专挑那些失意的人见缝插针地往他们的衣服里钻，越失意越心凉，正如此时此刻的晓晴一样。漆黑的街道上没有路灯，街边公寓里透出的光照着形单影只的人匆匆赶往更亮的地方。寒风里，晓晴攥紧衣领，不知是为挡风还是因为害怕，她有些后悔没叫外卖，只为省那说起来不值一提的小费和派送费，可这才是她生活的常态啊，节俭的，小心翼翼的，苛求到自己都有些心累的。幸好，阿诺想吃的餐馆并不远，买完晚餐，她飞奔回家，正巧遇上阿诺送工人出门，远远的，朦胧灯光下，阿诺站在门廊前像迎接许久不见的老友似的挥起手，欢呼雀跃道："晓晴宝贝，你回来啦！"晓晴微微一笑，积郁一路的失意瞬间消散。

做这一切的意义就是因为有一个人在等你回家。

牵起阿诺的手，两人一同上楼，阿诺去拿碗筷，晓晴则穿过堆积满地的包装盒走到矮小的餐桌旁，将上面琳琅满目的小票仔细收好，才从袋子里取出餐盒，阿诺喜欢吃的一样都不少，而自己喜欢吃的只有一样——红烧牛肉面。

阿诺走来，手里除了筷子还捧着新买的电脑，满脸欢喜道："我刚才和工人哥哥说了几句英语，他貌似都听懂了哎，一个劲儿地说 OK、OK。"

晓晴恰好打开饭盒，扑鼻而来的香气令她瞬间洋溢起幸福的笑容，"我就和你说嘛，有口音也不怕，美国人都听得懂，你只要勇敢开口就会越说越好。"

"那我以后经常试试。"阿诺放下电脑，网页上显示的是她精心制作的代购网店，晓晴看到，将一旁折好的小票递给她，又看了眼客厅里堆积如山的纸盒，问："你又去进货啦？"

"嗯，今天XX发布新款包包，我去抢了几个，等会儿发到群里，肯定能卖个好价钱。"她说得眉飞色舞，指尖关闭网页，又在新打开的页面上输入一个名称，页面跳转，她打了个响指，兴奋道："太好了，网上有这部电影，我想看好久啦！难得你不加班，咱们一起看吧。"

"好。"晓晴拖着碗，往她身边挪了挪。

桌子太矮，她们席地而坐，暖融融的灯光照在两人身上，映着她们随电影情节跌宕起伏而动容的脸。窗外冷风依旧，而屋内却格外温暖。这样的月色，这样的夜，两个相依相偎的人，在异国他乡从陌生到熟知，弥足珍贵。

都说在不可能遇见时相遇，尤为难忘。

漆黑空洞的写字楼间，一间敞亮的办公室格外显眼，冷风夹绒雪敲打在玻璃窗上，惊动了办公桌前的人。洛一转头望向窗外，玻璃反射出的光让她除了自己的倒影再辨不清任何方向，可窗外明明是太阳落山的地方。

西边啊……

没来由的，她的心像被一只冰凉的手攥着，酸涩的疼。

起身，她走近落地窗，穿过灯影看进夜空，夜幕之上，零星闪烁，同她在沙漠里见到的很不一样。是的，沙漠里除了炙烈艳阳，还有那仿若钻石般的浩瀚夜空，每一颗星星都像是要燃尽生命般绽放出炫目的光。她想念那样的夜空，更想念那个陪她在夜空下看星星的人。指尖不由自主摸索到衣袖下隐藏的珠链，她慢慢转着，转着。

"此时此刻，你在做什么呢？"

无人回应。

怎会有人回应呢？她苦笑，她甚至连他的微信都没敢要。

这一夜，她关掉所有通讯工具，放纵自己陷入无边无际的黑暗，仿佛只有沉睡才能抑制那颗惴惴不能自已的心。

夜好长，梦好乱……

等她再睁眼，有光透过没拉紧的窗帘照进来，正照在她毫无防备的眼睛上。慌忙闭眼，她换了个角度再睁开，床头柜上的闹钟显示10:19。10:19？！她反应了好一会儿才意识到现在是周六早上，松了口气，转身又沉沉睡去。

这种不必担心迟到，不用挂念工作的感觉，真好！

时间一分一秒过去，临近正午，她才起床，揉着乱蓬蓬的头发摇摇晃晃走进浴室，放一池温水，丢进一颗发泡球，水面瞬间漾起一层蓬松的气泡，花香清爽。闭上眼，她感受水流在周身游走，思绪伴随音响里播放的轻音乐，穿梭进一片茂密的森林，草绿如茵。不知过了多久，她从倦意中苏醒，擦干身子，带着一身香气清清爽爽下楼，沏一杯柠檬茶，配两块可口的点心，坐在窗边的藤椅上，看园中枯瘦的葡萄架，开始想春末初夏前该栽些什么花。

忽然，手机铃响，她点开微信，看着屏幕上许久不联系的头像，犹豫着按下接听键。

"爸，有事吗？"

屏幕一片漆黑，她在接通视频的瞬间转换成语音通话。

"没事儿。"熟悉的声音传来，带着些许沙哑，"你最近很忙吧，给你发消息都没回。"

她蓦然想起上回收到爸爸的信息是在沙漠的酒吧里，那时她忙着查阅公司邮件没有回复，后来就忘了。没找理由，她淡淡道："前两周，我去了偏远的地方，没有网，就没回复。"

对方的语气明显轻松起来，"我就说嘛，呼你好几次都不接，还以为出啥事了。"

"放心，我会照顾好自己。"洛一话很少，也很礼貌，所以显得格外疏离。不过，对方似乎并不介意，在电话那头嚷嚷道："臭丫头，下次你再去什么偏远的地方，记得跟我和你妈说一声，省得我们担心！"

洛一心头一紧，对于"妈妈"这个词，她本能的排斥，不想引起不必要的争执，她赶忙结束对话，"好，我下回一定告诉您。这么晚了，你们快休息，晚安。"电话里窸窸窣窣，听起来像是有人在争抢电话，就在她即将挂断时，一个女声传来："洛一，我告诉你……"

电话戛然而止。

洛一木讷地盯着屏幕上置顶的头像，心里一瞬间空空荡荡。她像个打了败仗的兵，用逃避换来的挫败感终究令人狼狈不堪。屏幕暗了又亮，亮了又暗，挣扎着，她点开微信，点开又关上，许久，许久，微不可闻地叹了口气。

车行驶在开阔的高速公路上，阳光温暖。BBC广播里播放着一段名人采访，受访者谈笑风生地讲述着自己创业的艰辛，因为经历所以淡然，正适合此刻内心彷徨的人听。听着广播，洛一望向远方，地平线上散开一片云，云不遮天，清澈蔚蓝，她浅浅呼出一口气，内心终于平静下来。

有些事她总会面对，但，不是现在。

踩下油门，她加速驶进一片无边无际的森林，森林深处是应凯的家。

三层欧式小楼雕栏玉砌隐藏在一片绿荫里，喷泉、园圃、庭廊……磅礴到仿佛将 The Breakers 搬到这密林之中，奢华的装潢同其主人所表现出的沉稳大相径庭，因此，应凯常被戏称为"冷峻外表下隐藏着一颗闷骚的心"。不过,今天,这别具一格的建筑倒让洛一心情舒畅,提着从韩国超市买来的食材,她一路游逛,从草坪到长廊,转过喷泉走进角亭,兜兜转转才来到主屋门前。

按响门铃,一串欢快的铃铛声由远及近。她笑着放下手中的食材,在门开的瞬间一把捞起冲出门的灰影,影子在她怀里缩成一团,只露出立着尖尖耳朵的小脑袋"咕噜噜"叫着,是一只灰白相间的小猫,而另一只黑白相间的猫略有落后,挤不进怀里就蹭着她的腿"喵喵"的叫。洛一吸着怀里的猫,轻抚脚边兴奋到不知打了几个滚的小猫,满脸柔情道:"Wasabi,Sushi,想妈妈了吗?"

远远的,应凯走来,看到蹲在地上同小猫逗趣的洛一,微微一怔,他见惯她身着正装的模样,却很少见她如此随性,米白色的运动衣外罩着棕色大衣,及肩短发被随意束起,扎不住的头发翘着,衬着她笑得深深的酒窝。她恍然抬头,一双明亮的大眼睛眨着眨着,当真同她怀里的猫一模一样。应凯不禁失笑,"都说谁养的宠物像谁,瞧这俩小家伙,知道衣食父母来了,机灵得嘞!"

"可不!"洛一笑着指了指身旁的食材,"所以,小的就来给大老板做炒年糕了呀!"

应凯并非此意,但见她笑里满是揶揄,便顶回去:"还是你有眼力见儿!"

"切!"洛一推开他径直走进厨房,两只猫蹦蹦跳跳跟在她身后,叮当作响。

切蒜、爆香、煎肉、滤油,熊熊炉火前,洛一按照自己的方式做辣炒年糕,改良版的年糕不甜且辛辣,正合应凯的口味。不知从何时起,每回聚餐应凯必点此菜,他爱吃,洛一也爱做。对后者来讲正好省去她为各种节日绞尽脑汁准备菜肴的时间，而于前者呢？

蒸腾热气里，应凯透过玻璃窗望进厨房，灶台前，洛一罩着过于宽大的围裙忙前忙后为他做他爱吃的食物。烟火气让他久违的有了一种家的归属感，硕大的房子，空空落落的心，似乎瞬间被填得满满当当。

这种感觉刚刚浮起就被一阵急促的门铃声打断。看着监控里映出的人，应凯不觉懊恼，"不是说好五点吗，怎么来得这么早！"

"怎么，早来帮你干活还不乐意？"沈童拎着一箱酒大步流星走进来，身后跟着捧着果盘的月尔。

嗅着香气，沈童直奔厨房，一眼瞧见洛一，"哟，今儿是洛经理掌勺啊，做了什么好吃的，闻起来可真香！"溜达到灶台旁，他瞧见锅里红灿灿的年糕，咽了口口水，"原来是老应最爱吃的炒年糕！我就说嘛，什么菜能这么香！"回头，他冲月尔招了招手，"还不快来开个小灶，上学那会儿你不爱吃这个嘛，等真上桌，你可就抢不到啦！"

顺着沈童指的方向，洛一望向雕栏旁站着的人，白衬衫黑西裤扎着高高的马尾笔挺又清冷，仿佛能冻住时间一样。她似乎一直凝视着她，所以在洛一望过去时，四目相对，如阳光遇月晖，不知是谁盖过谁的风华。

可彼此欣赏的人并不在意这些。

微微一笑，洛一返身盛了一碗年糕，轻声道："尝尝我做的，喜欢吃的话以后我只要做就给你留一份。"

"谢谢。"月尔走近，接过她手中的碗，碗里的年糕水红金灿，同她儿时吃的并不一样。

"快尝尝吧，这可是洛经理的手艺！"沈童递来一把叉，月尔接过插起一块年糕入口，酸甜辛辣的味道瞬间充斥口腔，唤醒她沉睡多年的味蕾。辣是真的辣，干裂而舒爽，曾几何时她是多么迷恋这折磨人的味道。眯起眼，她难得露出满足的笑容，像只吃饱餍足的猫，没有高冷只留憨娇，"真的，很好吃！"

沈童没忍住，从她碗里挑起一块年糕入口，没嚼几下面红耳赤，"好辣！"他急着找水的模样逗乐了洛一，"看来，除了沈副总，大家都爱吃，那我就不准备别的了。"

"哎，洛经理，你还真是不偏心啊！"沈童边喝水边嚷嚷。

"那可不，这里就数你和我最生分，洛经理洛经理的叫，我干嘛要顾及你的感受？"

"洛一，你还真是不吃亏哎！"

二人你来我往，像斗嘴的小孩儿，月尔默默吃着年糕并不参与其中。吃着吃着，不一会儿碗见底了，她有些不好意思地问："可以再给我两块吗？"

洛一一怔，随即笑道："好啊，不过，这东西易饱，你留点肚子吃烧烤！"说完又往她碗里添了几块。

准备烧烤的应凯不乐意了，敲了敲玻璃，大声道："洛一，给我留点！"

"放心，少不了你的！"洛一回呛，而后悄声对月尔道："不要紧，你喜欢就多吃点。"

月尔笑着点了点头。

看着月尔无忧无虑的模样，沈童恍惚间仿佛回到许多年前，他偷偷跟在她身后，看她惩治调皮捣蛋的男同学，鬼马精灵到像是能捅破天一样。

"有那么好吃吗？"他柔声问。

月尔点头，脸上沾着一点酱，花猫一样，一下子撞开他摇摇欲坠

的心防，伸手，他自然的用指尖抹去那点酱，淡淡道："那就好。"

篝火燃起，飘香四溢。

男人们似乎天生对玩儿火这件事倍感兴趣，烤炉边，沈童拿着火钳往炉里扔炭，应凯趁机给肉翻面，油脂滴在炭上，火光四溅，溅出的火星燎到沈童的头发，气得他去打应凯，应凯怎肯让他得逞，二人你追我赶，完全没了西装革履时的威严。

对比男人们的胡闹，洛一和月尔则安静许多。泳池边，长椅上，两个修长的身影倒映在宝蓝色的水中，一个笑如艳阳，一个冷若冰霜，明明是完全不同的人，可坐在一起动静结合倒显得格外和谐。

修长的手指抚过高脚杯，晃着里面血红色的液体，液体挂壁，留下一道痕，月尔仔细观察那道痕迹，浅闻酒香却并不品尝。洛一知道她爱喝酒，也看得出沈童为准备这些酒耗费的恐怕不只有金钱，至于她为何忍着不喝……转头，洛一望向烧烤炉，炉旁，两个大男人还在为谁拿烤架而争执，这时，沈童朝这边望来，不知遇到谁的目光，微微一怔，手里的烤架顺势被应凯抢走，洛一摇头浅笑，回眸看向刚刚收回目光的月尔，轻声问："听说你和沈童是青梅竹马？"

月尔神色清冷，仿佛没听到这句话，晃着酒，晃着晃着，忽然问："这事你听谁说的，沈童吗？"

她表现出的冷漠与沈童描述这件事时的热切大相径庭，洛一有些恍惚，"难道不是吗？"

月尔沉默，既未承认也不否认，良久，她轻抿一口酒，酒过愁肠，才淡淡道："小时候的事，很多我都不记得了。"

洛一很是惊讶，但见她阴郁的眼似乎比任何时候更加深沉，忽然觉得这事背后似乎有她不想提及的因由，没再说话，伸手抚上她的肩，安慰的用力压了压。

"我没事。"月尔轻声道，指尖悄无声息地覆上她的手，轻轻摩挲。

端起斟着香槟的酒杯，洛一敬月尔，"有件事我想谢你很久了，多谢你发信息告诉我晓晴的事，还有王甜的喜好，让我有所准备。"

月尔浅浅一笑，端起酒杯与之相碰，"不必客气，举手之劳而已。"轻抿一口酒，她的眼神变得温柔，"以王甜的资历，根本不必为难一个初级分析师，她真正的意图，你该明白。"

洛一无奈，"没想到，我指出她谈判策略上的失误会让她记恨这么久。"

"王甜追求完美，她从不允许任何人有任何失误，尤其是在工作中，要求属下如此，对自己更是苛刻。光茂案谈判失败对她来讲是个不小的打击，你不过是她情绪的发泄口罢了。"月尔淡淡道。

她明明是在评价自己的顶头上司，可语气疏离仿佛在谈论与自己毫无关联的人，这份气定神闲令洛一甚是好奇。

"你很了解她。"洛一笃定道。

月尔眼神深邃，"毕竟我从实习时就跟着她，满打满算有六年了吧。"

洛一沉默，当初王甜进公司从旧部只带了月尔，想必是亲信之人，月尔此番作为显然有违王甜的意愿，不由担心她的处境，"若让王甜知道，这次我能化解危机皆因你提醒，你的日子不会好过。"

"她不会知道。"月尔轻描淡写道，再抿一口酒，转头看她。

迎着她笃定的目光，洛一笑，"是，她不会知道！"

二人心照不宣，不再谈论此事。

可既然提到王甜，洛一很想探一探月尔的心思，"王甜的业务能力的确很强，'金融街第一女顾问'的头衔她当之无愧。可头衔傍身便不容出错，加上她好胜心过强又锱铢必报，未必容旁人领功，在她手下做事，辛苦你了。"

月尔淡淡道："无妨，工作中本就没有喜不喜欢，只有能与不能。"

洛一挑眉，直言不讳，"你的工作态度我很欣赏。一个人若想在高位上生存，个人能力能扶她上位，但能否在上面坐得长久则另当别论。"看着月尔，她神色认真，"在我心里，那个职位，你比她更合适。"

月尔蓦然转头，某种激烈的情绪在眼底激荡，是欲望，还是猜疑？洛一没看清，浓烈的情绪便被主人很好的隐藏。

淡淡的，月尔扫了一眼烤炉边的应凯，缓缓道："我不急，该来的自然会来。"

洛一轻笑，这就是她期待的答案，举杯向月尔，她清清浅浅道："敬我心目中唯一适合的你。"

······

"在聊什么？"夕阳下，沈童端着烤肉走来，一段普普通通的路硬是被他走出T台的感觉。一个花式翻转，他将盘子凑到月尔面前，满眸生笑，"快尝尝，这可是我的手艺！"

月尔瞟向洛一，似乎有些不好意思又不能推脱，拿起一块鸡翅将烤盘推向洛一，"你也尝尝，据沈童自己说，他烤翅的手艺还不错。"

洛一笑着拿起鸡翅，入口，焦香四溢，不禁惊讶，"还真挺好吃！"

"那当然，这可是我家的祖传秘方，能不好吃嘛！"在月尔对面落座，沈童招呼应凯，"哎，大厨，别弄啦，快来吃饭，随便坐，别客气！"

应凯端着一盘海鲜走来，瞥一眼沈童，冷冷道："我谢谢你啊！"刚落座，他搓着手迫不及待地掀开砂锅，砂锅里的年糕还热着，辣味扑鼻，他满足道："就是这个味儿，我想吃好久了！"说完，望向对面的洛一，"要不是你工作忙，我非得叫你天天做！"

"嘿，大老板，可不带这么虐待员工的！"洛一盛了一碗年糕给他，见他实在眼馋，不忍心又道："你什么时候想吃说一声，我给你做便是。"

"一言为定！"应凯甚是满意，随手将面前的烤章鱼推给她，"你不是爱吃章鱼嘛，多吃点。"

一双眼紧随应凯的手移向洛一，目光深邃又悠远。

"你怎么不吃？"沈童问。

月尔收回眼神，沉默不语。

顺着她刚才看去的方向，沈童夹起一串章鱼腿放到月尔盘中，"瞧你看的眼睛都直了，来，这个给你。"

月尔没说话，切下一小块章鱼入口，烤过的章鱼肉质紧实，伴随孜然辣椒香充斥口腔。

"喜欢吃烤章鱼吗？"她喃喃道，却不是在问谁，一丝不易察觉的笑扬起在唇角，"喜欢吃的东西和喜欢挑战的人一样，难咬……"

餐桌下，有猫在洛一腿边蹭来蹭去，经不住它闹，洛一抱起猫，将它淘气的小爪子固在怀里轻轻安抚。

"真可爱！"月尔望着洛一，伸手去摸她怀里的猫，"这是 Wasabi 吗？那 Sushi 呢？"

洛一一怔，才发觉整个下午她似乎只看到 Wasabi，"对啊，Sushi 呢？难道高冷的毛病又犯了？ Sushi，Sushi……"她如同唤狗狗一样"啧啧啧"地唤猫，果然，草丛里传来一阵铃铛响，由远及近，一只黑白相间的猫蹿出来，抖掉挂在身上的草，雄赳赳气昂昂地走来。

月尔轻笑，"还真是高冷！"

应凯则不以为然，"若真高冷就不会随叫随到了！"

"那亲近人更好！"月尔笑着将 Sushi 抱起，小猫果然听话，在她怀里寻了个舒服的姿势卧着，"咕噜噜"的叫。

夕阳微醺映着她温柔的脸，如清风拂面抚过沈童荒芜的心，心底有什么在隐隐悸动，他忽然很想抓住那缕飘忽不定的风，于是，伸手探向风来的方向，一点点接近，越来越慌张，最终，手在距离对方咫尺的地方改变方向，摸了摸那人怀里令他艳羡的猫。月尔抬头冲他微微一笑，他喉结一紧，赶忙转换话题道："这两只猫可真够肥的，洛一，你养它们多久了？"

"多久？"这个问题洛一甚少去想，可当她说出答案连自己都不禁惊讶，时光飞逝，"已经过去整整十一年了。"

"这么久！"月尔满眸钦佩，"当初，你是怎么想到要养猫的，这可不是一个简单的决定。"

"是啊，这不是一个简单的决定。"摸着怀里的猫，洛一神色温柔，脑海中回忆起自己穿着居家服站在硕大的宠物领养站里，手指穿过笼子挑逗小奶猫的场景，"怎么说呢，人与人之间不是有一见钟情一说吗，我对它们就是这种感觉。当时我正在复习博士资格考，压力大时就到家附近的宠物收容所看里面等待被领养的小动物。我第一次见到 Sushi 和 Wasabi 时，它们正窝在墙角的笼子里，一只睡着一只在闹，三个月大的小奶猫，当真是可爱不得了。那段时间，我几乎每天都去看它们，越看越喜欢，连做梦都会梦到。但我并不确定自己能通过考试留下来继续读书，所以，为了能领养它们，我拼命复习，在考完最后一科后，我自我感觉良好，就迫不及待地签字将它们领养回家。事实证明，它们就是我的福星，这一路，考试也好毕业也罢，就算是最艰难的创业都是它们陪着我，不离不弃。"洛一讲着她与它们相遇的故事，唯一没有说的是，其实，她在博士期间过得并不顺心，这两只猫的出现，就像在她阴霾的生活里注入一道光，让她第一次有了牵挂与被牵挂的感觉，因为牵挂所以坚强。

听着她的故事，月尔陷入沉思，"都说重感情的人不会轻易养宠物，因为养了就要负责它们一辈子，一辈子实在太长了。"

"不会的，"洛一笑着，轻声道："你想想看，它们的一辈子，最多就是我们生命的四分之一，用这些时间给它们一生安稳，你不觉得很值得吗？"说这话时，应凯一直凝视着她，试图从这些话里拼凑出另外一个洛一，一个他并不熟悉却灿烂无比的洛一。

当然，做同一件事的并不只有应凯。

月光下，月尔望着洛一，指尖绒毛暖着她冰凉的手，那是一只鲜活又有趣的生命，同她曾经理解的只代表一类动物的称谓并不一样。良久，她深吸一口气，缓缓道："看来，我要重新审视是不是该养只宠物了。"

一顿饭大家有说有笑，既轻松又深刻，盏尽微醺夜露深重时，应凯有些醉了。

沈童扶他上楼休息，安顿好一切后下楼，刚好看到洛一和月尔在收拾餐食，他自觉地提起垃圾出门，分类放进回收站，返身迎上满园灯火，忽然很想让这美好的夜晚再延长一些，不觉脚步虚浮，踉踉跄跄地开门，"月尔，今晚你送我回家，我好像有些醉了，嗯，醉了。"说完，他从兜里掏出车钥匙，辨不清方向似的随手一抛。

月尔赶忙接住，"怎么回事，刚才不还好好的？"

"这酒后劲大，我……"沈童站立不稳，向前倒去。

月尔眼疾手快地扶住他，将人搀到沙发上坐下，取了外套给他盖上，又去厨房沏了一杯蜂蜜水，"你要是不舒服，今晚就住这儿吧，应凯应该不会介意。"

"不要。"他像个孩子似的撒娇，"我认床，在这儿休息不好！"

"事儿真多！"月尔无奈又没法同醉酒的人讲道理，只能道："那我收拾完东西咱们再走，好吗？"

沈童点头，微微闭眼以掩饰眼底抑制不住的笑意，寻了个舒服的姿势躺下，真像醉酒似的晕起来。

将猫笼放进副驾驶，洛一给笼子系好安全带，回身问月尔："你真不需要帮忙？我看沈童醉的挺厉害的。"

"没事儿，这些年哪回不是这样，他一醉就要我送，都送出经验来了！"月尔笑着拉开车门，"你快回家吧，它们肯定不喜欢被关着。"

看着笼子里蜷缩在一起的猫，洛一点头，"那你们注意安全。"说完上车，打开车窗道："你有事记得给我打电话，若实在走不了就在这儿休息一晚。"

"放心，有事我一定找你。"

洛一冲她挥了挥手，开车离开。

望着逐渐远去的车影，月尔眼里的光悄无声息地熄灭，缓缓叹了口气，转身进屋。

车驶入公寓区，在一栋摩天大楼前停下。

借着大堂里透出的光，月尔注视窝在座椅上安安静静的人，那人闭着眼，英眉紧锁，看起来很不舒服的样子。

"沈童，到家了，感觉好些了吗？"月尔轻声问。

沈童微微睁眼，眼神迷离，悄声叹了句："好多了。"可周身上下散发出的酒气叫嚣着，我不好，很不好！

月尔叹了口气，"我扶你上去。"说完，打开车门绕到副驾驶位，将沈童小心翼翼地扶出来。

"车我今晚开回去，周一上班还你。"

"不急。"沈童应着，将自己挂在她身上，无限靠近却又规规矩矩。

冷冽好闻的香水味提醒他砰砰乱跳的心，不能乱了方寸，更不能被她看出他是在装醉。这么多年，他只有在醉酒时才能肆无忌惮地靠近她，靠近，似乎离拥有只差一步，可这一步他走了许多年啊！

身边的人走得越来越没章法，月尔只得全力托着他跟跟跄跄走进电梯。

"沈童，再坚持一下，马上就到家了。"月尔急切道，而在她看不见的地方，一双含笑的眼默默注视着她，满含深情，难以自持。

电梯在二十层停下，月尔撑着沈童跌跌撞撞走出电梯，好不容易挨到沈童家，她已精疲力尽，顾不上休息，伸手去按门上的密码，忽然，一只修长的手扣住她的手腕，用力一带，将她整个人紧紧压在墙上，动弹不得，她只能被动感受脖颈间温热的气体带着淡淡酒气暧昧地拂过。

她有些恼了。

"沈童，别闹，快起来。"她像只被禁锢而想要挣脱的猫，伸着毛茸茸的爪子去推身前的人，越推越犯罪，直到脸颊蓦然温热，她才微微一怔，不敢置信地看向眼前之人，他是在偷亲她吗？

心脏漏跳一拍，她还没来得及挣扎，唇齿间蓦然覆上一片温热，叫嚣着掠夺只属于她的领地。她想要推开他，可那人二话不说，强硬地将她的手固在心口，霸道又温柔。这样的温柔根本浇不灭月尔心中燃起的怒火，她像头被惹怒的猛兽瞬间炸开凶利的爪牙，反手抓伤沈童的脖颈，沈童吃痛，微微一愣，她便在这时挣脱牢笼。

幽暗灯光下，沈童望着月尔，看她那双冰冷的眼从羞怯变得愤怒，唇峰带伤，殷殷泛红，是自己方才夺城掠地的结果。

"你发什么疯！"月尔呵斥道，眼神如利剑刺入沈童心口，他这才意识到自己鲁莽的行为当真惹急了她。

不该这样的，不应该的……

深吸一口气，他回想自己失控前的纠结，怀里的人太香，路太短，他想留住她，只想留下她而已。

"我……"他手足无措，想解释又找不到合适的理由，不由伸手向她，想抚慰自己犯错的痕迹。

可月尔哪肯再让他靠近，别过头，任他的手晾在空中，尴尬又凄凉。

"你休息吧，我走了！"她冷冷道。

转身之际，手臂蓦然一紧，她固执的停在原地不肯回头。身后，沈童收起平日里的吊儿郎当，言语带着恳切，"月尔，我有话和你说。"

"有什么，等你酒醒再说。"

"月尔……"

她不肯转身，他更不可能放手，僵持许久，最终还是她先妥协，转回身，黯然道："你说吧。"

"月尔……"他轻声唤，小心翼翼又惶然无措。他明知自己有好多好多话想对她说，可话到嘴边却不知该从何说起，明明他在不面对她时是那般巧舌如簧！深吸一口气，他感受着自己砰砰乱跳的心，千言万语最终汇成一句："我们能重新在一起吗？"

重新在一起？！

月尔猛然抬头，吃惊地望着他，直到这一刻，她才结结实实的确定，他是真的醉了！

蓦然笑出了声，她漫不经心道："沈童，你说什么胡话呢，我们在一起过吗？"

"你……"

她的话，无所谓的笑如一桶冰水浇在他炙热的心上，浇灭他无边无际的遐想，他面如土灰，艰难道："你不记得，大学时……"话没说完，他豁然想起月尔曾说，对于痛苦的记忆她会本能的忘记，所以，他与她的过往，他们年少青葱的岁月，都被她遗忘了吗？

"月尔……"他柔声道："你还在怪我大学时和你分开吗？"终于，他问出这个他想问已久的问题。这么多年，她对他视而不见，他以为是因为自己曾经的亏欠，今夜，他忽然意识到或许还有另外一种可能，一个因为这个问题所导致，他却更不想面对的可能。

"没有。"轻轻的，月尔叹了口气，这个问题果然没有触发她太多情绪。凝视着他，她认真道："沈童，我要是真怪你就不会选择和你一起共事了。"

答案如此平静，却重重刺痛沈童的心，果然是因为她忘记了啊……

忘记，会不会更好？

重新开始，未必不是一种可能。

沈童莫名生出许多希冀，"那你能接受我吗？"毫无准备的表白让他不知所措，为了不使自己显得过于狼狈，他换上那副吊儿郎当的神情，故作有理的分析道："你看，这么多年，你都是一个人，我也是，要不，咱俩搭伙过吧……"

唇角带起一丝笑，月尔无奈道："沈童你真的醉了！"

"我没醉！"终于，他在她无动于衷的平静中爆发，将她一把扯进怀里，固执地要她听他内心的悸动，"这么多年，经过那么多事，兜兜转转我们还是遇见彼此，怎么就不能珍惜呢？"他的力气很大，大到似乎要将她揉进身体。

"沈童，你怎么知道我是一个人？"月尔平静道。

沈童迟疑，手一松，月尔便从他的怀中挣脱出来，抬头，静静望着他，"沈副总，今晚，你醉了，好好休息。"说完，头也不回的离开。

这一回，沈童败下阵来，望着她的背影再无力争取。

狂风呼啸的夜里，月尔一路飙车到家。

开门进屋，她"哐当"一声重重关门，甩掉恼人的高跟鞋，光脚踩在大理石地板上，从酒橱里拿出一瓶红酒，利落地开盖，一扬头，大口大口灌起来。

这不是她平时品酒的风格，可在这一刻却是她最想做的事。

似乎只有酒精才能麻痹她错乱的思绪，有些事，早忘了，干嘛要想起，有些事，想起了，就要忘记……

缓缓踱步，她走到硕大的落地窗前，望着查尔斯河对岸灯火辉煌的金融街。重重灯影间一栋顶着王冠的楼格外耀眼。

仰头，她又喝了一口酒，深邃的眼眸如鹰般锐利，这一刻，她隐在阴影里坦坦荡荡揭开自己含蓄的欲望。

她想要的远比表面上所展现的云淡风轻要多得多。

硕大的窗口，她眺望远方，没有风过，可这座水汽丰盈的城却结起冰霜，要变天了啊！

喝着酒，她眼前幻影重重，在意识模糊前她掏出手机拨下姜倩的号码。

电话响了几声便被接通。

"月尔，怎么了？这么晚，王甜又有新任务吗？"

月尔摇头，"倩儿，你休假那两周，我来接替你的工作吧。"

"啊？！"电话那边，姜倩顿了一下，"当然好啊，明氏的案子至关重要，交给你，我放心！不过，这事儿咱周一谈也行啊，这么晚打来是有什么事吗？"

月尔晕沉沉地笑，"我不是怕你任务交接不了，王甜又缩短你的行程嘛。"

"月尔，你真好……"姜倩带着笑意的声音传来。

"那你早点休息，好好准备旅行。"

"好，晚安啦。"

"晚安。"

月尔的身体微微摇晃，手撑玻璃才不至于倒下。将空瓶抛在一边，她晃悠着走进卧室，卧室里空空荡荡，只有桌上的相框在月光下闪着微光。她慢慢走过去，慢慢拿起相框，轻抚上面映着的脸，下一刻，倒在床上。

月光照在被她紧紧贴在心口的相框上，露出边角一隅，是两个并肩而立的女孩儿，一个如月光，一个似朝阳，一个是她，另一个嘛——

烈日炽阳下，洛一疲惫的站在草坪上环视四周把酒言欢的人，合作项目很成功，可这种庆功宴当真不适合她。就在她想偷偷溜走时，合作方参与项目的实习生走来，笑着相邀道："洛一姐，我们合张影吧，多谢你提点，我才能顺利拿到 offer。"女孩儿脸上的笑清清冷冷，如清风般抚平她烦躁的内心，她瞬间洋起笑脸，热情道："恭喜你呀，你想事成！"

女孩儿静静望着她，"是啊，心想，事成……"

Chapter 7.
如果开始，就不要离弃

———

作者寄：它们不像我们，可以自力更生，它们在这世上能依靠的也就只有我们。若是当年因为喜爱而领养，那么，请爱它们一生。

这一夜，洛一睡得很沉。直到天快亮时，她感觉肚子被什么东西压着，忽轻忽重，伴随"咕噜噜"的鼾声。没睁眼，她反手将毛茸茸的猫捞进怀里，固住它闹人的小爪子，柔声道："别闹！"

小猫哪儿肯听话，尤其在它觉得你该起床给它喂食的时候。挣脱她的手，Wasabi 撒了花儿似的打滚，瞪着圆溜溜的小眼睛观察洛一的反应，见她无动于衷，索性用头去顶她的脸。

"好啦好啦，我这就起床！"洛一慢吞吞起身，半眯着眼带着睡意摇摇晃晃下楼，而小猫则一马当先，欢快地溜进厨房，见她从储物柜里取出猫罐头，没等拌辅食就冲上去抢食，被拦下后不满的"喵喵"直叫。

洛一倒是耐心，一手揽住猫，一手搅拌猫粮，直到将猫碗放到它们平时进食的区域，强行招呼 Wasabi 坐好，数完"一、二、三"后才放它吃饭。

这时，Sushi 不知从什么地方钻出来，一路小跑着赶来进食，多亏洛一替它护着属于它的猫碗，不然它可争不过一向好胃口的 Wasabi。

喂完猫，洛一自觉地去换猫砂，刚靠近就看到猫砂盆下洒着一摊褐色的液体，"这是什么啊？！"蹲下身，她仔细观察，许久没看出个所以然来，于是，拿起抹布将地板清理干净，换完猫砂后便迫不及待地回房同周公下棋去了。

没有猫打扰，这一觉她睡得很香。日上三竿，她神清气爽地起床，操起夹子音奇奇怪怪道："Wasabi，你早上干嘛呢，想妈妈了吗？"伴随这胜似童话故事里老巫婆的声音，Wasabi兴奋地跑过来蹭着她的腿"喵喵"的叫。将它抱起，洛一环顾四周不见Sushi的踪影，"Sushi，你这只高冷的小猫藏哪儿去啦？妈妈来找喽！"像是儿时玩儿捉迷藏似的，她卖力地寻找小猫，最后在多媒体播放器后找到窝在一堆电线里酣睡的猫。

"你怎么睡在这儿，多危险啊！"她赶忙将猫抱出，拍了拍它身上的灰，蹲下身清理电线，直到将理好的线放回收纳盒，她才舒了口气，轻轻点着小猫的鼻尖，"以后可不能藏在这儿了，知道吗？"

抱着猫走回客厅，阳光刚巧照在白净的大理石上，映出地板中央一摊褐色的水渍，"我的天，这是什么！"放下猫，她去看水渍，颜色似乎同早上猫砂盆边的一模一样，再看那两只气定神闲的猫，她有些无语，"你们这是气我两周不管你们吗？"Sushi摇了摇尾巴，大摇大摆跳上窗扭头向阳光根本不搭理她。洛一只得郁闷地清理干净地板，再看窗台上悠闲晒太阳的猫，想了想还是拿出手机打给应凯。

电话里传来男人慵懒的声音，"怎么这么早打来？"

"早？！"她看向墙上的时钟，"十一点半很早吗？"

对面没有回应，过了许久才传来一声喘息，"什么事？"

洛一心觉奇怪，但想到要问的事，立马严肃起来，"应凯，这些天猫在你家有没有什么不寻常的表现，比如随地小便？"

"啊？"应凯顿了几秒，声音终于恢复正常，"没有，怎么，他们回家这么干了？"

"好像是。"洛一越发郁闷。

"这么厉害！"电话那边的人低沉的笑，"这是在抱怨你失踪两周吧！"

"可能是吧，以前都没发生过这种事。"

电话是公放，她将手机放在灶台上，开始准备午餐，忽然想到中午要做的菜应凯爱吃，于是问："你中午吃什么？"

"还没想好。"

"要不……"正当她要开口相邀时，电话里豁然传来一个女声，"亲爱的，谁来的电话，讲这么久？"声音风情万种到隔着屏幕都叫人全身酥麻，洛一瞬间石化，赶忙捂嘴止住那即将裂开的笑声，清了清嗓子扬声道："老板，对不起，打扰您了，你们，继续，继续！"说完，赶忙挂断电话。

可真够囧的！

她能想象到被她撞破好事，应凯有多难堪，明天见面可要尴尬喽！脑海里反复推演应凯恼羞成怒的画面，怎么会这么好笑？终于，她忍不住爆笑起来，边笑边抹泪，边抹泪边炒菜，一顿饭做的有趣又鲜美。

吃过午饭，她打开电脑查阅工作邮件，等到保洁阿姨来，才换上运动衣出门跑步。

洛一跑步的路线是固定的，不固定的是运动时间。

温暖阳光里，她听着音乐奔跑在查尔斯河绵延的河堤上，满目垂柳结新芽映入波光粼粼的水面，衬着不远处迎风起航的帆船摇曳生姿。跑跑停停，看看风景，不知不觉已跑完五公里，洛一舒展四肢准备加速返程，忽然，背景音乐里隐隐传来几声唤："洛一，洛一……"她赶忙摘下耳机回头，只见车道上一辆黑色奔驰慢下车速，挡风玻璃里映出的人，一双鹰眸紧盯着她，幽沉又深邃。

"应凯？！"洛一很惊讶，没想到会在这里遇见他，他不是，该在家吗？！

"上车！"应凯言简意赅，探身推开副驾驶的门。

这里不是停车的好地方，眼见路上有车驶来，洛一二话不说上车关门。

"你怎么会在这儿？"她好奇地问。

应凯不语，脸色阴沉。

"去哪儿？"这话他问得冰冷，洛一打了个寒颤，心知他心情不好，还是少说话为妙，于是简洁答："回家。"

车里散发着陌生的香水味，不说她也知道，自己现在坐的位置刚刚坐过其他人，可他为何要生气呢？

洛一望向前方，转头又看应凯，他不说话，她也不敢打扰，车里静的有些尴尬。

对于她这些小动作，应凯都有感知，只是……目视前方，他心里一阵烦乱，今早的事，他该怎么跟她解释？是照实承认错误，还是编个理由骗她，而她又真的在乎吗？思绪烦乱间，前方红灯，他急忙刹车停下，反手护住她前冲的身体，指尖碰到的人暖融融的，像是在安抚他烦乱的心，微微侧目，他望着她那张因为运动而涨红的脸，心之所动，还是决定向她吐露真言。慢慢收回手，他将手放在档杆上，离她不近也不远，"你想问什么就问吧。"音色听起来比平时疲倦许多。

是昨夜的酒意还没散吗？

洛一抿了抿唇，想关心又觉得现在这个状况实在没必要由她费心，轻轻摇头，"我没什么想问的。"

难道，她该问些什么吗？

见她如此平静，应凯内心五味杂陈。是该庆幸她不生气吗？还是该难过她并不在乎？他也说不清，只知道心里有好多话想对她说："洛一，你不要多想，她不是我女朋友，你也知道，昨晚，我喝醉了。"声音戛然而止，他看着她微微攒起的眉，心知从她的角度看，这件事无论他怎么解释，都不是个好人……

眼看面前的人越来越纠结，洛一倒是松了口气渐渐云淡风轻，她明白，其实，他根本不必解释什么，自己所介意的不过是他方才的话，着实有些不负责任，可归根究底，大家都是成年人，她不是个喜欢用自己的标准去衡量别人的人。轻轻点头，她笑着安慰他，"我知道，大家都是成年人，只要你和她开心就好。"

应凯无言以对，明知她误解了他的意思却不知该如何解释，就在他想说些什么来弥补时，绿灯亮起，车后传来急促的鸣笛声，他深深地看了她一眼，没再言语，一路向前。

或许，现在不是谈论这个话题最好的时机。事刚发生，他心慌意乱，其实，他开了这么远的车，漫无目的从她家开到她跑步的地方，一趟又一趟，无非是想确认她没有被他的荒唐误伤。

车在她家门前停下，洛一道声谢下车，看着她站在院子里冲自己俏皮地挥手，应凯叹了口气，还好，她未受伤，也好，她还未把他放在心上。他与她是在不合适的时间遇到合适的人，他还没攀上想要到达的高峰也未看尽沿途莺莺燕燕的风景，可终有一天他会收心想要有个家，到那时，一定会牢牢抓紧这个唯一住在他心尖上的人，来日方长……

洛一回到家，家政阿姨刚好打扫完卫生，二人闲话间，阿姨无意透露出 Sushi 异常的表现，洛一顿时心慌，强装镇定将她送出门，立即回家，在沙发上找到正在清理毛发的 Sushi，轻轻坐到它身旁。小猫翻身露出雪白的肚皮，一双圆眼睛滴溜溜地望着她，满眸乖萌，她顿时松了口气，揉着它柔软的肚皮，轻声道："小家伙，你到底生没生病啊，还卖萌！"像听懂她的话一般，Sushi 撒娇似的将头埋进她的臂弯，洛一轻笑，"所以，你是在博取关注喽？"

"喵……"

因为明天上班，洛一早早休息，这一晚她将两只猫带进卧室，让它们睡在自己身边，一夜无事。

第二天，洛一按时上班，工作闲暇时她打开家里的监视器仔仔细细观察两只猫的动态，可看了好几回也没发现 Sushi 有何不同，心存疑虑，她起身出门，走到唐凌身旁，轻声问："唐凌，你也养猫对吧。"

正在写代码的唐凌恍然抬头，对她这个与工作毫不相关的问题反应了几秒，才懵懵道："啊，对，我养了两只猫。"

洛一同她讲了这两天猫的异常和自己的担忧，思索片刻，唐凌压低声音不去打扰身旁的同事，"猫无缘无故躲起来或是随地小便的原因有很多，可能是它刚从新环境回来还不适应，也有可能是心情不好或者身体不适。"见洛一忧心忡忡，她温声宽慰，"你不刚带猫做完年检嘛，那会儿没查出什么，问题应该不大。"

是啊，前段时间她带猫去看兽医是告诉过唐凌的，稍稍安心，她轻声道："那我最近抽空再带他们去看看医生。"

唐凌点头，轻轻拍了拍她的手臂，"别太担心。"

晓晴走近时，正听到这段对话，她站在一旁默不作声，直到洛一转身，她才上前提醒："老板，您四点有会，现在已经三点五十了。"

洛一这才想起今天有部门月结会议，"好，我马上上去。"转身不忘对唐凌道："谢谢你啦。"

"没事儿，你再观察观察，别太担心啊。"

"好。"洛一应着，走出办公间。

察觉到洛一情绪不佳，迟疑片刻，晓晴还是问："唐主管，老板她有什么事吗？"

唐凌摇头，柔声道："没事，快回去工作吧。"

晓晴点头，走回工位，望着洛一空荡荡的办公室，她微微攒眉，能让老板忧心的事大约也是她不能解决的，她力所能及的只有好好工作，想到这儿，她定下心绪，继续工作起来。

电梯里，洛一拿出手机打开监视器，这一回摄像头刚好捕捉到Sushi排便时的画面，小猫一脚踩在猫砂盆边，一脚没在猫砂里，整个身子颤抖着，似乎全身都在用力，片刻后，它跳出猫砂盆，像是身后有凶神恶煞追着似的快速逃离。

这是怎么了？

洛一大脑一片空白。

电梯门开，她浑浑噩噩随旁人走进会议室，而心还留在刚才的画面里，满是忧虑。

"洛一，洛一！"

安静的会议室里，严肃的男声打断她焦躁不安的思绪，迎上一道道饱含深意的目光，洛一望向主位上的人，主位之上，应凯神色肃穆，见她回神，压低声音问："你在听我说话吗？"

心知自己失态，洛一没法找理由只得诚实道："对不起，我刚才走神了……"

"呵……"长桌对面响起王甜讥诮的笑声，"哟，洛经理……"话未说完，感觉有人扯她的衣角，她微微侧眸，迎上月尔担忧的眼，她的眼风是瞟向应凯的，王甜这才发现应凯的脸色比方才幽深许多，心想："当着这么多人挂老板的脸，就算我不说也有人着急。"于是，抱肩靠进座椅，一副看好戏的模样。

可应凯怎能让她看戏。

将刚才的话题简化，他重新问："你们组需要几个实习生？"

"那要看申请人的质量。"太过诚实的话显得格外刺耳，比如洛一这句。

应凯微微攒眉。

王甜冷笑，"洛经理招人的眼光一向独到。"

"行了，"应凯打断她的奚落，转头对徐露道："实习生面试明天正式开始，你们人事部安排好学生行程，一周内确定最终人选。"

"是。"徐露点头。

此时已近五点，洛一明显焦躁起来，好不容易挨到散会，她越过众人率先往门外赶去。

"洛一，你留下。"身后传来应凯的声音。

虽说归心似箭，可她不能再在众人面前拂他的面，转身回来，在经过王甜时，听到她低笑，"呵，我就知道！"

她狠狠盯住王甜，难掩心中厌恶，这个眼神恰被月尔遮挡，对方平静的看了她一眼，她立马反应过来，垂眸收敛情绪，这个时候不宜以这种幼稚的方式与王甜再结冲突，她不禁有些感激月尔，感谢她又出手相帮。

待众人离开，应凯关上门，在她身旁坐下，不似方才威严，"洛一，私下你怎样都好，但在工作中，你不能像今天这样心不在焉。"话虽不重，但也是苛责，洛一没有解释，"对不起，是我疏忽了。"

感知她情绪低落，应凯有些惊讶，鲜少见她有如此情绪化的时候，咽下后面的说教，温声道："你怎么了，怎么跟丢了魂儿似的？"

这句话问到了她的痛处，抬眸间，她红了眼，语气哽咽，"Sushi好像生病了。"

"生病？！"应凯攒眉，"严重吗？"

"不知道。"洛一眼中酝起了泪，满心自责，"我还没带它去看医生。今天，我想早点回家，行吗？"

"当然！"应凯凝视着她，忽然觉得自己方才的话着实有些重了，她不过是关心则乱罢了，自己也好不到哪儿去！叹了口气，他稳下焦躁的心，轻声道："你别太担心，有没有事看过医生才知道。"

洛一点头，眼里水气凝结就要坠下来了。

这样脆弱的一面，她嫌少在他面前展现。即便当初创业时为了赶时间，俩人只能坐在美国超市外的长椅上吃微波炉里加热过的泡面，她也总是笑着给他加油打气。而如今，硕大的会议室里灯火通明，他明知她满心哀伤，却只能眼睁睁看着她单薄的身体微微颤抖，一双手禁锢在裤缝边像是被一条无形的绳捆着，动弹不得。

摩挲衣襟，他哑声道："晚上我得陪尹氏的代表吃饭，不能陪你去医院……"

洛一知道尹氏的项目对应凯来讲有多重要，定然不能让他分心，连忙道："没事，你忙，我一个人可以的。"说着起身离去。

在门打开的一刻，应凯忽然唤她，她回头，迎上他深邃的眼，他望着她，似有千言万语，最终只道："你别哭，让人看见不好。"

"嗯。"她立即抹去眼角的泪水，快速下楼收拾好东西，飞奔回家。

到家后，她将Sushi抱进猫笼，赶往平时问诊的医院。因为没有提前预约，她只能挂急诊，猫被护士转移到医用笼里推进检验区。

检验区的门是铁质的，门上开有一扇小小的窗，透过窗，洛一望进长长的走廊，走廊两侧排列着一间间昏暗的房，她看不见房间里有什么，只知道，Sushi被推进离她最远的房间。

收回目光，洛一颓然地走进等候区，她能做的只有等待，等待也祈祷她的猫平安无事。

夜色深沉，静如流水。

她一个人坐在医院空荡荡的大厅里，没人说话更没人分享她此时的不安。偶尔有人路过，抱着或牵着戴有防护罩的宠物，那些人朝她点头示意，眼眸里是哀伤与同情的目光，可她不喜欢这样的目光，尤其是看到面罩下的宠物痛苦的模样，她真的很怕很怕，她的猫将经历同样的痛苦，她还没做好准备去面对啊！

时间一分一秒过去，检验区的门纹丝未动。

洛一的心从惶惶不安，到无限哀伤，到现在她只希望得到一个结果，无论怎样。

夜太静了，静到能听见一个人的心伤。

这样静的夜里，她的电话忽然响起，刺耳的铃声惊得她赶忙接起，丝毫未留意来电显示的信息。

'Hello.'

电话里一片寂静。

'Hello？'

依旧没有回音。

就在她准备挂断时，宁静的夜里，豁然传来一个熟悉的男声，带着如阳光如热浪般的笑意，瞬间冲破她的提防："洛——……"

好听的声音在耳边嗡嗡作响，呼啸着卷起那些不知被她重温过多少次的画面。

是他吗？

她有些惊恐，还有些期待，怀揣着惴惴不安的心小心翼翼问："请问你是……"

"你是艾阳？"

"我是艾阳。"

电话两端同时传来相同的答案。

洛一一下子就笑了。不知为何，憋了许久的泪在此刻"吧哒吧哒"落下来，笑中带泪，不知是喜还是悲。

"我刚从基地回来，这会儿打给你会不会影响你休息？"电话那边，艾阳礼貌地问。

原来，他有她的电话啊！

不像她，除了回忆，一无所有。

"不会。"她想让声音听起来正常些，可无论怎样努力都压制不住哽咽。

"你哭了？"

"嗯。"伸手，她抹去泪水，心里的委屈似乎在他面前无处躲藏，而她也不想隐藏。

"我在医院。"她诚实道。

电话里的声音明显焦灼，"你怎么了？生病了？哪里不舒服？"

"不是我，"她努力呼吸平复情绪，"我在宠物医院，生病的是我养的猫。"

电话那边传来沉重的呼吸声，声音再次响起，愈加关切，"猫病的严重吗？"

"不知道，它还在接受检查，已经过去两小时了还没结果，我很担心！"说着，洛一又想哭。

"你先别急，猫不会那么脆弱。"艾阳轻声道："你还记得战火里的猫吗？它们被从石缝里挖出来依旧活蹦乱跳，你的猫也一样。"

"但愿如此。"洛一忽然觉得有些冷，蜷缩起身子窝进座椅，手机是暖的，她将它捧在手心里，贪婪地攫取这唯一的温暖。

"你是一个人吗？"艾阳轻声问。

她点头，想起对方看不到，又轻轻"嗯"了一声。

电话里一阵沉默。沉重的呼吸声再次响起，"那我陪着你吧，虽然帮不上什么忙，但可以和你说说话。"

"谢谢你。"洛一道。

"不要说谢。"

听到这句话，洛一默默笑了。

从包里翻出耳机戴上，她正要说话，见检查区的门打开，从里面走出一个身着白大褂的医生，冲着空荡荡的楼道喊，'Yi？'洛一赶忙答应，对耳机那边的人道："你等一下"，起身走向医生。

医生并未即刻告知她 Sushi 的情况，而是先把她带进办公室，拿起托盘上透明的玻璃管，严肃道："我们给猫做了尿检和 X 光，两项检测均表明它的尿道里含有结石晶体，晶体体积太大无法自主排泄，所以我们给它插了尿管，用注射器将晶体抽出，这就是堵塞在它尿道里的结石。"

玻璃管里装着一颗黄豆大小的颗粒，洛一看着倒吸一口凉气，心里有些庆幸自己及时将猫送来医治，"接下来该怎么治疗呢？"

医生幽幽道："如果24小时之内它能自主排便，之后按疗程吃药防止结石再生即可，倘若无法自主排便，则需进行手术扩张尿道。"

"这么严重？！"洛一微微发抖，强作镇定，她颤声道："那它今晚要留院观察吗？"

医生点头，"是，需不需要手术就看这24小时了。"

"……"

留院观察需主人签字。

洛一潦草地扫过一项项条款，虽说她努力集中精力阅读条款，可真当签字时，大脑一片空白。

"想去看看它吗？"医生问。

洛一点头，随她走进长长的走廊。

宠物医院的病房像极了恐怖电影里的生化实验室，烧杯、试管排列在黑色的水箱前，三层大铁笼沿墙而上摞至高悬的天花板，天花板上亮着一排白炽灯，灯泡明明是白色却散发出灰色的光，将整个房间照的了无生气。铁笼上，不同隔间有着不同的布局，有的被黑布蒙着，有的空空如也。等在房间里的男护士将她领到其中一块黑布前，打开门，里面赫然躺着一只小猫，正是 Sushi。

感受到光亮，小家伙睁开眼，在看到洛一的瞬间急切起身，一瘸一拐往她怀里钻，长长的尾巴快速摇着昭示它愉悦的心情，可尾巴上的毛被剃得精光，露出粉白色的皮肤，抽打在洛一毫无防备的心上，生疼。她迅速检查小猫，发现 Sushi 的肚皮和左前爪也被剃光，一根金属管插进爪腕，被带血的胶布粘着，连着长长的导管，导管里还残留着血液，殷红一片。

她再也崩不住，眼泪倾泻而出。

轻抚 Sushi，她尽力不去碰它的伤，可小家伙太过活跃，她只得控制住它绑着针管的爪子，生怕牵动针管，它会更疼。

过了许久，她恋恋不舍地关上笼子，黑布放下的一刻她再看不见它，可它凄厉的叫声撕裂她的心，她边哭边道："Sushi 别怕，妈妈明天就带你回家……"走出病房，她扶住墙大口大口喘气，缓了好一会儿才有力气继续前行。

医生在走廊尽头等她，手里拿着一页纸，心有顾虑似的低声道："有个问题，我得问你。"

"你说。"洛一大脑一片空白，并未察觉医生语气的不同。

医生缓缓道："如果治疗过程中出现心脏衰竭，你要我们启用心脏复苏程序吗？"

"什么？！"大脑如受雷击般颤栗，她脱口而出："当然！"缓了一下才意识到这个问题的严重性，颤声问："真的会发生心脏衰竭吗？"

见她太过紧张，医生收起文件，温和道："看它的样子应该用不到，但这是我必须要问的问题。"

"要用的……"洛一喃喃道，她当然希望这样的事不会发生在 Sushi 身上，可若真发生，"一定要救的……"

回望身后空空荡荡的走廊，洛一的心如此空洞，十一年啊，这是她第一次面对，或许有一天，Sushi 和 Wasabi 将会离开她的事实。扶着墙，她弯下腰，任眼泪大滴大滴坠落。

"你别哭，它一定会好起来的。"深沉的夜里，空荡的楼梯间，温暖的声音蓦然响起，洛一一怔，这才想起自己还通着电话，原来他一直都在。

"谢谢你。"洛一抹去泪水，想笑，却有更多的泪流出。

"不要说谢，我很难过，什么忙都帮不上。"

"不会。"抿了抿唇，她哽咽道："你不是一直陪着我嘛。"

蓦然间，电话里传来一声叹息……

车行驶在蜿蜒的高速公路上，穿过城市灯火，路过楼宇间一个又一个蜂巢式的窝，每个小家都有各自过往，不一样的悲欢离合。洛一静静开车，默默流泪，一路向北，在这样月色深沉的夜。

……

Chapter 8.
缘分这种东西，是一个人的偶然与另一个人的必然

——

作者寄：爱情，谁先开始的不重要，坚持下去的才重要。

天还未亮，洛一便被 Wasabi 唤起来喂食，没了 Sushi 的家更显空旷。打开音响，BBC 电台正在播放她每日必听的"Outlook"，她边听别人励志的人生边做早餐，酸奶、麦片、鸡蛋、火腿，再加几朵西兰花，日复一日，相似的食物，按部就班的生活。她从未想过更换食谱，也很少去想放慢脚步，似乎每一天都过着同样的生活，梳洗、换衣、准时上班，新的一天从平淡开始，唯一不同的是，今天的她有些魂不守舍，有事没事翻看手机生怕错过医院的信息。

电话突然响起，来电是她熟悉的号码并非医院，她隐隐有些失望，平复心绪，接起电话，轻声道："总经理，有事吗？"

"没事就不能打给你吗？"电话里的男声带着笑意，"Sushi 怎么样了？"

洛一无声叹息。

对方显然感知到她情绪不佳，声音立马严肃起来，"出什么事了？"

洛一不想让他担心，言简意赅的略去自己昨夜的煎熬，"Sushi 住院了，留院观察需不需要手术。"

"这么严重？！"应凯明显着急，"有什么事需要我帮忙？"

“不用，”洛一轻声安抚，“我一个人应付得来，只是……”停顿片刻，她还是问：“明天我能在家工作吗？不论 Sushi 需不需要手术，我都想陪陪它。”

“当然，你请假都行。”应凯的声音格外温和，停顿几秒，忽然叹了口气，“洛一，别难为自己。”

“我知道，”洛一轻笑，“放心，我若真有需要一定会告诉你。”

“那就好。”

挂掉电话，洛一望向窗外，楼宇间雾气缭绕，淡了街景也遮住了天，天是阴沉的，还下着淅淅沥沥的雨，正衬此时她的心境。她明白自己说的最后一句话只是出于客气，在大城市生活久了，人都变的礼貌又疏离，无论平时有多少朋友，真遇到事往往还是会选择独自承受，不给别人添麻烦，这是生活的第一准则，因为啊，每个人都有属于自己的压力与烦恼。叹了口气，她继续工作，现在恐怕只有忙碌才能麻痹那颗惶惶然的心，不去胡思乱想。

临近下班，她终于接到医院的电话，医生告诉她猫恢复的很好无需手术，听到这个消息，她豁然长舒一口气，将头埋进臂弯里，静静感受这一刻从心底涌起的喜悦，悬了一天的心总算落地。

手机屏幕还亮着，通话列表里一个陌生的号码着实醒目。想起昨夜艾阳一直陪着她，犹豫许久，她还是给他发去一条信息：“艾阳，猫不需要手术，我很开心！”

这样明显显露情绪的话她并不常说，不知为何，她却想对他说，或许是因为毫无交集，所以肆无忌惮吧。

信息几乎是秒回，寥寥数字：“没事就好，照顾好自己。”

她笑了。

她想到他做起事来专注的模样，常常会忽略掉身边的人与事，那么，在写这些字时，他在做什么呢？

窗外，雨不知何时停了，有风吹来，渐渐散开云雾，西边，夕阳晕染开一道金边，淡然又浓烈的光从薄薄的云缝里挤进来，天要亮了啊……

与唐凌商议好明天的工作安排，洛一提前下班。

望着她远去的背影，这两天一直被忽略的晓晴默默低下头，心里有些失落，是因为没机会汇报项目进程吗？她也说不清。

这时，邻座的Kris探身过来，低声问："晓晴，你知道老板为啥这两天走这么早吗？"

她摇了摇头。

"你也不知道吗？"咬着笔杆，Kris喃喃自语，"以前从没见老板提前下班，这两天是有什么事儿吧……"不知是有心还是无意，她的话正击中晓晴最在意的点，"你是她的助理，她连你都没告诉吗？"

心里莫名忧伤，可她又不能显露什么，闷声道："我也不清楚。"

Kris撇了撇嘴，没再说话，收拾好东西后叫晓晴一起回家。晓晴不好意思拒绝，关上电脑拿起包，和她一起走出办公间。

洛一这边，从医院接回Sushi，她直奔回家，一进门，Wasabi欢快的跑来，在看到地上的猫笼后瞬间止步，机警地嗅着空气中的气息，嘴里闷声低吼，这种不友好的叫声在Sushi被放出猫笼后达到顶峰，它叫着猫毛直立，像要吓退误闯自己领地的野猫，可这只猫是它同母异父的兄弟啊！洛一赶忙上前安抚它的情绪，也不知是因为Sushi身上染了医院的气息，还是因为它的毛被剃的乱七八糟，总之，只要Sushi靠近，Wasabi就应激地做出要打猫的架势，但Sushi哪儿能被吓住，大病初愈回家，它兴奋的撒欢儿似的乱跑，逼得 Wasabi 只能躲上猫树盯住满地打滚的 Sushi，满眸惊惧。

这好笑的一幕被洛一用手机拍下，分享给那个陌生的号码，配文："拆家的高冷，高冷的拆家。"

很快收到对方回复："各自为王，甚好！"下一秒，又一条信息进来，"真想见见现实中的它们。"

洛一知道这个承诺很难兑现，但她还是满怀期待写道："下次你来波士顿，带你见它们。"

"一言为定。"

合上手机，她望向窗外，夕阳已破云层，有光照进来了啊……

第二天，洛一在家工作，虽说日程同在公司时一样，但到底灵活许多。Sushi 已恢复它淘气的模样，跳上书桌霸占她敲击键盘的手，她只好将它搂进怀中，边安抚边工作，安安静静度过一天。见 Sushi 无恙，第二天，她开始正常上班。

一天没来办公室，文件便堆积起来。忙了一早上，午餐时，洛一在楼下的泰餐店买了一份 Drunken Noodles，回来的路上刚好遇到出门吃饭的应凯和沈童，应凯邀她一起用餐，她倒是自在地晃了晃手中的盒饭，笑道："我已经买好午餐啦！"

"你中午就吃这个？"应凯攒眉，表情看起来颇为嫌弃。

洛一调侃，"怎么，大老板看不上我们打工人的午餐？要不要尝尝，这可是我们的心头爱！"

应凯立马摇头，"好吃的还是留给你独自享用吧！"说完，转身要走，忽然想起什么，又回头，"对了，下午实习生面试，你要不去看看，有个学生的背景不错，我觉得你一定会感兴趣。"

"很特别吗？"想到下午要开会，洛一有些迟疑。

"特不特别我不知道，但他和你一个学校，算是你的师弟。"

"哦？"洛一一听果然来了兴趣，"那你把他的面试安排到最后，我开完会过去。"

"好，我跟你一起，"应凯抱着肩，上下打量洛一，唇角带笑，调侃道："我倒要看看现在 UC 的学生还像不像之前那么优秀。"

听到这话，一直保持沉默的沈童"噗嗤"一声笑出了声，瞬间收到应凯的眼神警告，他即刻收声，边笑边道："当我不存在，你们继续，继续。"

洛一摆了摆手，"快去吃饭，下午还有事儿呢。"说完，刷卡进门，不忘补一句，"记得发我份简历。"

"好，"应凯目送她走进电梯，直到电梯门关，才意犹未尽的转身，迎上一脸惨兮兮的沈童。

"老大，咱到底去不去吃饭啊，再不去我都饿瘪了！"

"走！"应凯大步流星向前走去。

沈童默默跟上，看着身旁神色郁郁的人，忍不住道："哎，我说，你跟洛一怎么不发展一下，明明就有那个心思。"

应凯微微一怔，他的心思这么明显吗？连沈童这个大憨憨都察觉得到，那洛一呢？

她是否也看出他的心思？

若是看出，为何还能像没事人一样同他相处？

真是因为，没感觉吗？

他很想亲口问问她，可是……

外面风很大，大风吹开他灰白色的大衣，也乱了他的思绪，伸手握住衣领，他狠狠扯住衣料，同时也抓紧那颗随时都可能丢掉的心。

过了好久，就在沈童都快忘记自己的问题时，忽听他答："我越过了她的底线，还有可能吗？"

"啊？！"望着眼前俊逸的背影，沈童忽然觉得这一刻应凯像极了童话故事里被困山林的骑士，一路披荆斩棘，一腔孤勇竟不知路在何方……

开完会，洛一按照商业部王甜的意见修改模型，应凯进门时，她正在烦躁的修改程序。

"不是说要参与面试吗，都快轮到你了，怎么还在这儿写程序？"

想起会上与王甜的交锋，洛一心情烦乱，"模型结果那位不满意，我得抓紧时间修改，面试还是你把关吧。"

应凯沉默，看着桌上被文件压住的简历，想来她根本没看，于是，抽出来放到她身边，"你确定不看看你这学弟的背景，说不定能招个帮手。"

洛一微微侧目，瞬间看到简历上的照片，熟悉的脸，早已深刻在脑海的笑容，如阳光如海浪，冲刷尽内心的焦躁，变得很静很静，静的仿佛能听清自己的呼吸，一颗心砰砰乱跳，带起指尖微微颤抖，手还放在键盘上，却没再敲下一个字。

Yang Ai

PhD in ×××, expected completion June 14th 2019.

……

简历上的经历对于一个学生来讲实在是太长太长了，洛一一页页翻阅，她明白这只是艾阳所得成就的一部分，是他能公之于众的部分，更精彩的或许只能留在沙漠那间枯燥的实验室里，可她仍旧贪婪地读着，想用这些她不曾参与的过往拼凑出她想象中的艾阳。

还需要想象吗？

她忽然意识到，此时此刻，那个男孩就在楼下，那个曾在战火中将她紧紧护在身后的男孩，那个笑起来如阳光绚烂的男孩，那个承诺会一直保护她的男孩，那个在夜空下和她紧紧相握怎么都不肯放手的男孩……

她抬起头望向应凯，可应凯却觉得她的目光像是要穿透他看向更远的地方。不知为何，他莫名心慌，想开口问她究竟怎么了，却眼睁睁看她放下简历匆忙跑向门外，他没有去追，大庭广众之下上司追女同事，怎么都不合适，他就这样站在原地目送她离开，再无踪迹。

等不及电梯，洛一踩着高跟鞋从楼梯间往楼下跑，这一跑才觉得三层楼的路实在是太远了。好不容易接近会议室，她慢下脚步，透过玻璃墙，看清休息室里学生三三两两，或轻松或紧张，却不见那熟悉的身影，心里莫名慌张。

应该就在附近。

她慢慢寻找，每走一步心就漏跳一拍，因为，落地窗前，一个熟悉的背影正逆着光映入眼帘，她长舒一口气，缓缓走过去，越靠近越心慌，小心翼翼的，她张口唤：“艾阳……”

背影迟疑片刻，转身，是她朝思暮想的面庞，她张了张口，没有出声。

“洛一……”

艾阳笑了，这一刻，眼里的光芒不输漫天的阳光。

她凝望着他，望着望着，不知怎么眼前模糊一片，垂眸，她用力眨眼，抬眸间笑起，露出小小的虎牙，“艾阳，好久不见。”

“好久不见。”

八天而已，像过了半个世纪。

"你怎么会来……"她没再说下去，眼里的光一闪一闪像遗落在银河里的星碎。

"面试吗？"艾阳笑，环顾四周，眼神最终落回洛一脸上，"还真是不一样。"

"什么？"洛一迟疑。

艾阳低语，"和我想象中的，很不一样。"

"想象中？！"洛一重复他的话。

艾阳点头，就在他想再说些什么时，面试间的门忽然打开，有人唤："艾阳。"

抬手，他示意对方，而后垂眸对洛一道："等我。"

就在艾阳同自己擦肩而过时，洛一恍然回头，轻声唤："艾阳……"

他回眸，她微笑。

"加油！"她手握成拳，像当初站在球场边给他加油助威一样。

艾阳深深地看了她一眼，千言万语汇进眼神里，无声但有力量，转身走进面试间。

看着门开门又关，洛一跌宕起伏的心再无法平静，撑着窗，她大口大口喘息，脸上的酒窝越来越深邃。

"你干嘛呢，怎么不进去？"

身后传来应凯的声音，她赶忙收敛笑脸，回头迎上他探寻的眼，复杂的心绪瞬间冷静下来。

"你……"看着她平静的脸，应凯终是咽下想问的话，"走吧，去看看你那厉害的学弟。"

"是挺厉害的！"洛一喃喃自语。

两人走进会议室，应凯在面试席正中央落座，左手边是负责风险部的 HR Amy，右边是洛一。

进屋的瞬间，洛一感觉一道炙热的目光结结实实落到她身上，带着惊诧与惊喜，一路追随，她笑着，神态自若，直到拉开椅子坐好，才抬头从容地对上那道目光，目光的主人在她的注视下喉结微动，洛一想笑，她看得出他的紧张，跟当初自己逗他时一模一样，放轻声音，她似在安抚对方："既然人到齐了，面试正式开始，不要紧张。"

艾阳古铜色的皮肤瞬间又深了一个度，微微垂眸，调整呼吸，再抬头时眼神恢复平静，平静时的艾阳是那般沉稳又自信，对 Amy 与应凯提出的问题均给予得体又详尽的解答。

洛一发现他的确是个很有主见的人，对许多事都有自己独到的见解而非人云亦云，余光撇见 Amy 在问答表上轻轻打下一个勾，唇角不可抑制地上扬，仿佛自己所欣赏的人得到大家认可是多么值得骄傲的事。

应凯同样没想到，眼前这个年轻人在学术上竟有如此造诣，像是天生就该从事科研般，对一切事物都充满好奇且兼具探索能力。捏着厚厚的简历，简历上密密麻麻的字著写着他的成绩，应凯疑惑不解，"你为何要选择业界，又为何想来我们公司实习？"

这个问题，也是洛一所关注的，只是她关注的点或许与应凯不同，转眸向艾阳，她静静凝望着他，是啊，艾阳，为什么呢？

你为何会放下手头忙碌的实验跑来波士顿呢？

许是感受到她的疑惑，艾阳轻轻转头，与她的视线不期而遇。

他看着她，带着她所熟悉的笑容，轻柔又温暖道："曾有人对我说，未经体会便无法做出正确的判断。我从未涉足业界，没有工作经历，更不了解过除学术以外的行业，所以我很想用这次机会认清自己，至于，为何选择贵公司嘛……"思索片刻，他唇角上扬，"原因有点儿浪漫，我还是不在这里说了。"

洛一的脸莫名烧热。

如此不专业的回答与其之前谈论学术时的严谨判若两人，应凯无语，心想这学生还是太过年轻丝毫没有职场经验，转头向洛一，却见她耳根泛红，在这样严肃的场景里显得格格不入，压下心中诧异，他给她抛去一个眼神，意思是："你有什么问题想问吗？"

洛一瞬间调整情绪，开口时语气专业又冷静："实习期需要三个月，在此期间你可以保证全职，又不影响你的科研进程吗？"

这是什么问题？应凯撇了她一眼，她现在是在关心人家的学业吗，影不影响进度不是实习生自己该考量的事吗？

艾阳神色温柔，像是同老朋友闲聊一般亲和道："放心，科研数据我已经整理好，结果分析我回去就做，争取在入职前完成论文，不会影响正常工作，更不会拖延科研进度。"

洛一轻轻点头，"那就好。"

不是，这俩人谈论的是同一个项目吗？

应凯低头再次确认艾阳的简历，虽说他和洛一是同一专业，但研究方向并不相同，怎么感觉他俩的谈话像是筑起一道壁垒，明明句句都能听懂，但含义又根本不同。尤其是洛一眼里的光，一闪一闪从未熄灭。

应凯轻咳一声，起身，伸手向艾阳，"很高兴你来参加面试。"

艾阳也起身与他紧紧相握，"非常感谢您能给予这次机会。"

看着面前相对而立的两个男人，一个历经行业沉浮身经百战，一个宛如白纸正在书写属于自己的篇章，洛一忽然觉得两人之间的差距似乎并不遥远，他们都站在各自的人生舞台上绽放出属于自己的光，没有谁会掩盖谁的锋芒。

等到艾阳离开，应凯抱着肩，一脸苦笑，"你担心的可真够多的，什么项目进程毕业不毕业的，这不是他自己该去协调的事吗？"

洛一淡淡道："这个问题，对他来讲至关重要，我不希望他在没考虑好后果前轻易做决定。"

"我就说吧，"应凯冷哼一声，"你管的就是多！"

洛一也不争，收起文件大步向外走去。

"哎，我话还没问完呢！"这一回，应凯追出去，可楼道里空空如也，哪儿还有洛一的身影，扯出一丝无奈的笑，他喃喃自语，"跑的还挺快的啊……"

洛一走下电梯时，艾阳正站在大厅中央，仰头向穹顶不知在看些什么。轻轻走到他身边，她顺着他望的方向看去，只见，穹顶上的水晶灯反射出金色的光，若只是水晶灯，洛一并不奇怪，只是今天，最高层的灯橼上似乎落着什么东西。

是只鸟吗？

洛一眯起眼，仔细辨认，还真是一只鸟啊！

小家伙似乎觉得外面冷，就在这暖融融亮晶晶的吊灯上歇脚。

洛一不禁感叹，还挺会享受的！

许是感知到身旁站着的人是她，艾阳没有低头，专注道："你看，连鸟都喜欢这里，我却是到现在才真正明白，这个地方为何会那么吸引人。"说完，他潇洒地向外走去。

洛一站在原地，看着他的背影融进金色的光，喃喃自语："我也是第一次觉得，原来这里可以如此金碧辉煌！"

Chapter 9.

我要做一件疯狂的事

——

作者寄：要有勇气放弃已经适应的生活，才会开始新的冒险。

公司对面是著名的 Quincy Market，虽然只隔了一条短短的石子路，但洛一其实很少去那里，不是因为那儿不够热闹，而是因为她实在不忍将时间浪费在诸如购物游玩这类不带来实际效益的事上，可是，今天却不一样。

望着街边那抹俊逸的身影，洛一的心怦怦乱跳，明明是最普通的墨蓝色大衣灰色羊绒围巾可罩在那人身上竟像是童话里的王子披上助其凯旋的战袍，他望着她，笑容是暖融融的英姿飒爽的也是从容与平静的，仿佛加州四月炙热的阳光驱走大西洋畔冷冽彻骨的寒凉。

一时间，洛一看痴了。

待她回神，才发现那人已走到街对面，站在古铜色的路灯下朝她招手。

"你要去哪儿啊？"她大声喊。

"去你平时去的地方。"他大声回。

洛一大笑，"那不该由我来决定吗？"

"好像是啊！"艾阳挠了挠头，也跟着哈哈大笑起来。

站在狭窄的路口，两个人笑的莫名其妙，来来往往的人大约也被这份好心情感染，笑着冲二人点头示意。

艾阳张开双臂，像迎接老朋友一般，带着希冀与期盼，等待洛一奔赴向他，奔向他却没有冲进他怀里，他眸色微微一暗，但很快又被眼前喜气洋洋的人点燃，暗自安抚那颗惶惶无措的心，"不要急，稳住，不要急……"

两人慢慢朝海岸边走去。

海风依旧阴冷。

艾阳见她打了个寒战，不动声色地解下围巾系在她脖颈上，遮住她那双小耳朵，她的小耳朵啊，不知是因为冷还是因为其他，红的如石榴一般。

艾阳暗自生笑，忽然，手腕一凉，才发现她的指尖不知何时挑起他的衣袖，那条藏在袖管里的手链就这样直接暴露在她眼前。

"你还带着呢？"她的眼睛晶亮，如同一颗颗串珠一样。

既然被发现，他也不打算隐藏，"是啊，我每天都带着。你呢？"

"每天都带着……"她轻声念，而后豁然松手，将自己的衣袖往下拉了拉，眨着眼无辜道："我早就不戴了！"

艾阳不说话，唇角笑容依旧，洛一瞧不出他是不是失落，只能心虚地揉了揉鼻尖，转身走上甲板。

风吹乱她的发，却吹不走她的好心情，倚靠栏杆，她眺望远方，出海看鲸的船要回港了啊，白烟袅袅，船舶飘摇，不知这一船的游人有没有追到想看的鲸鲨。

反正她是一次也没看到。

轻轻笑起，她隔着围巾长舒一口气，围巾是暖的，还带着好闻的香气，这是什么香啊？她细细闻着，细细想。

"洛一……"

身后的人轻声唤，她恍然回眸，迎上一双深沉的眼，那双眼，像极了上次分别时他看向自己的模样，那时，她只觉得他沉默的不可理喻，可这一回再见，她竟觉得这双眸子宛若她刚刚眺望的深海，海水是淡泊的，可水下潜藏的，可能正是她每一次出海想要探及的鲸鲨。

惊觉这一点，她的心瞬间惴惴不安起来。

此时此刻，艾阳凝望着她，看她带笑的眼从迟疑到惊诧再到现在的惶然无措，他也好不到哪儿去，大脑紧张到完全忘记自己曾排演过无数次的话，想不起那些话他该说些什么呢？

"洛一，我会拿到实习 offer。"他语气笃定。

洛一轻轻呼出一口气，他想说的就是这个？这一点她毫不怀疑，可为何，心里竟有些小小的失落呢？

失落？

太早了！

因为，就在她点头的瞬间，艾阳继续道："可我更想得到另一个名额。"

她凝望着他，眼眸波动，是欣喜？是惊慌？是心有灵犀？是退却躲避？

艾阳管不了那么多，因为，在她悄然看风景时，他已然做好决定。

轻声的，他温柔道："我能做你的男朋友吗？"凝视着她，他眼神热切，似乎还有一丝羞怯，"你知道，我喜欢你。"

喜欢？！

洛一沉默不语。

时间一分一秒过去，久到连一向沉稳的艾阳都有些着急，"你总不能亲了我又不对我负责吧！"

洛一："？！"

暗自扶额，洛一终于想起，是啊，她与他之间隔着的那层纱是被她不计后果扯掉的，可是她，心思动了，行为能负责吗？

平静的，她望着他，藏好心底的悸动，实际又真诚道："艾阳，你知道我比你大多少岁吗？"

"七岁。"他诚实答。

"原来，你都知道啊！"洛一松了口气，心里豁然有些悲凉，"知道你还……"

"嗯，喜欢。"不等她说完，他直截了当地答。

她的心啊，在这一刻被这简单的两个字击碎所有防备，变得柔柔软软。

她忽然想起，曾几何时，她也曾单纯的希冀有人能以如此赤诚与简单的感情来回应她所付出的同质的爱意，只可惜，当时，她遇人不淑，那人待她如同对待一只自投罗网的宠物，言行轻蔑又阴冷，他最常说的一句话就是："洛一，你实际一点，喜欢算个什么东西，不如想想你能给我带来什么实质性的利益。"他的爱明码标价，洛一买不起，他也不放弃，非要留她做备胎又在暗地里寻找新的猎物，一个接一个。这让最后得知真相的她在一定程度上对爱情本身失望透顶。而眼前之人，赤诚的眼神，忽然让她这个在爱情里一直灰头土脸受尽伤的人第一次有了被救赎的希望。

可她究竟没了勇敢追爱不怕伤的勇气，斟酌许久，仍是道："你能给我些时间，让我好好想想吗？"

艾阳松了口气，还好，她没有直接拒绝。

"好，我给你时间。不过……"这个"不过"他脱口而出却没想好要限制她什么。

别想太久吗？

不，他有的是耐心等待。

那，不过什么呢？

他黯然抬眸，眼眸里的笑清澈又透亮，"洛一，你得兑现你的承诺啊！"

……

车行驶在宁静的路上，音响里播放着一首安静的歌，这首歌唱一段刻骨铭心的爱，爱到尽头，体面分手，这样才是刚刚好。但很多时候人们得不到这份体面，所以常常作茧自缚，狼狈不堪。

可是现在听这首歌，是不是不是时候？

洛一侧目望向副座上的艾阳，他目视前方，在感觉到她的注视时微微一笑，"看路。"他轻声道。洛一迅速回头，红了脸颊。

她想自己一定是疯了才会带他回家，根本不是因为他那句"我想看看你的猫"。想来她不是一个言出必行的人，可为何在面对他时偏有千万个理由履行承诺？洛一轻笑，不过是自己不想与他太早告别罢了！

车在二层小楼前停下，楼宇隐在山林间，若隐若现。

艾阳一下车便看到夕阳下连绵起伏的穹顶，微微一怔。

"走吧。"洛一自然地开门，引他走进园圃，带他认她栽的植物，樱桃、苹果、桑葚，还有那株搭的歪歪扭扭的葡萄架。艾阳应着，眼神有意无意望向亭栏后的房屋，洛一淡淡道："这里的房价没有加州贵，工作稳定就可以贷款买房，不是什么问题。"

这些话说给他听，是在顾及他有可能受伤的自尊心吗？洛一小心翼翼观察对方，他看起来平静又坦荡，莫不是自己多心了？她暗自松了口气。

艾阳深深地看了她一眼，没有多言，随她往屋内走去。

门打开的瞬间，一团白绒绒的东西夺门而出，艾阳眼疾手快捞起，是一只胖乎乎的小猫，四目相对间小猫惊慌挣扎，他索性将它固进怀中，宠溺道："别动。"

洛一轻抚他怀里的猫，笑着安慰道："Wasabi，你又想奔赴远方啦？"

艾阳好奇，"他为什么叫 Wasabi？"

"因为那只叫 Sushi 啊。"洛一指向走廊里垂着尾巴正机警盯住艾阳的猫，"黑白相间不就是寿司嘛？寿司配芥末，绝配！"

她摇头晃脑解释的模样像极了怀里的猫，艾阳笑，"那你还吃寿司吗？"

"怎么不吃？"她眼神狡黠，"我最爱吃寿司了！"

Sushi "嗖"地一下消失在走廊里，看它夹着尾巴逃跑的模样，洛一撇嘴，"这猫只敢窝里横，一见陌生人就怂得不行！"

艾阳轻笑，一路随她走进厨房，看她从冰箱里取出辅食，打开猫罐头，认真搅拌猫粮，唇角笑意不觉加深。环顾四周，开阔的厨房台面很干净，连通家具零星的客厅，敞亮到如同运动场一样，拥有这样的大房子的确是每个人的梦想，可当真置身其中，总觉得有些过于清冷了。

缺少了什么？

艾阳想到她拉开冰箱时露出的食材，或许，他可以利用起来给她好好做顿晚饭。

所以，当洛一喂完猫走进厨房时便看到一个英俊的身影系着围裙站在台面前切菜，刀功娴熟到令她惊讶，"你真会做饭啊？！"

艾阳温柔的笑，"你以为刚才我说做晚餐是在说笑？"

洛一不语，缓缓走到他身边，看他将辣椒切段后又去备葱花与姜，台面上大大小小堆着一系列食材，豆豉、蒜蓉、剁辣椒，还有她周末买的还没想好怎么炖的龙利鱼，鱼被切片腌渍在料酒调制的汤汁里，木耳用热水浸泡，连鸡翅都被均匀地切成小块……如此丰盛的晚餐，她似乎只在过年同朋友聚餐时才会准备，不禁惊讶，"你这是要做什么啊？"

艾阳边切姜边道："让你尝尝我的家乡菜。"

"湘菜吗？"洛一轻念，"你怎么知道我吃辣？"

艾阳轻笑，"你连吃披萨都要沾我从家里带来的辣椒酱，还说不吃辣？"

"啊？！"洛一豁然想起在沙漠时，每逢吃饭，桌上总会出现一小瓶辣酱，那酱吃起来酸酸辣辣很是爽口，她一直以为是食堂配的小料，所以吃起来肆无忌惮，难不成是在抢食人家好不容易从家乡背来的特产？

"那什么，我吃，你也不说，多不好意思啊！"想起那瓶酱，洛一满脸通红，貌似在回来前，她给人家吃完了……

"你喜欢就吃，我再做便是。"艾阳笑着将姜末放入碗中，拿起筷子沾了点旁边的辣椒，递到洛一唇边，"你尝尝，是不是这个味道。"

就着他的手，洛一舔了舔筷子尖，酸甜爽辣的味道顿时炸裂在舌尖，她豁然睁大眼，挑眉轻笑道："嘿，你还会腌辣椒啊！"

艾阳扬了扬头，一脸得意的将辣椒用保鲜膜包上放进冰箱，"这些留给你之后吃，记得别留太久，两周内吃完，知道吗？"

他这般做了东西还给人留的模样，像极了她印象中的某个人，那个人因为时间久远，早被她遗忘在岁月里，变得模糊又抽象，她忽然意识到，好像从小到大只有那个人肯为她做一顿她爱吃的菜，因为全家都不吃辣，弟弟不吃，爸爸妈妈也不吃，所以，只有每年暑假回老家，那人佝偻着背从地里摘最新鲜的尖椒，炒上一盘豆腐丝，尖椒炒豆腐丝是她儿时最爱吃的菜啊。而那个佝偻着背颤颤巍巍引火做饭的人，就是陪伴她整个童年的姥爷。

灯光昏黄下，她看着眼前高挑的人，不知为何却从他身上看到那个佝偻的身影，一样的亲和，一样的炙热，一样肯为她做上一口热饭。这硕大的房子，因为这口热饭，豁然有了家的模样。

饭菜上桌，是道地的湘味，剁椒鱼片、木耳炒鸡翅、回锅小炒肉和蒜蓉空心菜，每一道都能唤醒她的食欲。

"快尝尝合不合你的口味。"艾阳递来一碗白饭，满眸期待，架势颇像他才是这家的主人。

洛一微微一笑，夹起一片鱼入口，剁椒的酸辣连同鱼片的鲜美滑入口腔，她瞬间眯起眼，"真的好好吃！"

艾阳笑着给她夹菜，"你慢慢吃，我各样留了一份给你，明天中午带。"

一个悠远的男声在脑海里回响："丫头，姥爷给你包里塞了俩粽子，你回家路上吃啊！"

洛一低下头，用力吞咽，咽下饭的同时也压下眼底即将决堤的泪。

艾阳一直没动筷子，静静凝视着对面的人，望着，望着，忽然叹了口气，伸手抚上她的脑袋，只是一瞬又放下。

"在沙漠时，我看你吃那碗汤，心里就想有一天一定要亲手做饭给你吃，没想到，这个愿望这么快就实现了。"他笑着，满眼幸福，"其实，那一天，我没觉得苦，我只是，很心疼你……"

"吧哒，吧哒……"两行泪悄无声息地滴下……

晚餐后，她洗碗，他站在旁边陪伴，谁都没有说话，只有流水潺潺。这样有人陪伴的感觉很陌生，但又是这般理所当然，似乎生活每天都该这样，细水流长。

洗完碗，到了艾阳不得不离开的时候。两人原本约好出去吃晚饭，吃完艾阳直接回宾馆，赶第二天一早的飞机回加州，可计划一变再变，到现在，表上时针已近九点，洛一却越发不想送他离开，于是，想了个理由道："艾阳，晚上我得加班，要不，你今晚住我家客房，明天一早我送你去机场。"

艾阳深深地看着洛一，没有多言，点了点头。

一盘水果，一点零食，两个人坐在圆桌边，一人一侧，洛一是真在工作，而艾阳呢，打开的论文停留在开头，却再没翻页。

这么静的夜晚，这么美好的氛围，似乎不做些什么都有些对不起好不容易拉近的距离。偷偷的，洛一望向对面坐的笔直又挺立的人，目光逐渐聚焦在他被强吻过的唇上，那个吻，洛一念念不忘，因为不忘，所以不能，抿了抿唇，再看他一眼，她终是忍下心里想作怪的念头。

四周漆黑一片，没有阳光，没有灯，黑暗如同张开血盆大口的怪物，将所见所及尽数吞没。暗夜里，一个雪白的人影向前疯狂跑去，边跑边回头，边回头边哭泣，仿佛身后跟着比黑暗更可怕的东西。顺着狭长的走廊，她推开一重又一重门，奔上楼梯，速度减慢，可她太心急，一脚踏空后顺着长长的楼梯滚落。捂住嘴，她不敢出声，害怕叫声会暴露自己所在的位置。

她在怕些什么？

忽然，黑暗里伸出一只手，有光照来，一个高大威猛的男人出现在光里，拽住她的手腕，如同拖麻袋一般一级一级将她拖上楼梯，她若挣扎，他便抄起一脚踹在她毫无防备的脑袋上，长发和着血被碾在身下，与楼梯摩擦时揪住头皮，令她不得不抬起头死死盯住眼前之人，眼前的人冷酷又强壮，她知道挣扎没有用，只能忍住从尾椎传来的钝痛，眼睁睁看着自己新买的白鞋掉在楼梯上，逐渐远去。

她被拖进一间公寓，屋里射出的光刺痛她的眼，她本能地闭眼，再睁开时，那扇血红色的大门无情关闭。

声嘶力竭的叫喊声响彻天际。

"啊～～～"

洛一瞬间惊醒，捂住心口，大口大口喘气，冰凉的空气涌入肺中也让大脑逐渐清醒。

刚才是在做梦吧？

环顾四周，她缓缓松了口气。

还好是梦……

身上一片冰凉，她这才发觉自己出了一身汗，赶忙拉紧被子，可还是凉，彻骨寒凉像从心底结起冰霜冻住了全身，她慢慢蜷缩起身子，重重呼吸，全是因为那个梦啊！

她有多久没想起那个夜晚了？那晚的撕扯，即便过了这么多年，再想起时，依旧刻骨铭心。

有泪自眼眶遗落，划过面颊，变得冰凉。

"洛一，洛一。"门外有人焦急地唤："你还好吗？"

"我没事。"极力平复情绪，她抹了把冰凉湿润的脸，轻声道："只是做了个梦，而已……"

"没事儿就好。"门外的人舒了口气。

听到他离去的脚步声，洛一莫名失落。她很想留下他汲取片刻温存，可又怕陷入另一场困局，无法自拔。

她很怕再遇到和那个人相似的人。

那个人……

她已经很久没想起那个人了，不像刚分开时，整夜整夜梦的全是他虐待自己的场景，以楼梯拖拽为开始，以皮带殴打为结束，那段日子，她承受着身体与心理上巨大的变化，痛苦又依赖，恐惧又怯懦，想自救更想改变，可到头来仍甩不掉这危险的关系，只能等待一个彻底了断的时机，遥遥无期……她深切明白身体上的痛楚根本抵不过心里的创伤，在她以为暴力结束一切都能重新开始时，其实，内心的煎熬才刚刚开始。

将头埋进臂弯，她喃喃自语，"男人啊，得到的太过轻易，总归不够珍惜。"无声叹息，她抬起头，眼里的黑暗比夜更浓。

那么，现在呢？

蓦然响起的叩门声打断思绪。

"洛一，你睡了吗？"艾阳温暖的声音在夜里格外清晰。

"还没有。"捂住被子，她闷声道。

"我可以进来吗？"

"？！"她恍然抬头，看着黑洞洞的门，手忙脚乱地整理头发，打开床头灯。

"进来吧。"

门缓缓打开，艾阳走进来，手里拿着一个圆饼形状的东西，"夜里凉，这是我随身带的电暖炉，你抱着睡，暖和些不容易做梦。"说着将暖炉塞进她手中。

洛一抱进怀里，心口暖和好多，抬头看他，不知该用何种情绪回应。

抬手，他自然地将黏在她额前的碎发别至耳后，看着她苍白的脸与受惊的眼眸，默默叹了口气，"你有事就叫我，我在隔壁。"

"好。"洛一懵懵点头，望着他离去的背影，内心五味杂陈。

抱着暖炉，她躲进虚软间，任发丝拂面，只留一双空洞的眼直直盯住门板，门的那边是艾阳住的房间，这个男人，这个温柔又体贴的人，她该赌一把去相信他吗？

可现实终究给不了答案。

且不说两人之间横亘着七年的年龄差，就是地理上近五千公里的距离，要怎样克服才能走下去？

更重要的是她并不真正了解他，就像今天，在看简历时，她才发现他有着那么卓越的过往，还有晚上那桌菜，她甚至都不知道他会做饭。

想到从前那个人，明明出身书香门第却阴诡暴虐大打出手，明明长相英俊却惯用花言巧语满口谎言，明明有着高学历却善于利用他人的善良做筹码重重心机。如果传统择偶标准仍可能甄选出这般魔鬼，那如今面对一个一无所知的人，她还有勇气向前吗？

这一夜，洛一睡的很不踏实，早上被闹钟吵醒时只觉浑身疲惫。慢慢坐起身，她看了一眼闹钟上刚到五点的时间，愣怔了好一会儿，才想起自己要起这么早的因由，那人要回加州了啊……

厨房的灯亮着，人影婆娑。

她寻着香气摸索过去，看到站在昏黄灯光里的艾阳，周身暖融融的，是那样令人安心。

安心？

是的，安心。

"早安。"艾阳回头，冲她微微一笑。在他的眸光里，洛一满脸倦色，虽说眼中带笑，可那双红肿的眼，豁然与他记忆里那个站在实验室门口催他回去睡觉的人重合，不一样的情境，一样的让人心疼。

"早安。"洛一走过来，倚着灶台看锅里的食物，"你这是在做什么？"

"皮蛋瘦肉粥，还有三明治。"艾阳说着掀开锅盖露出里面小火熬煮的粥，肉末与皮蛋融合进晶莹的米粥里，飘香四溢，洛一默默咽了一口口水。

"你几点醒的？做了这么多事。"

"刚醒没多久。"艾阳笑着用勺子盛出半碗粥递给她，"要不要先尝尝？"

洛一凝望着他，片刻后，接过粥，"谢谢。"

"不用说谢。"艾阳轻轻碰了碰她的手指，在洛一看来时，像什么都没发生似的低头继续做事。

洛一也不挑破，端着粥走到桌边坐下，浅尝一口，粥香恣意，抬眸间，她望向那个忙碌的背影，莫名生出一丝贪恋。

两个人一起吃早餐，两碗粥，两块三明治，一份小菜。吃饱的猫窝在脚边，打理自己平顺的毛，时不时打上一个哈欠。

日子，如果能这样平静的过，会不会也很好？

洛一抬眸看艾阳，眼前的人安安静静吃着饭，动作很小，很是斯文，她将他的样子记在心里，垂下眼眸。

收拾好东西，两人出发去机场，一路上，谁都没有说话。

这样安静离别的场景似乎不久前两人刚刚经历，那是艾阳送洛一离开沙漠的时候，现在轮到洛一送行，她才真正理解当时艾阳沉默的因由，有种不舍是任何语言都无法描述的。倘若开口会将这种不舍催化，不如沉默。洛一握紧方向盘，似乎只有用力紧握才能压下心底无尽的伤感。

前方是西边，有阳光从后面照来，洛一顺光眺望却因路七转八弯而看不到远方。"加州实在是太远太远了！"她忽然这么想，想着就很泄气。

车驶进机场，在送机层停下。

洛一转头看艾阳，他真的要走了……

心里很是哀伤，这种哀伤不仅仅因为此刻的离别，更因为，能预见的离别，她已没勇气经历。

叹了口气，她终于下定决心，"艾阳，你要的答案，我已经想好了。"

艾阳蓦然回头，眼里充满期待，"是什么？"

洛一无言。

时间一分一秒过去，艾阳的眼神从期待渐渐变得惶惑，最后归于平静，她想，他应该已经读懂她想说的话。

"为什么？"艾阳侧身向她，试图拉近与她的距离，眼神如炬，是那种能灼伤人的炙热，"我想知道原因。"

洛一忍不住移开视线，他的失望，她实在承受不起。

叹了口气，她凝望远方，神色凄然道："你我相识还不到一个月，说实话，我不了解你。昨天看简历时，我才发现你比我想象中还要优秀，优秀到像是陌生人一样，这样的感觉让我很不安，好像知道的越多，才越觉得我根本不曾认识你。"

"只是这样吗？"他的声音因焦灼而变得沙哑，"洛一，你问我答，只要你想了解，任何事，我都愿意告诉你。"艾阳凝视着她，手臂向前，似乎想去握住她孤零零的手，但最终停在礼貌的距离。

"哪儿有那么容易，"她又叹气，"你在西边，我在东北，横跨整个美国……"

"如果想了解，怎样都有办法，不是吗？"艾阳慌忙掏出手机，发了一条信息给她，"这是我的微信，你想知道的过往都在里面，我的生活真的很简单，除了学习、科研、运动，就没其他了。"

洛一没看手机，也没急于回答，此时此刻，她的心已搅成一锅粥，比早上吃的还要浓稠。

"对不起，我实在没勇气。"没勇气跨越这么远的距离。

"你再想想好吗？别着急回绝。"艾阳恳求道。

"我……"

突然响起的敲窗声打断她的话，洛一回头，见机场管理员正贴窗查看车内的情况，见车内有人，他不耐烦地嚷嚷，"这里不让停车，赶快离开！"

洛一蓦然松了口气，转头看艾阳，看着，看着，什么也不说。

在洛一和管理员齐齐注视下，艾阳不得不下车，临关车门，他俯身又问："给我个机会，好吗？"

"对不起。"三个字飘进风里，已用尽洛一所有的力气。

车缓缓插入车流，向机场外移去。

洛一知道她不该放纵自己的喜欢，喜欢又不敢靠近，停不下暧昧，更不想和他没有关系，最终却在他张开怀抱迎接她时临阵脱逃。

我们总是这样，受过伤，就不敢轻易重复相似的路。

洛一从后视镜中看到艾阳，他站在光里望向自己离开的方向，身影是那般清冷，无限寂寥。

她想收回眼神，可又舍不得想要再看一眼。直到车子转出机场，她再也看不到他了啊……

停车场里，洛一迟迟没有下车。

手机屏幕上是艾阳发来的短信，那信仿佛刚出生的小鹰扑腾着光秃秃的翅膀召唤她点开微信搜寻号码，直到好友申请通过，鹰已羽翼丰满振翅翱翔。她有些迫不及待的点开艾阳的朋友圈，排在首位的状态是他四天前发布的，正是他刚回美国那天。熟悉的人影，不熟悉的照片，照片上的女孩留着齐肩短发，有风吹过，发丝轻扬，这是一张侧面照，所以女孩儿的面容并不可见，可即便看不清脸，洛一也知道那人笑起时会露出小小的酒窝，就如照片里迎面而来的阳光一样，温暖又绚烂，模糊了背景，只剩一抹轮廓。照片所配文字：我的女神。

叹了口气，她惊觉自己已泪流满面。

索性趴在方向盘上好好哭一场吧。

有些伤，哭过，就过了……

洛一走进公司时，脸上戴着古板的黑框眼镜，有镜面遮挡，她很是安心，总觉得不熟的人就应该看不出她通红的眼眶。

今天是周五，例会上，她落落大方地陈述风险组在过去一周内完成的事项，有问必答还讲着笑话，气氛活跃到她似乎从未经历任何创伤，可在心底某处只有她能触及的地方，坍塌的信念犹如贫瘠的土壤，似乎再生不出一种名为勇气的花，她能在自己熟悉的领域里游刃有余，光芒四射，可在不擅长的地方呢？

落座前，洛一终于迎上自己一直试图忽略的应凯审视的目光，想来他已看穿她的谈笑风生只是一种假象，可他又能如何？深吸一口气，她极力维持平静，大大方方地冲他微微一笑。应凯的眼神越发幽暗，张了张口似乎想说些什么，洛一的心顷刻揪起。

幸好，月尔适时的接过话题，将应凯的注意力及时转移，"姜主管下周休假，与明氏的合作将由我跟进，我看过明氏草拟的企划书，个人感觉还能更加精进，但需要风险部的支持。"她自然地看着洛一，像在陈述一件极其平常的事而并非合作请求，"洛经理，我想请您对明氏即将开展的业务进行全面的风险评估，您需要多久能完成？"

洛一惊讶地看向月尔，"明氏不刚才拟定发展方向吗，你现在就要结果评估？"

"是，虽然不能保证我们一定能成为合作方，但如果我们比其他公司更积极的给出发展建议及风险评估，双方达成合作的概率会大大增加。毕竟，与人合作还是要先表明自己的态度与工作能力。"

月尔的想法洛一完全赞同，工作既然要做就要做到极致。

思索片刻，她幽幽道："如果在现有模型基础上用同领域公司的均值进行调试，大约两周可出结果，但你要有所准备，没有明氏内部数据支持，结果会有误差。"

"可以给出误差趋势吗？"月尔追问。

看着她清澈的眼，里面难得有了渴求的意念，若是如此，不如……停顿片刻，洛一轻声道："我会把谈判策略写在评估报告里。"

这不仅是答应合作，还准备辅助谈判了？

会议室里顿时响起窃窃私语，没人想到两个势如水火的部门有一天会为争取一个项目通力协作同仇敌忾。每个人只能看到事情的一角，所以，只有局中人才会发现，长桌两侧相对而坐的两个人，四目相对间，目光里尽是对对方的欣赏。

主位之上，应凯欣慰的微微一笑，余光扫过不知为何有些幸灾乐祸的王甜，移向远方。

会议最后，由徐露汇报实习生面试录取结果，不出意外，艾阳名列前茅。

"录取信已在今早发出，到目前为止，除一名学生给出仍需考虑的回复外，其余均已接受。"

"还要考虑？"王甜冷笑，"公司给的工资比市场同质职位多出10%，差旅费、奖金样样不少，这么好的条件还要考虑，干脆别来了！"

徐露默默看向应凯，应凯问："是哪一位？"

"是昨天面试的艾阳。"

艾阳？！

听到这个名字，洛一瞬间抬头，只听徐露道："我已经回复他，给他三天时间考虑，下周一不答复的话，名额自动作废。"

应凯看了一眼洛一，见她无动于衷，遂应了声"好"，而洛一的心早在这平静的问答中天翻地覆……

回到办公室，她看着手机屏幕上显示的时间，这个时候他应该还在天上。

"别急……"她试图安慰自己，可越安慰心越乱，最后只得一头扎进工作里。

忙了一上午，再休息时时间已过一点。

她赶忙拿出手机拨打那个曾经陌生现在已烂熟于心的号码，电话里传来无人接听时才会响起的人工留言。叹了口气，她挂断电话，起身想去买饭，忽然记起自己好像带了午餐。

目光落到身旁一个突兀的饭袋上，心跟着漏跳一拍。

那是艾阳昨晚专门给她准备的午餐，即便早上匆匆下车，他仍不忘给她留在副座上。

从袋子里取出餐盒，用微波炉热好，她端端正正坐到办公桌前，像在进行某种仪式般虔诚地揭开盒盖，浓郁的香气扑鼻而来，牵扯出昨夜的回忆，回忆里，那人给她夹菜看她吃饭，笑的温柔又眷恋。

舀一勺米饭配鱼片入口，味道是昨夜的味道，可心境却完全不同。

她默默咀嚼，努力吞咽，不知是因为辣还是因为其他，只觉心里火光翻涌，烧的她眼泪横流。她赶忙转过头望向窗外，缓了好一阵，才将这忽然倾泻的情绪压下。窗外，天很蓝，云很轻，有光照来是从头顶的方向，那么再过几小时，太阳就会移向西方，西方……她不禁伸长脖颈去看海的方向，海面湛蓝，与天相接的地方形成一道浅浅的线，看着也不是那般遥远。

不远吗？

好像不远。

那她有勇气克服吗？

沉默，良久的沉默。

有时候，孤单久了，人就会变得很怯懦，怯懦后又会习惯寂寞，可是如果连寂寞都不怕了，还有什么可怕的呢？

拿起手机，她再次拨打艾阳的号码，依旧无人接听。打开网页，她搜索他所乘坐的航班，页面显示飞机已于四十分钟前落地，他应该已经开机。

是故意不接她的电话？

还在为她的拒绝而难过？

一瞬恍惚，眼神从电脑移向那碗几乎没动过的饭，一来一回间，她做了一个大胆的决定。

输入网址，转换网页，手指在页面上搜寻、点击、确认、支付，一气呵成。关闭网页，她长舒一口气。再次拿起手机时，她退出艾阳的通讯录，划过手机里长长的联系人列表，最终选中一个名字。

商业部，月尔桌上的手机忽然震动起来，来电显示只有一个简单的"她"字。手指遮住屏幕，她侧目看了一眼旁边忙碌的姜倩，起身走向门外，正遇到从外面回来的王甜，月尔点头示意，悄无声息地将手机按进衣袖。

在两人擦肩而过之际，耳边忽然传来王甜的低语："这一回有风险部兜底，明氏的项目你可以放心大胆去做！"微微一怔，月尔对上其满含深意的眼眸，心里豁然涌起一丝不好的预感，但面上依旧平静，"放心，我知道该怎么做。"目送王甜走进办公室，她匆匆按下接听键，走出门外。

"月尔，"洛一的声音传来，带着无尽歉意，"不好意思打扰你工作。"

"没事，有什么事吗？"月尔微微攒眉，洛一从未在工作时间来过电话，她反常的举动以及早上那双哭红的眼令她倍感不安，是出了什么事吗？

"周末我要出趟远门，我的猫刚生过病，我不放心留他们独自在家，能麻烦你帮我照顾两天吗？"

只是因为这样？

月尔如释重负，"没问题。"

"太感谢你了！那晚上我把猫送到你家。"

"晚上的飞机？你要去哪儿？"

"西海岸。"

"西海岸？！"月尔惊讶，这么短的周末，这么远的距离？但她并未追问，只道："下班我和你一起回家，接上猫后送你去机场，省的你来回折腾。"

"这样也好，就是太麻烦你了。"

月尔淡淡笑着淡淡道："和我不用客气。"

"那，下班见。"电话里的声音愉悦又轻柔，月尔跟着笑起，温声唤："洛一……"

"嗯？"

目光所及处，某个忙碌的身影豁然唤起她一瞬而来的危机感，她隐隐觉得，或许从一开始王甜就没打算拿下明氏，那么，最初准备谈判的姜情岂不是……眼里的人还像个没事人一样忙里偷闲，月尔沉默，谈判由她接手是王甜没想到的，但她将风险部牵入局中无异于引来一条更大的鱼，无论最终结果如何，王甜都会成为最大的受益者。这并非她本意，但她不介意搅浑战局。

那么，洛一呢？她是否也同自己一样愿意加入一场结局并不明朗的斗争？

月尔眼里溢出丝丝寒凉，"明氏的谈判可能会很艰难，将你牵涉其中，我很抱歉。"

沉默是长久的，久到连月尔平静的心都隐隐揪起。

清清浅浅的笑蓦然打破沉默，电话里的声音带着莫名的兴奋，"要开始了吗？"

月尔轻轻"嗯"了一声。

"那很好，我们一起面对，迫不及待。"

迫不及待吗？

月尔轻笑，揪紧的心终于松弛下来。放下电话，她轻触屏幕上那个简单的字，抬眸向远方，云很轻，海很静，可这平静的海面即将掀起惊涛骇浪。

多么令人迫不及待啊！

与此同时，楼层另一边，洛一望向窗外，指尖转动腕上的珠串，心情无法言喻。暴风雨即将来临，可她却异常平静，舀一勺饭入口，饭有些凉了，辛辣的味道萦绕口腔，不知怎么，竟尝出丝丝甘甜。

她要做一件疯狂的事，就应该伴着这样疯狂的时机，刚刚好……

Chapter 10.
你好，我的维纳斯

——

作者寄：我愿为你，卸下红唇，退去戎装。

太平洋边吹起的风总是带着暖暖干燥的咸腥，与大西洋畔的冷冽分外不同。

沿着熟悉的长廊，洛一走进晚风，风吹裙摆划过身后淡白色的行李箱，目之所及处，地中海风格的建筑，白墙红瓦琉璃窗，和她离开时一模一样。

慢慢走慢慢看，思绪翩飞间，她蓦然有些感慨，当初自己费尽心思逃离这里，努力忘记与之相关的一切，如今归来，居然能以如此平和的心态重走这条联结过往的路，心情复杂又欣喜。道路两旁楼宇林立，这片陪伴她五年的教学楼，如今看来，她仍能说出哪栋楼属于哪个系，哪尊雕塑又是为了纪念什么人。

棕榈树排开的小径通往聚光灯下的田径场，上学时她总是避开那里，因为那儿时常聚起很多人，比赛或聚会，是全校最喧嚣的地方。那时的她很怕面对陌生人，更怕在不熟悉的场景里无所适从。但今夜，在这宁静悠闲的晚风中，喧嚣甚是吸引人，连她也忍不住注目那些聚在光下酣畅淋漓争球的少年们，挥汗如雨，热情洋溢，豁然将她带回很多很多年前，她撇下书本偷偷去看篮球场上打球的学长们，她也曾淘气过啊！洛一轻轻笑起，呼吸这带着青春的气息，能回母校看一看，真好！

学校外的酒店是她今晚落脚的地方。从前，她坐在图书馆里眺望远方，总能看到这栋高大透明的建筑，细细长长，矗立在一众地中海式的矮楼间，甚是醒目。以前有同学说，等以后有了钱一定要在里面住上一晚，体会体会在学校住五星级酒店的感觉，可当真有钱了，却再也没了时间。或许，洛一是同学里第一个实现当年心愿的人吧。

没有开灯，她站在窗前凝望不远处与灯光呼应的琉璃窗，那是当年她上自习的地方，时间回转空间交叠，她与多年前的自己遥遥对望，人是同样的人，境遇却不再一样。轻轻的，她呵出一口气，第一次觉得回忆过往内心平和，是因为心中有了希望。这一夜，她躺在床上，耳听操场上传来的加油声，睡得很是安心。

清晨，从第一缕阳光开始，今天的天就绚烂的很不一样。

宁静校园里，艾阳单手骑车回望身后滑着滑板慢腾腾跟着的人，那人身着卫衣，松垮的仿佛刚从被窝里钻出一样，衬得那颗剃得溜光的脑袋锃光瓦亮，因为没戴帽子，阳光刺得他眯起眼滑得歪歪斜斜，艾阳忍不住提醒："你可注意点儿，别撞着人啊！"

男孩儿猛蹬两脚，边滑边抱怨："今儿的天是怎么了，还没入夏就这么晒！"说着扭头望向不远处湛蓝的海面，期待海风能吹走这烈日炎炎。

但海风拂起的却是一片幻蓝，是那沙滩上光脚踏浪的女孩儿的衣摆。女孩儿蹦蹦哒哒挑起许多碎浪，偶遇大浪袭来更是肆无忌惮地冲进水中，仿佛不怕湿也不怕脏一样，任风吹乱她的短发，笑得自由自在。

"好美啊！"他不禁感叹，不知是叹风景，还是叹风景里自在的人。

艾阳也随意地朝他张望的方向看去，这一眼，心漏跳一拍，仿若多日前，他抬眸迎上从光里踏出机舱的人，明明看不清对方的容貌，却被那双灿若甘泉的眼眸吸引，吸引着，急促刹车，再望那迎风踏浪的人，熟悉的身影踢踢踏踏踩在他心尖上，那是……

是……她吗？

原本慢吞吞的男孩儿已滑到艾阳前面，见他豁然停车，回头喊："哎，干嘛呢，怎么不走啦？"

艾阳极力收敛脸上一览无余的惊喜，"嘉乐，帮我跟导师请个假，我有点事。"

嘉乐不可思议地望着他，目光移向海边，一来一回间仿佛看出了什么，意味深长道："你小子，什么时候对女人感兴趣了？"

"滚！"艾阳的脸瞬间姹紫嫣红。

嘉乐兴奋地打了个口哨，在对方几欲爆发的注目中嘻嘻哈哈离开了。

胡乱抹了一把烧热的脸，艾阳转眸望向海边的人，将车随意放倒在沙滩上，学着那人的模样一步一步靠近海浪，近到只能听到浪扑沙滩的声音重重击打在心上，一下又一下，激起他岌岌可危的希望，是她来了吗？

像，又不像……

掏出手机，他看着空荡荡的屏幕，没有来电也没有信息，若真是她来，难道都不跟自己说一声吗？

心不觉失落，若眼前之人不是她……

抱着最后一丝希望，他忐忑地拨出那熟悉的号码，几秒时间，嘹亮的铃声天翻地覆而来，击碎他所有的挣扎、失意、不舍、与逃避！

真的是她！

那个被他深深刻进心里的人来找他啦，他还在纠结什么，得赶快奔赴向她啊！

于是，在洛一按下接听键前，眼前黑影袭来，一个炙烈又灼热的身躯将她紧紧裹住，隔绝冷风，送上一片赤诚。仿佛知道这幕会上演一般，洛一没有挣扎更没有退却，静静接受这温暖的怀抱，暖起那颗孤独已久的心。

她，终于等到他了啊！

轻轻伸手，她抚摸那人坚实的臂膀，像哄孩子一样安抚他轻颤的身躯。她看不清他的脸，只感觉他沉重的呼吸带着热气冲进自己敏感的脖颈，她着实有些想笑了。

"你怎么会来？"耳边传来哽咽声。

多大的人，多大点儿事儿啊！

洛一轻轻笑起，不觉湿了眼眶，"我来测量东西海岸的距离。"

"什么？！"

艾阳收紧手臂，再紧，她可就要被揉碎了！

但洛一并不在乎。

嘹亮的声音回响在风中："我要亲自测量东西海岸的距离！"

"结果呢？"艾阳轻柔的声音在风中回应。

洛一微微一笑，"好像也不是那么遥不可及……"

并非遥不可及，所以，可以在一起？

艾阳的心瞬间被点燃，他终于终于肯放开洛一，放开这个他怕一松手就会弄丢的人，再次确认："你答应和我在一起了，是吗？"

看着他确信又不确定的眼，洛一抚上他被风吹的冰凉的脸颊，轻笑道："傻瓜！"松了口气，她拥抱他也拥抱那个固步自封的自己，你看，迈出这一步也没有想象中的那样难嘛……

璀璨阳光下，两人沿着长长的海岸线慢慢走着。

想起促成自己来西海岸的原因，洛一看向身旁高大的人，调侃道："我要是不来，你真不打算接受实习了？"

"不会。"艾阳抿起唇微微一笑，"我舍不得你。"

洛一假装不信，"那你还说要考虑几天？"

"幸好是考虑了！"艾阳的手轻轻缠住洛一的，十指相扣，"如若不然，你怎会来呢？"

"讨厌！"洛一娇滴滴地笑着，想抽回手却被那人攥紧，再抽回，再攥紧。

她不禁抬头，迎上他灼热的眼。

"洛一……"艾阳轻声唤，极尽温柔，将她的手背贴上心口，温声道："洛一，请你记住一句话，这话曾是我爸说给我妈听的。"指尖摩挲手背，他将她的手包进掌心，"这双手，握紧了我就不会再松开。这辈子，除非你先离开我，不然，我永远都不会离开你！"

洛一的眼睛瞬间湿润。

她什么都没想，缓缓靠近艾阳，将脸贴上他的胸膛，听里面澎湃的心，跳动激昂。

抱紧洛一，艾阳在她耳边低语："洛一，放心。"

……

洛一怎么都没想到，自己读书时一直想去却没去成的环球影城会成为她与艾阳第一次约会的地方。还记得在沙漠时，她无意中提起没去过洛杉矶环球影城的遗憾，没想到艾阳还记得这件小事，所以，当他提出想陪她弥补遗憾时，洛一着实惊喜。

恰逢周末，园区前人山人海，即便从网上买票，兑票窗口前仍排起长长的队。担心洛一晒伤，艾阳让她在阴凉里等他，自己则曝露在炎炎烈日下排队兑票，可他等着等着就后悔了，身旁成群结队的人嘻嘻哈哈显得独自等待的他过于冷清，不觉朝阴影处望去，有点想让她过来陪她，可人影憧憧间哪儿还有洛一的身影。他心头不觉一紧，耿直脖颈四处张望，本就修长的身型，此时此刻，仿佛一只受到惊吓的火烈鸟，张起浑身娇红的羽毛，惊慌失措。直到手里被塞进一瓶冰水，他恍然垂眸看清眼前明眸浅笑的人，才缓缓呼出一口气。

"你去哪儿啦？"他有些委屈地将她揽进怀里，隔绝人群的同时也给她撑起一片荫榆。

"我去给你买水啊，瞧你热的！"洛一笑着拭去他额角的汗，指尖自然地略过那双灼灼的眼，眼里漫天委屈倒叫她微微一怔，不禁捏了捏他刚毅的下巴，"怎么，怕我跑丢啦？"

"不是……"艾阳将她的手包进掌心，脸上的色泽比慌乱时更加浓郁，犹豫片刻，俯身在她耳边低语："我是怕你又丢下我离开，每一回，你走得那么潇洒，都不知道我留在原地有多挣扎！"

"真的呀？"洛一感受着他近在咫尺的温度，温暖的呼吸微微颤抖轻抚她深嵌酒窝的脸颊。洛一觉得倘若 Wasabi 化作人形也就跟眼前这人一样惹人怜爱吧，于是，轻轻抚上他的背，像给猫顺毛般柔声细语道："那以后我再不丢下你，可好？"

"嗯。"埋进她肩头，他应得闷声闷气。

洛一忍不住笑，想不到这个在战火里几次三番守护自己的人居然还有如此童稚的一面，当真应了那句"男人至死是少年"。

两个人一起等待，时间过得格外快。换好票后入园，身影很快淹没进川流不息的人群，可他们彼此紧握双手不曾走散。

加州洛杉矶的环球影城临好莱坞而建，园内诸多建筑均保留旧时电影的质感，通往主园的二层小楼上，时不时冒出几个演独幕剧的人，自说自话，抑扬顿挫，瞬间将游人带进欧洲小镇宁静的午后，沏一杯茶，浇一浇种在阳台上的花，惬意又慵懒，潇潇洒洒。

洛一边走边看剧，目之所及处，眼花缭乱，这是她心心念念许多年的地方啊！

由于上园区人太多，两人决定先到下园区玩儿，也是在这时，洛一才知道艾阳爱看的电影《变形金刚》也是主题之一，刚巧就在下区。

《变形金刚》的外景台上，庞大的机器人，大黄蜂与擎天柱，正你一言我一语重现电影中极具人物特色的情节，大黄蜂的憨萌对上擎天柱的忠勇，着实有趣。

人群外，艾阳默默看着这两个代表人物，眼中那追星成功的喜悦看乐了洛一。

"走！"牵起他的手，洛一朝队尾走去，这条队是为拍照，艾阳赶忙拦住她，"看看就行，不用拍照。"

"是我想拍！"洛一扬起头，一双带笑的眼清澈透亮，"我也喜欢变形金刚！"

艾阳挑了挑眉，没再阻拦。

很快轮到他们拍照，擎天柱伸出拳头与艾阳高举的手臂相撞，大黄蜂与洛一背靠背摆出炫酷的造型，只是一瞬，闪光灯亮起，将这弥足珍贵的一刻记录。直到取照片时，两人才意识到，这是他俩的第一张合影，第一张合影就在洛一心心念念的地方拍到艾阳最爱的电影人物。

指尖轻触照片，艾阳看着上面言笑嫣然的人，轻声问："洛一，你真的喜欢变形金刚吗？"

洛一浅笑，"我喜欢你喜欢的……"

《变形金刚》果真没让人失望。4D特效让人领略了一把同和整个机器人团队并肩作战的感觉。机械战甲在重重楼宇间狂飙，遇炮火偷袭，灼热感扑面而来，迫得战舰从摩天楼上极速坠落，幸得大黄蜂及时相救，以一己之力将战舰托起，惊得众人连连欢呼。直到走下战舰，洛一仍抓紧艾阳的手，激动不已。

此时，展台上已换成大反派威震天，还原的电影人物，刺激的4D游戏，洛一环顾四周，轻轻呼出一口气，终于，还是和喜欢的人一起来到这里，肆无忌惮欢笑的感觉，真好！

扬起笑脸，她对艾阳道："等我们通关了再来坐一回吧。"

"好。"艾阳将她的笑看进眼底，满眸明媚，"接下来想玩儿什么？"

"侏罗纪公园。"望着山林间湍急的水流，洛一不禁感慨，上回玩儿类似项目还是在奥兰多的环球影城里，当时，她独自一人坐一艘船，行驶进响着警报的工厂，四周漆黑别提有多害怕，只能匍匐着抱紧保护装置，等到船冲下水流重回地面，她才终于遇到前面的船，船上有人回头看她，打趣道："你旁边的人都掉下去了吗？"洛一惨兮兮地笑，"是啊，他们都牺牲了！"直到下船，她才发现，由于自己过度紧张，双脚死死卡住保护装置，生生将一双新鞋扯破了。真的，左右两侧非常对称的窟窿。好好一双鞋就报废在这里了。

深吸一口气，洛一看向艾阳，这回身边有他，自己应当不害怕了吧……

事实的确如此。

船驶入密林，艾阳一手揽着洛一一手指向草丛里悠哉悠哉的恐龙，语气轻松到仿佛在坐动物园里的观光车，边笑边道："洛一，快看，那边有两只小恐龙在抢爆米花。"

顺着他手指的方向，洛一看到草丛里两只猫般大小的恐龙衔着爆米花桶，你争我抢，互不相让。

"哇,好可爱！"她不禁笑道,怎么上回没看到如此软萌的场景呢？

"还有那边。"艾阳望向水面，忽然将洛一扯进怀里。

雨一般的水流袭来，洛一这才发现一只小型沧龙隐隐露出水面，正淘气地往船内喷水，水溅上艾阳的手臂也打湿洛一，惹得洛一哈哈大笑。

船慢慢向前，慢慢转弯，惊起岸边残破小船里一声嘶叫。

工厂入口若隐若现，洛一慌忙抓住艾阳，恐惧感再次袭来。

"别怕，有我在。"艾阳揽住她的手臂逐渐收紧。

"我很怕失重。"怀里，洛一闷声道。

有温暖自肩头传来，一下又一下，带起轻轻的节拍，"放轻松，跟着我的手，慢慢呼吸。"

慌乱中，洛一照做，于是，当恐龙赫然再现，船照直冲下水流时，她的心平稳又安定。水花飞溅间，一只手用力抱紧她，抱紧她，然后，平安落地。

血液翻涌激起亢奋，洛一大笑，"好刺激，真的好刺激啊！"这是第一回，她感受到突然失重居然能带来如此愉悦。

看着蜷缩进怀里的人，艾阳藏不住唇角的上扬，指尖抚过她的脸，轻声问："要不要再来一回？"

"要！"洛一重重点头。

果然啊，有人陪伴的冒险会成为一种瘾。

经历变形金刚的惊险，侏罗纪的刺激，复仇木乃伊就显得过于平淡，无非是在黑暗中突然加速的过山车，洛一颇为失望，"以后不坐这个了，不够刺激。"

艾阳笑，"这才坐了几回，胆子就变这么大了？"

洛一挥起拳捶他，"你小瞧我！"

"是，小瞧你！"

两人说说笑笑返回上园区。

午餐时间，园中仅有几家连锁快餐店，看着琳琅满目的菜单，洛一不知该如何选择，名称旁的卡路里看得她心惊胆战，说实话，她鲜少吃这种高热量的食物。

许是看出她的顾虑，艾阳点了几样热量较小的食物，边付钱边对她低语："先随便吃点，晚上带你去吃好吃的。"

洛一顿时来了兴趣，"我想吃什么都行？"

"行！"艾阳宠溺地抚了抚她深邃的酒窝，"你想吃什么？"

洛一目光皎洁，"吃你做的饭，可以吗？"

艾阳迟疑，片刻后将她拉进怀里，笑道："没想到我竟中了那句话。"

"什么话？"

"不是说，拴住一个男人要先拴住他的胃吗？这句话可以反过来说。"

洛一咬了咬唇，"谁说我是因为这个才和你在一起的。"

"那是为什么？"艾阳看着洛一，唇角含笑，眼眸认真，"你是因为什么才决定来找我的？"

洛一不愿作答，一息不言而喻的红晕悄悄染上脸颊，艾阳看在眼里不再追问，只是抱着她的手臂更紧更紧了。

吃过午餐，两人去看水世界表演，这场表演是目前为止洛一看过最激烈的水上实战真人秀。沉重的闸门开启，男主帅气出场，驾驶水上摩托在玻璃质的水池里驰骋，恣意昂扬，摩托溅起水浪一层层涌向观众，在众人热情的欢呼声中，身着比基尼热裤的女主优雅登场，一上台就以极其危险的角度攀登水池边缘迭起的高脚架，矫捷身姿引来无数喝彩。登上最高层，女主潇洒地与脚架上站岗的士兵互动，阳光正暖，微风和煦，气氛宁静的刚刚好。可这样宁和的氛围随着闸门被炮火轰破变得刺激又紧张。熊熊烈火间，闸门大开，一艘通体乌黑的海盗船缓缓驶入火海，身着破旧燕尾服的船长笑得恣意又猖狂，霸道地宣示自己对于这座城池的主宰。屠戮开始，站岗的士兵接连被击杀，女主奋起反抗仍成为阶下囚，被高高绑缚在瞭塔之上，流弹纷飞间，男主赤手空拳与海盗搏击，骁勇占尽上风，气得海盗船长一不做二不休干脆割断绳索将女主从高塔上推下，修长的身躯落入水中激起水花的同时也引来众人惊呼。

洛一的心重重揪起，握紧艾阳的手，想得到一丝喘息。

幸好，男主突破重围纵身跃入水中将女主及时救起，至亲至爱尽死伤，男主迸发出前所未有的力量将海盗打得节节败退，逼得船长不得不搭乘飞机仓皇而逃。

洛一恍然松了口气，与艾阳击掌相庆。

就在此时，一架燃火的飞机突然从观众席后冲来，众人躲避不及，眼睁睁看着机身从头顶略过跌跌撞撞坠入水中，一时间，现场鸦雀无声，而后响起零零星星的掌声，一声又一声，最终爆发出雷鸣般的掌声，经久不息。

整场秀高潮迭起扣人心弦，直至走出场馆，洛一仍沉浸在刚才的表演中无法自拔，甚至都没意识到自己半边衣服已被水浸透，艾阳脱下外套将她裹起，她才在温暖里打了个寒颤，不禁感叹，"果真是水世界啊！"

"怎样，要不要重看一遍？"艾阳轻捻她冰凉的手为她取暖。

洛一边呵气边望向缓缓关闭的闸门，摇了摇头，"这么精彩的故事还是留给回忆吧，知道结尾就没那么惊喜了。"

艾阳没说话，伸手将她眉间的湿发别至耳后，唇畔的笑悠远又恬淡，真好，他们的故事才刚刚开始，不曾预见，所以惊喜。

接下来，两人又逛了许多地方，体会了更多游戏，无论是现场还原的火灾特效，还是依照美剧《行尸走肉》建成的鬼屋，亦或适合小朋友玩耍的《神偷奶爸》、《辛普森一家》……各式场景各具特色，可洛一体验后总觉得少了些什么，是什么呢？

她想不出。

直到坐上《影城之旅》的观光车，车辆驶入曾用于电影拍摄的影棚，她才恍然发觉，那一点点的不满足或许就来源于无法身临其境的共情感吧。

影城内诸多建筑都曾用于电影拍摄，甚至有些影棚至今仍在使用。

观光车一路走，游人一路看。

时间穿梭回六七十年代的小镇，色彩缤纷的街上随处可见张扬的霓虹灯镶嵌在手绘广告牌边大声宣示着属于这个年代的自由与奔放，琳琅满目的甜点丝毫不逊色于橱窗内的首饰，满街画报无论在质感还是内容上都让人目不暇接。转过这条街，空间扭转，路旁豁然出现一座红墙灰瓦的别墅，撞色营造出的感觉过于梦幻，果然，别墅后出现一个硕大的蘑菇屋，巨型花卉与藤蔓蜿蜒，正是《爱丽丝梦游仙境》里的情节！未等众人仔细观察这一株株活灵活现的植物，时空变幻，废墟一片，巨大的飞机残骸连同客机上甩出的座椅、行李箱散落满地，硝烟滚滚，这里仿佛刚发生一场触目惊心的空难。

这架飞机，被失事飞机冲破的居民区，洛一看着着实眼熟，不正是电影《世界大战》中的场景！电影里，男主走上楼梯看到削去半边楼的发动机燃着火焰时那种惶然无措的感觉，洛一体会得到，过于真实的场景瞬间让她回想起沙漠里被炮火摧残的小镇，也是如此一片狼藉。内心沉重无比，幸好，身旁的人一直牵着她的手，温暖的体温从掌心源源不断传来，挤走惶惶不安的情绪。

回眸，她望向艾阳，刚好遇到他看来的目光，四目相对间，很多情绪无需用语言表达，她默默感受着他握紧的手，轻声叹息，"和平真好！"

是啊，不必担心战火纷飞的日子，真是平和又美好……

伤感是一时的，洛一的注意力很快被车辆驶入的厂房吸引，入口的铁门突然落下，车身仿佛历经地震般猛烈摇晃起来，洛一恰巧坐在靠边的位置，没有车皮保护，她只得握紧一根细细的护栏才不至于被甩出。

惊叫声、呼救声此起彼伏。直到屏幕亮起，众人才发现自己居然置身于一片热带雨林之中，林间左右盘踞两头巨型猛兽，是金刚与侏罗纪公园里的霸王龙，车急速撤离，引得霸王龙疯狂追击，金刚赶上来与其扭打在一起，天翻地覆，谁也不知这两头猛兽谁会更胜一筹，只得屏息凝神静观其变，最终，金刚扯断恐龙的脖颈，在飘零的落叶间怒吼着目送车辆安全撤离。

背景换成《速度与激情》，车辆追随主角们的身影与豪车一同飞驰在纽约狭窄的公路上，一路狂飙，酣畅淋漓。

洛一兴奋地尖叫："没想到有一天能跟 Dom 同台飚车！"

艾阳也大喊："环球影城是不是圆了你很多梦？"

洛一重重点头，或许，迪士尼承载着很多人儿时的公主梦，可于她这个电影迷来讲环球影城才是真正展开想象力的地方。

夕阳西下，火红的金穗落在霍格沃茨城堡常年被积雪覆盖的尖顶上，融出一株株透明的冰凌摇摇曳曳悬挂于屋檐下，引得身披魔法袍的小朋友们蹦啊跳啊，想够到这"天然冰晶"做魔法棒。

迎着光，洛一和艾阳漫步在这充满欢声笑语的村庄，看孩童对着杂货店的橱窗施展魔法变出绢帕迎风飘扬，路过驶入$9\frac{3}{4}$站台的火车，车长慈祥地冲每一位未来有可能进入魔法学院的学生招手，还有那忽然钻出锦盒呱呱乱叫的青蛙，迎合各学院学长学姐们吟唱的阿卡贝拉，是霍格莫德村最灵动的风景。

村庄转角处聚起一队人，出于好奇，两人跟在队尾走进一间被幕布遮挡的商店，店内高墙上层层叠叠摆满书籍，原来是一间书店。

可又不只是书店。

昏黄光线里，店员神神秘秘要大家噤声，然后不知触碰了什么机关，一侧书架缓缓打开露出里面幽暗的密室，密室里，一束柔光倾泻在高台上，待众人进屋，密室关闭，高台上黯然出现一个灰袍长须的魔法师用一双隐在镜片后浑浊的眼俯瞰众人，最终，将目光聚焦在一个小男孩身上，招了招手。

小男孩受宠若惊地回望父母，在得到鼓励后小心翼翼上前，听魔法师问："你是不是想拥有一根属于自己的魔法棒？"没有迟疑，他立即点头。

于是，魔法师选了一根灰色盘龙法棒给他，男孩照所学指令施法，房内顿时铃声大作，刺耳的铃声牵动书架摇摇欲坠，魔法师赶忙挥棒制止，待房间恢复平静后摇了摇头，"看来，这支魔法棒不属于你。"然后又选出一根墨色细枝法棒给他，男孩继续施法，这一回花盆里长好的花顷刻枯萎，魔法师只得救活花后再次收回法棒。

最终，历经重重甄选，一根灰色凝霜的魔法棒腾空而起，在男孩握住它时，一轮圣光照拂在他身上，加冕的圣乐响起，在众人的欢呼声中，男孩挥舞着魔法棒，这一回没有慌乱也没有颓败，有的只是魔法师欣慰的笑。

对成年人来讲，所谓魔法不过是一个个提前准备好的特效，可这些特效却为孩童编织起美好的梦，看着男孩真挚的笑脸，不知为何，洛一居然有些羡慕。

房间的另一端是个礼品店，在人们甄选礼物时，洛一走到男孩身边，指着他手中的魔法棒打趣道："你真要带它回家？"

"当然！"男孩挥着魔法棒，大声道："这可是邓布利多为我选的！"男孩的父亲摸了摸他的头，冲洛一笑着的同时拿出钱包。

瞧，这就是大人与孩子的不同！

"还是做小孩好！"洛一轻声道。

"是吗？"艾阳宠溺的眼神与夕阳一起照在她身上，温暖又美好。

他将一个盒子塞进她手里，洛一低头一看，这不正是男孩获得的魔法棒！

她迟疑，"这是……"

"送给你。"艾阳笑得灿若艳阳，清澈的眼眸中倒映着洛一惊喜的模样，她没有说话，只是笑，笑得和他一模一样。

取出盒子里的魔法棒，洛一触摸实木的质感，抬眸向艾阳，轻声道："如果换我施魔法，我愿永远都是此时此刻。"

"好。"

……

一天的疯狂接近尾声，两人手牵手慢慢走出公园。公园外巨型的落地喷泉随音乐起起伏伏，有孩童冲进水中追逐那不知将从何处冒出的水柱，肆无忌惮的欢笑声感染洛一，让她很想加入其中，可又犹豫着不敢上前，因为周围没有一个成年人这样做。她羡慕着，羡慕着，忽然，腰间一股大力传来，身边的人竟带着她冲进水幕，冰凉的水流如期而至，浇得她惊声尖叫。

"哈哈哈哈哈……"她笑着，笑着，握紧艾阳的手，随他奔往她想去的地方。

水很凉，可洛一的心却热情奔放。

她跳着笑着，像回到小时候，过年时，在姥爷垒出的旺火旁，肆无忌惮地闹。

这样的洛一格外引人注目。

水幕间，艾阳凝视洛一，感受她笑颜里传递出的喜悦，居然有点小小的骄傲，若非看穿她渴望的眼神，他不会如此无所畏惧地冲进喷泉，可正因为是她想要，他愿意作为领路人去实现她所有渺小又伟大的心愿。

可是，他的心愿呢？

水珠间晶莹剔透的人像张开翅膀的天使，拉弓搭箭射出的是一支扣人心魂的箭，那些他小心藏起的愿望，在被射穿的窟窿里重见阳光。

"洛一，你也给我一个礼物吧。"艾阳认真道。

洛一欢笑，"你想要什么？"

水幕四起间，艾阳豁然扣住她的腰，将她带进属于自己的领地，灯光炫目，水珠漂浮，他俯身吻上她的唇，恣意又冲动。

尖叫声此起彼伏，无法抑制的疯狂，不可控的心动……

月夜深沉，带着浓浓的醉意。

醉的不是人，是一种情绪。

洛一窝在沙发间，看厨房里忙着洗碗的人，那人刚刚做完一顿海鲜意大利面，虽然在他来讲这只是一份普通的晚餐，可洛一发誓，这绝对是她近些年来吃过最好吃的意大利面。

明明没有喝酒，可洛一却觉得很上头，因为这个男人，连自己这间临时落脚的小套房都有了家的感觉。

轻轻的，她走进厨房，悄无声息地环住他的腰。

他像是被吓到，无奈的笑，"怎么了？"

她娇柔的声音从背后传来，"我想把你绑回波士顿。"

舍不得，所以，有点难过。

艾阳用带着水的手指轻轻点了点她的手背，"很快我就会去找你。"

洛一沉默。

等他洗完碗将她拥入怀中，洛一迎着灯光看他清澈的眼，温暖的怀抱，咫尺的相距，他们之间的关系发展的是不是有点太快了？

她并不确定。

"艾阳，我们谈谈，好吗？"她认真道。

认真的语气触动艾阳，他微微一怔，抱着她的手逐渐收紧，凝视着她，很久很久，似乎读懂了她眼中的迟疑，若她迟疑，他便不可以，于是，缓缓松手，声音温柔且坚定，"你想谈什么，都好。"

一张桌，两杯酒，淡淡灯光。

两个人，相对而坐，静静凝望。

眼前英俊的人，着实令人赏心悦目！洛一想着微微一笑，"艾阳，我想，我是真的喜欢上你了。"

艾阳的眼眸微微一动。

将发随意拢起，洛一想让自己看上去不那么拘谨，可方才说话时她才发觉自己已然紧张到声音沙哑，只得清了清嗓子，才道："你知道，我曾有过一段极其失败的恋爱，所以，对待感情，我有非常明晰的原则，如果，你想和我谈一场有结果的恋爱，这些原则必须遵守，如果……"

"没有如果。"艾阳干脆利落地截断她后面想说的话，直截了当道："什么原则，你告诉我便是。"

洛一豁然松了口气。

很好，不拖泥带水。

她笑着，用极轻且浅的声音淡淡道："我的原则一共有三点，第一，如果未来有一天你不爱我了，请你清楚地告诉我，倘若我们之间的关系无法调和，可以选择分手。"

"这点不会发生。"艾阳斩钉截铁道。

洛一轻笑，"会不会发生，我不知道，但这个条件，你得先答应我。"

艾阳看着她，没有一丝犹豫，"好，我答应你。"

洛一继续道："第二点，在相处过程中，我们要及时沟通，无论开心或不悦都请你明确说清楚，我不喜欢靠猜测维系感情，那样很累也很没效率。"

"这个没问题。"

"好，那第三点，也是最重要的一点，请你记清楚，"她盯着他，一字一句清晰道，"出轨和家庭暴力是我不能容忍的，触犯其中任何一项，只要一次，我必定会断的干干净净，你明白吗？"

恍然间，艾阳似乎明白了她小心翼翼的根源，或许并不在于两人之间年龄的差距，那个被她尖叫声惊醒的夜，那场令她心有余悸的梦，或许，才是症结！

心忽然很痛很痛。

起身，他走到她身边，将她拉进怀中，明明是那样灿若阳光的人，可为何在他眼里总闪烁着想让人保护的脆弱？指尖摩挲她苍白的脸，他贴近她柔软的发，轻声道："这种事，绝对不会发生，无论哪一样，我都不会纵容自己。"

洛一笑，"这样便好。"

扬起头，她看着他，伸手环住他的腰，将脸埋进他棉质的衣服里，轻声道："你好，男朋友，以后请多多照顾！"

艾阳温柔的笑容点亮她的眼眸，俯身低头，用唇轻轻蹭过她的面颊，温声道："放心，洛一，往后余生，我会护着你……"

Chapter 11.

肯努力的人，运气不会太差

——

作者寄：举手之劳的小事，有时候带来的不仅仅是与人之便。

通往机场的路很堵。车流如洪水阻塞狭窄的街道，短短十几秒的绿灯仿若开启泄洪的闸门，车辆争先恐后一泻而出，然后在下一个路口堆积。十几里路，红色的车灯首尾相接，同那红灯笼般高悬的交通灯一样喜庆。

嘈杂的街景丝毫没有分散洛一离别的愁绪，同第一次分离时一样，她默默窝进座椅，望着艾阳平静的侧脸，耳听自己不舍的心跳，一下又一下。可是这一回她没有误会艾阳，因为，方向盘下，他温暖的手正紧紧握住她的，十指相扣。

她知道他和自己一样不舍，不然不会在等红灯时不停摩挲她的手。

因为不舍，所以焦躁。

只可惜，无论车速再慢还是走到尽头，重重车流间，五号航站楼的标识若隐若现，洛一叹了口气，到了要面对离别的时候。

鼻子忽然有些发酸，她忍住想要涌出的泪，闷声问："你什么时候来波士顿？"

艾阳侧目望来，在接触到她水润的眼眸时又目视前方，指尖力道加重，他结结实实揉搓着她的手，轻声道："不会让你等太久，五月，好吗？"

洛一感叹："还要近一个月啊！"

艾阳沉默，思索片刻后又道："那我再早些，研究一有结果就过去。"

看着他清瘦到几乎凹陷的脸，洛一心情复杂，她想同他早些团聚，可又心疼他太过辛苦，思量再三，终是摇头，"你还是按部就班把科研做完再来，放心，我不会等不了这些天，我只是舍不得跟你分开。"

"我知道。"艾阳伸手捞过她，吻上她的额头。

洛一抬眸浅笑，"你一定要注意身体，瞧你瘦的，明明那么会做饭，怎么就养不胖呢？"

她的笑明媚如阳光，可艾阳却看清她浅淡眸子里强忍的雾气，有些心疼地把人揽进怀里。

洛一一下子便哽咽起来。

候机厅里人潮熙攘，洛一背对安检口凝望身前的艾阳，她知道一旦自己转身就真到了不得不分开的时候。

"照顾好自己。"艾阳摸了摸她的头。

"你也是。"强忍的泪水终于模糊了眼眶，洛一不想让他记住自己哭时的模样，于是，一头扎进他怀里，哽咽道："我改变主意了，你得早点儿过来。"

"好，我尽快。"艾阳抱着她，用鼻尖轻触她额前的发。

"但你也不要太辛苦，不要太着急。"她抱着他的手越收越紧。

"好，我不急。"艾阳宠溺的笑。

原本伤感的情绪在她的反复无常间渐渐淡去。

"你会想我吗？"洛一问，没等他回答，她又道："我会想你。"

唇自发丝一路吻到脸颊，他轻轻吻着那本该映出酒窝的地方，轻声道："我会，当然会！"

无时无刻，从此刻开始。

两人紧紧相拥。

航班播报音响起，艾阳亲了亲她的脸颊，"洛一，你得走了。"

"嗯。"

洛一想去擦脸上的泪，艾阳先一步吻上泪痕，顺着痕迹慢慢下移，直到探到那片柔软的唇，轻轻尝试，放肆辗转。

在这样温柔的抚慰中，洛一忽然有些眩晕，心里的酸涩被甜蜜强势填满，她似乎没有之前那般难过了。

"我走了。"洛一挥了挥手。

艾阳绽放出一个大大的笑容，"等着我！"

艾阳："再会，洛一。"

洛一："再会……"

随人群走进安检口，洛一再回眸，看到重重人影间艾阳笑着冲她挥手。

她高举双手，用力挥舞，大声道："再会，艾阳……"

波士顿下雪了。

来不及凝结成瓣的冰晶被风卷着敲打在刚刚降落的机身上，探照灯所及处莹白笼罩，仿佛山间浮起的雾气，将本该漆黑的夜染得如黎明破晓前一样。

三月底的暴风雪并不常见。

骤降的气温给机窗镀上一层薄薄的霜，透过霜雪望向窗外，洛一很难想象几小时前外面还是阳光明媚的景象。不过，能赶在暴雪来临前顺利降落已是一件值得庆幸的事。

待飞机停稳，她迫不及待地掏出手机打给艾阳，电话瞬间接通，仿佛那人就守在电话前等待这一通来电一样。

洛一轻声笑："艾阳，我到啦。"

"到了就好。"艾阳也笑，"累不累？"

"不累，我刚才睡了一会儿。"

舱门开启，她跟随其他乘客向外走去，身边人声嘈杂，可艾阳的声音却格外透亮，"你那儿十点多了吧，今夜波士顿有暴雪，你要怎么回家？"

"你知道这边下雪？"

"嗯，我查了天气预报，还担心你会迫降到其他城市，顺利抵达就好。"

洛一的心暖融融的。

想起起飞前她接到月尔的电话，对方不仅告知她天气状况还邀请她到家里来住，于是轻声道："等下有同事来接我，今晚我住她家。"说完，又补充一句，"放心，是女同事。"

艾阳轻笑，"不说我也知道。"

"哦？！你倒挺放心啊！"

洛一是故意挑事，可艾阳却波澜不惊，"因为是你，所以放心。"

"啊！"她只觉面颊烧热，"你是怎么做到说情话还这么认真的？"

"有吗？"电话里传来低笑声。

出站口近在眼前，洛一恋恋不舍地同艾阳告别，临挂电话，里面豁然传出一句，"洛一，我很想你。"

洛一微微发怔，半晌才轻轻笑道："我也很想你，很想很想……"

冷冽寒风中，一辆白色轿车停在航站楼前，寂静又清冷，冰晶洋洋洒洒落在贴着黑膜的玻璃上，看不清车内境况。

有人拖着行李箱走近，边看手机边核对车牌信息，或许知道信息不对又想碰碰运气，于是，敲了敲窗，'Are you an Uber driver?' 不知车里的人说了或做了什么，那人微微一怔，又问，'Would you drive me to the city? I'll pay you 100 bucks.'

车窗摇下一条缝，一个清淡的女声散进风中却比风还冷，'No！' 简简单单一个字让那人缩了缩脖子，悻悻离去。

走出机场的人越来越少，零星旅客间，一个拖着淡白色行李箱的女子款款而来，脸上的笑意犹如加州绚烂的阳光，与旁人的疲倦分外不同。

与此同时，白色轿车门打开，从车上走下一个身材修长的女子，瀑布般的长发迎风飘扬，像极了无数勾人心魂的手。俯身，她从侧座拿出一件长款羽绒服，迎着喜气洋洋的人快步走去。

风还没来得及吹动那人的发，便被她用厚实的衣服阻挡，那人大大的眼睛瞬间弯成一道月牙，呵着气笑着，"月尔，你来的太及时啦，这么冷的天，要冻坏我啊！"

月尔清冷的眼里漾起点点涟漪，她淡淡笑着淡淡道："我猜你应该没带什么厚衣服就给你拿了件羽绒服。"说完，将领子的按扣系上，上下打量对方被衣服完全淹没的模样，浅笑又加重几分，"正合适嘛。"

洛一好不容易从长袖里伸出手，拉了拉几近脚踝的衣摆，笑盈盈道："合适倒不一定，但真暖和啊！"

月尔笑着一把揽住她，在风还没人吹冷前，先将这软乎乎又毛茸茸的人塞进温暖的车里。

冰雪和着风飞舞在城间高速上，路灯下仿若结起萤虫，带着白光拍打在车窗上，一粒又一粒，然后被风席卷往更远的地方飞去。

车内安安静静，很温暖也很惬意。

洛一望向月尔，同样的角度，不一样的人，却一样喜爱沉默，这是洛一最欣赏她的一点。公司里最不缺"烘托气氛"的人，而像月尔这般耐得住寂寞韬光养晦的却少之又少。所以，她才放心将心里的秘密说给她听，就像这一回，自己去加州的事只有她知道，虽说知道，她也没问因由，保持着人与人之间的距离，刚刚好。

车在一栋高级公寓前停下，高耸入云的楼层临海而建，将波澜壮阔的海面一览无遗，连狭长的金融街也在俯视间变得渺小又紧凑。

站在落地窗前，洛一俯瞰万重灯火间略显黯淡的王冠，以不同角度看待自己职位的感觉颇为新奇，洛一闷声道："月尔，从你家看我工作的办公室，真心觉得楼层低了很多。"

月尔走到她身旁，与之并肩而立，"所以，会向往更高的地方，是吗？"

洛一轻笑，"我说不是，你会信吗？"

月尔侧眸看她，万千灯光不及那人半分璀璨，她看着，看着，轻声道："不信。"

洛一微微一笑。

月尔的卧室同客厅的风格一样，极尽简约，在她给自己找睡衣时，洛一随处闲逛，很快被桌上一个与周围布局格格不入的粉色相框吸引。拿起相框，洛一看到年轻的自己与月尔并肩而立，明明她比月尔要矮许多，可这张照片却显得她高挑又挺拔，倒是月尔有种小鸟依人的感觉。

所谓，气场两米八，是这个道理吗？

洛一轻笑。

"洛一……"有人唤她。

转眼，洛一看向衣柜前的月尔，她似乎还没找到睡衣，空着手望向自己，目光有意无意打量着她手里的相框，平静无澜的脸上些许局促，反倒是她这个乱翻别人东西的人大大方方道："月尔，这是咱俩第一次合作时的留念，对吧。"

月尔走来，从她手中接过相框，指尖擦拭上面并不存在的灰尘，抬眸浅笑，"你觉得长衡的项目算合作吗？"

洛一想了想，温声道："毕竟是你我两家公司合作嘛，作为前员工和现任员工，怎么不算呢？"洛一像是忽然想到什么，忍不住笑，"我记得当时你被王甜训得躲在卫生间里哭，我还心疼地给你支招，结果，转头就被你用在谈判桌上，样子凶的嘞，白白叫我让出五分的分成，所以，你觉得不算合作也是事实，毕竟，当时你我分属不同阵营。"

月尔清淡的笑容也跟着加深许多，"是啊，从那时起我就想，如果有一天能与你站在一起为同一个案子通力协作，该有多好。"

洛一微微一笑，伸出手，眸色认真道："明氏的案子，可要达成所愿？"

月尔眼中的光越来越亮也越来越明晰，轻轻握紧那只手，她感受着从她掌心传来的力量，心里有颗种子似乎蠢蠢欲动即将破土而出。

凝视着她，她一字一句清晰道："心想，事成……"

第二天一早，洛一同月尔一起上班。当车驶入办公楼下的车库时，洛一才后知后觉意识到万一让王甜知道月尔送她上班，必然要生出诸多枝节，为避免不必要的麻烦，她先行下车，并嘱咐月尔从正门进公司。

看着她离去的背影，月尔暗自叹息，忽然，一个熟悉的身影拐进洛一刚刚走过的小路，她不禁攒眉，快步跟上去。

电梯关门时，一个人影豁然卡住即将闭合的门，洛一不动声色地看向来人，倒是那人先叫起来，"哟，我说背影怎么这么熟悉，原来是洛经理啊，可真巧！"

"真是怕什么，来什么！"洛一心想，面上仍是和和气气，"王经理，早啊。"

王甜面色阴沉，许是并不想与她同乘电梯，可又碍于面子不能后退，进退两难间，身后传来一个清淡的声音，"老板，怎么不进去啊？"

王甜转身，迎上身后款款走来的月尔，露出释然的笑容，"快来，正等你呢！"

三个人一起，就算没人说话也不显得那么尴尬。

洛一很庆幸月尔跟来，侧身，她转向电梯里带有镜面的墙，刚好遇到月尔微微侧望的眼，只是一瞬，那双清冷的眼里似有流光闪过，洛一微微一笑。

一天的工作从查阅邮件开始。

就在洛一逐一浏览工作邮件时，日程提示框跳出，是一份周年提醒，她有记录每位组员入职时间的习惯，方便记忆每个人的履历，而这一份就属于初级分析员 Kris。

按照往常的习惯，洛 ·吩咐秘书 Cathy 准备一份周年庆惊喜，费用从自己的活动经费里扣除，而后召集唐凌开会，主要讨论加入谈判后相应的工作调整。

详细列出所有项目的截止日期，洛一心中已有梗概。她把近期即将截止的两个项目全权交予唐凌收尾，自己则专注于与商业部的合作。

说是合作，其实用"辅佐"一词更为恰当，因为谈判组的成员几乎都来自于商业部，可想而知洛一将面临怎样被动的局面。对于加入谈判这个决定，唐凌甚是不解，"虽说与明氏合作关乎公司的整体利益，可于咱们并非上策。倘若项目顺利谈成，论功行赏，获益最大的肯定是商业部，但万一失败，以王甜的行事风格，必然会拿咱们部门做挡箭牌，这么不对等的项目，你怎肯接呢？"

唐凌说话一向直率，不仅直率，还是个思虑周全的军师，往往能以审时度势的判断压抑住洛一豪情的冲动。然而，此事事发突然，她无法在会上提醒洛一，只能事后防患于未然。

唐凌的担心的确是事实，这些利益上的牵扯其实洛一已然想到，只不过，她想要的远比拿下明氏年终分红要多得多。所谓，钓大鱼自然要抛出与之相配的鱼饵，这一点，她明白，月尔明白，可在事成之前不便与唐凌明说，于是，提点道："跟明氏的合作咱们一定要拿下，不仅拿下，还要打一场漂亮的谈判，这些都会成为日后的资本，不是一点红利换得了的。"

唐凌深深看向洛一，作为将自己一路提携至今的人，她一向相信洛一的判断，只不过，在工作中，她属于相对保守的人，习惯在深思熟虑后寻求事情的最优解，可哪能事事都有最优解，就比如，洛一一次次冒险完成不可能完成的任务都会给部门带来意想不到的红利，正所谓，收益与风险并存，而这一回，她似乎有更长远的打算。猜中这一点，唐凌不再犹豫，"好，就依你所言，放手去做，你需要任何支援尽管告诉我。"

见她这么快明白自己的意图，洛一很是欣慰，"多谢……"

既然要给出全面的风险收益评估，就要实验更多的假设情况，洛一让晓晴整理数据，自己则在现有预估形势下调试出更多可能的经济走势。

沉浸在数据与代码间，她完全忘却时间，直到手机震动，她才看清屏幕上的时间，已经十二点了啊！

打开微信，她看到艾阳发来一句"早安"，笑着回拨电话。

"你醒啦？"

"嗯。"

这声应带着浓浓的鼻音，洛一失笑，"还没起床？"

又一声"嗯"让洛一蓦然想起 Wasabi 被摸到舒服时惬意慵懒的模样，心瞬间融化，柔声道："也是，你那儿才九点，还能再懒一会儿。"

"不啦！"艾阳似乎伸了个懒腰，连声音都跟着沉郁起来，"等下就去实验室。"

想起昨夜视频时，他还在实验室里，那会儿已经晚上八点了吧。

洛一问："你昨晚熬夜了，是吗？"

电话里传来低沉的笑声，"就多待了一会儿。"

"一会儿是多久？三点，还是四点？"

电话里忽然没了声音，过了好一会儿，才听艾阳道："四点吧。"

"我就知道！"洛一攒眉，从四点到九点，满打满算才睡了五个小时，还不算从实验室回宿舍的时间，她默默叹气，"不是说了我不着急嘛，你别胡来，得注意身休。"

"洛一……"艾阳轻声道："可是我急啊！"

我很急很急啊！

洛一微微一怔而后痴痴的笑，耳听电话里传来胡闹的声音，"洛一，我好想你啊，特别想，特别想……"心情如沐朝阳。

所以，当晓晴敲门时，正看到她红着脸微笑的模样。

洛一注意到她，对着电话低声说了些什么，放下手机后微敛笑容，可仍是一副喜气洋洋的模样。

"有事吗？"

晓晴怔怔望着她，听到这声问才后知后觉想起自己因何敲门，"老板，Cathy 召集大家去休息室。"

洛一这才发现办公间几乎空空荡荡。

"走吧！"她起身走来，拍了拍晓晴的肩，"谢谢你告诉我啊。"

"没事。"晓晴赶忙低头，跟在洛一身后走进休息室。

老远就听见休息室里一阵欢呼，引得其他部门的人纷纷驻足，见洛一走近，围观群众一哄而散，留下虚掩的门，门里，有人看见洛一，连忙提醒"老板来啦！"于是，在她进门时，就听大家齐声喊："谢谢老板请客！"

洛一笑着摆了摆手，"你们这气势，小心把楼顶掀翻！"

众人欢笑。

休息室里，气球和彩绸齐飞，装点的宛如生日会一般。小桌被整合在一起形成一张大大的方桌，桌上，小杯可乐环绕披萨、鸡翅、沙拉……一个硕大的蛋糕置于中央，用红果酱清楚写着，'Happy 1st anniversary，Kris！'

洛一笑着举起纸杯，高声道："今天是 Kris 入职一周年的纪念日，同时也是诸位兢兢业业恪尽职守的又一年。第一年是好的开始，每一年才来之不易！所以，我真心希望，咱们这群人可以一直热血一直向前，打造更好的风险部也成就更美好的自己，敬 Kris，也敬大家！"

"敬老板！"众人齐呼。

这份欢乐像坠入水中的岩石，远远激起商业部的海浪。

办公室里，王甜正在审核月尔的谈判企划，此起彼伏的欢呼声吵得她不停攒眉，余光扫过办公间，职员们纷纷探头张望，明显人心浮动，忍住一瞬窜起的火气，她让月尔出去看看究竟发生了什么，自己则起身站到门口以冰冷的目光扫视众人，办公间里瞬间鸦雀无声。

月尔回来时，清冷的脸上仿佛蒙上一层霜，霜雾柔化了表情，所以看不清是喜是忧。走到王甜身前，她低声道："是风险部在给 Kris 庆祝入职一周年的纪念日。"

"Kris 的入职纪念……"王甜眼中莫名闪过一丝讥诮，"洛一在吗？"

月尔点头。

"还真是……"王甜的笑从讥诮慢慢变得耐人寻味，"她还真是不了解那些人究竟想要什么……"

休息室里依旧热热闹闹。

一向喜爱社交的 Kris 在这种场合如鱼得水，自如地游走在人群间，落落大方地跟这个攀谈那个碰杯，从容的模样让一直躲在角落里逢人只能傻笑的晓晴格外羡慕，似乎她羡慕的还不止是对方的性格，看着墙上用贴纸拼出'Happy 1st Anniversary'，晓晴暗暗许下一个心愿——

希望明年的今天，自己还能留在这里同大家一起欢笑……

这是真心祈愿，因为，她的命运从 4 月 1 日申请工作签证开始就不再由自己掌控。每年企业类工作签都是从当年过二十万的申请者里随机抽取八万五审核发放，随机的感觉极像是在赌一场概率颇小的彩票，喜爱冒险的人或许觉得刺激，可对晓晴这样凡事都爱往心里堆的人来讲，当真是无限焦虑。

叹了口气，她默默走出休息室，拿出手机拨打学校国际学生中心的电话，希望可以通过学校查一查她目前的签证状态是否发生变化。

电话接通，传来一个陌生的女声，'Hello, this is Chen from the

International Student Center, how can I help you?'

'Hi, this is Xiaoqing, may I speak to Rebecca?'

'Hold please.'

电话里静悄悄的。

听着自己"扑通扑通"的心跳声，她掌心全是冷汗，胡乱将手在衣服上抹了抹，她微微蜷起身子，勉强支撑着等待那迟迟不来的人带不来她想要的消息。终于，熟悉的声音传来，她仿佛溺水的人在慌乱中抓住一根浮木，大口大口喘息着等待命运的转变。

电话里的人带着笑意，'Hi Xiaoqing, long time no see, how 's everything going?'

'Not too bad.' 晓晴勉强地笑。

'Well, I guess you're calling about your visa status, am I right?'

'You're reading my mind!'

'That's my job!' 调侃过后，Rebecca 转换语气，带上些许安慰，'I just checked the system, good news is still on the way.'

这是还没有消息的意思？

委婉的表达并未让晓晴好受一点，虽说她已料到结果，可这种迟迟没有消息的感觉着实令人不安，她不由重重叹了口气。

"What happened？"

电话里的声音越温柔，她越哽咽，最后，只能断断续续道，'I've been so anxious recently. As you know I'm not a STEM major, and this is my only chance to win the lottery. I truly love my job and don't want to lose it. What should I do？'

'I know, Xiaoqing, I know!'

Rebecca 安慰道，'I also don't want you to lose everything you love, but we have to wait patiently. Give it some time, I will let you know if there are any updates on your case.'

'Thank you so much!!' 晓晴真心道。

'You're welcome, good luck!'

放下电话，她感受着手机传来的温度，理智慢慢占据上风将焦虑强行压制，淡淡的，她叹了口气，或许现在能做的只有耐心等待，等待命运可以在祝福声里驶向她所期待的未来。

生活不会因焦虑而停歇，正如工作一样。

时间在忙碌中匆匆流逝，很快又到周末，明氏集团的模型初具雏形，洛一将结果发给月尔，对方迫不及待地想听她对结果的分析，于是，两人聚到洛一家探讨谈判方案。

洛一时常加班，所以在家中置办了一套齐全的办公装备。

设计成会议室的侧厅里，长桌边，一张硕大的白板上密密麻麻写满她对每种经济形势下项目风险与收益的预判，而月尔则对应每条预判批注上公司能给予的最优条件，谈判方案由此而生。伏在堆满参考资料的长桌上，月尔埋头撰写方案，而洛一则继续精进模型。

两人忙碌至深夜。

洛一疲惫地蜷缩进座椅，勉强撑起一双熬红的眼望向身侧仍在奋笔疾书的月尔，敬佩之情油然而生。

之前，她就听说月尔素有"拼命三娘"之称，经手的全是商业部最艰难最复杂的谈判，为了拿下项目，她时常通宵达旦，拼到与她共事的同事进急诊挂点滴，她仍像个没事人一样屹立在谈判桌上，以万全准备应对每一场谈判。

谈判桌上的月尔，洛一只见过一次，只一次就足以令人印象深刻。还在实习期时，月尔就曾以过人的机敏与强大的信息收集能力辅助王甜拿下更高的利益，那么现在呢？她有些迫不及待想看她在谈判桌上独当一面的风采。

不过，在此之前嘛……

洛一揉了揉咕咕乱叫的肚子，想起今天两人只点过一次外卖，一份饭还是分几次才吃完，这样可不行！没打扰月尔，她起身走进厨房，从冰箱里拿出泡好的银耳、莲子和红枣，开始煲汤。

月尔是被香甜味唤回现实的。

转眸向餐桌，她发现洛一居然在准备夜宵，见她回头，笑着招手，"刚做好，快过来吃。"她迟疑着上前，看到桌上清清爽爽摆着两碗热汤几样小菜，心微微一动，加班的劳累在温润的热气里缓缓消散。

不是不累，也不是不饿，只是……

似乎从未有人在她饥肠辘辘时为她煲上一碗热汤，每回通宵，她都是靠着一杯接一杯的咖啡熬到天亮。这样对身体不好，她知道，可对于成功的执念像毒蛇一样缠住她蠢蠢欲动的心，因为不允许失败，所以她必须付出比常人更多的努力，而努力并不常被看见，与其期待感同身受，不如表现得云淡风轻……

浓浓热气里，那双冷静自持的眼终于融尽冰霜。她看着她，没有说话，拿起汤勺轻轻舀了一勺汤入口，银耳绵软，顺舌尖流入心底，温暖又甜蜜。

"好吃吗？"对面的人满眼期待，她笑着点头，见一抹韵彩瞬间蹿上那人喜气洋洋的脸，酒窝灵动彰显其愉悦的心情，这种藏都藏不住的喜悦究竟是从何时开始占据她所有的表情？

是从加州回来开始！

她敏锐的觉察到这点，心如晴空万里慢慢积起疑云。

眼前的人，一双莹润的眼仿若生出一只翩翩起舞的蝴蝶，在属于她的天空里笑着闹着营造出鸟语花香一片，可就在她想靠近闻香时，蝴蝶"呼"地一下腾空而起，慢慢翩飞着落到别人的花期里，那里，同样花香一片。

她不得不意识到一个她并不想面对的事实，"你，谈恋爱了？"

洛一微微一怔，随即用手压住顷刻殷红的脸，眨着那双宛如蝴蝶的眼，既惊喜又惊奇，"有这么明显吗？"

幽沉的心瞬间响起惊雷一片，天要下雨了啊！

雨水结成霜慢慢聚拢眼底，月尔放下汤勺，收回微微颤抖的手，却是淡然的笑起，笑得冷若冰霜，"是挺明显的。"

回忆一幕幕重现，都是关于洛一异常的表现，清晨哭红的眼，听到某个名字时心浮气躁的表情，以及周末那场突如其来的远行。

耳边响起洛一的声音，"你不问我他是谁吗？"

该问吗？

她轻笑，蓦然摇了摇头，以一种了然的语气缓缓道："我想我已经知道他是谁了。"

洛一："……"

夜很宁静，不像有些人心，掀起惊涛骇浪。

月尔迟疑着，惶惑着，从她猜出那人的身份开始便如一艘迷失方向的船，驰骋在狂风暴雨里，岌岌可危。

"你为什么会选择他？"这是她想问的心有不甘的问题。

"为什么，选择他？"洛一沉思。

她也想知道自己为何会因他而魂不守舍。

月尔沉静的眼，犹如一轮清冷的月，让此时此刻迷茫的她静下心仔细思考这个问题。

为什么呢？

洛一淡淡的笑，好像也没什么特别的原因，"和他在一起，我很开心。"

"就……这么简单？！"月尔更加糊涂了，爱可以开始的如此简单吗？

"那，为什么不是应凯？他让你不开心吗？"她这么想便直接这样问，问出口，才惊觉，这可真不像冷静自持的她会说出的话。

可又有什么办法？

现在的她就是惶惶不安，惶惶不安，所以，一片混乱。

幸好，洛一并不介意，相反，正因为她坦然的问出这个问题，洛一才有机会坦然的解释，"我和应凯并不合适。应凯是个骄傲的人，骄傲且不够洒脱，可以理解，身兼重职自然思虑良多，但不巧，我也是这样的人，所以，我们会在工作中契合。可生活毕竟不是工作，彼此都傲娇着不敢想做就做，未免无趣很多。但他就不一样，年轻有试错的资本，自然大胆许多。和他在一起，我可以没有任何负担，想哭就哭想笑就笑，愉悦又轻松，这难道不是最好的状态吗？"洛一望着月尔，神色认真，"更何况，他还给了我，我可能都没法交换的东西。"

"是什么？"月尔好奇。

洛一微微一笑，轻巧地说出"真心"二字。

"真心？！"月尔重复这个词，真是普通到不能再普通的东西。可她同样知道，伴随年龄增长，人与人之间的关系变得越来越复杂也越来越难以触及真心。又或许，也有人捧着一颗赤诚的心，却怕打扰别人，变得小心翼翼……

所以，因为自己怯懦，该归咎于不知情的人没有等在原地吗？

月尔默默低头，再舀一勺汤入口，汤有些凉了，可清甜依旧。

轻轻抬手，她覆上洛一的手，她想看她无忧无虑的笑胜过自己开怀，"洛一，如果他让你觉得开心，我会祝福你。"

那只手越握越紧的同时也触动了洛一的心。她坚定地点头，认真道："月尔，我会幸福的，谢谢你。"

月尔的眼神像是要将此时此刻的她深刻骨髓。深吸一口气，她淡淡笑起，淡淡道："我一直都在，会一直，一直支持你……"

宁静的夜里，同样不平静的还有晓晴。幽暗灯光里，她蜷缩在床角，将脸埋进被子，悄无声息，可颤抖的肩还是出卖了她惶惶不安的情绪，月夜如水，而她在哭泣！

一阵清脆的铃声打碎宁静也惊醒悲伤中的人，晓晴迟疑地掀开被角露出通红的粘着碎发的脸，在看清手机屏幕的瞬间，她猛然坐起身，胡乱抹了抹脸上的泪痕，又在视频接通前慌忙躺下，用被子遮住脸，只露出一道缝隙，"妈，你怎么这么晚视频，我都睡啦！"她想用睡意掩盖浓重的鼻音。

视频里，妈妈的脸怼在大大的屏幕上，和在身边一样。

"哦，宝宝睡了啊，那妈妈不说啦。"

"哎，别……"晓晴立马阻拦，可拦下后又有些后悔，"再说几句也行……"

"我没啥事，就是想问问你，最近好不好？"屏幕上的人笑得温暖又亲切，晓晴的心猛然一缩，赶忙捂住嘴，咽下即将决堤的泪，"都挺好的，放心吧。"

出门在外的人能吞下辛苦却听不得至亲之人关心的话，那些话犹如凿开坚硬外壳的锤，曝露出人内心最柔软与脆弱的部分。

晓晴捂住嘴，忍得很辛苦也很狼狈。

虽然看不到人，但妈妈明显听出她声音中的哽咽，语气有些着急，"怎么了？不舒服吗？"

她按下静音键，捶着胸口，强迫自己稳住汹涌的情绪，当声音再接通时，嗓音已是一片平静，"没有，我就是有点困，妈，十二点多了，我得睡了。"

"哦，是哎，你瞧我，都忘了时差！你赶紧睡吧。"

触摸着屏幕上的人，晓晴迟疑着没有挂电话，"妈，你和爸爸一定要注意身体，等我稳定下来就回去看你们。"

"我很想你们。"想念的话几乎是和着泪悄无声息地说的。

妈妈顿了顿，叹了口气，"妈妈也想你，你放心我们，好好工作，晚安啊，宝宝。"

"晚安，妈妈。"挂断视频，晓晴撩开被子，直勾勾盯住天花板不知在想些什么。

门被人轻轻敲了敲，传来阿诺的声音，"晓晴，你睡了吗？"

晓晴这才有了动静，抹了把流进发鬓的泪，坐起身，轻声道："还没。"

"那我进来啦。"开门进屋的阿诺手里还端着两碗粥，"这是我刚熬的甜粥，快尝尝！"

"你怎么这么晚还做吃的？"晓晴接过粥，粥碗温暖，暖着她冰凉的手。

阿诺笑，"我睡不着啊，想着你肯定也没睡，就弄点夜宵来吃。"迎上她哭红的眼，阿诺有些心疼，"你怎么又哭了啊？"

晓晴立马揉了揉眼，扯出一丝笑。

阿诺叹了口气，随她盘腿坐到矮桌边，搅着碗里香糯的粥，温声道："你还在担心抽签的事吗？"

晓晴点了点头。

"这么担心啊……"

暖着手，晓晴没有尝粥也没有说话，良久，叹了口气，"我只是不喜欢这种没法掌控命运的感觉，好像是在告诉自己努力没有用，不如靠运气。你说，咱们非 STEM 专业的人也有贡献啊，怎么，就只有一次机会呢？"

"是啊，为什么呢？"

勺子搅粥的速度越来越慢。

阿诺轻声道："难道你没想过，用别的方法留下来？"

"什么方法？"

红肿的眼配上洁白通透的皮肤，在灯光下，晓晴好似一只懵懵懂懂的兔子，阿诺看着，忽然觉得自己即将说出口的话对她来讲或许有些不切合实际，于是便以开玩笑似的语气道："比如，找个老外嫁了呗，正好，一劳永逸。"

晓晴立马皱眉，握住阿诺的手，用力握紧，"阿诺，这种事可不要想，用利益交换的婚姻不能要，世上没有白吃的午餐，你永远不知道自己将付出的会是什么。"

阿诺笑着没有接话，"好啦，别胡思乱想啦，快喝粥，喝完早点休息，明早咱一块儿去拍照。"

"拍照？"晓晴迟疑，之前并没听说周末还有这项活动。

阿诺点头，"最近我接了个做模特的活，时薪给的不错，一起去呗。"

"你啊！"晓晴无奈的点了点阿诺的额头，"一天到晚不好好学习，就知道赚钱！"

"你怎么跟我妈似的！"阿诺捂着额头闷声道："赚钱多好啊，能买自己想要的东西还不依靠别人！"

这话是没错，只是……

晓晴叹了口气，"阿诺，步入社会后我才知道，做学生的时光可真美好，你一定要珍惜现在无忧无虑的时候。"

"放心吧，我可劲儿玩儿着呢！"阿诺一甩头，大大咧咧道。

晓晴明白她理解错了自己的意思，但也没再解释，阿诺没心没肺快快乐乐的模样，未必不是一种生活状态，不多想也就不会如此神伤，她默默尝了一口粥，可真香啊！

四月的天真是越过越沉重。

这几天，公司里流行的话题除了月尔和洛一在与明氏的谈判中配合默契大杀四方外，就是工作签证的抽签结果，今天谁收到喜讯，明天又是谁请大家吃蛋糕，没完没了的讨论弄得晓晴都不敢和大家一起吃饭，生怕又听到什么不好的传言，或是撞见谁喜气洋洋的模样，因为，她的签证状态一直没变。

这天中午，晓晴端着饭盒独自坐在落地窗前吃饭，忽然，两个信息部的同事走过，尽管她已极力回避，可两人的闲话仍旧断断续续传进耳朵——

"哎，你知道吗，朗纯也抽到工作签啦。"

"啊？真的啊！就她那样游手好闲只想靠勾引男人上位的人也能抽到签证，真是没天理哎！"

"可不是嘛，明明前两回都没抽中，这最后一次居然中了，不知是撞了什么大运！"

"那，咱还去吃蛋糕吗？"

"干嘛不吃，不吃白不吃！"

晓晴将汤勺默默插进饭里，靠着窗叹了口气。

人生对待每一个人都是平等的，抽签也是……吧……

掏出手机，晓晴深深呼吸，再次拨打学生中心的电话，可惜，这一回 Rebecca 不在办公室，她只能留言给她。

再次叹息，她看看手中已然冷掉的饭，早已然没了胃口。将饭盒潦草收起，回到办公室继续工作。

忙碌是麻痹胡思乱想最好的药。

明氏的模型，晓晴已记不清洛一究竟改了几回，自己又做了多少次报表，相较于之前的生疏，现在的她已能敏锐的看出参数变动所带来的结果变化。自己在进步，也有了更长远更具象的发展计划，她想像洛一一样，成为风险建模领域的翘楚。

这一切能实现吗？

这个问题，她不知该问谁，仿佛一个忽然失去方向的小孩，无端抓狂。

可以的，一定可以的！

她鼓励自己静下心继续工作，可一切慌乱都是从一封邮件开始的——

'Hi Xiaoqing,

I know you called earlier today when I had a student in my office, I just checked and the cap gap has been applied to your F-1 record. So that means your H-1B has been selected for processing. I will print out a new I-20 for you with that extension.

Best,

Rebecca.'

晓晴仔仔细细读了三遍，才终于理解邮件内容的含义。

"啊！！！"她瞬间跳起，像只兔子一样紧紧挂在旁座 Kris 的脖颈上，开心的左摇右晃。

"怎么啦，怎么啦！" Kris 被她吓了一大跳，慌忙扯住她的胳膊道："你要勒死我啊！"

晓晴赶忙放手，红了眼眶，"我，我……"缓了好一口气，才终于说出："我抽中签证啦！！！！"

"啊，真是太好啦！" Kris 跳起来，与她击掌相庆。

周围有人听到她说的话，立马欢呼，"恭喜你，晓晴！"

"谢谢，谢谢大家！"她激动地向众人鞠躬。

这时，洛一恰好开完会回来，隔着玻璃窗看到组员们欢天喜地，唐凌迎来，将晓晴抽中签证的好消息告诉了她。

"呦，终于轮到咱们风险部吃蛋糕啦！"洛一笑着进门，调侃道："晓晴，可得来个大号的，让大家都沾沾喜气！"

"得来两个！"晓晴实在的笑，"感谢大家一直以来的帮助，还有老板……"说着，红了眼眶，"谢谢您一直支持我！"

"呦，怎么说着说着还哭了！"洛一的眼眶同样泛红，不过，她立马将晓晴拥入怀中，以安慰的话缓解自己的感动，"'小朋友做的很棒啊！这么好的消息，得开心！"

晓晴完全没想到洛一会给自己一个拥抱，立马擦干眼泪点头道："老板放心，我会继续努力！"

办公室里，喜气洋洋。

晓晴从中国城买了两个超大号蛋糕，跟 Kris 一起提回公司。看到蛋糕，公司的同事，认识的不认识的，纷纷上前道贺，晓晴便在一路答谢中回到办公室。

吃蛋糕自然要配微苦的绿茶。

她自告奋勇去泡茶，放松的心情让她连洗茶壶时都忍不住哼起歌来，哼着歌自然没察觉身后幽幽出现的人，来人是数据部的 Tony，只见，他盯住晓晴，不言不语，不知在想些什么，于是，当晓晴捧着茶壶转身时，吓得"哇"的一声叫出了声。

Tony 立即意识到自己行为不妥，赶忙道歉，"对不起，吓到你了。"

"没事，没事。"晓晴松了口气，觉得可能是自己阻挡了对方用水，于是挪到一旁的长桌上继续泡茶，眼见 Tony 跟来，她意识到对方可能有话要说，抬头对上他不知是羡慕还是探究的眼，轻声问："有事吗？"

Tony 习惯性地换上一副谄媚的笑脸，幽幽道："听说你中签了？能跟哥说说你从哪儿知道的消息吗？"

签证的事不都由律师管吗，他这样问，莫非是知道自己并非从律师那里得知消息？

虽然纳闷，晓晴还是告诉他消息的来源。

"学校？"Tony 微微攒眉，"国际学生中心还管这事？"

晓晴点头，"至少，我们学校是管的，要发新的 I20 表。"

"这样啊。"Tony 摸着光滑的下巴喃喃道："那我是不是也该问问学校？"

"啊?！"晓晴上下打量着他，论年纪，他应该已经毕业多年了吧……

许是察觉到她的疑惑，Tony 尴尬地清了清嗓子，"哎，你可别觉得我年纪大，我还在读书呢！"说完，头也不回的离开了。

后来，晓晴才从 Kris 口中得知，Tony 是抽签群体里数一数二的"老人"，不仅用光了 STEM 专业的三次机会，还在读带有 CPT 的学位，今年已是他第五回参与抽签，同事们都笑称，若再不中签，Tony 的头发大概都要熬白了。

晓晴不由感叹，原来真有人一抽再抽都抽不中啊，难怪他会跑来问她消息来源，大概是觉得她一次就中太过幸运，所以，她更得珍惜这来之不易的机会。晓晴暗下决心，从今往后，她不必再为身份担忧，一定要把时间用在更有意义的事上。

要做更优秀的自己！

不知不觉进入五月，春暖花开时，也到了该播种的季节。播种，就意味着万事俱备只欠东风，正如与明氏的谈判一样。

经过紧张周密的准备及一次又一次小试牛刀的谈判，以月尔为代表洛一为辅助的谈判组终于迎来终轮对决，对手是老牌咨询公司星耀，而作为后起之秀的启升能突出重围是很多人没想到的。

作为压轴展示，月尔终于抛出洛一预测的各类经济形势下合作可伴有的风险及收益，以最有诚意的态度开出能涵盖各种突发状况的合作条件与应对措施，新颖的阐述有理有据的数据支持顿时引得全场轰动，连竞争对手也对其模型产生极大兴趣，与明氏代表一起对适用范围连续发问。

针对这些问题月尔落落大方的按事先与洛一排演好的答案进行陈述，遇到涉及模型细节的问题便以商业机密不便透露为由引出进一步合作的机会，谈判在其乐融融的氛围里结束，而合作方的选择，明氏会在考量后以书面形式正式通知。

送走两家公司的谈判代表，明氏召开内部会议，说是内部会议，其实，会议室里还坐着一个外人，整场谈判，那人坐在角落里一言不发，一双酷似猎豹狩猎时的眼敏锐地捕捉到会场内每一个人的音容笑貌，星耀代表的老练、月尔的冷静以及洛一的从容，仿佛在她心中排出一个序，顺序不同所引发的表情自然不同，特别是在洛一做最后总结时，那双幽深的眼紧紧盯住对方，像是透露出极大的兴趣，令洛一不得不在总结结束时特地向她点头示意，因此，即便与明氏无关，她特别的身份仍令其有资格参与最后决策。

悄无声息地起身，她在诸人的注视中款款走至主位旁特设的贵宾席，会议开始，她听着明氏高层你一言我一语讨论究竟与哪家合作，沉默不语，显然，她心中已有决断。直到听到明氏副总质疑作为谈判代表的月尔会因其长相过于出众而掩盖其自身能力时，她才微微蹙眉，以近乎冰冷的语气讽刺道："哦，我倒不知，这年头，女人的能力还需跟颜值挂钩？"

现场瞬间鸦雀无声。

方才还在热热闹闹参与讨论的副总顿时只剩下沉重的呼吸声，"不……不是，"自觉失言，他赶忙找补道："我是在夸月主管长相好，能力强，是个不可多得的人才。"

而她已没了再听下去的兴致，转头望向主位上难得有种书卷气的商人，幽幽道："所以，明氏有选择了吗？"

明总深深地看了副总一眼，以一种温文儒雅的语气缓和道："看来，尹总已有心仪的合作对象？"

被称作尹总的女人微微一笑，语气略显张狂道："是，我做事从不婆婆妈妈！"

现场顿时响起窃窃私语，而明总颇有大将风范地点了点头，"很好，能从明氏开展的竞标谈判中为尹氏集团选出有意合作的公司，我们荣幸之至，所谓主随客便，明氏岂有不追随的道理！"

尹总微微一笑，余光扫向侧首已有些垂头丧气的副总，淡淡道："只是不知这家公司是否徒有其表，有无能力同时接下尹氏和明氏两大项目。"

副总的脸色如若死灰，她立马移开目光，那双锐利的眼里似乎闪过一息少女的俏皮，稍纵即逝。

谈判组拿下了与明氏的合作，公司上下一片欢腾，作为谈判主力，商业部当居首功，这些天，王甜出入各部门都是昂首挺胸得意洋洋，从气势上就压过了洛一，可没等她高兴几天，一个重磅消息砸来，却是落到风险部头上，作为龙头企业的尹氏集团决定与启升合作，聘请风险部经理洛一为风险投资顾问，这可让风险部着实风光起来。

所谓一山不容二虎，于是，在周结会议上商业部与风险部便上演了一出实习生份额争夺战，说是争夺战，其实只是前者的独角戏。王甜迟迟不肯领取实习生名额，偏要以接下明氏合作急需人手为由，争抢其他部门的实习名额，其他部门自然是指风险部，应凯本要阻拦，却被洛一一个的眼神制止，只见她从容的从资料夹里翻出艾阳的简历，将其余文件往王甜身前一推，落落大方道："我只要艾阳，其他人都可以给你。"此举出乎所有人的意料，连王甜都没想道她能如此轻易松口，一时无语，也不好再争什么。

月尔清冷的眼紧紧盯住洛一手中的简历，直到感受到对方带着笑意的眼神，她才平静的收回目光，起身替王甜收起文件。

会后，众人离开，应凯有意放慢脚步留在洛一身边，望着王甜远去的背影，悄声道："你总让着她，未免太过委屈了。"

往常他总劝她忍让，今儿是怎么了？！

洛一挑眉轻笑，"怎么，你想让我为这点小事儿跟她理论？"

"也不是理论，讲道理嘛，等尹氏的项目正式开始，你们组人手必然不够，实习生质量好的话能多留几个，也不用费心再招。"

"你以为她不懂吗？"洛一无奈的笑，"这才是她希望的啊。反正，我的想法是，凡事在精不在多，我给她的都是没填项目意愿的，既然人家都没明确想做模型，我又何必强留呢？"

"你这话说的，"应凯嘴角上扬，一时间竟找不到合适的形容词，最后，只得喃喃道："还挺在理！"

"那是！"洛一扬了扬头，"我不擅长以上制下，所以只招有心人加以引导，不费心管理。"

听到这句话，应凯再次望向她，这一回倒是精准的总结出洛一的管理之道，"你同下属是师生而非上下级。"深谙职场规则的他知道这样管理极有可能被有心之人利用，于是提醒道："你也得适当跟下属保持距离，距离产生威严，别哪天被人生吞活剥了，自己都不知道。"

洛一轻笑，"怎么会！"

当晚，她和艾阳视频时提及此事，忽然意识到好像还真应了应凯那句话，"他都不知道，马上要进组的实习生就是个胆大包天的，居然敢追求自己的老板，真不是个省油的灯！"

视频那边，艾阳温柔的笑，不反驳也不承认，末了，清清淡淡道："是挺大胆的！"

Chapter 12.
回不去的时光都叫做记忆

——

作者寄：许多东西都可以通过努力得到，唯独爱情，强求不来。

艾阳抵达波士顿时天刚蒙蒙亮。

地平线上一道金红色的光将墨蓝色的天与黑色的土壤分割，分割又相连，那么多过渡的颜色，像是撞洒了油画家的颜料，颜料和水泼洒在天与地交织的幕布上，被云层的波澜卷着延伸到再也看不见的地方，于是，从深到浅，由浅入深，描绘出一场朝霞与明月齐辉的画卷。

画卷般的风景里，艾阳拖着行李箱快步穿梭在杳无人迹的航站楼里，他想赶最近一班地铁进城。现在是周一早上六点，如果能顺利拿到公寓钥匙赶上九点的新人培训的话，下午就能见到他心心念念的人啦。他想着，想着，唇角忍不住上扬，洛一，我来啦！

乘坐银线转红线，他在哈佛大学站下车，按手机地图指示穿过空旷的街区，在一栋二层小楼前停下，这里是他短租的公寓。

原本洛一要来接他顺便看看他租住的地方，当她听说他在大学群里找短租时，犹豫着问他想不想来住她家闲置的客房，但艾阳明白，两人的关系还没到同居那步，所以，他不愿，洛一也没坚持，只是提出他到波士顿那天，她来接机，并以女朋友的身份审核他即将入住的公寓。

但最终她还是没能来接机。

就在艾阳迫切期待第二天相见时，突然接到洛一的来电，电话里的人听起来很是疲惫，满怀歉意地告诉他自己要通宵加班没法来接他，声音听着楚楚可怜，惹得艾阳恨不得直接插上翅膀飞到她身边替她解决那些扰人的工作，可他只能安慰自己，再忍一忍，忍一忍，他马上就能触摸到这令他魂不守舍的人！

门铃声响起，屋内传来踢踢踏踏下楼的声音，门开的瞬间，一个女声欢快道："你是新室友吗？来的好早！"

开门的女孩儿很是热情，在她嬉笑的眼眸里，艾阳错愕地去看门牌号码，大约发现自己并未走错，表情更加诧异，"不好意思，我不知道这里还住着女生。"

"没事儿！"女孩儿踩着门框，拖鞋上毛茸茸的兔子一颠一颠像没吃饱萝卜的模样，她笑着给他让出一条路，解释道："这间公寓有两层，一层住男生，二层住女生，楼上楼下都有独立浴室和厨房，互不影响。"见他仍在犹豫，她索性拉过他的行李箱，"快进来吧，帅哥，恭候你多时啦！"

艾阳莫名有种唐僧误入盘丝洞的感觉，反手拿回箱子，纠结着进门，目之所及处，地板上全是废弃的纸箱，他不觉攒眉，还真是盘丝洞啊？！

女孩儿利落地将纸盒踢开，给他腾出一条路，笑盈盈道："帅哥，我叫陈诺，以后你就叫我阿诺吧。"

自来熟的感觉，艾阳并不适应，但他还是礼貌道："你好，我叫艾阳，以后你叫我全名就好，帅哥不敢当。"

阿诺一听乐了，"好，叫你艾阳，帅而不自知啊，艾阳！"

艾阳没接话，拉着行李箱往屋内走去，阿诺急忙跨越纸箱先一步赶到卧室门前，指着插在锁口的钥匙道："师兄让我把钥匙给你，我怕弄丢就插这儿了，你检查一下锁好不好用。还有啊，"看着地上的纸盒，她难得不好意思起来，"这些都是我进货的包装，我马上收拾，你别介意。"

"无妨。"艾阳打开门，将行李箱塞进房间，没功夫细看里面的陈设，直接锁上门，将钥匙收进钱包。

"怎么，你要出门？"

"嗯。"艾阳点头，大步离开。

望着他消失在街角的背影，挂在窗边的人嘻嘻笑笑，"哈，还是个高冷的帅哥啊！"

艾阳下地铁时距九点还差十分，正赶上上班高峰，步履匆匆的人如海浪般将他这只落单的沙丁鱼卷进前行的浪潮里，不一会儿便将他送到写字楼前，他匆忙赶到之前面试的地方，刚到九点，不由长舒一口气，悄无声息地从后门溜进人影喧嚣的会议室。会议室里，人们有说有笑，可他却没兴致参与，迅速理了理精干的短发，抹了一把下飞机时匆忙洗过的脸，一心扑在即将见面的人身上，胡思乱想，自己这样是不是太邋遢了？她会嫌弃他一夜没睡的样子吗？想着想着，他朝窗口看去，想从镜面反射中看清自己现在的模样。

可他看到的却是另一张脸。

蓦然回头，他发现角落里一个女生正紧紧盯住他，在他望来时忽然涨红了脸看向一边，他觉得可能是自己的行为有些过于自恋，赶忙站好，等待新人培训开始。

所谓新人培训，其实就是实习生们的团建，大家在轻松娱乐的氛围内认识彼此了解企业文化。每个人用一分钟自我介绍，然后按其所进部门进行分组，做一些关于公司法规条例的小游戏。直到分组结束，艾阳才发现自己居然孤零零一个人站在标有风险部的旗帜下，满满一室的人，洛一只选择了他，心里那股骄傲又欢喜的劲儿啊，完全不受控地洋溢在脸上，灿若阳光，以至于当 HR 问有谁愿意同他一组时，大家纷纷举手，最后，由他反选了众人中一直默默站在最后，也是他从玻璃里看到的人，向西，应该是这个名字吧。

团建很快结束，实习生们由各部门 HR 带领进组。艾阳走进风险部时，着实引起轰动，精干的短发，小麦色的皮肤，过于紧实的肌肉连休闲白衬衫都遮掩不住，见惯了格子间墨守成规的男士，蓦然遇到这般恣意阳光的大男孩，简直是不可多得的福利，于是，大家争先恐后都想成为帅哥的导师。

率先开口的是乐于社交的 Kris："帅哥，你好，我是 Kris，你在公司有导师吗？没有的话我带你吧！"

艾阳忙道："不用叫我帅哥，我叫艾阳。"

众人哄笑，"哟，人不大，还想做导师啊！"

Kris 脸颊绯红，撅着嘴硬气道："怎么，不能想吗？"

"你、你可拉倒吧，自己工作都弄不明白，还想带人？"分析师 Mike 向艾阳极力推荐自己，"我可是咱、咱组里数一数二高、高精确度的分析师，你选我吧。"

"切，话都说不利索，小心人家听不明白！"Kris 撅了撅嘴。

晓晴笑着推了她一把，转头看艾阳，惊讶他在众目睽睽之下居然能如此泰然自若。说是泰然自若倒不如说是心不在焉，余光里没有想见的人，艾阳默默垂眸，掩去眼里一闪而过的失落。

"这边，艾阳，看这边。"唐凌空着的座位旁，Tracy 挥手示意，"你进风险组不就是想建模吗？你选我，我专做模型，和你专业相关。"

"哟，还做了功课啊！"

就在众人七嘴八舌之际，洛一快步走来，身后跟着沉着脸的唐凌，两位大佬周末加班定是为了赶什么重要的项目，众人即刻收声，规规矩矩回到工位。而艾阳站在房间正中央，一双满怀期待的眼紧紧追随心心念念的人由远及近，越过自己，像是根本没有发现他一样，已然酝酿好的重逢的情绪瞬间被错愕取代，还有一丝委屈，她怎能，怎能忽视自己？！

倒是唐凌先提醒道："老板，这是新来的实习生。"

洛一恍然回头，仿佛是从艰难思考中回神一样，在看到艾阳的瞬间，紧绷的情绪豁然有了松动，微微一笑，笑了却没有出声，转身走进办公室。

艾阳好不容易扬起的笑脸再次僵在唇边。

可是这一回，洛一没让他失落太久。她像想起什么重要的事，快步返回，停在办公室门前遥遥望来，唇角已不见笑意，而那双温柔的眼仿佛是在笑着，轻声道："艾阳，这段时间我来带你。"

办公间里静悄悄的，所以，她温柔的话语显得格外有力。

艾阳脸上的笑啊，终于肆无忌惮地扬起，那些艰难赶工的日夜忽然变得云淡风轻，他笑着，坚定又温柔，轻声答："好。"

洛一长长舒出一口气，内心无比踏实，真好，那个灿若阳光让她感受不到一丝阴霾的人来了，终于有人能用温暖接起她的疲惫和满目疮痍了。

情绪的转折点是在电话响起后。

接起电话的瞬间，洛一恢复沉郁，她没有说话，静静听着里面的声音，而后大声道："都把手头的工作放下，到大会议室开会。"气场冷冽仿若火山爆发前的死寂。

办公室里顿时响起窃窃私语，人们自然感觉得到将有大事发生，可没人敢问因由，默默跟在洛一身后，浩浩荡荡走进平时只有开员工大会时才动用的会议室。

会议室里，长形圆桌旁已坐着几位重要人物，总经理应凯、副总经理沈童还有商业部及审核部的经理主管，寥寥数人却似将这硕大的会议室填满，每个人的神色都与洛一如出一辙，除了王甜，是的，这个一向与风险部不对付的人又是一副幸灾乐祸的模样。

洛一和唐凌携几位项目负责人在应凯右手边落座，抬头，洛一对上王甜，悠然又有些漫不经心的微微一笑，怠慢的表情自然惹怒王甜，只见她正要开口却被身旁淡然的月尔轻轻一拉，这才撇了撇嘴将视线移向一边。长桌末尾处，审核部经理谭烁单枪匹马坐在远离中心的位置，左看看右看看，额头上的豆大的汗珠清晰可见。风险部其余人则自觉地坐到洛一身后的旁听席上，如临大敌。

艾阳鲜少经历如此严肃的氛围，默默坐到离洛一最近的位置，看她笑着的侧颜，虽是笑着，可他明显感觉到她的不悦，真实情绪被套进刻板强撑的面具里，和他印象中那个爱哭爱笑活灵活现的人很不一样，莫名的，他有些心疼。再看主位上的人，肃穆的男人以一种无形的魄力镇压全场，似乎只有不偏不倚才能维持平衡，而他身旁那个将座位拉的远远的事不关己般笑着的人，都不是能倚仗的对象，艾阳有种预感，倘若把今天的会议比作战场，那将会是洛一一个人的拼杀。

可他，不想这样……

会议室里气氛压抑异常，没人想打破僵局，最终，还是王甜先开口，出口便语出惊人，"洛经理，既然风险部的人都到齐了，那模型结果有误的事你准备怎么处置？"

这句话仿佛吹响进攻的号角，千万敌军迎面冲来，瞬间将风险部毫无准备的兵打的分崩离析，众人根本来不及细想是哪个模型出现问题，问题根源又在哪里，因为这些都不重要，重要的是失误被王甜抓住将成为杀人于无形的利器，这场战役，他们还能全身而退吗？众人屏息凝神将目光投向桌前正襟危坐的人，那人在众目睽睽之下显得过于平静。

肃静的氛围里，洛一直面王甜，像是蓄势待发的刺客也像是仍在思索谋略的军师，没有任何情绪的轻声道："王经理说结果有误是不是言过其实？模型经审核部审核批准使用，流程完全符合规定，哪来有误一说？若对结果存疑，当初确定模型时您就该指出结果大于预期，为何您当时不说，非要等到模型正式使用后才提出异议？"

王甜冷笑，"洛经理是想把锅甩给模型使用者吗？"

洛一同样笑，"没有，我只是觉得这个问题咱们可以在建模周期内解决，不必拖到今天。"

"怎么解决？"王甜厉声问："你们风险部向来以数据为准，有想过我们商业部的立场吗？现在拖到建模周期结束马上要报外审，你要怎么解决？"

洛一咬紧牙关，压住想要暴怒的冲动，她明白，王甜趁她专注与明氏谈判无暇顾及内审，借唐凌商业经验不足的短板布下此局，可现在是计较责任的时候吗？外审上报下周截止，逾期交付将大大影响公司形象，现在更重要的是按时做出一份符合预期的运营规划，这需要两个部门通力合作，于是，她维持镇定道："你说结果超出预期，究竟造成多少影响？"

"呵……"王甜冷笑，觉得洛一还在找理由推卸责任，不愿与之多讲，起身打开幻灯片，对应凯道："总经理，您看，这是我根据风险部的预测做出的投资运营方案，比前一年减少至少五个百分点。"大屏幕上出现几张统计图，图上清晰显示未来一年的盈利走势与前三年同期对比，"这还是在最理想的经济情况下抛开通货膨胀不讲，您知道，商业上不进则退的道理，我们过于保守相较于竞争者肯定是大大的亏损。"

看着图示结果，应凯转头问洛一，"模型结果你确认过吗？"

洛一眼角微缩，紧紧盯住应凯，这个时候他居然也在计较责任归属？

她不想回答，可她不答，他就一直盯着她，直到耗尽她最后一丝平静，冷冷回望他肃穆的脸，她知道，他必须保持中立，可这样的中立就是在消耗彼此之间的信任，内心五味杂陈。她早跟他说过，她不想将有限的精力浪费在无谓的斗争中，王甜的局他难道看不清吗，还是说，利益当前，他自乱阵脚？轻轻咬唇，她深吸一口气，一字一句，清晰道："我亲自核对，确认无误。"

应凯沉默，指尖点在桌面上，一下又一下，不知在想些什么，可洛一已失去耐心，她得让风险部全身而退，不仅全身而退还要让一切重新步入正轨！

于是，她望向桌尾的谭烁，冷声质问道："审核组的报告显示模型符合公司各项标准，是也不是？"她是在将审核部拉进争斗的漩涡，她不相信白纸黑字写下的报告，谭烁敢矢口否认，而分责的人越多，自己部门所承担的责任越少，所以，她在往自己厌恶的方向迈进，以牺牲别人来换取全身而退。

眼峰锐利，她紧紧盯住谭烁，就像方才应凯看自己一样，谭烁在她的注视下大汗淋漓，拿起手绢仓皇擦汗，擦着，擦着，心蓦然一横，他知道洛一的用意，部门斗争里他一直保持中立，可他明白，自己根本无法独善其身，商业部还是风险部，王甜还是洛一，他内心纠结，最终还是选择站在利益捆绑更紧密的一方，颤声道："审核报告的确显示，风险预测结果偏大，但确由数据得来也在合理的范围之内。"

这就是洛一想要的答案。

收回质问的眼神，她看向王甜，以冷冽的语气反问："既然在合理范围内，王经理怎么就不肯接受适当亏损呢？"

主讲台前，王甜以一种不可思议的表情看向洛一，冷笑道："洛经理，模型给公司带来的损失可不是一星半点！"

"所以呢？"洛一也站起身，平视王甜，坚决的眼神令王甜诧异，"所以？呵……"她觉得洛一有些不可理喻，"所以，这些损失当然要由风险部承担！"

洛一身后传来窃窃私语，果然如众人所料，王甜是要洛一重走她走过的路，想到上回王甜大刀阔斧裁员，这下，风险部人人自危。

可洛一怎能遂了她的心愿，她站着，气场冷冽，仿佛是疆场上大义凛然的将军将自己的国土护在身后，她的兵，她打下的江山，一样都不能少！

人在气极时会不自觉的发笑，她笑着，幽森又冰冷，"看来王经理是不想解决问题只想追究责任啊，那咱们就来算一算，你、我、审核部各自该承担的责任，如谭经理所说，风险模型由数据得来，经审核部按规章制度审核批准，整个过程中唯一没做到及时给予回馈的只有商业部，那么，所谓重大过失是否该由商业部全权负责呢？"

"你！"王甜气急败坏，完全没想到一向好脾气的洛一居然如此伶牙俐齿，正欲发作，却被那个一直置身事外一脸坏笑的人打断，只听，沈童清了清嗓子，以一种玩世不恭的语气戏谑道："那个，我说二位这是做什么，大家都是同事，抬头不见低头见的，至于这么剑拔弩张？"话未说完，王甜如刀般锋利的眼神瞬间削没了他本就不大的胆，他赶忙垂眸退出战局，轻抚那颗受到惊吓的心，心想，"女人不能惹，擅长谈判的女人更不能惹！"目光不由望向月尔，今天的她沉默异常，一双幽深的眼望向洛一又似乎不只在看洛一，冰冷的模样令人心悸。

未及细想，洛一的声音再次响起："王经理，既然已经错过一轮商榷的机会，不妨平静下来说一说您究竟想要什么样的结果，风险部能做出一切您想要的模型，保证能在提交外审前完成。"

听到这话，王甜蓦然一愣，而她身边，一直幽沉如深海的月尔终于有了一丝反应，她望着对面宛如身披铠甲熠熠发光的人，平淡且悄无声息地挑了挑眉，幽暗的眼底终于闪过一丝欣慰。

真好，她抓住了重点。

王甜半天接不上话，想想也是，她精心设计风险部的不足，自然没时间细想商业部的运营版图，精力有限，谁都一样，洛一不免叹息，"既然王经理没想好，不如回去好好想想，我们风险部一定配合您完成模型。"

"你……"王甜咬牙切齿，完全没想到竟是自己亲手助洛一脱困，眼看应凯面色阴沉，她赶忙道："这可是你说的，到时若完不成，你得负全责！"

"好，一言为定！"洛一不甘示弱。

"洛一！"应凯低吼，模型重改，周期可长可短，如此宛如儿戏地应下，她就不怕万一完不成吗？她怎么就不肯容自己想一想，在不改模型的前提下，如何实现增长！

可洛一就是没等他，不仅没等，连一个暗示的眼神都没有，他悻悻看她，听她冰冷的话在耳边回响："既然已有解决方案，别耽误时间，先散了吧。"他看着她，倔强的模样在他心里挠痒惹出烦闷与暴躁，可又没处发泄，只得冷冷道："散会！"

"我们走。"洛一起身径直走出会议室，风险部的人匆匆跟上。

一瞬间，会议室里一片冷寂。

姜倩暗自拉了一把月尔，两人退到一边，待应凯、沈童、王甜等人离开，才往门外走去。

姜倩抚额苦笑，"这下完蛋了，咱们跟风险部彻底撕破了脸，往后的日子铁定更不好过！"

月尔神色黯淡。

压低声音，姜倩继续道："你说，人家洛经理不计前嫌，鼎力协助咱们拿下明氏的项目，项目刚签下，咱就过河拆桥，这样真的好吗？"

看着远远走在前面形单影只的王甜，月尔沉默不语。

姜倩知道月尔由王甜一手提拔，所以从不讲王甜的不是，可她同样感觉到月尔与王甜并不亲近，或者说，月尔与谁都不亲近，所以，她才敢大胆的同她讲心里话，并不期待她有所回应。

可是，这一回，在姜倩以为她同往常一样只是听听时，却听到阴沉的话语幽幽传来，"放心，这种局面不会持续太久。"

姜倩转头看她，觉得那双深沉的眼仿佛隐在暗夜里的沼泽，不是不危险，而是在静静等待时机的到来，猎物来了，踏进，杀机立现！

反观风险部，众人随洛一回到办公间，没人说话也没人动，齐齐整整守在门口等待洛一进一步指示，对于方寸大乱的人来讲，此时此刻，眼前这个清瘦的人是他们唯一的倚仗。

"都听到王经理的话了？"洛一毫无表情。

众人面面相觑，不知她问的是王甜哪一句话，担责？过失？还是其他？心提到嗓子眼，无人应答。

"从明天开始，模型要重新修正。"

办公间内鸦雀无声。

终于，有人悄声问："老板，这次失误，我们组会有调整吗？"

大家都紧张地望着洛一，只见，她微微攒眉，"谁说咱们失误了？！"

"啊？！"众人莫名奇妙。

洛一脸色有所缓和，叹了口气，温声道："你们不要紧张，只管按时完成模型就好。"

"那，那就是说，您不会开，开除我们啦？"Mike 想再次确认，忽然感觉有人推了他一把，转头便听 Tracy 笑呛道："老板不都说了嘛，咱们又没失误，干嘛被开除啊！"

Mike 这才反应过来，兴高采烈道："谢老板！"

"谢谢老板！"

感谢声此起彼伏，气氛终于又轻松起来。

见大家释然，洛一也露出笑容，"今天都早点下班，明天开始加班一周，务必赶在截止日期前完成模型。"

"是，老板！"

众人纷纷回工位收拾东西准备下班，艾阳也找到属于自己的工位，就在洛一的办公室旁边，邻座的女孩儿主动向他问好，"你好，艾阳。"他却不知对方的名字，"请问你是……"

女孩儿文静的笑，"我叫麦晓晴，你叫我晓晴就好。"

"你好，晓晴。"

打过招呼，艾阳回望玻璃墙内坐着的人，那人面朝屏幕不知在看些什么，她这么忙，自己该不该跟她打声招呼？

同事陆续离开，晓晴也在收拾东西，而艾阳却悠闲地打开电脑，开机需要密码，他问过晓晴如何申请密码，正要拨打 IT 的电话，手机倒先震动起来，屏幕上赫然闪现三个字："你别走。"霸道的字眼惹得艾阳轻笑，他可没想走啊！余光瞟向玻璃墙里的人，她明明看着屏幕一副严肃的模样，艾阳越发失笑。

"你不回家吗？"晓晴问他时，他还没来得及收回灿烂的笑容，于是，晓晴毫无防备地看进那双炙热的眼，眼里热情如火温柔如荼，瞬间将她烧的体无完肤。蓦然捂住自己惊慌失措的心，她只觉耳边嗡嗡作响，根本没听清对方应了什么就糊里胡涂地逃出门去。

艾阳并未察觉自己闯了什么祸，还在专心地查询密码，直到顺利登陆工作界面，他才发现办公间里已是空空荡荡，除了玻璃墙内的人和自己。

他大大方方打量洛一，黑框眼镜，随意拢起的发，还是那副工作起来就六亲不认的模样，想起在沙漠时，他陪她一起工作，终于，又回到熟悉的状态，真好！

忽然，洛一舔了舔唇，熟悉的动作带起他一声低笑，起身，他走进茶水间，给她温了一杯牛奶又接了半杯热水加冰，反身走回办公间，轻轻敲了敲门，无人回应，他只得擅自走进办公室，将牛奶和水放到她面前。

于是，在洛一认真阅读审核组的报告时，一杯热气腾腾的牛奶和一杯冷热刚好的水出现在眼前。修长的手指捻着两包代糖，轻轻撕开，对着光，将糖洒进牛奶里，是她喜欢的甜度。

抬起头，隔着镜面，她笑盈盈望向眼前一往情深的人，那人唇角挂着醉人的微笑，甜的跟代糖一样。

"先把牛奶喝了再看，更甜！"

看什么？不言而喻。

他明明红了脸，还在说这样大言不惭的话，然后把水递来，温声道："渴了吧，要不，先喝水？"

洛一摘下眼镜，没理桌上的牛奶也没接他手中的杯子，直接把人拉到身边，将脸埋进他的怀里。

放下杯子，艾阳全心全意抱紧怀里的人，这是他想了多少个日夜的场景。他想说些什么，可又不知该说什么，静静抱着她，任她填满自己，也用力抚慰她疲惫的心。

不知过了多久，洛一抬起头，眼里的戾气已然消失殆尽，她笑着，露出两颗小小的虎牙，柔声道："艾阳，有你在，真好，一看到你，我就不难过了。"

艾阳轻柔的笑，"说得我好像是红颜祸水似的。"

"那也是凭本事！"洛一突然起身，点起脚尖轻轻吻到他的下巴，一脸无辜的笑，"艾阳，欢迎你加入！"

艾阳的脸在夕阳晕染下一片绯红，"这个欢迎方式挺特别！"他望着她，俯身而下，轻轻吻上她的唇。手臂一紧，她柔软的身体倾来，填满心怀的同时也将那些孤独等待的岁月一笔勾销……

晚上，两人去吃了洛一早想带他去吃的湘菜，艾阳很是激动，不仅因为身旁坐着洛一，更因为这是他出国近四年来第一次吃到如此地道的家乡菜。拿起筷子，他夹了一片双椒鱼片放到洛一碗里，笑问："你知道这是什么吗？"

洛一咬着筷子道："这不是鱼吗？"

艾阳摇头，"这，叫乡愁！"

"哈？！"洛一蓦然就笑了。

吃完饭，洛一送艾阳回家，绕了大半个波士顿，终于到了Cambrige。分别时，艾阳抱着洛一，听她说"不舍得分开"，第一次觉得自己固执出来住的决定好像是真错了。

目送她离开，直到再看不见车尾灯，他才叹了口气，开门进屋。

听到门响，阿诺一个机灵从沙发上跳起来，推醒桌边形似看书实则晃神的晓晴，欢快道："楼下那位帅哥回来啦！"说完蹦蹦跳跳跑下楼。

看着她欢脱的背影，晓晴收回不知丢到何处的思绪，慢吞吞起身，往楼下走去。

"你回来啦！"

愉悦的声音从头顶传来，艾阳抬头，见阿诺飞快跑下楼，转瞬便到身前，他自觉后退一步拉开两人之间的距离，而阿诺毫无察觉地又进一步。

"你怎么回来的这么晚？"

艾阳惊诧，"晚回来需要报备吗？！"

阿诺哈哈大笑，"不用，帅哥，你怎么都对！"

听到两人的话，晓晴慢下脚步，男生的声音听起来甚是耳熟，是一种混进阳光般温暖清澈的感觉。借着楼梯间暖融的光，她豁然看清男生抬起头时的模样，不觉惊呼，"怎么是你？"

艾阳同样惊讶，"你也住这儿？"

晓晴迟疑地点头，"好巧……"

真的，好巧！

自己方才一直在想的人毫无征兆地出现在眼前，她本已惶然无措的心啊，越发不受控的砰砰乱跳起来。

如果没有发生后来的事，她觉得这大概就是爱情最美好的开始吧，如果没有后来……

始作俑者阿诺左看看右看看，好奇道："你们认识？"

"嗯，"晓晴低声道："他是新来的实习生，下午刚入职。"

阿诺迟疑片刻，然后像是追剧追到现实般兴奋地拉起晓晴的手伸向艾阳，"哇塞，这不就是偶像剧中的情节嘛！缘分就是这样开始的，你俩可得好好认识一下！"

晓晴的脸瞬间宛如滴血，她拼命想抽回手更拼命想捂住心里的秘密，有些念头即便刚刚浮起，也是不能被随意戳破的秘密。

看着身前打打闹闹的人，艾阳默默退进阴影里，阴郁的表情并不明显，但语气冷冽，"不好意思，我有女朋友。"这个回答不算高明，但足够直接！说完，他径直走向卧室，找钥匙、开门、进屋、再关门，动作行云流水，自始自终未再回头。

晓晴懵懂的心啊，在尴尬中碎落一地。

她猛地甩开阿诺，强忍泪水跑上楼，却没防住阿诺紧随其后挤进房间。

看着倒在床上把脸蒙进枕头里的人，阿诺手足无措，"晓晴，你别生气，我刚才太激动了，就想让你俩好好发展一下。"

晓晴闷闷的声音从枕头里传来，应该是在怒吼，"你没听他说有女朋友吗！"

"我哪儿知道，"阿诺有些委屈，转头一想，又道："有女朋友又怎样，这年头，结婚还能离婚呢，你要真喜欢，就抢过来嘛！"

"阿诺！"晓晴翻身坐起，红红的眼里尽是水光。

阿诺觉得她可能真生气了，略有收敛，可仍旧调侃道："瞧你委屈的样儿，不说，我还以为你暗恋他呢！"

"我哪有！"晓晴用枕头挡住脸，闷声道："我只是觉得脸都丢尽了，以后还怎么一起工作。"

"这有什么，"阿诺慷慨道："你把错都怪在我头上，和他好好说一下嘛。"

"这难道不是你的错？！"晓晴梨花带雨地瞪住阿诺，阿诺立马认怂，"是是是，都是我的错！要不，这周卫生我全包啦，大小姐，您大人有大量，别生气啦！"

晓晴心里虽有火，但受不住阿诺软磨硬泡，提起枕头锤了她一下，"叫你下次还敢乱开玩笑！"

扯过枕头，阿诺大笑，"下次，看我心情！"

"啊……你！"晓晴反手又抄起一个枕头锤她，阿诺还手，不甘示弱。就这样，两人你打我，我打你，闹到一起。

听着楼上隐隐传来的尖叫声，艾阳微微攒眉，揉着刚洗过还有些湿的头发倒在床上，床单是新换的，还带着加州浓烈阳光的味道，可熟悉味道抵不住心里空空落落，直到他拿起手机看到洛一的来信："亲爱的，我好想你……"

"亲爱的？！"他一个激灵坐起，坐起又倒下，欢腾的像一只重返深海的鱼。

信息是五分钟前发来的，她肯定等急了！

他赶忙回复，可又嫌打字太慢，直接拨视频过去，于是，看到视频里，同样刚洗完澡，看着就香喷喷的洛一。

"亲爱的，我也好想你，超级想，特别想，想亲亲你，抱抱你……"

他一口气说了这么多甜言蜜语，洛一只是笑着，笑的温暖又温柔。

"怎么了？干嘛一直看我？"他红了脸，是刚才的话太直白了？可她不是说，自己怎么想就该怎么说吗？

没等他纠结完，洛一转了个身，像是把他卷进被子里，被子里，只有他和她，洛一柔声道："我是在想，屏幕里的这个人明天就能亲亲我，抱抱我了，真好……"

艾阳的心瞬间融化，"是挺好的。"

"那，亲爱的，明天见？"洛一说着，面颊靠近，像是在吻他屏幕上的脸。

艾阳顿觉脸颊烧热，指尖轻轻摩挲屏幕上的人，这一刻，他真真切切觉得自己出来住的决定简直是大错特错！

"明天见，亲爱的。"他柔声说着，也亲了亲屏幕上的人。

晚安，艾阳。

晚安，洛　，晚安了，我的爱……

第二天天还未亮，艾阳按之前在学校的习惯起床，先运动再洗漱，出门时还不到七点。吹着口哨，他一路神清气爽地走进地铁站，等车时查阅地图，发现附近居然有家Hmart，当即决定下班后去逛逛。

一路搜寻美食，他在Downtown Crossing下车，并未直接去公司而是反方向先到中国城，在刚开门的包子铺里买了四个新鲜出炉的肉包子，配两碗小米粥加鸡蛋，护在怀里走进公司。

办公间里空无一人，他快速在便签上写下一句话，将纸贴到袋子上，蹑手蹑脚把早点放到洛一桌上，至于为何蹑手蹑脚，艾阳也不清楚，总觉得自己不该在未经允许的情况下擅自进经理办公室，即便这个经理是自己的女朋友。

女朋友……他默念着，心里忽然变得很踏实，而后昂首挺胸地走出办公室。

临近八点，同事们陆续到来，艾阳起身依次问候，于是，在洛一进门时，他仿佛迎宾的服务生一样朝她投来一个大大的笑容，"早安"二字脱口而出，可洛一看到的口型却是："早安，亲爱的！"

她挑了挑眉，笑道："早安。"

走进办公室，洛一一眼看到桌上陌生的纸袋，袋上有张便签，上面潇潇洒洒写着"往后我来投食。"字如其人，阳光恣意。她不可抑制地笑起，迎上那双一直追随她的眼，微微点头，算是应下他的话，那双眼里立即洋溢出无尽欢愉。

看他笑着做事的模样，洛一无比安心，似乎眼下棘手的事也变得不那么繁重，松了口气，她点开邮箱顶端来自商业部的邮件，发件人是月尔，附件为报审拟稿，看样子模型对接人换成了月尔，这是她所期待的结果，一周时间，两方合作，完成一份满意的答卷。她笑着，带着满心动力，开始一天紧张的工作。

办公间里安安静静，一个清瘦的人影压低身形悄无声息地溜进门，顾不得跟发现她的同事打招呼，匆匆赶往工位，却在看到艾阳时慢下脚步，仿佛想要隐形似的轻轻拉开座椅，坐下又看艾阳，见对方仍认真看着屏幕，缓缓呼出一口气，迅速打开电脑，屏幕上赫然显示名字，正是晓晴。

今天是晓晴入职以来第一次迟到，原因，不言而喻。

她本想在上班前跟艾阳解释昨晚的事，结果，在地铁口左等右等，对方居然已到公司，都怪她不敢当着阿诺的面敲门确认，心情很是沮丧。

可事还得说清楚。

在便签上写下一行字，她小心翼翼地将纸贴到对方桌上，没等对方反应，慌忙藏进挡板里，藏着又犹豫，只能探头看去，一双带笑的眼又一次毫无预兆地出现在眼前。

她的心怦怦乱跳，可艾阳却像个没事人一样把纸还给她，轻声道："都是小事，你好好工作。"

晓晴赶忙将纸收起，悬了一夜的心总算落地。

工作在有条不紊中进行，建模组按已有数据调试参数，应用组调用新参数结合宏观预测估算风险，结果交到洛一手中从精确度、合理性、商业拓展等方面综合考虑新模型是否符合预期，有质疑则返工，周而复始。当然，其他即将截止的项目也在同时进行，所以，每个人都异常忙碌，可就算忙碌，大家耐心且严谨地坚守各自的职责，这种团结又具有凝聚力的感觉大约只有在风险部才能感受到吧。

玻璃窗外，两个修长的身影隐在拐角处，借助太阳暖融的光望向风险部忙忙碌碌的人，一个沉着脸不知在想些什么，一个把心思全写在脸上幸灾乐祸。

"这年头，能把部门管成光荣班班集体的也就只有洛一了吧！"沈童笑着拍了拍身旁沉默的应凯，"哎，我说，你当真忍心让这么好的部门加班加点就为完成王甜那点破要求？"

应凯依旧沉默。

"不是我说，不就是数据不好看嘛，咱手头有尹氏、明氏、成田三大合作，你还在乎那虚头巴脑的行业排名？"

应凯终于开口，声音有些嘶哑，"排名我不在乎，但有些人的决心必须得下。"

"什么决心？什么人？你在说什么啊？"沈童丈二和尚摸不着头脑，深知跟应凯说话总得去猜他话中的含义，不想费神，他还有更重要的事要提醒他，"你给国内公司与尹氏牵线的事可得提前知会洛一，她是尹总钦点的风险顾问，最终审核很可能得由她出面。"

应凯脸色微变，仿若被人揭开不想袒露的伤疤，疼痛带出气恼，冷冽异常，"再等等。"

沈童打了个哆嗦，明显感觉到对方不悦，可有些事他必须坚持，"等？要等到什么时候，你不早点给她打预防针，到时她不接项目该怎么办？"

这正是应凯所担心的，若让她知道，自己帮助的人是……不敢去想，他有些气急败坏地转身，快步走向电梯。沈童自然明白他是想甩掉他，越发不依不饶地跟着，终于激起他的情绪，"等她见过尹总之后再说！"

"你这就是赌徒心理！"沈童知晓原委，所以担忧，"你在赌这事不会交予洛一处理，可无论如何，你做的事，她有权知道。"

应凯长叹一口气，逐渐慢下脚步，"你不懂……"

听到他愈渐沙哑的声音，沈童于心不忍，伸手拍了拍他的肩，"行吧，等她见过尹总，我陪你一起跟她说。"

应凯沉默。

望着窗外湛蓝到没有一丝阴霾的天，沈童幽幽叹息，"只希望，到时，她别从旁人那里听到消息就好……"

艾阳第一天的工作内容和晓晴相似，都是制作报表，前者偏数据，后者重结果。晓晴的速度明显快于艾阳，当她将结果发给洛一后，转头去看还在认真调试的人，心里想帮他做些什么，可纠结着没有开口。

这时，洛一走来，手里拿着她刚做好的报表，"晓晴，给你一个建议。"她让晓晴坐在原位，自己则拿过鼠标在她眼前现场修改。

"你编程将数据转换成统一格式，这些图表都能自动生成。"

"好。"晓晴点头。

洛一语重心长道："晓晴，你是一个分析师，不是数据处理人员，明白吗？"

晓晴似懂非懂地点了点头。

"继续工作吧。"洛一拍了拍她的肩，转身走进办公室。

晓晴松了口气，转头去看艾阳，他依旧在认真编写着什么，屏幕上程序滚动，数据与图表同时生成，不正是洛一所要求的吗？

她有些惊讶，"你怎么知道该这么做？"

艾阳转头，思绪还陷在程序里，"什么？"

她指了指他的屏幕，"你做事的方式跟老板很像。"

目光望向玻璃后的人，艾阳沉静的笑，"我知道她的习惯。"

晓晴挑眉，心里虽有疑问却没再说什么，转头也写程序去了。

临近八点，一天的工作总算结束，晓晴离开时艾阳还在认真工作，她本想等他一起下班，可又怕他有压力，迟疑片刻还是先行离开。

不知又过了多久，艾阳揉着脖颈去看玻璃后的人，办公室里空无一人，他的心蓦然一慌，赶忙四处张望，却见那人坐在身旁，一双如水清眸正注视着自己含笑又温柔，他也笑起来，"你忙完了怎么不叫我？"

洛一直接上手抚住他的脸，轻轻揉捏，"你怎么这么乖，工作好拼啊！"

艾阳将她乱闹的手包进掌心，"之前一直帮不到你，好不容易有机会，能多做一点是一点。"

洛一的神情愈发温柔，"第一天上班，觉得紧张吗？"

他诚实地点头，"有点儿。"

洛一笑，"公司氛围就是这样，我们做事会影响其他部门，马虎不得，慢慢的你就会明白，紧张是一种习惯。"

艾阳的手轻轻摩挲她的手背，眼里些许欣慰，"我好像更了解你了。"

"不急，慢慢来。"洛一笑着拉起他，两人并肩向外走去。

下班后，他们一起逛超市选食材，说是一起其实是洛一陪艾阳买，见他精挑细选的都是自己爱吃的食物，洛一有点儿幸福，是不是以后都会这样生活？

洛一轻笑，原来自己也是个会想以后的人啊！

买完食材回到艾阳家，洛一想帮忙拿东西，艾阳这才想起自己与晓晴成为室友，随即将此事告诉洛一。

洛一自不介意，可仍旧调侃，"哟，你俩还挺有缘分！"

借着屋檐下微弱的光，艾阳仔细辨认她的表情，"你吃醋了？"

洛一一听立马起了捉弄人的兴致，装作伤感道："我以为你不想和女生一起住，原来只是不想和我一起。"

"怎么可能！"艾阳心慌，赶忙将人拉近，轻轻抚上她的肩，柔声安慰，"这不一样。"

洛一不依不饶，"怎么不一样？"

艾阳叹了口气，指尖抬起她的脸，认真道："她们对我不会有干扰，但是，你会。"

"嗯？！"

洛一好像没听明白，可她那么聪明的人怎会不明白？艾阳笑着，指尖轻轻捻过她的唇，灯光下的人，浓稠的眼眸像裹了蜜一般，叫人忍不住想去尝那诱人的味道。有风吹过，他借着风把人裹入怀中，崩断了最后一丝防守，炙热的呼吸温热的唇，他一点点夺城掠地，直到呼吸紊乱发丝纠缠，他才攀附着她的唇望进她旖旎的眼，柔声细语道："你会让我把持不住自己……"

之后每一天，艾阳变着花样给洛一做早餐，当真是要把人给惯坏了。洛一想，当初在环球影城时，他开玩笑说留住她要先留住她的胃，没想到他言出必行，自己果然中招，不过，她的确享受每天早上都能在微波炉里找到好吃的感觉。

每一天，从早餐开始，心情舒畅。

一周后，在众人通力协作下，符合商业预期的模型顺利完成。周二下午，洛一提交模型，办公间里一片欢腾。

"老板，咱们完成这么重要的项目，就没什么奖励吗？"欢笑声里，Kris 大胆提问。

"加班奖金月底到帐，至于我嘛……"望向窗外微倾的阳光，她想象步行街上繁华的景象，心有所动，"波士顿这么多好酒吧，不去太可惜了。地方你们挑，费用我全包，可好？"

"喔耶！！！"众人欢呼。

重重人影间，一双温柔的眼看向人群中央意气风发的人，笑如阳光一样。还记得在沙漠时,军人们总喜欢围起洛一,听她讲外面的故事,当时,艾阳以为大家爱听的是她讲的那些趣事,直到这一刻,他才清楚地意识到吸引人的其实是讲故事的人。有魅力的人,无论身处何种境地,总能凝聚起志同道合的人,很难说自己不先是被她这种特质吸引。

可她还有另外一面。

轻轻笑起,艾阳环视四周,忽然觉得有点幸福,旁人讲着恭维的话,可只有他曾触及她内心显为人知的喜怒哀乐。握紧手腕上的珠链,他眼看言笑晏晏的人,纯净又温柔的笑,让人很想守住她无忧无虑的模样。

就这样决定了。

艾阳心想,从今往后,他要让她这样无所顾忌的笑,璀璨又炙烈,从今……往后……

外审提交后,公司终于恢复风平浪静,可海有表象,平静的海面注定无法掩藏积蓄的暗流,有些人有些事在悄无声息间变迁,而催化这一进程的是一场盛大的酒会。

酒会由公司举办,是为庆祝与尹氏、明氏顺利合作,业界名流系数受邀,洛一也不例外。原本,她并不打算出席这耗费精力的场合,可听应凯说尹氏集团那位神龙见首不见尾的尹总将会出席,出于对对方的感激与好奇,洛一欣然前往。

当然,主角是不会率先登场的。

漫漫长夜,洛一端着酒杯,有些心不在焉地跟在应凯身后,和沈童一起与众人把酒言欢,笑比烟花灿烂,可脸上有几分真几分假不得而知。也是在此时,她才感觉自己已然声名在外,恭维的话里多多少少参杂着工作邀约,或真诚或试探,可不管对方用意为何,应凯都挡在前面宣誓主权，引得众人合起伙来为难他，总算让洛一有了片刻喘息的时间。

更衣室里硕大的落地镜前，她平静地拭去额间浮起的薄汗，慢慢补妆。会场氛围实在是太热闹了，热闹到她有些招架不住那些需要她左右逢源的瞬间，毕竟她所面对的是一群能洞悉人心的商场老手，三思而后行让她总显得有些心不在焉，幸好，她很擅长用光鲜亮丽的外在来掩饰内心慌张。

看着镜子里墨蓝色如星碎漫天的长裙，莹白如雪的肌肤在暗色映衬下像结出花蕊的木香藤清丽又华贵。这身装扮的确挺唬人的，洛一轻笑，想起来会场前，她特地约艾阳到七楼阳台，向他展示今夜的"战袍"，在他无处安放的眼里，她仿若结花前的藤蔓，妖娆地将他滚烫的手按到自己裸露的背上，所以，现在她只能用艳丽的唇膏掩盖唇上明显的伤。

"还挺疼的！"她笑着，有些肆无忌惮的模样。

更衣室背对会场，门前幽静的长廊通往顶楼的露天阳台，落地窗上，月光透过玻璃照在玄关处紧闭的实木门上，那是一间很少被用到的会议室，在洛一记忆里，似乎只有应凯会见贵宾时才会启用，不仅因为里面风景独好，更因为整个房间采用顶级隔音技术打造，说过的话做过的事都会留在房间里成为不为人知的秘密。

当然，房间的存在本身也是一个秘密，只有像洛一这种元老级人物才会知晓。

远远的，她看了一眼实木门，转身走向会场。没走几步，她返身回望，终于看清玻璃门前面迎月光站着的人，修长的剪影拖在地面上冷峻又孤凉。

她慢慢走近，缓缓抬眸，直到与那人并肩才盈盈笑道："你怎么一个人在这儿，他们肯放过你不灌你酒啦？"

月光下，应凯垂眸，殷红的眼直接望进她纯净的眼底，一瞬，仿佛有邪恶狼狈退场，在那双迷茫的眼里晕染开一片暮色，暮色酝起倦意，被那嘶哑的嗓音打破，"休息会儿，就回去。"

难听的声音好似在拉风箱，洛一频频皱眉，"本来就感冒，还喝那么多，太不顾惜自己了！"

被人骂，应凯倒挺乐呵，笑声成气声，"呼哧呼哧"的，宛如跑累了的大狗，狡辩道："喝酒好的更快！"

"瞎说！"洛一嗔笑，撕扯开唇上的伤，有血浸出，她不甚在意地舔了舔伤。

应凯微微攒眉，"你嘴怎么了？"

洛一眨着大眼睛，丝毫不显慌乱，"怎么，很明显吗？"说着，又抿了抿唇，"所以说，吃东西不能急，瞧我，出来前想吃点好吃的，结果咬到自己。"

心急是为什么，洛一暗自偷笑。

看她那副明显是做了坏事的表情，应凯摇头浅笑，"你啊，还是那么毛毛躁躁。"

手机一声响，在夜里格外透亮。应凯看着屏幕，轻声叹："尹总来了。"转眸望向洛一，眼里装着月光，却并不比黑暗清晰，"紧张吗？"

这话是问自己？

洛一挑眉轻笑，"你看我像紧张的样儿吗？"

"不像。"应凯轻声叹，在被她看清表情前转身往光亮处走去。

光，就在前方。

他豁然返身叫住洛一，半边脸隐在黑暗中，轻声道："等下，无论尹总交给你什么任务，都先应下，回来可以再商量。"

看着眼前明暗不定的人，洛一心里莫名涌起一种不好的预感，能先应下再商量的事，恐怕……

她微微攒眉，"你知道，有些事我不碰的。"

应凯忙道："别多想。"

看他因为慌乱而豁然真诚的眼，洛一松了口气，"好，我会做好自己该做的事。"

炫彩夺目的光漫天而来，瞬间将两个相对而立的人吞噬。

光晕聚集处，帷帐缓缓拉开，露出白玉石阶上款款走下的人，艳红色的长裙映衬珠光宝气却挡不住那人冷冽的气场，如疾风如霜雪瞬间冰冻全场，方才还在谈笑风生的人纷纷仰头注视那高高在上的一抹红，再无所动，而傲立群雄的人，平静无澜地俯瞰众人，阶梯似乎化身成权利的象征，在炫目灯光下，将那些因酒精而浮于表面的欲念统统压制，人们举起酒杯，在其走近时，彬彬有礼地颔首相应。

光能辅助压制人心底可望而不可及的欲望，那么，在光亮探及不到的地方呢？

实木门里，女人坐在沙发上，百无聊赖地晃动手中的红酒杯，看酒遗落下浓稠的痕迹，该是很甜又醉人的味道。微微一笑，她轻抿一口酒，转眸望向对面气宇轩昂的男人。

男人不言不语，不停看向腕上那块价值连城的手表，仿佛是在等人又仿佛在消磨时间，在静到能听到秒针疾走的房间里，他显得焦躁又极有耐心。直到感觉到对方凝视的目光又加深几分，才抬头回望，直接望进那双沉静的眼，颇有风度地微微一笑，"是王经理让你约我的？"

这本该在进门时就问的问题，偏偏被他拖到现在。

女人轻笑，殷红的唇带着酒香，豁然燃起眼底的欲望。伴着摇晃的红酒，她悠然道："不是，是我自己。"

……

洛一怎么也想不到，尹氏集团总裁尹暮雨会在众目睽睽之下径直走向自己。聚光灯似乎晃花了她的眼，重重人影最终聚集成眼前冰冷又威严的人，正是与明氏谈判时自己无法忽略的人。回想当时的场景，对方隐在角落里不显山不露水，唯独一双坚定的眼与旁人很不一样。幸好，她有足够重视那双眼睛的主人。深深呼吸，她落落大方地伸手，冲尹暮雨微微一笑，"尹总，欢迎您参加启升的宴会，感谢您聘请我担任贵公司的风险顾问。"

时间仿佛在这一刻停滞。

尹暮雨没有伸手也没说话，相反，她紧紧盯住洛一，凌厉的眼神仿佛要将她钻出一个洞，看透内里的灵魂。

洛一有些恍惚，真是光晃花了眼吗？她居然觉得那双眼里浮起一层水汽，朦朦胧胧裹着不甘、悲怆、以及隐隐的思念，一闪而过。

在她感到尴尬时，尹暮雨恍然握上她的手，指尖冰凉，力道很重，仿佛要将她揉碎。

洛一不动声色地看着眼前毫无波澜的人，余光里，应凯递来两杯酒，似乎并未察觉两人之间的对弈。

"洛一，还不快敬尹总一杯。"

尹暮雨适时地松开手，接过酒杯，眼里一片平静，"洛经理，期待与你合作。"

"我也很期待。"

香槟在杯中跳动，不知触碰了谁的心慌。

灯光下，洛一隐在人群中，静静想着方才尹暮雨交给她的第一项任务——考量与国内公司合作的可行性。这的确是风险部的业务范畴，她毫不犹豫地答应，应下后才得知，这间公司居然由应凯推荐，难怪他会特别嘱咐自己接下项目。

可尹暮雨呢？

她从不轻易与人合作，这样堂而皇之地将项目交给她，当真不怕她徇私吗？

"想什么呢，这么入神？"

耳边传来一声笑，吊儿郎当的，洛一挑了挑眉，迎上沈童那张不知是酒醉还是微醺的俊脸，以调侃的语气问出疑惑的根源，"我在想，我怎么不知应凯还给尹氏推荐了国内的合作？"

她的眼神，三分戏谑，七分认真。

沈童微微一怔，余光里，应凯还在同尹暮雨寒暄，自知不好擅自解释，只得借着醉意，三分假七分真地悠然道："你若想知道，周结会议后，应凯办公室见。"

洛一脸上的笑豁然从真切变得虚渺，果然啊，不知原委的当真就只有她！

她深深望向沈童，脑海里无端想起自己劝应凯邀其加盟时的场景，聪明又多金的少爷带进公司的可不只有技能一项，所以，她才会用原本属于她的位置交换。

没想到，这么多年过去，似乎什么都没变，又似乎什么都变了。

她轻轻叹息，心里有些失望。

这种情绪没有持续太久就被对方轻佻的赞叹声打乱。

顺着男人炙热的目光，洛一望向白玉石阶上倚靠栏杆喝酒的女人，众目睽睽之下，她恣意仰头，雪白又纤长的脖颈在血红色液体映衬下妩媚异常。一口气喝尽杯中酒，女人将酒杯递给侍从，又从托盘上拿起一杯红酒，转头向下望来。

洛一立即听到沈童倒吸一口凉气，"月尔？！"

盈盈灯光下，从白玉石阶上款款走来的人正是月尔！

洛一轻笑，甚至有些幸灾乐祸地欣赏起沈童全程黑脸看月尔被无数男士追捧的情景，并在他想上前阻止时，及时拦住了他。

月尔啊……

就该这样痛痛快快自由自在地展示自己，不为任何人，只遵从于内心。

带着欣赏的目光，洛一望向今夜美到异乎寻常的人，那张宛若天工雕琢的脸上印刻着平静又从容的笑，黑西装阔腿裤描摹高挑纤瘦的身形，就连平平无奇的黑色也从肩头漫溢出袅娜的金丝摇摇曳曳勾勒出令人惊叹的图腾烘托清淡的人竟有种说不清道不明的性感，仿若一株生长在人心尖盛开的罂粟，美艳又剧毒，无拘无束。

短暂的骚动是由王甜制止的。八面玲珑的人终于有了展示自己的机会，一扫先前被洛一抢尽风头的颓势，笑着喝着酒与人周旋间带月尔全身而退。

远离人群，王甜收起笑容，低声问："你怎么去了这么久，还惹出这么大动静？"

"抱歉，我迷路了。"月尔随意地晃着手中的酒杯，"说真的，今晚的酒可真不错！"

　　王甜深深看着她，不动声色，直到她自然地将手中还没动过的酒杯递给擦身而过的侍从后，脸色总算有所缓和，"走吧，给你引荐刘老板。"说完，带她往会场另一边走去。

　　人已走远，沈童还留在原地，遥望那高挑又清冷的背影，久久无法回神。

　　"洛一，你觉不觉得有时候会看不懂她？"灰色的眼里尽是迷茫，问出的竟是这样一句话。

　　洛一回眸，看着人群中言笑淡然的人，清冷的气质与周遭嘈杂格格不入，轻轻笑起，轻声道："我不觉得。"

　　……

　　洛一是在会场外遇到月尔的，月光皎洁拉起她长长的剪影，曲曲折折蜿蜒至洛一脚下。顺着长影，洛一望向亭廊间站着的人，目之所及处，星碎般的喷泉起起伏伏，面对喷泉，她的目光似乎穿过水流望向更远的地方。

　　她在看些什么？

　　洛一正要望去，月尔恰好回头，仿佛已然知晓身侧之人是她似的，淡然一笑，"要不要去喝一杯？"

　　洛一挑眉，"怎么，你还没喝尽兴啊？"

　　月尔清淡的眼眸蓦然浮起无法言说的愉悦，"被人管着，怎能尽兴！更何况，喝酒谈人生这种事，能一起做的人，不多。"

　　洛一随之笑起，"这话在理，那，我们继续？"

　　"好。"

　　踩着月光，两人有说有笑走进一片喧嚣。

　　夜里的步行街比白天还要热闹，人们穿着清凉聚在街头伴随震天的爵士乐摇摆欢笑。在这里，洛一露背的长裙不算显眼，可大片琉璃点缀雪白肌肤仍引得大胆的男人吹起口哨挑逗。洛一不动声色地往前走，肩头豁然一暖，她抬眸望向身侧将西装套在她身上的人，那人沉着脸，以同样不动声色的目光对上街边轻佻的男人，不知为何，男人顿时矮了气焰，转身消失在茫茫人海间。

洛一有些诧异，迎上月尔沉静的眼，那双眼里柔光闪烁，如往常一样淡然笑着。

"前面有间酒馆相对安静，要不，我们去那儿？"

洛一点头，随她走进昏暗的小巷。

酒馆隐在酒巷幽深处，的确是个可以清净谈心的地方。

临窗而坐，月尔利落地点了一杯威士忌，左挑右选为洛一选中一款以金酒为底配柠檬、黑莓、桑葚子汁，再浇蛋清为盖的鸡尾酒。

酒香清甜，爽滑可口。

洛一尝着，现出深深的酒窝，"这酒可真好喝！"她笑着又抿了一大口。

月尔望着她不言不语，一双清亮的眼伴随酒精上头漫溢出难以名状的愉悦。

见她闷头喝酒，洛一微微攒眉，伸手招来服务生上了一份暖胃的点心，"你刚喝完红酒，再喝这么烈的酒，小心会醉。"

月尔轻笑，不知是不是已露微醺，整个人看起来柔柔软软又神采奕奕。"我今天高兴！"修长的指尖缠住杯身摇摇曳曳伸向洛一，"来，洛一，这杯酒，敬我们。"

为何？洛一不知。

只知这酒的确唤起月尔的兴致，她喝着酒笑着，任凭凌厉的味道激起眉峰轻挑，连带那双平日里沉静无澜的眼都止不住笑意流淌，恣意又张扬。

洛一认真打量眼前的人，灵动的表情让她本就深邃的五官越发明艳动人。

她看起来似乎真有些不太一样。

"什么事让你这么高兴？"

月尔伸出一根手指，在她眼前晃了又晃，"现在还不能说，很快，你就知道了。"

鲜少见她如此俏皮，洛一忍不住打趣，"也不知道，沈童见到这样的你会怎么想，他似乎……挺喜欢你的。"

这话说得直白，正如月尔豁然望来的眼，眼神中有种耐人寻味的认真，"可我不喜欢他。"

"呦，"这下洛一可乐了，"这话要被沈副总听到，该有多伤心啊！孔雀羽毛都炸不起来了呢！"

月尔无奈地摇头，也跟着淡淡的笑起来。

酒尽杯空，两个人都有些醉了。

或者说，真醉的只有洛一。

简洁的客房里，月尔轻轻拉起被子盖到熟睡的洛一身上，手边是她好不容易替她换下的礼服，星碎般的琉璃落入掌心，正如床榻间唾手可得的人。

静静的，月尔看着沉睡中恬静的洛一，悄无声息地叹了口气，"睡得如此安稳，你当真觉得我是个好人？"

笑从眼里漫溢而出，带起隐隐浮躁的欲望。

可她终究什么都没做。

将礼服理清挂好又打了一盆温水到床边，她像对待一份珍贵的礼物般小心翼翼拭去她额前凌乱的碎发，借着门缝淌进的光，仔细打量起她睡梦中的模样。

莹白如雪的肌肤果真会把人的欲望捅破。

一寸一寸靠近，一分一厘挣扎。

终于，还是到了不得不退的距离。

放缓身势，她的思绪在前进与后退间撕扯，近是心之所向，而退……是无数辗转难眠的夜堆积起的一往情深，明明下定决心成全可又偏偏心有不甘……深吸一口气，眼神瞬间清明，心底的执念最终冲破无形的屏障，让她迸发出前所未有的勇气肆无忌惮地靠近。

唇轻轻略过她的面颊，向更深的地方探去……

就在此时，尖锐的手机铃声撕碎一室旖旎，将她好不容易积攒的勇气统统击退。

静静的，她坐在长夜里看洛一从皱眉、呓语到转身、沉寂，终于啊，她还是败给那道无形的屏障。

月尔无奈地笑着，指尖按下接听键将手机放到耳边，一个好听的男声打破沉寂，"亲爱的，你回家了吗？"

对方是谁，不言而喻。

缓了好久，月尔才找回自己的声音，"你好，我不是洛一。"

清冷的音色换来长久的沉默。

月尔望着洛一，很想向对方挑明自己的心意，可望着，望着，还是叹了口气，"她今晚喝多了，不方便开车，所以住在我家。"

"谢谢您，请问，您是……"

"月尔。"她直截了当打断艾阳的话。

"您好，月主管，麻烦您照顾她。"

"放心。"月尔利落地挂断电话。

再看一眼洛一，月尔悄无声息地退出卧室，将那扇漫溢进岌岌可危光亮的门缓缓关闭。

关闭就没了念想。

她忽然很想哭泣。

毫无犹豫地走进厨房，她从酒柜里随便取出一瓶葡萄酒，开启瓶盖大口大口灌起来。

酒香醇厚，甘甜凛冽。

她狠狠擦去唇角溢出的酒浆，拎着瓶子走到窗前。

漫漫夜色里，她轻轻重复"亲爱的"三个字，唇角溢出的笑些许自嘲。

就这样，她一口一口喝酒，看尽黑夜繁华……

Chapter 13.

一加一大于二

作者寄：爱情里，本就应该先好好爱自己，经营属于自己的一片天空。

然后两个人在一起，分享对方不曾有过的经历，是比一个人时更加快乐。

正所谓，一加一，大于二。

漆黑夜色里醉人的不只有酒精，还有食物的飘香。

书桌前，昏昏欲睡的阿诺吸了吸鼻子，困成一条线的眼忽然睁得滚圆，丢下手中沉重的书，她迫不及待地拉开门冲进晓晴的房间，"你做了什么好吃的，这么香，也不叫我！"声音戛然而止，因为她看到晓晴桌上除了摊开的书本再无其他，而晓晴显然也闻到食物的香气，一双眼正疑惑地回望她，阿诺迟疑，忽然意识到什么，转身往楼下跑去，晓晴连忙起身追着下楼。

昏黄灯光里，艾阳穿着暖融融的卫衣神情专注地站在炉灶前安安静静搅着火上的砂锅，锅里不知熬煮着什么东西，飘香肆意。他拿起勺子浅尝味道，眉头微微一挑，唇角笑意逐渐清晰，盖上锅盖，将火调小，转身去取水池旁洗好的保温盒，这时他才注意到玄关处探头探脑望来的两个人，二人隐在阴影里不知看了多久。

微微一笑，他冲她俩点了点头，自顾自拿起保温盒，揭开锅盖，小心翼翼地捞起汤汁，直到填满盒子，他才心满意足地盖上盒盖，转头望向不知何时移动到灶台旁紧紧盯住砂锅的阿诺，温声问："你想不想尝尝？"

阿诺瞬间咧嘴笑道："就等你这句话呢！"说完，"噔噔噔"地跑上楼，不一会儿拿了两个空碗下来，放到灶台上，毫不客气道："我俩都要！"

艾阳笑问，"你吃葱吗？"

"啊？"阿诺迟疑，"吃啊。"

"那你呢？"

这话是问一直默默站在阴影里晓晴。光线昏暗，他看不清她的表情，只得耐心等着，都不知道自己眼中的光有多温柔，用这样的眼神看别人，他不想被他关注的人会有多紧张多彷徨！

于是，当晓晴走进光中，张了张口，才发现自己根本发不出任何声音，还是阿诺抢先道："吃的，她吃！"她才蓦然松了口气。

艾阳拿起葱花铺在碗底，淋了几滴香油少许食盐，将滚烫的汤浇在葱花上，香气漫溢，比之前更加疗愈。

阿诺迫不及待地捧起汤，抿了一小口，惊叹道："这是什么啊，真香！"

"羊肉白萝卜汤。"艾阳说着又给她加了一块羊肉。

阿诺捞起羊肉放进嘴里，边嚼边吸气，边吸气边感叹："艾阳，你做的东西可太好吃啦！"

"好吃就好。"他笑着将汤碗递给明明站得不远却不肯再上前的晓晴，"汤要热着才好喝。"

晓晴接过汤碗，不小心碰到他修长的指尖，心中悸动，是比汤还浓烈的温热，她赶忙用嘶哑的声音掩盖内心惊慌，"谢谢。"

"不客气。"

这汤太暖，暖的让人沦陷……

第二天一早晓晴早早起床，速度飞快又悄无声息地穿衣、梳洗、化妆，当她踏出卫生间，明媚的朝阳照在身上，温暖的正如此刻的心情一样。她还记得昨夜那碗热汤，以及自己喝汤时悸动的心脏，她该不该大胆去接近这个令她怦然心动的人？

她想的。

换好衣服，她轻手轻脚下楼，阿诺的房门还关着，这么早，她应该还没起床，安静的氛围烘托她砰砰乱跳的心，她要勇敢一点，再勇敢一点！

艾阳的房间近在眼前，她深吸一口气，露出此时此刻她能做到的最自然最明媚的笑容，轻轻敲了敲门。

无人回应。

笑容随勇气一点点凝固。她又敲了敲门，这一回，更大胆一点，"艾阳，你起了吗？"

沉寂的空气仿佛伸出一双手，无情地扯掉她脸上岌岌可危的笑容，一瞬颓败，她再撑不起清瘦的身躯，连同勇气一起躲进墙角的阴影里，卑微又无力。

第一次尝试是这样的结果，她还要不要继续？

有风吹过，带起走廊尽头的窗帘，星星点点的光映在脸上，暖融融的，如昨夜的热汤一样。

还要的。

她静静的想，撑起身子走进一片光亮。

繁忙的早上，忙忙碌碌的人将街道填的满满当当。拥堵的高速公路上，一辆纯白色的轿车随车流缓缓移动，有光照来，映出驾驶位上的人，没戴墨镜也没有遮光，苍白的脸暴露在阳光下，仿佛只有这样才能消融眼底无尽的苍凉。可若细看，那双清冷的眼带着关切，时不时望向侧座上懒懒窝进阴影里的人，那人手臂搭着窗，指尖轻轻按压太阳穴，似乎很是头疼。

头疼，是宿醉的后遗症。

趁堵车间隙，月尔将保温杯递给洛一，"蜂蜜水，喝点吧。"

洛一接过，不掩眼底疲倦，"你喝那么多酒，不难受吗？"

月尔深深地看了她一眼，"我习惯了。"

"这个习惯可不好！"拧开瓶盖，她自然地将杯子靠近月尔，"你先喝。"

月尔侧目，刚好遇上她温柔又执着的眼，心中微微一动，就着她的手喝水，余光里，洛一心满意足的笑啊，犹如唇齿间的甜蜜一样。

"洛一……"她轻声唤，却在对方望来时没了声音。

有些事，她可以深埋心底，但有些事若危及到她在乎的人呢？

不远处，金色的穹顶若隐若现，下了高速就要进金融街了。

叹了口气，月尔轻声道："洛一，让你们返工，真的是……"她终于说出那句憋了许久的，"抱歉。"

洛一有些惊讶，无论如何，这事都怪不得月尔，身为下属作为合作伙伴她做了能力范围内最大的努力，本想出言安慰却听她继续道："你知道王甜为何如此了解你们部门的模型吗？"直白的眼神令人发忧，"换句话说，你知道究竟是什么导致模型预测偏大吗？"

难道不是因为数据？

她怔怔望向月尔，用了好一阵才终于理解她真正想要抱歉的事——

"很抱歉没能提前知晓，提醒你多加防范。"

洛一恍然，原来，王甜能精准刺中风险部的不足，是因为内部有人递上了刀！

震惊吗？

肯定有。

伤心吗？

倒也不然。

混迹职场多年，她早已不是当初那个凡事以感情为先的人。处心积虑，她将别人的心腹占为己有，自然怪不得人家收买她的部下。只是这与她背道而驰的人会是谁呢？淡淡笑起，她将脸靠近车窗，高悬的太阳被深蓝色的玻璃过滤，不灼目也不耀眼。

她静静看着朝阳，恍然察觉心底无可抑制的笑意，居然有些兴奋呢！

顺着光，她望向身侧沉静的月尔，唇角的笑意流入眼眶卷起一片苍凉，"月尔，战局已开，你准备好了吗？"

月尔沉静的眼底绽放起洛一张扬的笑意，"好戏就要开场了呢！"

……

洛一走进风险部时，办公间里坐了不少同事，大家如往常一样起身问好，她却清清淡淡地扫过众人走进办公室。

Kris立马觉察到她的不同，转头想与晓晴分享，奈何对方没来，只得探身问艾阳，"你知道老板为啥不高兴吗？"

"不高兴？"艾阳望向玻璃墙内的人，那人靠进沙发，指尖压在太阳穴上，难受是一定的，可他不愿过多揣测，默默摇头，"我不知道。"

点开本已编辑好的信息，他改了又改才发送出去，"你昨晚喝了酒，肯定不好受，我给你煲了汤，热好放在微波炉里，你要不要喝？"

终是没问她为何心情不好。

一双眼盯住洛一，见她微微点头，他蓦然松了口气，那口气还未散尽又重新聚起，因为手机上简简单单显示着一句："端进来给我。"他立马回看洛一，她疲倦的眼底仿佛熄灭了光，沉郁如深海一样。

他立即起身走进茶水间，将汤小心翼翼捧在手心，走回来时才终于直面心底的疑虑，平日里，都是洛一悄悄溜进茶水间，带着他给她做的早餐回来，悄无声息地蹭过他，暗地里的触碰是她的谢意，他喜欢她边吃东西边偷偷看他，无声又黏腻的拉锯足够他开心一整天。但今天，她一反常态，居然要他光明正大暴露在阳光下，究竟是怎么了？

手中的汤浓香四溢，引得同事纷纷抬头，在众人意味深长的目光里，他一步一步走近那道他唯一在乎的目光，可真够冰冷的啊！他越发护住汤碗，想用这碗热汤温暖她眼底的冰凉。

缓缓将汤放在茶几上，他平静又温柔地看她，"怎么忽然叫我进来？"

洛一眼眸微微一荡，面色依旧清冷却说出暖人的话，"我想你了，想离你近些取取暖。"说完拍了拍身旁的沙发，"坐。"

唇角上扬，艾阳顾不得身后直戳脊梁骨的目光，规规矩矩又满怀兴奋地坐到她身旁，看她沉默地喝汤。

口中的汤香浓又温暖，暖意顺舌尖流入心房，让她纷乱的思绪得到一息安宁。抬眸，她望进办公间，好奇的同事立马低下头仿佛在认真工作一样。淡淡笑起，她环视四周，即便办公间里有些位置还空着，她脑海中依旧浮现起部门齐齐整整的画面，画面里每一个人都由她精挑细选，每一个，她都记得与他们初遇时的模样——

作为两个孩子的母亲，Tracy阔别职场多年，眼里的不自信让她决定给她一次机会，从生疏到熟练，她眼看她一步一步重新融入职场，在一个个项目中找回自己的定位，这样的她会做背弃自己的事吗？

初见 Mike，他还是个敏感又多疑的男孩儿，先天不足掩盖下的才智卓越又耀眼，她力排众异将其招入麾下，看他从不愿与人交流到能顺畅合作，自我调侃，自我疗愈，这样的男孩而会背离其挚诚的本性吗？

……

目光扫过每一个位置，她细数座位主人与自己的过往，究竟哪一个与她的期待背道而驰？

目光渐渐落到门口两个人影身上，亲和的唐凌正在安慰身前看起来有些小心翼翼的女孩儿，女孩儿是商业部的实习生，名叫向西，这独特的名字曾出现在风险部的实习生名单里，被她连同其他人一起推给王甜。后来，她才从旁人口中得知，向西算是唐凌的堂妹，为得这层关系，她在王甜手下并不好过。洛一有些无奈，唐凌不愿她牵扯进来，从未对她提起自己与向西的关系，用她的话来讲，一切都是命运最好的安排，可果真如此吗？

洛一望向唐凌的眼愈加深沉。

"艾阳，有件事我需要你来做。"放下汤碗，她将准备好的名片递给艾阳，在他来接时轻轻一拉，对着他倾来的耳朵道："这件事，我只放心由你来做……"艾阳平静的眼里顿时掀起惊涛骇浪。

晓晴进门时看到这样一幅画面：朝阳温暖，照在两个低眸轻语的人身上，融化了两人之间看起来礼貌的距离，他们应该是在商讨什么重要的事，眉眼间或多或少流露出严肃与郑重，不知为何她隐隐觉得两人之间似乎有着千丝万缕的羁绊，这种说不清道不明的感觉游弋在两个身姿卓越的人身上，看起来极其养眼。

一时间，晓晴竟然看呆了。

直到 Kris 八卦地凑到她身前，低声笑道："哎，你说这艾阳到底啥来头啊，居然亲密到给老板端汤，不简单啊！"

她的眼神蓦然落到洛一手中熟悉的汤碗上，眼角微微一动，冷冷地看了 Kris 一眼，拉开椅子坐下，坐下后才发觉心里居然拱起了气，转头冷声道："别说他坏话，他没什么背景。"

这还是晓晴第一次如此严厉地说话，Kris 撇了撇嘴，闷声坐回座位。

而晓晴，努力平复心绪后再次望向玻璃窗，此时，艾阳已然起身，冲洛一微微点头走出办公室，也走近她期待了一整夜的心。

"早啊。"她笑着问好，不管对方有没有回答，努力维持着脸上的笑容，轻声道："你今天又早走了啊。"

艾阳点头，目光落在指尖翻转的名片上，不记得自己究竟应了些什么。

"我习惯早起，喜欢早上运动。"

晓晴微微挑眉，打开手机，将闹钟再往前调了半小时，这一回，她要好好准备，给自己一个交代。

一杯清茶，一碗热汤，两个人相对而坐，沉默不语。

安静的氛围里，唐凌端起茶杯，用杯盖滤去浮起的茶叶，抬眸看洛一，她正喝着汤，香飘肆意，慢条斯理，不禁挑眉笑道："哟，老板喝汤我只有喝水的份啊！"

洛一淡然地迎上那双亲和里透着笑意的眼，这样无忧无虑的眼神还能维持多久？

放下汤碗，她正色道："想喝汤，等解决完这件事，我请你吃饭。"

"事？"唐凌脸上的笑意逐渐淡去，眼里隐隐显出某种难以言喻的惊慌，"你又做什么决定了？"

洛一扶额苦笑，她在唐凌眼里究竟是怎样的形象啊！

一五一十的，她将整件事的来龙去脉告知唐凌，唯一没提的是消息来源。

果然，唐凌柔和的眼立马锐利起来，目光望进办公间，几番逡巡竟不知该落往何处，晦涩又艰难地喃喃道："我一直以为是自己疏忽才让王甜抓住机会，没想到，这机会居然是自己人创造的！"眼里带起怒意，未及发作，手忽然被洛一握住，转眸，她才发现自己居然颤抖了手将茶水撒地到处都是。她即刻恢复理智，对上洛一宁静的眼，听她轻声道："别自乱阵脚，这件事，我会处理，你要做的是静观其变，以及把负面影响降到最小。"

"放心。"她轻轻回握洛一，指尖温暖划过她冰冷的掌心。

她也在怕啊！

"你……"迟疑间，她发觉自己的手紧紧握住洛一，仿佛握住她一直努力的方向，"你，从没怀疑过我吗？"

在她小心翼翼的眼神里，洛一平静依旧，"你不会。"

……

下班后，一份报告安安静静躺在桌上，洛一完全没想到艾阳会这么快完成任务，这就意味着，她该跟这位潜伏在风险部的人说再见了。

指尖摩挲封面，她迟迟没有翻阅，一时间竟无法说清自己此刻的心情，兴奋吗？还是，害怕？

深深吸气，她想了许久，终于狠下心翻开纸页，页面上用红圈勾起的名字格外显眼，她不可置信地望向艾阳，"怎么会是她？！"

一直默默站在身旁的艾阳回望空荡荡的办公间，目光最终落在离自己位置不远的地方，清清淡淡道："我很确定，是她／他。"

洛一沉默，许久才找回理智，"好，后面的事我会处理，你先出去，我想一个人静静。"

办公室里终于只剩洛一，她看到艾阳走出风险部，是为留给自己真正独处的空间，心里不能说不感动，可她还有更重要的事要做。

拨通唐凌的电话，她说出那个人的名字，一时间，双方陷入沉默。

"你，打算怎么办？"

洛一没有回答，却问："庆功宴是订在明晚吗？"

"是。"

转头向窗外，夕阳染尽云霞，一片鲜红间，本该绚烂的风景怎么看都透露着别样的血腥。

洛一淡淡笑起，淡淡道："我会在那儿动手。"

……

本以为一切尽在掌控中，可人最难防备的往往是亲近之人的节外生枝。

周五例会后，洛一走进应凯办公室，原想会得到一个合理的解释，他为何瞒着自己给尹氏牵线，没想到等到的是一场解不开的棋局。

下棋，是应凯爱做的事。

以前，为帮他排解压力，洛一特地去学了如何下围棋，正如电视里说的那样，围棋是聪明人之间的博弈，而博弈，自然需要双方旗鼓相当。

可应凯不是这样，他只想要赢，想要努力思索后突破局面，这就需要洛一动脑，怎样才能在给对方让路的同时还能令其有酣畅淋漓的感觉。可是今天，应凯很不一样，洛一发现，他居然有意无意给自己让棋!

她让的人让她，这可难为了一个一心求败的属下。

抬眸间，她望进应凯深邃的眼，细细思索他布下的每一步棋，掠夺又忍让，防守又卸防，能让他如此没有原则对待自己的会是什么事呢？

淡淡的，她扬起唇角，猜出一个令应凯惊讶不已的答案，"国内那间公司开出的应该不只有钱吧，还许下什么好处，让你如此尽心尽力帮他们牵线尹氏？要知道，你争取与尹氏合作也得看准时机，小心翼翼。"

这话是以玩笑的语气说的，可应凯看得懂她纯净眼眸下那颗七巧玲珑心，一不留神，执子的指尖将棋正好摆在她暴露的腹地。

开始暴躁了啊！

洛一轻笑，迎上他黝黑的眼，在她的注视下，应凯终于开口，"洛一，事情不是你想的那样，我只是帮朋友一个忙，不让你知道，是因为……"他张了张口，没有再说下去。

洛一等不急，轻声问："因为什么？"

应凯垂眸看向被自己搅乱的棋局，有些事他只想静悄悄地做，比如让她，比如这件事。做过就过去了，不留下任何痕迹，可偏偏绕了一大圈这事又落在她手里，自己该如何解释？

抬眸，他看向洛一，眼神真挚仿若初见时的样子，他也曾毫无保留地待过她啊！

"洛一，这事没告诉你的确是我出于私心，国内的企业是盛华。"应凯淡淡道，见她没有反应，他继续强调，"这家公司你可能不熟悉，但它的经理人却是你的熟人。"

洛一迟疑，"是谁？"

应凯指尖泛白，深深吸气，终于说出那个压在心底的名字，"柯晟昊。"说完，缓缓松了口气。

终于啊，过了这么多年，这个名字还会横亘在两人之间，成为信任危机的导火索，这是否就是所谓的宿命呢？

他即刻感知到洛一情绪的变化，惊慌、愤怒甚至是厌恶统统被融进深深的失望里，她用这种复杂的眼神看他，不言不语。

应凯只想逃避。

清了清嗓子，他想学沈童用幽默化解危机，可话到嘴边还是沉重道："洛一，你知道，晟昊是我朋友，他需要帮助，我不得不帮，这件事我从没想过牵涉于你，但事已至此，我还是希望你能顾全大局。"

"顾全大局？"洛一冷笑，"前天晚上，你不还说可以再商量吗？"

应凯沉默，良久，以一种威严的语气恳切道："这毕竟是尹氏交代的第一个项目，明知国内企业由我牵线，还肯将项目交由你做，足见尹总对你的器重。我不希望，你因为个人情绪破坏这种局面。"

这话说的冰冷，寒了洛一的心。

她看着他，看着，看着，眼角有泪生出，不合时宜，可她仍执拗地看着，语气生硬道："所以，我的情绪就这么不值得被尊重吗？还是说，在利益面前，你选择牺牲了我？"

"洛一，你别这么说！"应凯颇为恼怒。

他以为先闹情绪就能得到想要的结果吗？

洛一轻笑，丢下一句"这项目我不接！"转身离去。

"洛一！"应凯快步上前按住她想拉开的门，看她几经挣扎拉不开门后恼羞成怒，很想伸手抚平那皱紧的眉头。静静看着她，他轻声道：

"洛一，你就当帮我一回，把我当做朋友来帮，好吗？"

他在恳求她。

洛一无奈的笑，他果真是捏稳了她的软肋！

"洛一，你知道，当初，我为何选择跟你一起创业吗？跟兄弟的前女友一起创业，这事在外人看来怎么做都不够地道，可我义无反顾。因为，我见证过你的过往，了解你的为人。当年晟昊惹出不少荒唐事，你以为我们拎不清吗？明里几个兄弟还能一起玩儿，可暗地里他出事谁都不愿粘腥，只有你不离不弃，一心想要帮他。说实话，我可真羡慕他！"应凯笑得颇为寂寥，"后来，我独自创业，特别辛苦，被骗被抢被排挤时，我第一个想要求助的居然是你！因为我相信，只要你选择和我一起，无论发生什么事，也会对我不离不弃。"

洛一看着他，沉默无语，再次拉门，这一回，门开的轻而易举。她回望应凯颓败的眼，稍显犹豫，可仍是头也不回地离开。

望着她远去的背影，应凯深深叹了口气，"洛一，你要回来……"

剩下的一天，洛一过得颇不平静，以至于在发现晓晴提交的报表再次出现同样的问题后，她直接走到她面前让她重做一遍，语气严厉得堪比王甜，一时间，办公间里安安静静，任谁都察觉出洛一的不悦。直到洛一走出办公间，才有人敢安慰晓晴，晓晴通红的眼啊，又恢复到刚入职时的小心翼翼。

艾阳自知其中缘由，叹了口气，给洛一发去一条信息，"别为那事太过生气，一切都会好起来的。"良久，才收到回复，"放心，那只是件小事，你好好工作，晚上见。"

"加油！"

合上手机，艾阳回望晓晴颤抖模样，并未出言安慰。而在他低头工作的瞬间，晓晴回眸，望向他的眼不似往日热切，淡淡的，她叹了口气，回头望向写了许久还没完成的程序，指尖轻触键盘，或许，她真该收心好好工作了。

　　艾阳是在酒吧外的甲板上遇见洛一的。今夜的她一袭黑色套装，红唇束发，露出棱角分明的脸，脸上蕴起酒精刺激后的红晕，是方才周旋在同事间对敬酒来者不拒的结果。

　　艾阳没有说话，将手中暖了许久的蜂蜜水递给她，他没法劝她少喝，只能偷偷泡蜂蜜水给她，然后晚上送她回家。

　　洛一接过水杯一饮而尽，总算将口中的苦涩压下，说实话，方才与同事谈笑风生几乎用尽了她所有的力气，现在，她只想找个清净的地方歇一歇，刚好遇到艾阳，刚好得到这么一杯解酒的温水。抬眸，她望向艾阳，将杯子递还给他的同时露出轻柔的笑，"男朋友，你可真体贴啊！"

　　艾阳的脸"唰"地一下变得通红，仿若喝过酒一样。他觉得洛一可能有些醉了，所以才会肆无忌惮地把心慌传染给他。可他不能慌，因为，今夜他得守着她完成那件她想速战速决的事。抬眸，他环视四周，目光最终落在人群外落单的人身上，等她落单可不容易，艾阳幽沉的眼逐渐浮起笑意，搭上洛一的肩让她转过身去。

　　顺着他所指的方向，洛一看到壁灯下独自饮酒的人，眼里瞬间浮起狠绝的笑意，"废掉的棋，就该出局！"说着脚步虚浮地朝那人走去。

　　重重灯影下，Kris 独自站在吧台前，点了一杯威士忌慢慢喝着，她很少在如此热闹的场合里感觉到寂寞。

　　寂寞……

她抿嘴轻笑，这是与她的外在多么不相符的情绪啊！

轻抿一口酒，舌尖辛辣，她微微攒眉居然有种想哭的冲动。杯子里宛如苹果醋般清黄透明的液体，怎会有如此后劲？轻轻的，她再抿一口，尖锐的辣味直穿大脑，她赶忙放下酒杯，心想方才洛一是怎么做到面不改色喝完一整杯的？

想到洛一，她往人群间看去，目光被谈笑风生的 Mike 吸引，平日里结结巴巴的人身边居然聚起一群人，也不知他讲了什么笑话逗得众人欢笑，她冷哼一声心里很是不屑，有自身缺陷的人即便再努力也不可能成为部门的门面，可他却比自己级别还高，想想就不服气！

目光落到人群外拿着包似乎想先行离开的 Tracy 身上，因为常年辛劳她的背影看上去些许佝偻，Kris 心里很是不是滋味，按年纪来讲，Tracy 的级别即便不能赶上洛一至少也该是唐凌的位置，怎么还只是个副经理呢？她豁然对这不公正的升职体系嗤之以鼻，她想要的是以最快速度到达顶峰，然后堂堂正正与自己所欣赏的人在顶峰相遇。

洛一……

目光随 Tracy 离去的身影遇到与之打招呼后朝自己走近的人，她立马站直身子，露出与往常无异的大大咧咧的笑容，"老板……"她轻声唤。

洛一点了点头，看到她身侧几乎没动的酒杯，淡淡道："这酒不适合你。"说完给她换了一杯果味鸡尾酒，又为自己填上一杯红酒。

鸡尾酒的色泽姜黄中带着些许玫红，Kris 喝了一口，雪梨清香中和酒精刺激，她立即舒爽眉头，开心道："谢谢老板，这杯可真好喝！"

洛一微挑唇峰，并未回应，直到身旁点单的人离去，她才喝了一口酒，酒润唇齿，温声道："你进风险部有一年了，工作可还开心？"

Kris 扬起大大的笑脸，"当然，能在您这么优秀的老板手下工作，我三生有幸！"喧嚣的场合正配这种虚虚实实恭维的话，人们爱听，她更爱说。

果然，洛一微醺的脸上露出一丝笑意，可若细细观察似乎又没那么开心。

难道这不是她想听的话？

Kris 心下思索想重新回答，却听洛一问："你大学读的是 X 大吗？"

"嗯。"她连忙点头。

"那，研究生呢？"

"S 大。"她有些好奇，"老板，你怎么忽然关心起我啦？"

洛一的眼神着实算不上热络，可 Kris 不想放弃单独与之攀谈的机会，心里美滋滋地盘算起获得老板重视后随之而来的机遇，却听洛一幽幽道："我在想你跟王甜的交集究竟是从何时开始的呢？"

此话一出犹如惊雷般炸碎所有美梦。

某一瞬间，她觉得洛一的情绪过于平静，或许只是在诈她，有些事她既然肯做必定做得神不知鬼不觉，即便真被发现又能怎样，她不还有条保底的退路嘛！

深深吸气，她努力保持微笑，镇定道："老板，您弄错了吧，我哪能跟王经理有交集啊！"

洛一凝视着她，不紧不慢道："也是，这事你若想做必然做得隐秘，我来猜猜，你家里那份数据从何得来，Tony 给的吗？别告诉我每次组内讨论你都会把结果打印出来备份。还是说你有定期把重要信息转发到自己学生邮箱的习惯？因为，无论是上面哪种情况，技术部都有备份，想查，不过需要一个人花一上午的时间，你真以为可以神不知鬼不觉掩盖所做的事吗？"洛一唇角带笑，仿佛在说什么极其平常的事，只有如 Kris 这般近距离观察才能看清她眼底结起的冰霜，寒冷如严冬一样。

Kris 眼角一冽，颤抖的手无法握住酒杯，干脆将杯子丢到吧台上，双手藏于腋下，像随时准备逃走般带着防备看她。

两个人的距离太近也太善于伪装，所以无人看出两人之间早已剑拔弩张。

不远处的阴影里，晓晴面带红晕，眼神灼灼，仿佛下了很大决心似的深吸一口气，慢慢朝吧台边看上去相谈甚欢的两个人走去，越走越急切，越急切脚步越虚浮。

忽然，一只手从旁侧伸来握住她的肩。

晓晴转身，迎上唐凌淡漠的眼，只听，唐凌问："你要做什么？"

"我……"晓晴摇了摇脑袋，瞬间清醒许多，"我想跟老板谈谈。"

唐凌低声道："今晚不是个好时机。"说着，扶她往酒吧外走去，"你喝醉了，先回家休息，有什么话，周二再说。"

嘈杂人声被低音提琴的鸣响掩盖，舞台上不知何时架起一只乐队，欢快的爵士乐刺激兴奋的神经，人们纷纷举杯随音乐轻轻摇摆。

通明灯火里，明明是欢声笑语，可落在 Kris 眼中只留灰暗，轻快的鼓点伴随洛一劝她离职的话如同催命符般让她觉得自己像只被困在铁桶中的老鼠，即便用利爪翻刨依旧找不到可以全身而退的出路。

如果没有出路，该怎么办呢？

她突然笑起，笑得无所畏惧，那便连带铁桶一起粉身碎骨吧！

盯住洛一，她一字一句清晰道："老板，你真认为我会主动离职？你知道公司开除员工得给多少抚恤金吗？"她的手不再颤抖，利落地比出一个六字，"这么多个月的工资，够我花一阵儿了！"

看着她癫狂的模样，洛一摇头浅笑，"这信息是王甜告诉你的？那她有没有提到违反劳资合同里的保密协议该承担怎样的后果？"

Kris 收敛笑容，一瞬迟疑被洛一抓住，"所以，你不知道自己签的劳资合同有何约束？"见她从迟疑慢慢变得惊慌，洛一竟有些怒其不争，"王甜是不是还告诉你，万一事情暴露，你可以转到她手下工作？她许给你什么样的职位？是替代月尔，还是代替姜倩？"

Kris 眸光微动。

"原来是姜倩啊。"洛一冷笑，沉默几许，缓缓道："你总看不到别人在职位背后的付出，能坐到那个位置的人绝对有实力支撑，你当真觉得职场不讲能力只讲人情吗？再说，你与王甜的交情又算得上几斤几两呢？"

Kris 的脸色瞬间煞白。

她终于意识到盘算来盘算去竟是把自己困在局中。

恍然抓住洛一的手，她像抓住救命稻草般死死不放，如此大的动静自然惊动了其他同事，见有人意欲上前，洛一赶忙示意唐凌拦下，转眸对上 Kris 尽显仓惶的眼，低声道："你若不想弄得人尽皆知，最好收敛情绪，也不枉我费心把你从实习生转正。"

是啊，Kris 是以暑期实习生的身份加入风险部的，那时她还只读大三。校招会上人山人海，那么大的操场那么多身着正装的学生，偏偏只有她穿着一件红毛衣站在宣讲台前看洛一，水灵灵的眼里充满好奇，"你是 MD 啊？"

洛一点头轻笑，"是啊，你是谁呢？"

"你好，我叫 Kris。"小小的手伸来，温暖又温柔。

那天她问了洛一一个现下想来或许就是整件事起因的问题——

"我该怎么做才能变成你呢？"

如果时间可以重来，洛一一定会认真告诉她，"其实，你不需要做任何多余的事，只需按照你原本的轨迹野蛮生长，时间与阅历自然会给予回报，不要心急，多给自己一些时间，慢慢来。"

可惜一切都回不去了。

洛一叹了口气，"以你现在的身份只有两个月的时间找新工作，不把事情弄大损坏声誉，是我能为你做的最后一件事。"

"老板……"泪水在眼眶中打转，Kris努力咬着唇不让眼泪滴落，可她还挣扎着想为自己争取一回，"您再给我一次机会，好不好？"

洛一神色平静，"Kris，我给你留了后路，也希望你，能给自己留下尊严。"

……

夜里清风微凉，凉风透过气孔钻进沉寂的车厢，艾阳开着车，余光扫向蜷缩进座椅将半张脸贴上车窗的洛一，这样她不觉得冷吗？

艾阳伸手去开空调，她却开了窗。

"夜里风大，你刚喝完酒，小心着凉。"他轻声道。

"哦。"洛一应着将玻璃上调，留下一道缝，足够她看天上的月亮。

今晚的月色可真美啊！

洛一看着忍不住想笑。

直到车在熟悉的门前停下，她还贴着窗贪婪地望进夜空。

她在看些什么呢？

顺着她的目光，艾阳望进夜色，夜色漆黑，没有月光。伸手，他摸了摸她的头，温柔道："要不要我抱你进去？"这话本是玩笑，可当洛一回头，用那双朦朦胧胧的眼看他，他才终于意识到她是真醉了。

抱着她穿过庭院，艾阳好不容易哄她开门，把人轻轻放到沙发上，走进厨房泡了一碗蜂蜜水，蹲下身来一勺一勺喂她，"好些了吗？"

洛一露出大大的笑容，重重点头，"好多啦，男朋友！"说着，捧起他近在咫尺的脸大大地亲了一口。

艾阳的脸瞬间通红。

这样的红可真好看！

洛一心里发痒，双手缠上他的脖颈，用近乎妖娆的语气道："今晚留下来，好吗？"

艾阳不知该如何回答，醉酒的她这样大胆的吗？

就在他心慌意乱之际，面前柔柔软软的人拍了拍心口，攒眉细语，"我这里很不好受。"说着，倒进他怀中，将脸紧紧贴上他的胸膛，艾阳觉得自己的心跳一声一声逐渐震耳欲聋。

"艾阳，今晚，我不想一个人。"

艾阳微微一愣，原来，她大胆只因身边的人是他！

心若止水，终于惊涛骇浪。

紧紧抱住她，艾阳轻声道："好，今晚，我留下。"

喂猫、准备洗澡水、将浴袍挂在轻易能够得到的地方，艾阳望向坐在澡盆边晕晕沉沉的洛一，有些担心，"非要洗澡吗？"

洛一重重点头，"不洗，会很臭……"

艾阳笑着摸了摸她的头，"那我守在门口，你有任何需要随时叫我。"

"好……"洛一一个劲儿地笑。

走出浴室，艾阳关门，门关的瞬间只听洛一喊："艾阳……"

"哎，我在。"手握门锁，他没有着急开门，"有什么需要的吗？"

洛一继续笑："艾阳……"

"哎！"他轻轻缓缓的松了口气，靠在门上。

水声流动，他转头望向走廊尽头的窗，窗帘浮动间，一弯明月若隐若现。

原来，今晚真有月亮啊！

他莫名其妙地笑起来，直到手机震动才微敛笑容，看着屏幕上晓晴发来的信息，"你几点回来？"指尖带着愉悦回复："我今晚不回来，你们记得锁门。"

手机对面，一双眼紧紧盯住屏幕，一行简单的字，她竟读了这样久。

"他说什么时候回来吗？"见晓晴捧着手机一动不动，阿诺等不及去看，没心没肺地笑起来，"呦，小哥哥潇洒去啦！"笑声刚起头就断了音，因为，她看清晓晴殷红的眼里居然噙满泪水，"你怎么……哭了？"

许是喝了酒的缘故，一向拘谨的晓晴忽然抱住阿诺，歇斯底里地大哭起来，"阿诺，这些天我是怎么啦，工作上接连出错，今天老板说我了，她说我的时候，我真是难过死了，你说，她脾气那么好，得是有多失望才会那么说啊……"

连绵不绝的哭声让艾阳攒紧眉头。

看着面前紧闭的门，他实在想象不出方才还在满心欢笑的人怎会突然如此痛哭？

是因为今晚的事吗？

他将手轻轻按在门上，没有出声，有些事，或许只有哭出来才能过去。

终于，哭声渐渐低下去，又过了一会儿，才听洛一柔柔弱弱道："艾阳，我洗好了。"

他蓦然松了口气，"浴袍在水池边，看到了吗？"

"嗯。"

庄重地站在门前，艾阳在等门开，只要门开，他就会第一时间冲向她，竭尽全力好好抱抱她！

可等了许久不见门开，他有些担心，试探着敲了敲门，"洛一……"

无人回应。

握住门锁，他迟疑着该不该开门，"洛一，你应一声。"

依旧无人回应。

喉结颤抖，他急切道："洛一，我数三声，你若再不出声我可就进去了！"

"一……"

沉默。

"二……"

寂静。

"三！"

三声一起，他急切开门，只见，皎白灯光下，洛一蜷缩在地毯上背靠浴池，浴袍盖好上身却露出纤细修长的腿，他立即冲过去将她搂进怀里，拉起浴袍盖住她的腿。

"洛一，你还好吗？"

洛一缓缓抬头，苍白的脸上露出凄楚的笑，"我头好晕。"

艾阳二话没说将她抱进卧室。

把人放到床上，他才发觉脖颈被她紧紧缠住动弹不得，只得僵持着拉过被子把人裹好，"洛一，你乖乖睡觉好吗？"

洛一的眼是闭着的，可他分明感觉，缠住自己的手越缩越紧。

"我总得去洗澡吧，你不是嫌不洗澡会臭吗？"

怀里的人依旧无动于衷。

他有些无奈，"那我洗完澡回来陪你，可好？"

"你会回来？"洛一黯然睁眼，眼里那柔弱中漫溢出的欣喜宛若武侠小说中的化骨绵掌，化去他内心脆弱的挣扎。

叹了口气，他轻轻抚上她的脸，认真道："等我回来。"

她终于松手。

艾阳站起身的一刻，甘甜的空气忽然涌入肺部，他惊觉自己方才居然差点窒息。

揉了揉僵硬的脖颈，他满脸柔情的笑，"淘气！"

飞快地洗完澡，艾阳回到卧室，柔暖灯光下，洛一睁着眼，一见他进门便索要抱抱似的伸出双手，他赶忙躺下将她拥入怀中。

洛一脸上立即露出心满意足的笑容。

艾阳也笑，指尖轻轻拨动她额前略显凌乱的发，柔声细语道："洛一，如果你不想睡，要不要告诉我今天究竟发生了什么事，让你心情这么不好？"

如果说，是 Kris 让她的情绪急转直下，他是不相信的。

冥冥中，他觉得应该是发生了什么更加严重的事才会让她如此崩溃。

良久，听不到回应，是不愿意说吗？

他低头去看怀里的人，那人紧闭双眼，似乎已然睡去。

睡着也好，他淡淡的笑。

可就在他准备抽回手臂时，怀里的人忽然睁开眼，眼里尽是凄凉。

"艾阳，你知道吗，今天应凯给我出难题了。若是往常，但凡对公司有利的项目，我义不容辞，可唯独这一个，我不敢接。"

"是什么样的项目会让你如此为难？"艾阳心想，指尖轻轻划过她坚毅的脸颊，在他记忆里，她的确无所畏惧。

"现在摆在我面前的路有两条：一是接受项目，出色完成后会带来无限机遇；另一条是放弃，也就意味着，我彻底出局。换作是你，会选哪条？"洛一看向他的眼里无限寂寥，"第一条，对不对？"

艾阳摇头，"不一定，这要看你选第一条时，要付出什么样的代价。"

洛一的眼豁然变得很亮很亮。

在她的意识里，这么多年，她一路孤杀，所受的伤从未有人在意，也无需被人在意，可原来，遇到与自己相契合的人，这些不易被人察觉的伤是会被捧在手心里悄无声息的治愈。

即便，治愈她的只是一句从她的立场上着想的话而已。

将头埋进他心口，她默默咽下即将决堤的泪，"艾阳，无论发生什么事，你都不要离开我，好不好？"

艾阳的手轻轻缠上她的，与她十指相扣，"我不会离开。"

"洛一，选择第一条路很为难吗？"他轻声问。

"是。"洛一点头。

他没再追问，只是搂着她，紧紧搂着，用自己全身心的温暖驱走她内心严寒……

清晨，艾阳是被洛一吻醒的。

看着眼前神采奕奕的人，他内心某处极力压抑的情绪排山倒海而来，一个翻身，将她压到身下，轻声道："洛一，昨晚，你让我心疼了！"

"啊？"洛一赶忙掀开被子去看，见他衣着整齐，心下纳闷，难道是自己酒壮怂人胆儿做了什么不该做的事吗？

"想什么呢！"艾阳面颊微红，将她不安分的手按在心口，重重叹了口气，"洛一，昨晚你要我别离开你，无论你说这话时是清醒还是不清醒，我都想告诉你，不管你做何决定，我都会陪着你。"

洛一怔怔地望着他，感受温暖从掌心蔓延开来，终于想起自己昨夜说过的话，一时间，百感交集。

轻轻抚摸她的脸颊，他眼神温柔声音暗哑，"洛一，不要怕！"然后，俯身亲了亲她的额头。

他比她小那么多，但此时此刻，他鼓励她仿若鼓励一个未经世事的孩子。

洛一淡淡笑起，忽然觉得，温暖的床，有大把可以虚度的时光，还有一个能陪她度过光阴的人，这大约就是幸福最本真的模样。

葱郁山林间，一辆车静静行驶在杳无人迹的山路上，道路两旁树木参天，繁茂的枝叶在空中交织成厚厚的屏障，如若不是风过，撩拨起灵动的树叶，那率直又浓烈的阳光不可能如流水一样，洋洋洒洒溅落在地面上。

洛一靠着车窗，贪婪地汲取阳光，目之所及处绿意盎然，如果不是远离城市，离开钢筋水泥，她都快忘了五月末六月初本该是新芽成绿荫摇摇曳曳的季节，倘若再像儿时姥爷家种上半山的红果树，此时必然已是漫山遍野百花齐放了吧。

她不禁有些兴奋，春末夏至之时，刚好赶上 Memorial Weekend，艾阳提议去露营，便有了这场说走就走的旅行。

露营哎，洛一内心狂喜，这可是她心心念念好多年一直想做而不敢做的事！

　　五小时后，两人抵达 Mt.Marcy 山脚下的营地。这是洛一第一次真正感受野外露营，自然对一切充满好奇，比如营地入口处雕刻的歪歪扭扭差点让人错过的指示牌，比如坐在路中央简易小木屋里只要报号就递出园区地图的营地管理员，再比如百转千回间豁然从草丛里冒出的一个个彩色帐篷。有孩童骑着山地车路过，吸引了她的注意，目光追随男孩儿狂飙至平坦的草坪，草坪上几个少年正在踢球，不知男孩儿喊了句什么，一个少年立马喜滋滋地跟在自行车后跑向对面的房车，房车外，男人守着烟火缭绕的烧烤炉，炉上该是烤着不少好东西，洛一闻着口水直流，硕大的野营蚊帐结结实实罩住木桌，蚊帐里，女人一边摆放食物，一边朝孩子们招手，脸上的笑温暖又轻柔，伴随孩子们的欢笑声，飘飘渺渺飞进森林，风过，林动，鸟语花香。洛一不禁感叹，这可真是在城市里感受不到的人与自然极致亲近的体验啊！

　　两人的营地选在湖边。

　　待艾阳将车倒进用石头标示的停车位，洛一迫不及待下车，抬头望向被枝叶遮挡的天空，旋转着，呼吸着，是恣意甘甜的味道。

　　待她好不容易稳住身形，回头发现艾阳已然默不作声地将露营装备都搬到木桌上，这些装备是按艾阳的习惯买的，她摇摇晃晃上前看他利落地解开装备，像变魔术似的瞬间撑开两道支架。支起帐篷，洛一想将它放到湖边风景更好的位置，而艾阳指了指天，像个说书先生似的振振有词道："帐篷要放在上空障碍物少的地方，万一树枝经不住风吹掉下来，咱们也不至于被砸伤。"

　　"哦。"她眼里闪着星星点点的光，忍不住笑，"你懂的还挺多！"

　　艾阳不接话，她便继续笑，直到看清保温箱里备着的晚餐时，笑声才戛然而止。

保温箱里，居然琳琅满目地放着肉片、各种蔬菜、各类蘑菇，还有豆浆？！每种蔬菜都理的整整齐齐，每类蘑菇都分装在不同的餐盒里，洗的干干净净。

这些餐盒看着可真眼熟！

洛一的神情晦涩不明，"你这是把我家冰箱里的食物全搬来了？"

艾阳强装镇定的脸终于溜出一抹红，"你说，我可以拿的。"

"是可以拿。"她喃喃道，但她怎能想到，他能备得如此齐全，不禁好奇，"咱们这是要吃什么？"

"火锅。"艾阳像是说着什么极其平常的事，拿出从冰箱里搜刮来的火锅底料，架起燃气灶开始炒酱。

"火锅？！"环顾四周山林静谧，洛一不禁惊讶，所以，他们是要在这湖光山色间吃她最爱吃的食物？！

夕阳西下，湖面被染上一层金芒，两个身影并排坐在岸边，身旁是沸腾的锅，眼前是琉璃的景，袅袅炊烟酱香辛辣，赶不上两人愉悦的欢笑声，一直荡漾到山的那边去。

和心爱的人一起吃最爱的食物，在绝美风景里，无忧无虑，这大约是洛一能描绘出的另一种幸福的模样……

第二天，他们决定去挑战纽约州最高峰 Mt.Marcy。

这是洛一第一次登山，虽说，她有锻炼的习惯，但与自然较量时才真正体会到体能的不足。她很想弄清为何艾阳在明知她体能有限的情况下，依旧选择这座极具挑战的山峰作为她探索登山这项运动的开始。

想要弄清楚，所以，不畏艰难。

她紧紧跟在他身后，执着向前。

登山这项运动，怎么说呢，的确是对自我意志的挑战，虽说周围风景如茵，可当不停行走，不停攀登，汗水浸湿衣服，抬头间前路依旧渺茫时，任谁都不会再在意四周的风景，只有自己的心跳声与几近耳鸣的呼吸声不断提醒，一定要挺过去，一定要继续前行。

这过程好像跟在金融街打拼是一个道理。

洛一苦笑。

艾阳的背影成为她努力向前的唯一动力，陡峭的石垣，凌厉的风，在她手脚并用奋力而上时都成为过往。

终于，在历经五小时无间断攀爬后，他们登上峰顶。

这一刻，眼前豁然开朗，壮阔的风景如画卷般平铺在山峦与碧水间，那宛如海浪般连绵起伏的树木从峰顶直泻进峡谷幽深处，云在脚下，太阳在头顶，洛一仰头凝视，任光打在被汗水洗涤的脸上，大口大口喘息着、赞叹着，而后，欣慰着，所以，这就是艾阳带自己登顶的原因吗？

她回望身侧与自己并肩而立的人，那人没看风景，一双眼炯炯有神地盯着她。

有风吹过，带起他温柔的声音，"洛一，这里美吗？"

洛一将手支在唇边大声回应："这里好美！"

艾阳也如她一般大喊："那你开心吗？"

"开心！"

"洛一，我爱你！"

洛一诧异地望着他，看他如阳光般璀璨的眼紧紧望向自己，转而大笑，"艾阳，我也爱你！"

然后，与他紧紧拥抱。

他的怀抱很暖，也很安静。

风被脊背阻隔，留给她尽享安逸的空间。

她听他温柔的声音从耳边钻进心底，他问："洛一，选择第一条路很为难吗？"

原来，这才是他带自己攀登峰顶的真正原因。

她抬头，从他眼中看到笑若艳阳的自己，笑着，缓缓摇头，"不难……"

Chapter 14.
留在记忆中的那个人，你会用多久来反复遗忘

—

作者寄：反复回忆内心伤痛，往往错过休养生息的机会。新加入生命的人和事或许正是缓解伤痛的良药。不放过自己，又怎么让悲伤放过你？

夕阳西下，是人在一天中最惬意的时候，尤其在九个多小时急行军似的攀行后，洛一散着刚洗过的头发坐在湖边的折椅上，半落的阳光掠过粼粼水面照在身上，不灼目但温暖，她像只犯了懒的猫静静窝在光中一动不动，倘若不是有人从身后环抱住她，用那炙热的唇摩擦脖颈捉弄她，她可真想就这样不管不顾睡过去，直到天亮。

鼻间是一股熟悉的柠檬香，艾阳贪婪呼吸，不觉将脸深深埋进她脖颈，想起自己第一次闻到这股香气时悸动到无法集中精力的模样，心像被蛊惑，不受控地将唇贴上她清冷的皮肤。

他越灼热，她越凉。

他不禁收紧怀抱，想用自己的体温去温暖怀里柔柔软软的人，一不小心，就超过了擦枪走火的距离。

阳光仿若感受到情绪汹涌并为之添上一把火，洛一终于见识到夕阳的猛烈，遍染云霞的同时也烧红了自己，原本清静的心突然砰砰乱跳起来。环抱她的手臂越收越紧，混乱的心跳声，不知是自己的还是艾阳的，统统被搅进低哑又纠缠的喘息中，蓦然回首，她在他脸上轻轻小啄一下，他便顺势衔住了她的唇。

吻，越来越激烈也越来越让人心情荡漾。

抬手，她抚摸他还有些湿润的头发，他蓦然离开她的唇，眸色深重地盯住她，只稍片刻，二话不说抱起她走进帐篷。

扯过睡袋将她裹住，他反身拉好帘帐。夕阳余晖照在帐篷上，映衬出隔壁营地俏皮的篝火，像是加油鼓劲儿的啦啦队般在幕布上不停翻转跳跃。星点灵动的光中，洛一望向艾阳，那双充满笑意水润的眼像种了蛊一样，唤他俯身而下，一只手拼命撑着床，另一只手轻轻抚上她的脸，独自在进与退的撕扯中拼命挣扎，缓缓靠近，用轻柔的吻拂过她的唇，昭示欲念与理智谁更胜一筹。

哟，还能坐怀不乱呢？

洛一轻声笑，感受他温柔身势下那不安分的分身正诚实又猛烈地攻击她，一下又一下戳乱她本就荡漾的心。环住他的脖颈，她故意将唇移到他的耳边，用魅惑的气声道："艾阳，你若想要，我可以。"

他豁然抬头，不可置信又蠢蠢欲动地看进她的眼，她的眼底绽放出恰似迎接他的笑意，趁其不备，将手溜进他的 T 恤里，在腰间捏了一把，俏皮地笑，"怎么样，凉不凉？"而他拉着她的手一路向上，白 T 恤就这样轻而易举地被脱下，挂在指尖摇摇晃晃，仿若她一并被揭穿的心事一样。看着眼前毫无保留的健硕的身体，她的脸灼烧起来，晕晕乎乎间只想不停地笑，便也不停地笑起来……

他居高临下看她，慢慢接近，小心翼翼，直到感觉她急促的呼吸轻拂面颊才停下身势，双目灼灼道："真的可以吗？你愿意，把自己交给我吗？"

洛一将睡袋捏进手心，垂眸羞涩间轻轻点了点头。

艾阳极其愉悦地笑了一声，然后"哗"的一下，那捂得严严实实的睡袋就这样被毫不留情地撩开了……

结束后，愉悦同样染上洛一的眉梢，借着月光旖旎，她满眼餍足地看向身上倾覆的男人，伸手挑了挑他的下巴，轻声笑，"呦，小野兽爆发了！"然后，就又被不留情面地折腾了一回。

洛一不知自己是何时睡去的，清晨醒来时，耳边传来一声又一声的鸣响，是鸟吧，她轻声笑，闭着眼就开始笑，直到感觉一息温暖点上酒窝，她才睁开眼，晨光朦胧间，遇上一双在她的世界里最清澈最真挚的眼，一瞬不移地注视着她，满脸幸福的笑。

洛一将人卷进睡袋，轻声道："别闹，再睡一会儿。"

这一睡就睡到天大亮。

林间小路上，她全身虚软，深一脚浅一脚地往前走，是因为昨天的攀爬？还是因为……身旁的人笑得神清气爽，她忍不住狠狠瞪他一眼，那人突然快走两步蹲到她身前，拍了拍肩，"上来，我背你。"唇角不经意上扬，她安心地爬上他宽阔的肩，两个身影融合成一个，慢慢向前走去。

道路尽头是一个方瀑布，艾阳抬头看水流，而洛一在身后默默注视着他。

这趟旅行，洛一觉得心中某处裂开了一道缝，艾阳正在以她无法抵挡的方式挤进来。若是往常，她早已采取行动修补裂缝，可是这一回，她想迎接对方。

静默地笑着，她在他耳边轻声道："艾阳，我爱你。"

……

回波士顿的路上，洛一拨通应凯的电话，寥寥数语告知对方自己将亲赴纽约接洽尹氏的决定，这就意味着，她很有可能接下项目，至于具体原因她并未解释，只告知对方自己明天的行程。

挂掉电话，她望向专心开车的艾阳，手轻轻搭在他握住方向盘的手上，静静道："艾阳，我想你陪我去纽约。"

目视前方，艾阳微微挑起唇角，轻声应："好。"

她莫名叹息，"我们可能得回国一段时间。"

"好。"他应得从容不迫，当真不想追问她究竟为何如此忧虑吗？

"项目涉及房地产开发，这个领域我不熟悉。"她解释的弯弯绕绕。

艾阳轻声笑，"没关系，我们可以一起学习。"

好像真到了不得不告诉他真相的时候。

"那个……"叹息声越来越重，"国内公司的经理人……是我前男友……"

艾阳暮然回头，清清淡淡地扫了她一眼又转回头，留她忐忑地想着是不是该解释些什么。就在她万分纠结时，他突然反手将她的手包进掌心，指尖轻轻摩挲她冰凉的皮肤，片刻放开，张开大手摸了摸她的头，如释重负似的长舒一口气，"我说是什么事呢，把你愁成这样，没事儿啊，"他转头看她，这一回，眼底笑意清晰，"哥陪着你呢，妞儿，向前冲！"

她望着他，看光打在他脸上也照进心底，心忽然像翱翔天空的飞鸟，挣脱束缚，自由自在……

飞机是早上十点准时起飞的。

冲破厚重的云层，有光照进狭小的窗口，顺着光，洛一回望手中已然调成飞行模式的手机，屏幕停留在公司邮箱上，不出所料，上面显示着 Kris 的辞呈，邮件是已读状态，她已将辞呈与自己的批示发至人力资源部。而现在吸引她注意的是一封自带红色置顶的邮件，那是一封由数据部副主管 Tony 发来的喜帖。因为没有网，她无法读取内容，只能任由好奇心不断滋生，究竟是怎样的喜帖？

月尔女士台启：

谨定于 2018 年 5 月 31 日晚七点于 XX 酒店为陈超先生和张红女士举行结婚典礼，敬备筵席，恭请月尔女士光临。

陈超敬邀。

余光扫过桌上的台历，5 月 31 日不正是这周四吗？月尔纳闷，怎么周二早上才发来喜帖，这年头，结婚都变得如此着急了？目光迎上从门外匆匆而来的姜倩，她淡淡一笑，很好，自己马上就要知道原因了。

果然，将购物袋锁进储物柜后，姜倩凑过身来神神秘秘道："我一路听说 Tony 要结婚啦？"余光瞥见月尔屏幕上的喜帖，她赶忙开机，发现自己邮箱里也躺着一封一模一样的邮件，唇角的笑意味深长，"没想到，这事儿还真让他给办成了！"

月尔微微挑眉，看来这背后有故事啊！

姜倩继续道："你知道 Tony 今年没抽到 H1B 的事吧。"

月尔点头。

"其实，他学生签证也出了问题，他挂靠的是间空壳学校，前两天被查封，所有在那儿注册的学生都被勒令回国，大概是急红了眼吧，他居然跑来找我，托我老公给他介绍家中介，那种中介说白了就是给人牵线的媒人，后面的事，你懂吧，反正对方是个有身份的姑娘。"耸了耸肩，她不知是无奈还是幸灾乐祸，眼里闪着光，唇角却笑得淡漠，"所以，就有这封喜帖喽。"

没想到喜帖背后的故事竟然如此劲爆，月尔不愿多想细节，也提醒姜倩："这事儿，你知道就好，旁人，别再说了。"

"你是怕有损他的声誉？"姜倩倒是一脸淡然，"当初他肯来求我，必然想得到，我就不是个能保守秘密的人！"

月尔摇头轻笑，"你啊，人也帮了还不愿落好，坏的很是表面。"

"我就当你是在夸我吧！"姜倩笑着撩拨头发，露出衣领上挂着的标签，拿起剪刀，月尔自然地帮她把标签剪掉，双方默契的似乎配合过许多回一样。

姜倩苦闷道："你说，怎么每回老板心情不好，都拿我着装说事，害得我老得偷溜出去买新衣服。"

"穿新衣服还不开心啊！"望向玻璃墙内空着的座椅，月尔轻笑，"说吧，这回又是因为什么？"

"你不知道吗？"姜倩小声道："洛经理去纽约了，尹氏的项目只有风险部参与，咱老板心里能不堵嘛！"

月尔眸色深重，良久，迎上姜倩那双极具八卦属性的眼，轻笑道："倩儿，要不，你也帮我做件事吧……"

纽约下起蒙蒙细雨，整座城笼罩在云雾间，似乎将喧嚣声都压低了几个度。但小雨不足以阻止人前行的脚步，人们打着伞抑或直接冒雨匆匆行走在狭窄的街道间，街道被高耸入云的楼宇切割形成一个又一个锐利的方格，大道由南贯北、从东到西，笔直的跟住在这里的人一样。是的，站在街头，你可以很容易区分出来来往往的人哪些是所谓的"纽约客"，而哪些是纽约的游客。前者犹如猎豹般目的明确步履坚决，似乎从走出家门那一刻起就注定要与时间赛跑，而后者，"站在街头"这件事本身就与纽约快节奏的生活背道而驰。

站在街头，洛一凝望对面云雾缭绕的高楼，内心压抑几乎要从深深的喘息中喷涌而出，纽约，不管她来多少回都无法适应这拥挤到快要让人喘不过来气的感觉。

深深呼吸，她一步一步走向对面高耸入云的楼宇，尹氏，就坐落在时代广场黄金地段的写字楼里，也是今日她即将孤军奋战的地方。

一双手紧紧握住她冰凉的手，牵她避开迎面而来的行人，绕过堵在人行道上的车辆，安全抵达对面后又规矩地松开。

手的主人站在身旁，她稍稍抬头就看到他高大的身影正好挡住高楼，不禁轻笑，怎能说是孤军奋战呢？她明明坐拥千军万马粮草丰盈啊！

扬起头，她坦然面对那高到轻易将她吞噬的楼宇，一步一步坚定地向前走去。

尹暮雨的办公室坐落在楼层顶端，门打开的一刻，洛一率先看到一排落地窗，窗外，云雾缭绕间如星碎漫天的灯光依稀可见，窗内，豪华又空荡的办公间，一个鲜红色的背影明晃晃伫立在落地窗前，夺目的色泽偏偏给人一种无以言喻的萧肃感，洛一看着，心头蓦然一悸。

见背影迟迟没有转身，总裁助理慢慢上前，像是怕打扰对方又不得不打扰般轻声道："总经理，启升的代表到了。"

身影微微一动。

那一刻，洛一感觉对方是迫切想要转身的，可不知为何，她只淡淡地看了助理一眼，然后又将目光移回那一片云雾缭绕间，不知在看些什么。直到洛一踱步上前，她才终于转身，凌厉的目光同之前每一回见面一样，似乎要洞穿灵魂看清过往。只是，这一回，洛一坦然接受，没有疑问更没有挑战，用那最具亲和力的笑容慢慢将凌厉化解，居然看清那拒人于千里之外的目光下难得的动容。

她微微一怔。

为何会这种感觉？

主动伸手，她想化解因对视许久而引来的尴尬，"尹总，我们这次来，主要是想听听您与国内公司合作的意向，毕竟风险评估要服务于您想合作的项目。"

冰凉的手握住她的，她不由感叹，原来有人比她更凉。

可下一刻，她就像被冰封一样，看着面前之人张张合合的嘴，机械地去理解她话里的含义，尹暮雨在说："心仪姐，好久不见……"

心仪姐，洛心仪……

这个名字她有多久没用过了？

往事一幕幕重现，她才恍然惊觉，已经过去整整十七年了！

十七年了啊！

眼前这个还记得自己曾用名的人，那个时候有多大呢？十二岁还是十三岁？

洛一不记得与尹暮雨有过任何交集，倘若不是自己曾与她深交，那么，会是谁呢？

脑海里无端忆起某个朝气蓬勃的人影，总在她忙着读书时挤进她那昏暗的小书房，絮絮叨叨地倾诉着少年稚嫩的烦恼，唇角牵起淡淡的笑，她恼人的弟弟啊，她有多久没有想过他了？而尹暮雨也随之重回记忆，是那个能让她那调皮捣蛋的弟弟生上一肚子闷气的小姑娘吧！

她轻声笑，"我记得你，是总来找洛野玩儿的建筑师家的小妹妹吧。"

"洛野"这个名字她能如此云淡风轻地提起，着实让她松了口气。

不知是因为她记得，还是因为她说出"洛野"的名字，尹暮雨笑了，笑的单纯又欣慰，泪眼纷飞，"心仪姐，你终于认出我了！"

这是洛一第一次看到她笑，居然是因为那个被她尘封进回忆不愿再提及的人，而尹暮雨，如此不设防地展现出强烈的情绪，是因为把他收在记忆里反复回想不曾遗忘吗？

她低头看着尹暮雨握紧自己的手，她的手很小却很用力，抓得指尖都泛了白。

心底的无力感不断滋生，连带着想起更多与事件本身有着千丝万缕干系的人，悲愤不能表露，她只能淡漠道："你姐姐还好吗？"

听到她的话，尹暮雨微微一怔，她自然明白洛一话里的含义，或许从她第一次认出洛一时就做好准备，来自逝者家属的凝视，她总有一天得去面对，可当真面对起来又万分沉重，淡淡的，她也只能道："姐姐很好，已经结婚生子。"末了，又加一句，"她终于嫁给自己心爱的人，过得很幸福。"

"那就好。"洛一笑容淡漠，并没有过分强烈的情绪，只是这笑过于苦涩，让人看了忍不住心悸，"她过得好，才不枉洛野当初拼掉性命救她。"

淡淡的一句话，让房间里另外两个听得云里雾里的人终于有所反应。

望着洛一淡漠的眼，艾阳忽然想起曾在她钱包里看到的照片，照片上的男孩只有十四五岁大吧，正是最恣意阳光的年纪。

人是在那时候没得吗？

他忽然很想抱抱洛一，可是他不能，所以，只得跨出一步离她更近一些，而这样的举动自然引起尹暮雨的注意。

锐利的目光穿透艾阳，她神情淡漠道："心仪姐，我想和你叙叙旧，不谈工作，只叙旧。"说着，她看了一眼守在一旁眼观鼻鼻观心的助理，助理立即感知到对方的凝视，做出一个请的手势，她是在请这间房间里毫无关系的人出去。

怎能说是毫无关系呢？

洛一反手握住艾阳的手，"小雨……"是叫小雨吧，她依稀记得，洛野曾是这样唤她的。

"小雨，艾阳不是外人。"

看着两人紧握的手，尹暮雨看了好久好久，终于，朝助理点了点头，助理随即离开。

办公室里一片宁静。

实在是太安静了。

洛一的目光不由四处游走，最终停在一张用红色相框圈起的照片之上，照片里，男人揽着女人，一脸幸福的笑。女人，不用说，自然是这间办公室的主人，可男人嘛，洛一略显惊讶，居然是成田的掌门人？倘若这两家盘踞东西海岸的公司联姻，岂非会将整个市场尽收囊中？！

难怪，最近金融圈最风生水起的传言就是关于尹暮雨即将订婚的消息。

洛一轻声道："小雨，是不是该提前恭喜你好事将近？"

她看照片的眼神自然逃不过尹暮雨的目光，对于这样直接的提问，尹暮雨并未逃避，只是，平淡的眼神里莫名显出淡淡的哀伤。

为何会哀伤呢？

洛一再看照片，照片上的男人笑得的确幸福，可是女人呢？淡然的笑容，好似遇水即化的糖，水太多了，即便是糖也没有一丝甜味。

"她不爱他？！"洛一忽然这样想。

许是看出她读懂了照片，尹暮雨居然笑了，笑的无心又无奈，怅然道："我没有姐姐的魄力，可以为了所爱之人放弃总经理的位置回国创业。尹氏，总要有人接管的。"垂下眼眸，她想掩饰眼中不知该被称作自珍自爱还是该被称作自怜自艾的情绪，清清淡淡道："接管了集团，就要承担相应的责任，我该订婚了吧……"

她淡漠的笑容，让洛一都觉得心苦。

一时间找不到任何可以用来安慰她的话，是劝她想开，还是劝她反抗？洛一摇了摇头，只留沉默。

"我心中所爱早已归于尘土，其实想来，和谁在一起，都一样。"

听到这句话，洛一万分惊讶，她的意思是……

"你……喜欢……"

尹暮雨终于笑了，这一回，笑的开心又欢畅，"是啊，心仪姐，并非只有你会记得他，我也一样……"

尹暮雨喜欢洛野，那么多年都不曾改变。

可年少轻狂的爱恋，真的是爱吗？

洛一不记得她是如何离开尹氏的，她只记得尹暮雨说："洛野哥曾说，谁的人情，他都不欠，可对于自己唯一的姐姐却很抱歉。心仪姐，我只希望，我能尽我所能让他安心。所有和他有关的人都要幸福，姐姐是，你也是。所以，从我第一眼认出你，知道你在启升工作，与尹氏的合作就非你莫属。"

"小雨，你可能不知道。"洛一看了一眼身旁一直保持静默的艾阳，缓缓道："盛华的总经理是我的前男友。"

"哦，"尹暮雨笑得若无其事，"那这样，我就更放心了……"

走出尹氏，洛一顺着嵌有宝蓝色玻璃的墙体向上张望，真是用了好大的力气才看清头顶上方灰蒙蒙的天，这里的天空比波士顿的还要狭小。

"在想什么？"艾阳轻柔道，在他眼中，她的眸色比来时更浅，如此淡漠的神情，总让人觉得是充满了忧伤。

忧伤吗？

艾阳终于读懂了她。

还记得在沙漠时，他坐在大石头上看对面暴晒在阳光下哭的不能自已的人，只是因为怕了血腥与悲惨吗？

好像并不只是那样……

眼前柔和的人轻声道："倘若曾经的我不拼命反抗，或许今天会和她一样吧，坐拥权利巅峰，却没了自我……"

她淡淡笑着，笑得很是薄凉。

看了许久，她转身对艾阳道："我们走吧。"

……

回来的一路，艾阳一直沉默，他什么都没有问，只是握着洛一的手很紧，很紧。

蜷缩在他身边，洛一很是安心，不知不觉就睡着了。

成长的岁月太长，回忆起的时光太短。那些遗留在记忆中的片段稀稀散散浮现在梦里，分不清究竟是现实还是臆想。

洛一是在五岁上学前班那年才第一次见到她这个所谓的弟弟。那一年洛野三岁。从小在姥爷家长大的洛一第一次来到爸妈所在的城市，第一次住进还需要坐电梯才能爬上的高楼，在她眼里这里的一切是那样陌生，陌生的令人畏惧。她像个客人一样规规矩矩坐在沙发上看许久不见的妈妈在厨房忙前忙后，一个劲儿笑着的爸爸在一旁打下手。两个人忙得顾不上和她讲话，只留客厅里骑在木马上的弟弟一边摇晃一边挥着胖乎乎的小手，软糯糯地叫："姐姐，姐姐！"鼻孔里突然吹起鼻涕泡，泡泡炸裂，她一下子就笑了。

她还记得，夏日里，她拉着弟弟的手走在大马路上，一人举着一支雪糕，她走在前，一口一口吃的香，丝毫没发觉弟弟被她拉着，仅用一只手举雪糕实在太艰难了，看路的时候吃不了，不看路的时候又够不着，走了半路雪糕化了一滩。洛一吃完雪糕回头看，惊叫："你怎么不吃啊，都化了。"弟弟说不出话，因为小嘴用在拼命吸流下来的奶油汁上。"我来帮你。"洛一握着他的手，将雪糕舔了一大圈，雪糕不再化了，弟弟冲着她笑，咧开的嘴边还糊着一圈奶油白。

还有什么呢？

对，还有那句："姐，你什么时候回家？"

高中那三年，住校的她每每接到家里的电话都是以这句开头。从软糯糯的奶音慢慢变成撕裂的低哑。洛一常笑："你怎么说话跟鸭叫似的。"

她不明白弟弟为何会觉得亏欠了她，是因为那些年自己独自在农村生活？还是因为她跟爸妈的关系一直不怎么亲近？但其实，这一切的一切都与他没有任何关系。

从小到大，她早已习惯不被人记挂的感觉，反倒是弟弟时不时嘘寒问暖给她平静的生活增添了一抹欣喜。

直到那一天，深秋浓重的一天，她在高三教室外接到家里的来电，没听到那句熟悉的："姐，你假期怎么没回来？"反而是母亲哭哑的声音："心仪，你快回来，你弟他没了……"

洛一"呼"地一下惊醒了。

环视四周，她发现自己还在飞机上，一双温暖的手捂上她冰凉的脸，有人问："做噩梦了？"

洛一"嗯"了一声便往那人怀里钻去。

好暖啊，真是太暖了，就像寒冬腊月她来例假时，弟弟塞给她的暖水袋。

这么多年，想不起的那个人，此时此刻，填满了她的记忆。

原来，不是不想，是怕，伤……

晚上到家后，洛一又没放艾阳回家，不知是不是对他的怀抱上了瘾，总之，有他在的时候，她总能睡得格外香。

当然，对于她的请求，艾阳不会拒绝，甚至很自然的给她煮了一碗热汤面，洗漱好后，自觉到床上给她暖床。

关于洛野的事，她不说，他也不问，可即便不问，零星的对话也足够他猜出前因后果，有些事，只能交给时间慢慢疗愈，可他希望，他的存在能让她今后的人生不再那样悲伤。

Kris 离职是洛一上班后通知的第一件事，这件事并未引起过多讨论，在职场混久的人都知道天下没有不散的筵席，只是，有人好奇，究竟是哪家公司给了多少好处才能让 Kris 这种一向逐利的人放弃如此高薪的职位消失的无声无息。对于大家的好奇，洛一只用一句"人往高处走水往低处流"简单带过，办公间遂恢复风平浪静。

看着身旁空荡荡的座位，初入职场的晓晴难免感伤，Kris 到走都没跟自己打声招呼，当真是应了那句"办公室里没有真正的友情"吗？目光不觉望向座位另一边，这还是自上周五后她第一次见到艾阳。

"艾阳。"她低声唤，眼见对方望来的眼里满是工作被打断后的茫然，赶忙长话短说道："你周末没回家？"

艾阳意识到自己四天没回公寓，简单解释道："周末，我去露营了，昨天又出差，所以一直没回去。以后，过了十点，你们就锁门休息，不用等我。"

"你去露营啦？"晓晴惊讶，"是跟朋友吗？"

艾阳点头，"跟女朋友。"

晓晴脸上的温柔瞬间僵住，原来，他女朋友在波士顿啊，难怪他会不远千里从加州到这里实习，默默转回头，她没再追问，有些事，先前不知道便罢了，可如今，事实清晰的摆在眼前，有些人不能再多想了。

洛一走到总经理办公室时，王甜刚从里面出来，原本严肃的脸在看到她时越发漆黑，甚至连表面招呼都没打便头也不回地走进楼梯间。看着那明显与自己较劲儿的身影，洛一自不在意，轻轻叩门，她更想知道里面那人的情绪。

"进。"传来的男声冰冰冷冷，似乎没有特别生气的感觉。

洛一缓缓叹息，推开门，望向落地窗前回头的男人，男人明显松了口气，看向她的眼从严寒到温暖，没有说话，只招了招手，反身又向窗外望去。

径直走到他身旁，洛一望向不远处的查尔斯河入海口，清晨的海港异常忙碌，返航的渔船遇上出海的邮轮，双方以鸣笛警示，热热闹闹，这样的场景与她在 Mt.Marcy 山顶俯瞰湖泊汇聚时纯粹的宁静不同，前者让人有种莫名的紧迫感，而后者却铺开大山大河让人心都变得宽阔起来。洛一不禁想，之前自己总觉得被困在这一亩三分地的罐子里甚是压抑，可明明窗外就是河流入海的风景，原来困住自己的是人心啊！

耳边传来男人低哑的声音，洛一抬头向上望，刚好迎上一缕阳光，阳光夺目，模糊了男人冷峻的面庞，他问自己："在笑什么？"

"我笑了吗？"洛一发现玻璃上自己的倒影虚虚实实，唯有深刻的酒窝，果真是在无忧无虑地笑着。

她轻声道："应凯，你若累了就出去看看，到自然里去，心境不同看到的风景也不同，而不同风景又会导致不同的心境，倘若改变一点，无论是心境还是风景都会相应改变，我也是刚刚才发现。"

听她说话像绕口令似的，应凯微微攒眉，"我怎么听不懂你在说些什么？"

洛一不由轻笑，"你不用懂，按我说的去做就知道。"

应凯深深望着她，豁然叹了一口气，"洛一，你变了。"

究竟是哪儿变了，他也说不清，总觉得，冥冥之中，她所纠结或固执的事好像都出现了松动。

洛一轻轻摇头，不知想到什么，又点了点头，"好像是有那么一点儿，不然，我也不可能接下项目。"

应凯眸色深重，他很想弄清原因，可不知为何，脑海里有个声音提醒他有些事不必过于清楚，强忍内心疑问，他看她言笑嫣然，最终，还是没忍住问："你为何接下项目？"

纯净的笑流入眼底，洛一眼里的光清澈又透亮，"其实，之前不想接，一方面，是我还没做好准备面对过往，另一方面，"看着应凯，她诚实道："我不希望，你在利益面前最终会选择牺牲我。"

"你怎么会这么想？"应凯的脸色比她刚进来时更加幽沉，一双眼晦涩又阴郁，张了张口，他似乎急于想解释些什么，可过了许久，才听他叹了口气，幽幽道："洛一，于总经理而言，你的确是部门经理，在其位谋其职，天经地义；但于我而言，你怎可能只是同事？"握紧她的肩，他带她转向窗口，窗外楼宇重叠总比视线要低，"你看到我们所在的位置了吗，这里是金融街最核心的区域，也是我们用了整整七年打拼下来的位置。对我来讲你意味着什么，你应当清楚！"轻轻笑起，他捏了捏她的肩，"你可不是一星半点利益能交换的！"

眼前浩瀚楼宇连结无际海洋，世界那么大，而他们已然足够高，还能再高……

洛一眼眶发热，用了好大的力气才维持面上平静，"应凯，我们再一起打拼十年，二十年，三十年，直到老去，好吗？"

应凯沉声应："好。"

"是我们一起！"洛一认真道。

看着那双纯净且炙热的眼，应凯心底某处已然凝固的血液突然又活跃起来，他轻轻笑着，沉稳又坚决道："好，一言为定！"

……

洛一要回国做项目的消息不胫而走，可大家集中讨论与艳羡的却是风险部的两位新人，晓晴与艾阳，是唯二的项目参与者，其他得力干将均被洛一留下辅佐唐凌完成现有项目。风险部无人提出异议，但这么大的蛋糕由两个新人分割，自然有人眼红。于是，晓晴回家的一路，莫名其妙"偶遇"了许多同事一起同行，大家欢欢喜喜热热闹闹分享给她一些工作经验，说是经验，其实就是如何不留痕迹地在老板面前邀功，晓晴听着，只是抿嘴轻笑。直到回到家，她才迫不及待地将这个好消息分享给真正能替她开心的人，可没想到阿诺却没有她预想中那样开心。

拉着晓晴的手，阿诺郁闷道："晓晴，你忘啦，你答应我周末一起拍杂志照片的，好不容易争取到的机会，你说不去就不去啦？"

晓晴这才想起自己的确答应过阿诺拍照的事，貌似是上一回的摄影师为阿诺争取到一个不错的机会，阿诺也想带上自己赚外快。瞧她失落的磨样，晓晴赶忙安慰："阿诺，虽然我不能陪你拍照，但等杂志发行，我一定买上十本给你捧场！"见阿诺有所缓和，她抱着她的手臂继续撒娇道："你看你，一直朝自己的梦想前进，我也是啊，毕竟模特不是我的本行，这个项目对我来说才是来之不易，你得替我高兴，好不好？"

看她欢天喜地的模样，阿诺默默叹息，"你啊，前两天还因为挨老板骂哭的稀里哗啦，现在给个甜枣你又死心塌地啦？行吧，左右都是你想要的，我就恭喜你吧！"说着，捏了捏她那清瘦到凹陷的脸颊，颇为心疼道："以后不能因为工作再哭了，知道吗？"

"好！"晓晴的眼睛如星碎闪亮，充满力量，"阿诺，我们都要做更好的自己！"

阿诺看着她，没有说话。

Tony 的婚礼如期举行，公司上下但凡有职务的同事皆收到喜帖，下班后，三三两两结伴前往距离公司不远的酒店。酒店门口，Tony 一袭红色西装，暗红色的领带系在纯白色的衬衣上，脸上施了粉盖住脑门上不知是因为着急还是因为上火起的痤疮，头发抹了发胶直挺又有型，整个人看起来喜气洋洋。

还未走近，洛一听到姜倩与其打招呼，声音恣意又响亮，"哟，Tony，才几天时间，姑娘就被你搞定啦，速度不错嘛！"

Tony 脸色微微泛白，揪了揪领带呼出一口气，不失礼貌地笑着，"哪里哪里，都是缘份。"说完，殷勤地请众人进门。

洛一不知姜倩是何表情，只看到她身旁的月尔揪了揪姜倩背后的衣裳，姜倩便挽起月尔的手往大厅走去。

同Tony打完招呼，洛一携唐凌步入礼堂。礼堂里，一群孩子正围着一位身着红裙的女子欢欢喜喜蹦蹦跳跳，不知女子从哪儿掏出一把糖，刚伸出手，糖就被哄抢而光，待孩子们散去，女子抬头，正对上踩夕阳而来的Tony的同事们，略显生疏地点了点头，转身去招呼与自己熟识的朋友去了。

姜倩撇嘴笑道："平时接待客人也没见这么冷淡，还真是身份不同就开始摆架子了？"

此话一出豁然引发一波讨论，洛一听到身后有人惊叹，"这不是JX的服务员吗……"

姜倩回头看了说话之人一眼，轻笑道："你也常去那家小吃店啊？"

走在最前面的王甜蓦然回头，"都傻站着干什么，找地儿坐啊！"说完，率先走到礼堂正中央的位置落座。

"座位是这么安排的吗？"姜倩低声问。

月尔耸了耸肩，拉她一起跟上王甜。

洛一也跟过去，与商业部众人坐在一起。

婚礼正式开始。

在花瓣与音乐声中，新人入场。手捧花束的新娘跟在Tony身后，两人一前一后走进礼堂。走上红毯前，Tony回身等新娘，某一刻，他似乎想去牵她的手，可新娘双手紧捧花束，不知是紧张还是不愿，Tony只得将伸出的手继续抬高冲众人挥了挥手。

结婚仪式异常简单，随证婚人念完誓词，双方开始敬酒，没有任何亲密的接触，更没有热热闹闹的闹婚，双方朋友保持礼貌又疏离的距离。

洛一听到有同事低声交流："听说，Tony 为给新娘彩礼四处借钱，怎么这婚礼看着如此简陋？"

"这你就不知道了吧，听说 Tony 凑钱是用来买身份的，婚礼也就是个形式。"

"啊，他好歹也是名牌大学出来的硕士，需要这么做吗？"

"运气差呗，女方有身份，男方有学历，算是等价交换了吧。"

她们后面还说了什么，洛一没注意听，一双眼紧紧追随那一片红绸里的男男女女，心里很不是滋味。

忽然，一双清冷的眼眸引起她的注意，微微侧眸，她迎上对面转着酒杯静静望来的月尔，大约感知到她内心悲悯，她淡淡地投来一个安慰的眼神，洛一轻笑，是啊，每个人都有选择生活的权利，如人饮水冷暖自知，不是旁人能定义的。

酒敬完，新娘好友那桌的气氛明显活跃起来，高吆二喊地让 Tony 当着众同事的面做些高难度的游戏表忠心，洛一实在看不下去，见王甜等人起身离席，自己也向新人送上祝福后，走出酒店。

八点的天还有一息光亮，路灯朦朦胧胧照在杳无人迹的街道上，夜晚的金融街与白日很不一样，退却繁华后的萧肃与冷寂才是这条街真正该有的模样。回望身后灯火辉煌的酒店，楼宇融进四周还亮着灯的写字楼，礼堂里隐隐约约的哄笑声散进空旷的街道，惊不起丝毫回音。淡淡的，洛一叹了口气，转身走向不远处等在路灯下熟悉的人影。

走近，她轻声道："就知道你会等我。"

灯光下清清冷冷的人，抬眸间，有温暖漫溢出沉静的眼眸，月尔微微一笑，趁着风起，从包里拿出一块披肩自然地搭在洛一肩上，"夜里还凉，别感冒了。"

洛一笑，"多谢。"

两人并肩往前走，谁也没有说话。

风带起披肩上的流苏划过洛一光洁的手臂，她轻轻拢起毛茸茸的披肩，终于觉得心底某处不再那般悲凉。

"Tony 可能在公司待不长了。"月尔清冷的声音打破沉寂，正说出洛一内心悲凉的原因，她蓦然长叹一口气，"是啊，若换做别人，或许还能不在意闲言碎语，但是他，的确不会待久了。"

月尔点头，"你要不要提醒应凯趁早想好代替他的人选。"

洛一望向远方，声音来得悄无声息，"我想他已经做好准备了吧。"

月光下，月尔凝望向她，很多话无需点破，对方都懂。她淡淡的笑，薄凉的眼里浸出一息微光。

"你出差这些天有人帮你看猫吗？"

洛一摇头，"还没时间去找，你可以吗，或许两周，或许一个月，都挺久的。"

月尔毫无迟疑，"义不容辞。"

洛一笑了，浑身暖洋洋的气息瞬间冲散对方眼底的薄凉，让息微光亮绽放开来，生辉熠熠。

Chapter 15.
一个人留下的空白，要另一个人来弥补

作者寄：有些人相爱，爱的是灵魂，有些人相爱，爱的是皮相。

周五晚上本该是惬意与轻松的，正如洛一去机场前将猫搬进月尔公寓时对她展露的笑颜，也像等在车边的艾阳一见洛一返回立马拉开车门的雀跃，但人类的情绪过于复杂，挥手告别时还笑着的人，一转身，只留下苍白的叹息。

再回首，月尔望着那几乎消失不见的车灯，心里空空落落。

要走的人，还是离开了啊……

她淡淡笑起，沉静的眼眸里蓦然闪过一丝难以言喻的忧伤。

她很怕，很多事会在洛一回来时变得不再一样。

可怕有什么用呢？

就是会不再一样。

叹了口气，她孤零零地走回公寓。

早已熟悉环境的猫迫不及待地凑上前，在她腿边蹭来蹭去，见人不为所动，索性躺倒在地，翻滚着露出雪白的肚皮，终于打动清清冷冷的人伸手来摸它们，可手到空中又停下，猫翻身而起，隔着不远的距离，抬头去看那人脸上晶莹的泪滴。

从那双沉静的眼里浸出的泪，孤凉如月光一样。

过了好久，停在空中的手才继续向前，摸到那因等不及而咕噜噜叫的猫咪。

喂完猫，月尔拿起外套出门。

长夜漫漫，唯有孤独最是嚣张。

楼宇间燃起的每一处灯火都叫嚣着渲染出其乐融融的感觉，举目四望，越看越遥远的繁星，月尔豁然觉得此时此刻她不该是一个人，也不能是一个人。拿出手机，她慢慢翻找，目光最终锁定在一个名字上，毫无迟疑地拨打出去。电话接通，她直接问："你在哪儿？"不知对方说了什么，她立马挂断，驱车奔进茫茫黑夜。

"喂，月尔，你怎么了？说话啊。"电话那端，沈童喊了几声才意识到对方已然挂断，他气郁地将手机甩进沙发，重新拿起金融书，换了个更加舒服的姿势看书，可书里密密麻麻的英文幻化成毫无意义的符号，明明每个单词都认得，可连成一句却再也读不通。疯狂抓头，他气闷道："啊，这个死丫头，干嘛破坏我大好的周末！"说罢，甩开书，快步走进厨房，从冰箱里翻出一盒冰激凌，掀开盒盖大口大口吃起来。还没等他吃完，门铃骤响，他含着勺子去开门，只见，朦胧灯光下，月尔倚在门边，拿着酒瓶的手随意撩拨头发，露出一双殷红又沉郁的眼，魅惑无比地望着他，微微一笑，"要不要喝酒？我请客。"

沈童呆呆地望着月尔，身体快过脑子，一把将她拉进门，手上豁然多出一个纸盒，而人却从他眼前悄然划过，转个弯溜进厨房，驾轻就熟地从酒架上取下一只高脚杯，斟满酒后迫不及待地喝了一大口，这才心满意足地回头，以酒杯示意，"呐，给你买了你爱吃的蛋糕，陪我喝杯酒吧。"说罢，也给他斟了一杯，端着往客厅走去。

望着那娉婷的背影，沈童意识到今夜的月尔似乎有些不同寻常。

默默咽了一口唾沫，他顿觉口干舌燥。

不同寻常？！

是极其危险吧！

捧着蛋糕，他小心翼翼地走近沙发，在距离月尔半米的地方坐下，强行将注意力积聚到手中的纸盒上，一层又一层，精心地打开包装，撒满抹茶粉的奶油蛋糕漫溢出清苦又香甜的味道，他瞬间喜上眉梢，像月尔迫不及待尝酒一般狠狠舀了一大勺蛋糕入口，笑着的眼眸宛如暗夜里透亮的繁星，他转头看她，才发现，她沉静的眸底透露出一丝迷离，再看酒杯，猩红的液体顺杯壁缓缓流淌，已然见底。当她再次拿起酒瓶，他的手不知怎么瞬间握住她纤细的手腕，她蓦然抬眸，迷离的眼仿若晨起推开窗从朦胧雾气里漫溢出的晨光，明明不甚绚烂，但呼吸着就觉得满心满怀皆是温暖。

他慌忙收手，害怕再握下去真会忍不住犯下某些不可挽回的错误，于是，一如往常以吊儿郎当来掩盖内心局促，"你少喝点儿，会醉的。"说着，将分好的蛋糕往她身前推了推，"要不，吃口蛋糕？"

那满眸皆是晨光的人静静看着眼前这个将星碎融进笑意中的人，微微摇晃手中只来得及斟了一口酒的酒杯，晃着，晃着，忽然仰头一饮而尽，幽幽道："我才不要吃这个。"

"那你要吃哪个？"

"我要吃……"

眼中雾气皆散，漫溢出的却是一道邪魅流光。

她在他毫无防备时欺身而上，迎着那双惊恐又慌张的眼，忽然咬住他还沾着奶油甘甜的唇，笑，很是欢畅。

他手中的蛋糕就这样掉到地上……

睁大眼睛，沈童感受着唇齿间陌生又熟悉的侵略，如蛇般钻进喉咙，叫人无法呼吸更不能思考，残存的理智要他推开她，可身体和心灵却像干涸许久的麦田，忽逢阴雨，除了贪婪吸吮再无他求……

直到感觉一双躁动的手急切地解开他胸前的衣扣，他的身子蓦然僵硬，一个翻身将占领主动权的人压在身下，四目相对之时，心口压抑的情感终于爆发，他想也未想，一把抱起她往漆黑的卧室走去。

魅惑的笑声在暗夜里碎裂一地……

成年人在极度放纵后要面对的往往是难以言喻的尴尬，可昨夜的事在月尔看来不过是两个寂寞的灵魂碰撞出干柴遇烈火的火花，所以，第二天早上，当她从沈童床上醒来，面对穿着宽松浴袍隐隐显露胸肌的男人，居然极其自然地接过他递来的水杯，杯里水温正好，她一仰头像喝酒似的"咕噜咕噜"将水一饮而尽。心是被温暖的感觉，她微微一笑，难得他还记得自己有早起喝温水的习惯，且水必须装在晶莹剔透的玻璃杯里，这样她才能看到自己笑着的眼从透明的杯底映出，正如她手中的杯子一样。

喝完水，她将水杯交还给一直站在床边却不敢与她目光相接的人，未干的水珠自发梢滴落在他赤红的脸上，他在想些什么？眼风自然扫过他下身难以掩饰的凸起，月尔脸上笑意渐深，不仅不介意这无礼的冒犯反而轻轻松松道："沈总，昨晚多谢啦！"说完，大大方方撩开被子下床，在那灼灼到要将人点燃的目光里将脱下的衣服一件一件穿回去，慢条斯理。

终于，在系好最后一颗钮扣后，她恍然抬头，清冷的眼眸赶不及那拒人于千里之外的言语，轻轻淡淡道："沈童，昨晚就是一夜荒唐，你懂的，对吧。"脸上的笑逐渐变得没心没肺。

那道灼热如烈火的目光也随之暗淡了渴望。

"一夜荒唐？！"沈童黑着脸艰难地重复这令人心悸的字眼，极其简单的字组成的词怎么就这么让人难以接受呢？心里的不爽加憋屈催得他不得不开口确认，"你这话是什么意思？！"

月尔只是淡淡笑着，"就是字面意思喽。"说完，头也不回地走出门去。

沈童怔怔望着那消失的背影，缓了好一会儿，才急匆匆追出去，冲着半开的门大喊："月尔，你把话说清楚，到底要不要跟我在一起？"

"不要。"两个字轻飘飘地从门缝里钻来，带起一阵寒风，将他袒露的心吹的好冷好冷。

所以，他堂堂副总裁，就这么被人睡了还甩了，是吗？！

"月尔！你给我站住！"他不顾形象追出门，可楼道里空空荡荡，哪儿还有月尔的身影，一时间，满腔怒火和着委屈竟让他挥起一拳打到墙上。

手，可真疼，但更疼的是人心。

慢慢将手抚上心口，他边揉搓边委屈，"月尔，你好大的胆子，敢这么耍我，看我不……"

不什么，他也说不出。

迅速回家，他换了一套外衣出门，一路火急火燎飞驰到月尔的公寓，二十六层楼，他总觉得电梯走得实在太慢，好不容易挨到门开，他一个箭步奔至月尔家，仓促地按响门铃，边按边喘气，边喘气边整理衣服，直至将全身衣扣系数系好，门仍旧纹丝不动。

"月尔！"他忍不住大喊："你开门，开门啊！"

可惜无人回应。

拿出电话，他打给月尔，电话里传来女人机械的声音，'The wireless customer you are calling is not avaiable, please try again later.'

这一回，他是真怒了。

狠狠踢了一脚门板，他几近绝望地大喊："月尔，你他妈给我开门！"

寂静是对愤怒最好的回应。

该怎么办呢？

拖着受伤的腿，他心有不甘地下楼。

灰白色的水泥墙呼啸着直入云霄，那么空旷的广场，那么高耸的建筑，他只觉窒息。举目四望，天那么灰，风那样急，忽然有一瞬，他觉得自己像只断了线的风筝，无人牵引，就这么没了方向……

同一时间，地球另一边——

飞机抵达北京时是当地时间晚上九点。

透过狭小的机窗，洛一望着璀璨如星碎的城市由远及近，许多关于这座城的记忆也随飞机落地时产生的强烈冲击涌入脑海，这里是她读大学的地方，毕业离开，一去十二年，她竟从未想过回这里看看。微微侧眸，她望向身旁同样将目光投往窗外的艾阳，他眼里的兴奋是不是与自己的一模一样？

"你也是在北京读的大学吧。"她记得他的简历里好像是这么写的。当艾阳说出隔壁学校的名字时，她眼底的喜悦忍不住夺眶而出，"那你上学时也攒钱去吃老秦家的铜锅涮吗？"

艾阳微微挑眉，本想着她问自己学校是有何深意，没想到重点竟在校门外的老北京火锅店上，顿时涌起吃货间的惺惺相惜，"看来，那家店也是你月初第一顿的首选？"

"可不是！"

笑意从两人对视的眸眼间漫溢开来。

起身拿行李时，洛一只觉耳边暖风徐徐，"这次回来，要不要一起去吃？"

吃什么？

不言而喻。

洛一望着机窗上笑意盎然的自己，轻轻点头。

再次归来，熟稔染上眉梢，而她还是那个爱吃爱笑的人。

真好……

这样宁静的夜被一群不速之客搅乱。

远远的，接机人群间红色的灯牌上不断滚动："热烈欢迎尹崇集团代表莅临盛华参观访问"。

洛一不动声色地看向同行的女子，尹暮雨的特别助理沉醉，想必她也看到那声势浩大的队伍前手持相机不断取景的人。能想到以接机之名为公司造势，的确符合那人见缝插针的行事风格，但无论如何尹氏都不能成为其引发关注的工具，洛一提醒沉醉，对方立马会意，拿出手机拨通号码，低语几句后从容地迎上她幽沉的目光，"记者那边已经打点好，不会有任何消息泄露。只不过，接机的车停在航站楼外，能否顺利出去就靠您了。"这话听起来确是事实，但洛一明白这也是对方对她能力的试探，望进沉醉平静无澜的眼，洛一不想计较此番试探是出于个人意愿还是由尹暮雨授意，眼下她更在意的是那个躲在人后伺机而动的人。

若换做别人或许真会招架不住他那五花八门的手段，可她是彻彻底底吃过他人前一面人后一面的苦的，长舒一口气，她挺直腰杆，大步流星地向前走去。接机的人一拥而上，将路围得水泄不通，重重人影间，洛一豁然看清被困在中心的自己，已同许多年前不再一样。

对方明显做过功课，领头之人直接将目光锁定在沉醉身上，言笑晏晏间伸出手，"沉代表您好，我是盛华集团市场部经理庆舒胜，代表公司欢迎您莅临盛华参观指导。"

沉醉浅浅的与其相握，然后将话语权交予洛一。

洛一笑着迎上庆舒胜惊讶的目光，想来那人必然对他提起过自己，只是他所描述的恐怕还是多年前那个畏首畏尾心软的自己，哪能有现在的杀伐果决。

款款伸手，她主动握上庆舒胜的手，刺目的闪光灯瞬间掀翻她眼底彻骨的寒凉，"劳烦庆经理这么晚还兴师动众来接机，不过尹氏向来低调，明早的头版头条就不留给您了。"

轻飘飘的话顿时引起庆舒胜难以言喻的慌张。

他眼底一闪而过的是愤怒吗？

洛一淡然一笑，"您若想说柯总摆下酒席为我们接风，还替我们安排好了住处就不必了。真有没有，你我心里都清楚。"笑意染进眼眶却愈加寒凉，叹了口气，她毫不掩自己已失去耐心的倦意，"这么晚了，您赶紧拿着照片回去复命吧。"说完，眼风往人群间一扫，便有人犹犹豫豫地让出一条路来。

没想到她会如此直截了当点出他们的虚与委蛇，庆舒胜明显是慌了，没想好说词就冒然挡到洛一身前，挡住又害怕，急得满头大汗，最后只得抛出她与经理的关系，试图以人情扭转局面，"瞧您说的，您跟柯总这么久没见，我们怎能连接风宴都不准备！"说着便要攀上洛一的衣袖却被斜侧里突然插入的手打开，他眼底的戾气一闪而出，迎上洛一身侧高大俊逸的男子，微微一怔，俊男靓女的组合的确养眼，除了两人眸眼间一模一样的冷漠。

眼神不断在两人之间游走，他像是想出什么更好的主意，抬起被打落的手重重拍了拍艾阳，"哎，小兄弟，别紧张，我们啊只想请诸位吃顿饭而已。"

包围圈悄无声息的缩小。

洛一没有动，一双凌厉的眼死死盯住庆舒胜，像是要把人戳穿似的环视四周，迫得众人又不得不松散开来。上前一步，她用仅有对方才能听清的声音说了句什么，只见庆舒胜的脸瞬间苍白。

就这样，洛一带着团队堂而皇之地离开，直到走出好远，身后的沉醉才快步赶上，声音里明显有了笑意，"我还以为得费些时间才能全身而退呢，洛经理的果敢果然名不虚传。"

洛一淡淡的笑，脸上的寒霜逐渐退散，她幽幽浅浅地叹了口气，"吃亏多了自然沉不住气。"

沉醉倒是笑了，"如果吃亏就能成为您这样的人，倒也挺好。"

四目相对，两人都读懂了对方眼中的无奈，因不熟而起的试探也在这一刻烟消云散。

看着洛一远去的背影，庆舒胜抹了一把冷汗，想起对方幽森的眼神，他仍心有余悸，到底要不要把那句话原封不动传给上面的人？

身旁有人不识眼色地打断他的思绪，"经理，人咱还追吗？"

他冷冷扫了那人一眼，抽出对方怀里的横幅狠狠抽他，"追什么追，脸色还没看够吗？"横幅掉落，他又气恼地在上面剁了两脚，"受这窝囊气！"说完，悻悻离开。

"哎，这谁扔的垃圾，快捡起来！"被抽的人回头一看，见一佩戴红袖标的大妈追赶过来，赶忙捡起横幅灰溜溜地跟在众人身后离开。

硕大明黄的办公室内，一双钝感分明的手交扣伏于案前，指尖轻叩手背，一下又一下，直到时钟响过十点，交缠的手才分散开来，一只拿起电话拨打出去，另一只继续敲击桌面，一下又一下。

电话接通，里面传来一片嘈杂，有车过有人喊，还有一个更加清晰的声音听起来很是疲倦，"柯总啊，照片我没拍到。"

房间里蓦然响起一个清冷的男声，"是没拍到还是不能用？"

对方顿了一下，闷笑道："不能用。"

"一家媒体都不可以吗？"

"……"

等了好久，电话里才传来一声轻咳，"那个……洛经理让我给您带句话，叫您'好自为之'……"

电话瞬间挂断。

寂静的办公室内，手仍停在空中，只是拿着电话的指尖逐渐苍白，生来薄凉的唇抿在一起，终于叹出一句："有趣……"

洛一没想到关于柯晟昊的记忆会在这样一个疲惫的夜晚涌上心头。

距离两人第一次见面已经过去十二年，如今想来跟他爱恨纠缠的四年仍旧历历在目，有些伤受过真不容易遗忘。

凭心而论，她跟他的相遇其实挺美好的。错过公交车的姑娘站在公寓楼前等班里唯一有车的同学赶来接住得偏远的她去新生见面会。漫漫绿茵里，黑色的轿车疾驰而来，飞溅起一地落叶，映出车里的男人，一副漆黑的墨镜挡去他大半张脸，洛一看不清他的神情却莫名觉得他在审视自己，只消一瞬，男人下车，将摘下的墨镜挂在指尖，笑着冲她挥了挥手，的确是风度翩翩。

洛一承认当时的自己从未见过那样成熟且极具野性的男性，大学刚毕业，她所见所闻及其简单，所以，自然将这个肯大老远赶来接她的人划入可以深交的行列，甚至还是一个有点特别的朋友，因为，他总在她需要帮助时施以援手。当然，后来，她才明白对于被他"选中"的女孩儿们这些暖心的帮助其实挺常见的，尤其是当她得知另一个与之纠缠的女生也是因为错过公交被"偶然"接到才与之相识，内心不可不谓五味杂陈。所以，女孩儿们，不熟悉的人的车还是不要轻易上，无论这人看上去有多么面善。

只是当时，刚出国的她举目无亲，对于一个在任何时候都愿意帮助自己的人充满感激，与之交往便也成了自然而然发生的事。她还记得，当时她租住的公寓没有任何家具，她在二手群里买了书桌却不想买床，硬生生在地上打了两个多月的地铺，直到有一天，他不知从哪儿借来一辆老旧的SUV，破烂的窗连开上高速都嗡嗡作响。他开车带她到镇上的家具店买了一张打折床垫，两人齐心协力将床垫捆上车顶，一路拉风的慢慢悠悠开回家。

九月的天，阳光正好，她伏在车窗上，任风吹乱发丝，耳边是他轻快的口哨声，眼前是一缕阳光，那一刻，她真心觉得幸福的日子就要来了。

的确，日子好起来了，但幸福，却越来越远了。

事情的转折点发生在她无意中发现他记录秘密的笔记本后。

谈恋爱大家谈的是什么？是惺惺相惜，是一见钟情，还是相濡以沫？

对柯晟昊来讲，他真把谈恋爱当作能让自己平步青云飞黄腾达的事业来经营，或者说，他选中交往的人至少能让他现阶段的生活更加好过，比如洛一，他之所以会在读博初期从一众"无意间"认识的女生中选她做女友，是因为她有能力且愿意辅导他考过各类必须通过的考试。

洛一意识到自己有此作用是因为她的名字缩写被列在笔记本上，与其他女生的名字缩写一起进行优缺点比较。她知道 A，那个被他撞见与别人接吻却被他念念不忘，且多年来将彼此当做备胎的初恋；她见过 B，好看又温柔的前女友，缺点是来自于离异家庭；还有 C，漂亮又单纯的女大学生，可以满足他想要炫耀的虚荣心，但不适合结婚；以及她，学历高、性格好但不易控制，还有 E，F，G……

洛一看着这满页书香的笔记本，身体与灵魂随笔尖尖刻的字一点一点石化。

后来的事就真成了电视剧里演的那般惊险到洛一不想再去回忆。

应凯曾说，他很羡慕柯晟昊，无论多么胡作非为总有洛一对他不离不弃，这一点，他说错了，不是洛一不离开，而是她根本无法离开。

正如那夜噩梦中出现的场景，柯晟昊在她心里彻头彻尾变成一个魔鬼，内心与外在的伤碎裂她所有骄傲，她不敢更不知该如何挣脱。虽然，真正大动干戈的事他只做过三回，但生活中不计其数的摧残已然把她打磨成他想要的附属品，可以让他肆意发泄对生活对学业的不满，比如，他会在气急败坏时将她摔倒用穿着拖鞋的脚狠踩她的脸颊，会在她吃黄瓜一类清脆的蔬果时说她发出的咀嚼声是没有家教，会在她熬夜做完作业后指着路过的女生赞扬人家直顺的头发，会在她看《破产姐妹》哈哈大笑时冷不丁出现在身后说只有像她一般无所事事的人才爱看这种"拜金"的剧……

往事啊，不堪回首。

洛一望向窗外璀璨的城市，恍然发现玻璃倒影里的自己已然泪流满面。

幸好，她还是懂得自救的。

她明白若想与之抗衡，首先，必须找回曾经自信的自己。在与对方爱恨纠缠三年之久后，她终于鼓足勇气带着破碎的自己走进心理咨询室，在专业咨询师的帮助下逐渐回归自我，在那段光分手就用了半年的时间里，她像条被困在网中伤痕累累的鱼，重归池塘后就算是挨着扯掉一身鱼鳞的疼痛也要努力重获新生！

终于，在对方暑假回国探亲前，她重归自由。

故事到这里就结束了吗？

并没有。

七月某天晚上，洛一坐在书桌旁边吹风扇边写作业，手机骤响，是许久不联系的他发来信息："你现在回国来，我们立马结婚。"

洛一瞬间僵住。

结婚？！

这个词在她脑中一闪而过，立马被她像扇巴掌似的无情击碎。

她冷笑着将手机翻到背面，没有回复。

再后来，她从其他同学的社交媒体上看到柯晟昊的结婚照片，就在那个夏天，那个七月，柯晟昊结婚了，和一个她并不认识的女孩儿。一个月后开学，不知为何，他并未带妻子回到学校。洛一猛然想起曾在那本不断更新的笔记本上看到过这样一个代号，代号的优点是性格温顺不准备出国，缺点是学历低……

他当真如此草率地退出她的生活了吗？

还没有。

开学后的两周内，他不断联系洛一，许是觉得被他从各个社交媒体上拉黑的她并不知道自己已婚的事实吧。

不堪其扰，洛一整理好情绪，最后一次跟他把话说清。

见面那天，她一眼看到他无名指上戴着的戒指，笑问："这是什么？"

柯晟昊的话她一向分不清真假，但是这一回，在她明确知道标准答案时，她特别希望他能对她说一句真话。

真话，一句就好。

可惜，真可惜啊……

他自然地转动戒指，撇了撇嘴角轻而易举道："这是我妈送我的礼物，从小到大她没送过什么像样的礼物，这次，给我买了个戒指，你看，好不好看？"

他举着手在她眼前晃悠，明晃晃的光，刺得她心伤。

"你就没有什么想对我说的？"她静静听着自己本就碎掉的心被碾成渣，竭尽全力掩饰哀伤，仍留有情面没有当面拆穿他。

可他忽然抱住她，不顾她猛烈挣扎，收紧双臂，让人窒息。

"洛一，嫁给我吧。"很痛很重的声音在她耳边萦绕。

她停下推他的动作，木偶般站着，站着，居然开始呼吸顺畅。

刚才，他说什么？

"洛一，嫁给我吧！"他再次重复。

洛一开始怀疑这个世界，是她疯了，还是他疯？！

"我不会嫁给你。"洛一斩钉截铁道。

"为什么？"

他居然问她为什么？

她终于推开他，眼见他满脸受伤的模样，恍然大悟，原来，他是在扮演被抛弃的一方，他想把一切分手的过错都推给她！

洛一冷笑，那她就担了这过错！

"因为我们之间没有信任。"她平静地说，也平静地看着他。

他似乎松了一口气，"我很开心，人生中第一次求婚，是对你。洛一，你一定要记得，我向你求过婚！"

所以，求婚，是他想留给她最后的念想？

他果然算好了她不会答应！

脸上的笑愈加冰冷，洛一恍然觉得自己在看一出大戏，他在台上尽情表演，而她早已没了再看下去的心情。

最终，她没有撕下那张虚伪的面具，沉默着转身离开。

门关上的一刻，她在这头，他在那头，她没有回头，只是忽然很想很想听他说一句"对不起"。

她与他错爱这一段，几乎用光了她所有爱人的能力，挣扎过，痛苦过，也心软到给过对方许许多多重来的机会，只是，直到最后，伤害换不来一句抱歉，哪怕是一句踏踏实实发自内心的实话。

多年后，洛一听到一首名为《体面》的歌，回想当年离开的自己，也算是体面的吧。

有时候，洛一想，当初的她怎么会那么软弱呢？又或许，其实，她和他之间也没多爱，只是纠缠久了就成了习惯？

……

烦乱的回忆在一声声有条不紊的敲门声中戛然而止。

匆忙抹了一把脸，她走进玄关，从猫眼里看到一个满眼星碎的人，明晃晃的笑着。飞速开门，门开的瞬间，她迫不及待冲出去抱住对方，差点打翻他手里的豆浆。

"好香啊！"闻到熟悉的香气，洛一眼里冒出星星，"煎饼，烤串，还有……呀，你怎么能买到这么多好吃的？！"她翻看对方手里的纸袋，喜上眉梢，方才那些难过的记忆像气泡一样经不起推敲，自然而然碎裂退场。

艾阳阳光般的笑容笼罩着她，指尖轻轻抹了抹她红着的眼眶，"你这双眼啊，一路上都在搜寻好吃的，你以为我不知道？"

洛一长舒一口气，心里的暖让她蓦然意识到，自从遇见艾阳，每回难过，他都能精确的在她坠入低谷前接住她下落的心脏。

那灿若艳阳的笑啊，果然是她的救赎。

"艾阳，我爱你，很爱很爱……"

艾阳挑眉，大大的给了她一个拥抱，"今夜，辛苦了。"

这样的话，听起来多好。

这一晚，洛一不再悲伤，她睡的很沉很香，因为她知道，属于她的港湾就在不远的地方。

第二天是周日，一早起床艾阳就来兑现在飞机上许下的承诺，和洛一一起回到以前上学的地方。不知他从哪儿弄到一辆自行车，载着她穿梭于彼此的校园，看球场上男孩儿们尽情挥洒汗水，看花园里女孩儿们恣意畅谈欢笑。宁静的图书馆，或是熙攘的学生食堂，都曾留下他们的身影。

夕阳西下，二人站在湖边眺望，远方是曾经的过往，现在是彼此交握的手，十指相扣。

你走我走过的路，看我读过的书，一条笔直的道，我没有回头，你却已赶上，这样的相遇最好。

......

　　周一，洛一代表尹氏与柯晟昊正式见面。

　　融融晨光里，洛一一袭红西装，身后跟着精干的艾阳、温婉的晓晴，以及同样神色从容的沉醉款款走向楼前铺开一整片的人群，那群人穿着与接机时同样的黑西装，跟在一个身着黑色风衣的男人身后，漫溢出某种危险又痞气的气势。

　　气势是以人多取胜的吗？

　　洛一唇角微扬，以女王般肃穆又沉着的眼神平视眼前这个明显壮了一圈的男人，缓缓伸手，仿若接见臣下似的礼貌又疏离道："柯总，您好。"

　　柯晟昊微微眯眼，眼里是洛一极其讨厌的审视，她清晰记得他极爱用这种冒犯的目光打量路过的女性，然后，轻描淡写地对她讲，"刚刚走过去的女人可真大。"

　　不用想，洛一都知道，此时此刻，他脑海里浮现出怎样肮脏的画面，于是，重重捏住对方伸来的手，语气冰冷道："柯总，你想让我们看到什么，不如先带我们去看看吧。"

　　此话为何意，柯晟昊必然听得懂，眯起的眼里瞬间闪过一道狠戾，刚巧遇上洛一冷绝的眼，电光火石间，那未因发福而丰韵的唇轻轻一抿，抿出一个风度翩翩的笑容，配上曾经练过声乐的嗓音，娓娓而道："洛一，好久不见，你可真是一点儿没变，这么多年过去，还是那么漂亮。"

　　洛一微微垂眸，看上去像在娇羞的笑，可待她再次抬眸，那双冷漠的眼里尽是戏谑，"你啊，可真是一点儿没变。"

　　柯晟昊终于不再伪装，重重甩开洛一的手。

两人一前一后走进大楼，众人紧随其后。

而在一群黑衣人间，还有一道深邃的目光，紧紧落到洛一身后某个看上去人畜无害的人身上，惊喜与嫉妒混夹进一双狭长又娇媚的眼，牵起红唇微扬，"竟然是她！"

……

与盛华的首次会面总体还算顺利，除了午餐时柯晟昊非要拉洛一叙旧的插曲。某些令人不适的细节洛一忍一忍也能过去，可作为尹氏的风险顾问，她所在意的是对方明显过度包装，包装自有隐藏，那柯晟昊想隐藏的究竟是什么呢？以她对他惯以华丽外表获取最大利益的了解，他真能脚踏实地做实业吗？

行程接近尾声，会议结束后，洛一有意落后于他人，透过狭长的窗口望向工作间车水马龙的景象，项目的开发地不在市内，对方究竟意欲为何有必要去实地考察一番。这个想法刚刚浮起便被前面沉郁的男声打断。

重重人影间，柯晟昊挥手，像是第一次见面时那般意气风发地对她笑，"洛经理，还没替你们接风洗尘，今晚就赏个脸，一起吃顿便饭吧。"

她点了点头。

点完头才意识到，自己对他的请求还是无法拒绝。

可私人感情与项目不能混为一谈，她淡淡笑着，在走出盛华后将自己的想法低声说给艾阳听。

"你是说……"艾阳眸色深邃。

洛一点了点头，转身又招呼晓晴，"你跟艾阳一起，给你们放个假。"

对于自己忽然得到假期，晓晴还没弄清原因便听艾阳问："那你这边呢？"

一直站在洛一身旁替她挡去某人视线的沉醉蓦然回头，"放心，不还有我呢嘛！"

四人相视一笑。

前往酒店前，还有一段小插曲：晓晴在卫生间里居然遇到了自己大学时的同班同学，听对方热络地唤自己，她仔细辨认那张看起来有些陌生的脸，终于从记忆中搜寻到一个与自己并不熟络的名字，"何婷娜？！"

"是我，晓晴，你还记得我啊！"何婷娜喜笑颜开，亲热地挽住晓晴的手带她向后门走去，"我看你跟洛经理一起来，是在尹氏工作还是在启升啊？"

"启升。"晓晴些许不自然地抽回手，四下张望，发现自己走的并非是来时的路，顿时紧张起来，"咱们这是要去哪儿啊？"

"后边，经理派的车停在楼后，我看你老板已经过去，这条路近。"

听她这么说，晓晴立马加快脚步。

一路上，她听对方说羡慕自己，这才意识到在何婷娜眼中，能参加晚上这种高阶局是多么值得炫耀的事，不觉越发感激洛一对自己的器重。

车停在不远处，晓晴已然看清双方老板相对而立的模样，正要开口道谢，哪知何婷娜忽然上前给了她一个大大的拥抱，她只得尴尬地安慰对方说休假回来可以再叙，而后匆匆离开。

车前，洛一笑望着她来时的路，清清淡淡问："认识的人啊？"

晓晴连忙点头，"是大学同学。"

"好巧。"收回眼神，洛一返身上车，未等车门关，她抬头望向门边自顾自感叹巧合的晓晴，意味深长道："晓晴，休假这几天，你到南方转转，我来报销。"

看着她毫无笑意的眼，晓晴忽然意识到老板似乎有些不太高兴。

为什么呢？

很久以后，她才从洛一口中听到一句值得深思的话："晓晴啊，与自己有利益牵扯的人，即便私人关系再亲密，也要有所保留。不要轻易试探人性的险恶。"

盛华这边，车里的空调很是温暖，即便现在已是六月。

副驾驶位上的庆舒胜用纸巾擦着不断流下的汗，回头看后座上按压太阳穴的老板，他知道，让老板头疼得不是这一整天无休无止的会，而是那位被他描述得无足轻重唯命是从的人。那个人当真是扼住了盛华的喉咙！你听她在会上提的那些问题，哪一个不是老板极力想回避的话题。他不禁长长地叹了口气，这一叹不要紧，头顶那本就没有几根的毛立马直立起来。

咽了口口水，他转头迎上柯晟昊阴冷森森的眼，听对方问自己有什么想说的，立即换上一副标准为老板排忧解难的笑容，眼睛一转，忽然想起刚才来找自己的小姑娘，眼见那小姑娘能与对方下属打得火热，或许可以一用，于是，提议道："要不，您答应那小姑娘，给她个特助的职位，让她试试？"

抹了一把脸，柯晟昊不再掩饰疲倦，"可以，不过，得先试试她的分量，别拾了颗芝麻丢了个西瓜。还有，万一能用，梓羽那边你得给我找个好借口。"

"没问题！"

窗外阴郁的天与早上的阳光明媚甚是不同，望向着天边越积越厚的云，柯晟昊豁然叹了一句，"要下雨了啊！"

......

　　洛一不喝酒，而且是那种固执己见不为所动的不喝，酒桌上的气氛因为她一再拒绝而陷入低迷，而柯晟昊这边带的都是"酒精杀场"的老将，自斟自饮几杯下肚后，气氛逐渐高涨。

　　酒局嘛，劝不动老板，自然会让其下属替代。

　　庆舒胜滴溜溜转着那双被酒精醺红的眼扫过无趣的艾阳、不好惹的沉醉，最终落到看起来很好欺负的晓晴身上，端起酒杯，颤颤巍巍地坐到晓晴身边，一手执酒碰她斟满的酒杯，另一只手直接揽住她的腰，笑呵呵道："小妹妹，你老板不喝，得你来替哟！"

　　晓晴顿时僵住。

　　她从未遇过这样的事，腰间的手犹如滚烫的烙铁紧紧黏在她只着单衣的皮肤上，因为躲避，她无意间将脸送到对方面前，难闻的酒气迎面扑来，她赶忙闭上眼忍住几欲而出的呕吐。

　　坐在一旁的艾阳目光立马锐利起来，冰冷又带着挑衅的眼顿时惹毛了庆舒胜，"看什么看，毛头小子，没见过市面！"艾阳转头望向洛一，见她清清淡淡地扫了一眼对面平静无澜的柯晟昊，然后冲自己点了点头。他即刻起身拎起庆舒胜，在对方还手之前挡到晓晴面前，隔开对方挥来的大手。

　　突如其来的变故犹如压倒了表面维持平衡的天平，顿时掀起惊涛骇浪。酒桌上的人纷纷放下酒杯气势汹汹地站起身与艾阳对峙，而艾阳护在晓晴身前纹丝不动。

　　如此大的动静，坐在圆桌两端的人居然谁也没有出声。

　　端着酒杯，柯晟昊用那双惯于观察人的眼紧紧盯住对面仍在悠闲品茶的洛一，明明是自己这边人多势众，可不知为何他总感觉对方才是这局中更强势的一方。

可不是嘛！

他闷声笑，抬手压了压身旁之人的肩，语气清淡道："都那么大火气干嘛，人家不想陪咱玩儿，咱还上赶着啊，等下，我请大家乐呵。"算是缓和了局面。

端起茶杯，他将里面的水直接倒在桌上，食指点了点桌面，立即有人给他斟满白酒。敬向洛一，他缓缓道："洛经理，手下的人毛躁，我替他们赔个不是，您大人有大量，吃好喝好啊！"说完"咕嘟咕嘟"喝起酒来。

洛一平静地看他喝酒，竟然连象征性的阻拦都没有，火药味十足的场面令人摸不着头脑，不是应该你举杯我相拦，大家和和气气的嘛！直到柯晟昊真把酒喝完，气恼地将空了的茶杯扔在桌上，她才抿了抿红唇，微微蹙眉道："这茶，不好。"

众人蓦然一惊，只觉空气变得异常稀薄，令人喘不上气来。

还是柯晟昊率先打破僵局，"既然洛经理觉得茶没味儿，改天我让人换个品种给您送去。"

洛一淡淡笑起，"那就多谢柯总。"

众人终于长舒一口气。

"来来来，大家继续，别为这点小插曲坏了气氛。"有人起身圆场，庆舒胜也跟着笑起来，"我是看人家小姑娘一个人坐着，过来聊聊天，大惊小怪。"说着，势要邀晓晴重新坐下。

洛一却站起身，冰冷的眼神轻轻往庆舒胜脸上一扫，瞬间冻僵了他脸上那轻浮的笑。看向对面苍白里露出一抹红的男人，她清清冷冷道："饭也吃了，酒也喝了，今夜这局该散了吧。"

柯晟昊摇头，似乎摇头也抒发不了他内心的不甘，抬起食指，又冲洛一摇了摇，目光阴冷道："不，这话有误，在座的可都喝了酒，只有你，没有。"语气似乎有点胡搅蛮缠，以至于好不容易缓和的气氛再次冷却下来。

盯着对面不知是不是因为醉酒而终于露出本性的人，洛一微微垂眸，拿起桌上那杯一直没碰的白酒，像喝水一样一口气闷下，冲对方亮了亮杯底，"如何？"

柯晟昊的眼神一瞬狠戾。

柯晟昊：能喝你还不给面子！

洛一：你别得寸进尺！

他看着洛一冷绝又不退缩的眼，忽然觉得很没意思，摆了摆手，让挡住门的人让开。

"我们走！"甩出这三个字后，洛一转身离开。

雅座里一片寂静。

柯晟昊站起来，微微摇晃，庆舒胜立马越过众人将他扶住。

"老板，怎样，试的可还行？"他伏在柯晟昊耳边低声问。

柯晟昊浑浊的眼里蓦然冽开一丝笑意，"不错，回去告诉那姑娘，特助的位置归她了。"

……

沉醉先行一步去开车，艾阳和晓晴则陪同洛一下楼。

电梯里，晓晴看着背靠墙壁不断按压太阳穴的洛一，心里着实过意不去，"老板，对不起，都是因为我，才让你喝了那么多。"

"不怪你。"头越来越痛，洛一已无力多做解释，"我若不喝，今晚，咱们谁也走不了。"

抿了抿唇，晓晴不知该说些什么，抬头望向天花板，才发现镜面上映出三个倒影，蜷缩的洛一，密切关注对方的艾阳，还有站在一旁手足无措的自己。这就是被何婷娜所羡慕的高端局？她默默叹息。

"你还好吗？"天花板上，两个已经很近的倒影因为其中一人的挪动几乎合二为一。

她黯然收回目光，迎上洛一明显迷茫的眼，眼里还流露着零星笑意，大约她是想说"没关系"，可动了动唇还是诚实道："艾阳，我好像，醉了……"说完，闷声倒去。幸好，艾阳及时接住了她，不仅接住，还把人抱起，晓晴默默看着洛一手上的包跌落在地。

电梯门开，艾阳迫不及待出门，走了几步，回头喊："你快跟上。"晓晴这才回神，匆忙捡起地上的包，柔和灯光下，她望向前方高大的身影，对方走得潇洒，丝毫未露出怀里还抱着一个人的感觉。萧肃的背影在她的注视下越走越快、越来越远，她忽然很想哭泣……

将洛一送回房间，晓晴看着艾阳把人轻轻放到床上，附身脱下她的鞋又拉过薄被盖上，整个过程自然又流畅，完全没给她留下任何插手的机会，甚至，她恍然觉得，现在，对，就是这一刻，他跪坐在床边看她的模样，好像下一刻就要俯身吻下去了！

她心头蓦然一紧。

艾阳却停下身势，抬头看她，"今晚，就拜托你了。"

"啊？！"晓晴茫然地看他起身，离开又回头，恋恋不舍地消失在门口。

回望沉睡中的洛一，她望着，望着，过了好一会儿，才缓缓走过去……

Chapter 16
自以为是的聪明或许只是个小丑

作者寄：没有谁不是一边舔伤口一边成长。只是，成长是条单行道，一旦踏上，就再回不去曾经的年少轻狂不怕伤。

美国东部时间周一早上九点，沈童准时抵达商业部，这个时间王甜会去数据部开会，而信息部则会有人来与月尔对接工作，刚好是他既能见到月尔又不会挨王甜挤兑的时点。可千算万算，他万没想到月尔根本没来公司，积蓄了一整个周末的愤怒宛如挥打在蚊帐上的拳，散得悄无声息。

待信息部的朗纯对接完工作离开，他快步上前，冷声质问："你怎么给姜倩汇报，月尔呢？"

被吓了一跳的朗纯见来人是他，忙捂住心口娇笑道："沈副总，这可怪不得我啊，月主管去明氏啦。"

"哼，她倒是挺忙！"沈童冷笑，吸了吸有些发酸的鼻子，显出一副玩世不恭的模样，可太阳穴间突突爆起的青筋让人分明觉得他根本不想像往日那样与人嬉笑。

朗纯自然察觉到这点，顺着他的话道："可不是嘛，据说月主管周末都在加班。"

"加班？！"沈童念着这两个刺耳的字眼，回想整个周末自己就像只无头苍蝇似的翻遍她爱去的咖啡店、酒吧、KTV，甚至连只去过一次的球馆都不敢落下，当他站在查尔斯河畔望着重重高楼倍感无助时，她居然在办公室里专心致志地加班，真是讽刺至极！

沈童心里的怒火在散得悄无声息后卷土重来，还带出一丝委屈？！

委屈！！！

他一个大男人，发生这等艳遇，有什么好委屈的！

冷哼一声，他转身离开。

望着那颓然的背影，朗纯笑，"沈副总今天心情不好啊！"

闷不吭声地走至应凯办公室，沈童一把推开门，丝毫未给里面的人任何反应的机会。只见，高大的落地窗边，应凯微微攒眉，抬手示意他坐下，继续讲着电话："晟昊，这事若真是洛一的不是，我会纠正她，不过，我的立场和她一样，你我之间要有明确的界限。"

"好，咱们再联系。"放下电话，他看向沈童，感觉到对方情绪低落，居然有些幸灾乐祸，"你怎么了，一大早跟霜打了的茄子似的，周末没休息好？"

这话可是戳到了沈童的痛处，他的脸色越加难看。在他看来，应凯此时的神清气爽着实让人心烦。冷哼一声，他专挑对方在意的事道："你啊，若真信洛一，有些事就别插手，若不信，趁早换她回来，别到最后两边都不是人！"

应凯的表情果然瞬间凝重。盯着沈童漆黑的脸，他蓦然咳了一声，"你怎么跟吃了枪药似的。"

沈童憋闷的心情终于在这一刻得到一丝释放，长舒一口气，他收敛情绪，认真道："反正，话都跟你说明白了，你自己看着办。别怪我没提醒你，若是放在心上的女人你最好别伤，否则最后折腾的还是自己！"说完，头也不回地离开。

望着他远去的背影，应凯良久无言。拿起手机，他翻出洛一的号码拨打过去，电话响了许久无人接听，指尖轻轻划过屏幕上代表洛一的字母，脑海里蓦然浮现起对方温暖的笑容。叹了口气，他关闭屏幕，也收回了心……

早上，洛一是被手机铃声吵醒的，虽然铃声只响了一瞬，但向来对工作电话极其敏感的她还是清醒过来，睁开眼正对上站在床边捧着手机略显无措的晓晴，对方穿着睡衣，蓬乱的头发遮住苍白的脸似乎还没睡醒。她心念一动，转头望向铺着棉被的沙发，原来，昨夜一直照顾自己的人是她。轻轻抿唇，她想要起身，可敏感的神经撕扯得她头痛欲裂，不禁叹息，果真啊，不该逞强一口气喝那么多酒！

许是感觉到她的不适，晓晴在她背后垫了一个柔软的抱枕，然后拿起桌上的汤碗，轻声道："老板，你若还难受先喝这个吧，这是艾阳刚送来的醒酒汤。"

洛一接过汤碗，碗边温热，正如此刻她温暖的心，微微一笑，柔声道："放心，我好多了，你快回去补觉。"说完，喝了一口汤，沁人心脾的酸甜味瞬间染上眉梢。

晓晴深深地看了她一眼，默不作声地转身离开，一出门，便看到靠在墙边的艾阳，对方照直望来，目光明显是擦过她的脸颊望向门里某个被她遮挡的地方。她就这么直接看他，大胆且无谓，可终究无法拦下那道炙热里带着关切的目光。轻轻叹息，她背过身朝自己的房间走去，而那个被自己所关注的人终是落在身后，越来越远……

洛一回拨应凯电话时，对方几乎是一秒接起，不知是否因为自己错过了昨夜的几通来电，洛一总觉得应凯听起来平静的话语里隐隐透露出失去耐心的试探，"你跟晟昊起冲突了？"

晟昊……

多亲密的称呼！

洛一几乎都忘了他跟那个人才是自儿时起就认识的好友。昨夜发生的事能这么快传到他那儿，明显是那个人想借其之手敲打自己。

那他呢？

是听信那人不必想都知道有多添油加醋扭曲事实的话，还是会站到自己这边？

洛一按住突突乱跳的太阳穴，稳定心绪，平静且不卑不亢道："谁让他纵容手下欺负咱们的人！"

是咱们，不是你或我。

轻轻呼吸，她在听到应凯关切地问"怎么回事"时，缓缓呼出一口气，将昨晚庆舒胜对晓晴动手动脚自己又替她挡酒的事一五一十说给应凯听，有些事不必添油加醋也能起到该有的效果。

"你想想看，倘若我不出手阻止，回到公司，小姑娘把事告诉HR，万一事情弄大，需要兜底的人是你还是我？反正不会是他。"

电话里传来一声长叹，过了好一阵，才听应凯哑声道："这件事，你做的不错。"

洛一慢慢笑起，放下揉着太阳穴的手，头似乎没那么疼了。

"所以啊，我准备给晓晴放几天假，让艾阳陪她出去散散心。"

"散心？！可你只带了他俩回去，这一放假，岂不更没人帮你了？"

"还有尹暮雨的人啊，再说，这里真没什么可看的。"

"什么意思？"

洛一笑意加深，铺垫了许久的话终于是时候娓娓道来："应凯，我有种不好的预感，或许柯晟昊想要的并非与尹氏合作，至于他究竟想要什么，目前我还没弄清楚，但我总觉得得提前做好准备。"

电话那边良久无言。

的确，她所认识的那个人与应凯所熟识的柯晟昊明显是不同的，即便他也承认对方某些行为不甚妥当，可又能怎么样呢？还不是在他需要帮忙时出手相帮？所以，她只能小心翼翼地利用应凯某些心软的地方——

"应凯，如果，我真跟柯晟昊起冲突，会影响你吗？"

终于，沉寂许久的电话里传来一声叹息，"就按你判断的做吧。"

她嫣然笑了，这段时间一直憋在心里隐忍不发的埋怨也随这声叹息一并散去，"好，我会好好应对的。"

挂掉电话，她一把拉开窗帘，天阴沉的似要把积云都扯下。

门铃声响起，她转身去开门，门开的瞬间却仿佛有朝阳漫天而来，她淡淡笑起，拉那满眸生辉的人进门，轻轻把自己靠进那温暖又令人安心的臂弯里，轻轻道："艾阳，这一回，你要帮帮我，我不想再重复无休无止的噩梦了。"

艾阳温暖的手抚过她冰凉的脸颊，以同样轻柔的语气道："好……"

忙碌的时间总是过得飞快。当北京的夜悄然降临时，地球另一端的晨光才刚刚拉开帷幕。

一大早，沈童绕道商业部，明目张胆地盯住办公桌前某个认真工作的人看了许久，那人始终没有抬头，他只得狠狠咬牙，状似潇洒地走回自己远在另一层的办公室，将"闲人勿扰"的门牌挂在门上，挂上又摘下，心不在焉地走到办公桌前，打开从昨天起就在草拟的文件，写字又删掉，花了整整一上午仍旧停留在同一页。关闭电脑，他抱住头，纷乱的脑海里不停回想起那一夜那人声色明媚的模样。

啊……究竟是为什么啊，为什么有人能一笑而过，而自己却困在原地，无法自拔？

最终，他还是放弃挣扎，黑着脸走进商业部，在众目睽睽之下将月尔连拖带拽扯上七楼阳台，开口的第一句话就充满哀怨，"月尔，到底要不要跟我交往？"

月尔通透的眼里逐渐有了笑意，揉着被他弄痛的手腕，倒也不生气，撩拨起本就扰人心神的长发，清清淡淡道："沈童，你不会以为咱俩睡了一夜就能发展些什么吧。"

"你……"沈童漆黑的脸上蓦然泛起红晕，如抓痒般令人发狂的暴躁冲进太阳穴，更冲进带血的眼里，发狠似的盯住她，良久，才蹦出一句，"行，月尔，算你狠，从今往后，我绝不会再想跟你重归于好，绝对不会！"

月尔淡漠的笑容很是薄凉，"你能这么想，很好。"

"你！"沈童被气到说不出话，往常的巧舌如簧如今都不知被丢到哪里，憋了好一会儿才置气似的幽幽道："以后，我不会再和你荒唐了！"

"哦？"月尔撩起杏眼看他，笑眼生媚，不及她轻轻抿着的摄人心魄的红唇，她点头道："好，一言为定！"顿了一下，又道："大不了我去找别人。"语气甚为轻佻。

见她转身，沈童慌忙抓住她的手，愤愤道："你敢！"

月尔回身，迎上他青一阵红一阵的脸，终于收敛笑容，轻轻把手从他手中抽出，认真道："放心，以后不会再发生这样的事了。"说完，转身离开。

望着她远去的背影，沈童心里五味杂陈，可那纷繁复杂的情绪里最迅猛的居然是失落，无尽的失落……

艾阳回到北京时带来的消息令洛一始料未及，开发区的工程顺利进行，连同所有能收集到的信息看上去都合情合理。

难道真是自己多虑了？

洛一细细整理手头已有信息，留意到艾阳随笔写下的某个坊间传闻，据说，盛华初创时得到的第一笔资金来自一家涉足领域完全不同的娱乐公司，华阳集团。

华阳，盛华……

洛一默念这两个相似又不同的名字，陷入沉思。

与此同时，盛华楼顶总经理办公室内，幽幽灯光下，柯晟昊俯瞰夜景，街景繁华掩不住他此刻的惊心动魄，"洛一啊……"他轻声笑，"她居然派人去工地看了？"

"是，这事儿还是何婷娜告诉我的，我一听说对方那俩手下要去南边，就赶紧吩咐工人们重新动工，也打点好了相关人员。"庆舒胜隐隐后怕，倘若当时自己未把那小姑娘邀功似的话听进去，后果不堪设想。

"她倒是聪明。"柯晟昊想，不亏是自己的同班同学。

算是同学吧，他阴森冷笑，好像比自己还厉害一点，到底是踩在如他一般读了六年还被无情刷掉的人身上顺利毕业的人啊！而自己，被读书多困了六年，最终还是只拿着六年前就得到的硕士文凭回国，一切从零开始，开始时，他已过三十，而立之年，一事无成，所以，他必须弯道超车！

"老板，现在咱们怎么办，总得借着尹氏之名筹措到更多资金吧，不然，您的婚事……"

柯晟昊森冷的眼里豁然闪现出某种异样的光，"你去帮我买样东西，有些情是时候该提一提了……"

晚餐，你能想象到的最浪漫的场景是什么样？

长桌、鲜花、烛光、牛排，有一个人为你包全场，硕大餐厅里只有你和他，熠熠飘香间大提琴音沉郁婉转勾勒出相对而坐的两个人，倩影悠长，落进灼灼目光里，溅起情意绵长……

这样的场景发生在洛一与柯晟昊身上，着实令人惊讶。

洛一不动声色地看着对面悠然切着牛排的人，内心翻江倒海。她之所以会答应单独来见他，是因为，她有预感，今夜会成为所有事情的转折点，但这并不代表她想去面对这番被精心粉饰的假象。

浪漫吗？不尽然，她甚至还觉得有些恶心。

她还记得，某一回，她跟在柯晟昊身后，看他带着那个同样因为错过公交而与之相遇的女孩儿去吃自助餐，幽暗灯光里，两人坐在窗边，他慢条斯理地切开牛排，一块一块喂给对面的女孩儿吃，每一刀都仿若切在她心上，疼如凌迟。可她终究没有冲进门，而是站在停车场上全程目睹这场与她无关的浪漫。后面发生的事她已记不清，可她唯一记住的是那犹如凌迟的心痛感，时至今日仍旧提醒她，不要掉以轻心，重蹈覆辙。

她冷眼看着灯火里的男人，声音更是冷淡，"你找我来，有什么事？"

男人笑脸相迎，却指着牛排，没心没肺道："你别那么无趣嘛，以前，你不是总嚷嚷着想吃牛排，这家店的口感，你绝对满意。"

洛一终于忍不住移开了眼。

墙上的时钟一分一秒过去，她有些心急，因为，艾阳还等在不远处的餐厅里，等着跟她一起吃晚饭。

回头，她平静地看着对面睟色旖旎的人，清清冷冷道："如果没有事，我先走了，柯总也好找个更有趣的事做。"

"呵，样子没变，脾气倒是变差了！"柯晟昊优雅地吃完最后一口牛排，慢条斯理地擦了擦嘴，而后径直走到洛一身前缓缓蹲下，用那双极尽缠绵的眼直直盯住她，唇角带笑，是那种玩世不恭却让人无法抗拒的笑，"不过，这样的脾气倒比以前有趣很多。"说完将手搭到洛一膝上。

洛一一瞬站起，俯身望向身前几乎像是单膝跪地的人，居高临下的姿态让她有种令人无法亵渎的威严，她没有说话也没有动，一双冰冷的眼狠狠盯住柯晟昊，狠狠盯着，让他不得不站起身来，与她平视。

"洛一……"柯晟昊眼里闪过一丝阴厉，很快便被卷土重来的柔情淹没，俯身，他从桌下暗格里拿出一个包装精致的礼盒，盒上某间奢侈品店的标识醒目，"知道你们女人喜欢这些东西，我特地挑了一样给你，洛一，以前，我不懂得珍惜，以后，我会好好补偿你。"

这话着实令洛一大吃一惊，以至于她明明理解了话的含义仍旧追问："你……什么意思？"

柯晟昊笑着用宽厚的手掌包裹住洛一相比之下过于纤瘦的手，轻声道："你若愿意，我们可以重新开始。"

洛一想骂人的心都有了！

没等她挣扎，对方先一步放手，而她手里无端多出一张硬质卡片。

不是银行卡。

她傻愣愣地看着那张银色里印出某间宾馆标识的卡片，耳边黯然传来暖融融的气息，"洛一，你若肯帮我拿下尹氏，我就是你真正的礼物。"

洛一不可思议地看着眼前这个因为发福而钝挫了英姿的人，一时间，不知是该愤怒，还是气急败坏。

"洛一，这一回，你帮帮我，好吗？"

"你想我怎么帮？"

气到尽头原来是无比失望，而人在极度失望时是没有情绪的。所以，洛一盯住柯晟昊，眼眸幽深像被闲置于深宫的枯井，不会引人窒息，但却埋葬了太多人毫无出头之日绝望。

柯晟昊自然感觉到这无所遁形的绝望，张了张嘴，想说些什么，可话到嘴边竟成了无言的叹息。

他不说，那她替他来说："所以，你想让我像应凯一样替你美言，或者，干脆出一份假的评估报告，最好很快传出尹氏青睐予你的消息，即便最后合作不成也能引来注资？"

这话说的冷酷又直接，柯晟昊终于扯下脸上虚伪的面具，几乎是气急败坏地盯住洛一，幽森冷冽道："不错嘛，还是那么聪明！既然，话都被你说了，你也给个痛快，到底帮，还是不帮？"

洛一淡淡笑起，将手心里的卡片在指尖转了个圈，然后"啪"地一声折断，"这，就是我的答案。"

其实，她还想问问对方，究竟是谁给他的自信，让他觉得能左右她的决定。

"还礼物，呵……"她没忍住冷笑起来。

大约是这声笑太过讽刺，瞬间激起柯晟昊的暴躁，他大手一挥带掉了桌上的礼盒，盒子里的东西连包装纸一起"哗啦"落地，倒是阻止了他的动作。

而洛一呢？

迎着他挥来的拳不缩不退，直到这一刻，她才终于意识到自己早已不是那个任人欺辱的洛一，她像只被包裹在蛹里的幼虫，如今，挣脱开绑缚手脚的壳，破茧成蝶。

这才是她今夜赴约的真正意义！

淡淡笑起，她俯身去捡那滚到地上的包，包是小羊皮制的，娇嫩的很，受撞击已皱出浅浅细纹。她将包重新收回包装袋放到桌上，抬眸间，眼神如重生般清亮，"这包贵，送给喜欢它的人好好打理，别白白糟蹋了一条生命。"说完，往门口走去，末了又回头道："还有啊，以后别动不动就用身体做交易，容易生病。"

看着她离去的背影，柯晟昊一拳挥打在桌上，"洛一，我还真是小看了你！"缓缓长舒一口气，他掏出手机，拨通庆舒胜的号码，大吼道："这个不行，再换一个！"

洛一走出餐厅时一把捂住心口，六月的风，吹得她心惊。她大口大口喘气返身去看玻璃窗内颓败的人，终于感受到自己跳动的心脏一点一点复苏过来。如果说，在此之前，她还在酝酿如何才能光明正大地不促成合作，那么，现在，便是万事俱备只欠东风了。

关闭手机里的录音，洛一苦笑，"终于啊，我也成了自己最讨厌的那类人……"

街上人影嘈杂，拥堵的车流，喧嚣的店铺，熙熙攘攘，热热闹闹。可洛一的世界仿佛弥散开雾霾蒙蒙，连呼吸都无比沉痛。她漫无目的地走着，走过长街，穿过楼宇，终于在一间小店前停下，透过暖融融的光，望进窗里的人，那么多人，她一眼就看到了他，也是这一瞬，她的世界蓦然照进一道光，冲散雾霾的同时也淡去了忧伤。

她安安静静地看艾阳看表，反复看表，然后，在他第三次看表时，终于引来服务员的询问，那记着菜名还不忘偷看点菜之人的小姑娘着实引人气恼，洛一心想，这可是只属于她的人啊！

不知是不是她眼神里的幽怨过于强烈，艾阳恍然望向窗外，迎上她目光的同时兴高采烈地挥起手来，而那负责点菜的小姑娘自然也看到洛一，幽怨的眼神换进别人眼里，洛一豁然开朗，笑着推开厚重的门，款款走向艾阳，"对不起，让你等久了。"

"没有。"艾阳违心地说着安慰她的话，拉开身旁的座椅，"你来了就好。"

"傻样，"洛一笑，"我怎么可能不来！"

看清她眉宇间明显的疲倦，艾阳不掩忧心，"你还好吗？"

"你呢？"她反问，"我跟他单独见面，你有没有不开心？"

艾阳沉默，半晌，点了点头。

"别不开心，亲爱的。"洛一大方地扳过他的脸，在他脸上留下一吻，"你不知道，对我来说，你有多珍贵！"

……

水榭楼台，花烟逐月，曲径通幽处，酒盏嫣然。

一下车，晓晴看到的便是这样一幅画面。

早已等在门口的何婷娜立马迎上来，"晓晴，你可算来啦，我等你好久喽！"

晓晴环视四周，些许迟疑，"婷娜，晚餐要在这里吃吗，一定很贵吧。"

"不贵不贵，宴请贵客当然要有这样的规格！"何婷娜说着亲密地挽起她的手，引她往亭台更深处走去。

一进包厢，刚刚还是笑语连珠的何婷娜蓦然安静下来，一把将晓晴往前一推，迅速退出关上了门。待晓晴返身拉门时发现门已上锁，惊慌间直接拍门呼叫："婷娜，你干什么，快开门啊！"这时，身后传来幽幽冷冽的男声，"进来坐。"她才后知后觉意识到包间里还有另外一个人——

昏黄灯光里，柯晟昊脸上露出标准绅士的笑容，而晓晴在他目不转睛地注视下慌忙低下了头……

硕大的别墅，静的让人心悸。

站在门前，柯晟昊抬头望天，明明是夜色浓重的天，在他眼里却是灰蒙蒙一片。

有女声自二层传来，带着冷冽的讥诮，"你还知道回来啊，今儿又去哪儿浪了？"质问的话语让这满目辉煌的大厅瞬间结成了冰。

抬起灰色的眸子，柯晟昊冷眼望向楼梯上缓缓而下明艳动人的人，那人身着蚕丝睡衣，如水丝质勾勒出傲人身姿，那么淡的表情，那么肃清的眸眼，让人隐隐觉得有种透不过气来的感觉。

在看清他手上的盒子时，女人媚眼一挑，嗤笑间总算散去质问的语气，"算你有良心，还知道带礼物回来。"

柯晟昊连忙挂起笑容，打开盒子。

"呀，是限量款啊！"女人抑制不住的惊喜，俏皮地推了他一把，"你知错就好，我原谅你了。"说完，取出包往衣帽间走去，走了两步又回头，"明天记得把那女人开了，知道吗？敢勾引我男人，真是吃了熊心豹子胆！"

"我就想知道你是从哪儿听说我跟她有关系的？"柯晟昊脸色微沉，可脸上还挂着笑，只是那笑看起来摇摇欲坠，像是再闹就真要翻脸了。

女人娇嗔道："你那点小心思，我还能不知道？"收起笑容，她眼里多了几分警告，"你最好收收心，跟尹氏合作可关系着咱俩的婚事，爸爸盯得紧，你要上点心。"

"我哪里不上心了？"

女人撇嘴，摸了摸怀里的包，"看在你表现还不错的份儿上，我不和你吵！"说完，笑着走进衣帽间。

望着女人消失的方向，柯晟昊收起脸上刻意的笑，一把揪住领带坐到沙发上，久久喘不过气来。

"老公，你看好看吗？"待女人换了身裙装背着包出来，客厅里空空荡荡……

宁静的夜，是最惬意的时光。

柔暖灯光下，艾阳看着书，指尖有一下没一下揉着洛一的头发，而洛一枕在他腿上看样子已然睡去，艾阳调整书的角度遮住光，在她脸上留下一道温柔的暗影，又把毯子往她身上拉了拉，如同哄孩子一般拍抚着她的肩，一下又一下。

忽然，急促的铃声响起，艾阳匆忙拿起洛一的手机，屏幕上的名字很是陌生，他本想挂断，奈何铃声已吵醒洛一，她看了一眼屏幕，借着艾阳的手开启公放，"喂，江庭，好久不见。"

"洛一，"电话里的背景音很吵，男声混杂在嘈乱的鼓点间却格外清晰，"难得你还记得我啊，真是，好久不见！"

艾阳微微挑眉，面上仍保持着平静看书的姿势，可心早已随着电话里的鼓点起起伏伏。

"这么晚打来，有什么事吗？"洛一换了一个更加舒服的姿势往艾阳怀里钻去，艾阳看不清她的表情，却明显感觉她不安分的脸颊在轻轻摩挲某个能令他分心的地方。

"晟昊喝醉了，你能不能来接他？"

洛一瞬间抬眸，惊诧的眼神从书边望来，些许无措。

艾阳放下书，轻轻拍了拍她的脸，她这才冷声回复："他喝醉了关我什么事儿，你不该打给他老婆吗？"

"我觉得他现在最想见到的人是你。"

如此理所当然的语气让艾阳有些坐不住了，他紧紧盯住洛一，觉得若对方再说一句，他可真要出声宣示主权了！

洛一可没给他这个机会，直截了当道："你让他去照照镜子，究竟是什么给他勇气，让他三番四次觉得我还顾念旧情！"

如此伤人的话若换作旁人早挂断了，哪知江庭像是不泄气似的继续道："应凯说你到现在还没开始新恋情，难道不是因为他？"

应凯？！

这是艾阳第一次意识到这个人在洛一生活中的存在，或许不只是上下级的关系。未及细想，便听洛一低声骂："应凯，你个大嘴巴！"说完，清了清嗓子，又道："江庭，因为当年你肯借我朋友圈看，我才会接你电话，再说些有的没的我可翻脸了！"

那边顿了好久，像是在找话题，可绕来绕去仍是道："洛一，你以前不是这样的，以前只要他服软你就会原谅……"

"以前，以前，以前，你们怎么就揪住以前不放呢，人是会变的！更何况，我跟他早分手了！等人醒来，你告诉他，有多远滚多远！"说完，利落地挂掉电话，可心里那口气并未因为电话挂断而散去，洛一气恼的想："怎么男人一个个都这么自以为是，以为道歉了，反悔了，一切可以重来？！"起身，她看向艾阳，气鼓鼓问："你也会这样吗？"

"啊？"艾阳莫名其妙，却读懂她眼里的埋怨。

这是把别人的火生到自己身上了？

那他的委屈呢？

一把按住她的肩，艾阳眸色幽怨，"说什么呢，我还没来得及吃醋，你倒为了别人的冒失怪我，你说，我冤不冤？"

洛一敛眸沉思，片刻后，像哄小孩儿似的吻了吻他的额头，"真的好冤啊！"

"你知道就好，该罚！"说完，艾阳在她腰间捏了一把。

洛一"咯咯咯"地笑，"解气吗？不解气，换个地方再来？"眼神流转，她轻轻吹着他脖颈间最敏感的地方，艾阳眸色一沉，一把抱起她，往那雪白柔软间探去。

幽暗的包厢内，厚重的木门挡得住光却挡不住歌舞喧嚣。

江庭默默放下电话，转头望向隐在阴影里的柯晟昊，笑道："你看，我就说吧，她是不会来的。"

柯晟昊叹了口气，抚上眉头，"你说，女人怎么翻起脸来这么绝情？"

江庭哼笑，"你也不说说你以前干的那些事！"

柯晟昊别了他一眼，"你又好到哪儿去？"

"是，咱俩都这样，错过了，才知道谁最好。"拿起酒瓶，他给柯晟昊斟了一杯，又给自己满上，"来，敬咱俩无知年少的时光。"

柯晟昊冷眼看他，没有端起酒杯。

江庭"嘿嘿"的干笑两声，一仰头喝光了酒，眼底一片猩红。叹了口气，他幽幽道："不知道你怎么想，反正，我是真后悔。"

柯晟昊看着他，良久，拿起酒杯一饮而尽。

"我就想给我未来的儿子找个最好的妈，我错了吗？"

江庭不回答，只问他："后悔吗？"

······

"好啦，舒服了就回去睡觉。"洛一推艾阳出门时，忽然打开的门惊到了走廊里路过的人。

"晓晴？"艾阳率先开口。

柔暖灯光下，晓晴看向眼前的人，洛一罩着一件大大的连帽衫，帽衫及膝，盖住她修长的腿，而艾阳穿着同款不同色的帽衫，搭配浅色休闲裤，两人站在一起别提有多般配。

晓晴默默低头，听洛一问："你刚回来？"抬眸间，不自然地后退，今夜的她穿着一件极精致的礼服，脚上的高跟鞋在灯下闪闪发亮，亮的叫她心慌，她想将鞋藏起奈何裙子太短，腿太笨拙，就这么不知所措地站着。

倒是洛一率先夸道："你这么穿很好看，以后就要好好打扮自己。"她的笑容很是温和，温和到似乎可以瞬间治愈所有惊慌。

晓晴看着她，唇角洋溢起的笑羞涩又含蓄，"谢谢老板。"

洛一点头，"早点休息，明天还要忙呢。"说着，暗地里抓了一把艾阳的后背又轻轻抚平衣褶，语气温柔道："你也早点休息。"

艾阳低头看她，满眼是笑，"嗯"了一声后朝晓晴点了点头，转身走回房间。

晓晴的目光追随他的背影，在他进门后才慢慢移开，回眸间，她看到洛一注视着同样的方向，心里蓦然涌起一种无法言说的感觉。

"晓晴，你今晚见了谁，这么紧张？"洛一早就注意到她眼中的惊慌，审度的目光逐渐加重，叫人无所遁形。

"老板，我……"

宁静的走廊，如同一道灯火辉煌的屏障，身影单薄的晓晴站在一边，恣意闲适的洛一在另一边，相视的距离，似乎一步就可以跨越又仿佛永远都遥不可及。

漫漫长夜，墨色浓重……

Chapter 17.

需要原谅的亲情真是生命中最重的痛

作者寄：好像最深重的伤都来自于亲人，最容易被原谅的也是因为亲情。

电梯门开，一双裸色高跟鞋款款而出，白皙的脚踝，纤长的腿，映在柔丝顺滑的粉裸色丝质连衣裙间，裙摆摇曳勾勒出盈盈身姿，恰如这毫无攻击性的色泽般，穿着这件衣裳的人言笑嫣然，正同身侧身着白衬衣西装裤的男子说着什么俏皮话。恰在此时，另一扇电梯门开，风带起她额前的发，她微微侧目，迎上从门里走出的女子，桃花面红樱唇长发妖娆，女子用一双媚眼轻轻扫了她一眼，不知触及到什么，眼神豁然变得极具攻击性，深深注视着她，像是想要上前攀谈又碍于她身边还有旁人，只得冷哼一声，风驰电掣地向前走去。而那被凝视的女子目光从对方的背影逐渐移动到她斜挎的包上，眉尖一挑，像是想到了什么，笑意深邃，直到那包被后面一路小跑追赶的女孩儿挡住，她才收回眼神，淡淡地扫了女孩儿一眼，轻轻道：“有趣！”

　　“什么有趣？”身旁的男子低声问。

　　“她俩的关系，很有趣！”说完，她收回眼神，朝女子背对的方向走去。

　　一路上，迎面而来的人纷纷唤：“洛经理早。”

　　女子正是洛一。

她笑着向对方问好，自然也听到背景音里的窃窃私语——

"哎，你们看到了吗，准总裁夫人来了。"

"当然，她不常露面，今儿忽然来，我赶紧过来瞧瞧，长得跟传说中一样好看！"

"你们不知道，她可是华阳集团董事长的千金。"

"哟，正儿八经的白富美啊，怪不得把总裁收的服服帖帖！"

"你这叫什么话！"

"你们不知道吗，倩茹就是因为她，被开的啊！"

"啊？！"

"……"

洛一豁然转身，回望那婀娜的身影，影影幢幢间，她仿佛回到自己初看柯晟昊结婚照时的情景，同样的惊诧，是因为柯晟昊的妻子其实她是见过的，却不是眼前渐行渐远这位。

那是在她与柯晟昊分手半年后，DMV 里，洛一第一次见到柯晟昊的妻子，因为至今她都不知道对方的名字，暂且用 H 表示。至于见面地点为何是在 DMV，就得问问那个结婚半年仍然开着前女友名下的车载着现任老婆还要前女友代缴保险费的人了。

在一起的四年里，柯晟昊开的车登记在洛一名下，分手后她一直想过户给他，这样才能理清两人之间不该有的牵扯。她几次三番提出过户，柯晟昊却一直拖延，直到他终于答应，来到 DMV，她才知道他是想将车过户到他妻子名下，而考到许可证是需要时间的。于是就有了下面这一幕——

小小的柜台，洛一和 H 挤在一起，那是一个个子高高面容清秀的女孩儿。两人之间没有交流却并不剑拔弩张，因为，柯晟昊介绍洛一时说的是："这是我的同班同学。"她明白为何他要这样讲，迎上女孩儿清澈里带着善意的笑容，她没忍心说破，既然两人都决定断绝关系，没必要让更多人烦恼。可现在想来，当时，她没有说破，算不算是另一种伤害呢？

到底是真相更残忍，还是带有欺骗的婚姻更残忍呢？

在看到转户申请后，工作人员看看洛一又看看 H，居然问，'Are you relatives？'大概美国人是真分不清亚洲面孔，而她的过户理由又恰好是无偿赠与。

洛一忍住想要吐血的冲动，轻声道，'No, we are not.'

尽管工作人员仍满脸疑惑，但他未再追问，开始办理手续。

洛一淡淡地瞟了一眼站在 H 身后神情尴尬的柯晟昊，心想："你知道丢人就好！"

能将前女友与现任妻子置于如此局面，大概只有柯晟昊能做得出来吧！

双方签字时，洛一利落地写下自己的名字，而 H 却突然转头问柯晟昊，"我该写中文还是英文？"

洛一很是奇怪，抬眸间见柯晟昊涨红了脸，匆匆说了句，"签中文。"

过户完成，她没再看两人，礼貌地说了声"再见"走出 DMV。

那天的天气特别好，阳光打在脸上暖融融的，终于摆脱束缚的洛一仿若一头重归自由的狮子，昂扬恣意地驰骋在毫无天敌的草原上。一路哼着歌，开着车，奔向更广阔的天地……

"怎么了？"艾阳的声音将她拉回现实。

想起方才女子看她的眼神，洛一终于理解了里面饱含敌意的因由，曾几何时自己也用这般狭隘的眼神看待任何一个出现在那个人身边的异性，直到这一刻，她才清晰地意识到，原来，每一个与之亲近的女性都会被逼出心底恶魔的部分，而眼前这个女人是否就是自己所等待的东风呢？

看着女人身后毕恭毕敬的女孩儿，她似笑非笑地问晓晴："她就是你同学？"

晓晴点头，默默看着洛一的脸色从明媚到平静，直到现在的深不可测。

"行，有空，替我给她带句话吧。敢动我的人，胆子不要太大！"说完，她干脆利落地向前走去。

而晓晴站在原地，看着那纤瘦又充满力量的背影，百感交集。

柯晟昊的未婚妻会来找自己，洛一早有预料。

今天会上，洛一并未对柯晟昊展现出以往的冷漠，相反，她有意无意以幽默的方式透露出对柯晟昊的了解，会议氛围格外轻松，甚至连负责端茶倒水的秘书都一脸喜气洋洋，所以，会后，洛一在茶水间自然"偶遇"了柯晟昊的未婚妻，华阳集团董事长之女华梓羽。在听到她自我介绍为尹氏代表后，对方脸上的诧异逐渐转化为释然，而后又慢慢结起一种难以言说的失落。

"同尹氏合作还要仰仗你啊……"华梓羽幽幽道。

这话听起来不像是在恭维，洛一挑了挑眉，欲言又止，未说的话掺进笑意里，言笑嫣然，"放心，晟昊的事，我自会上心。"

华梓羽的表情顿时晦涩起来。

"你们在说什么？"熟悉的男声传来，华梓羽回头，见自己小心守护的人疾步而来，脸上明明挂着笑可眼中却写满担忧。

是怕自己又把事情搞砸吗？

她简直烦透了他这副对自己提防对旁人上心的模样，正要开口斥责又想起面前还有别人，只得任由柯晟昊假作亲昵地揽住她的肩，警告似的捏了捏，她不自然地笑起，轻声道："没说什么，我在拜托洛经理多帮衬你啊！"

"又瞎操心！"柯晟昊几近宠溺地刮了刮她的鼻尖，余光却在观察洛一的反应，这般别有用心的细节落在心生疑窦的华梓羽眼里，心里拱起的火无限蔓延，"那也得看人家愿不愿意啊。"

听闻此言，洛一微微一笑，放下手里的咖啡杯，轻声细语道："怎么就不愿意呢？"说罢，抿了抿唇，正如早上华梓羽看她般深深地盯住对方，"我就不打扰二位啦，柯总，咱们明天见。"转身，笑盈盈地走出茶水间。

身后的门豁然关闭，门里似乎传来争吵声，声音过于低沉，洛一听不清也不想去听，她淡淡笑着迎上不远处看向自己的艾阳，方才的一切他都看到了吧，洛一有些愧疚，走过去碰了碰他的指尖。

"别生气啊！"洛一轻声道。

若是私下里，艾阳肯定早把人带进怀中，可现在人来人往，他只得规规矩矩地盯住她，神色忧郁，"别玩儿火啊！"

"放心，"洛一轻笑，"我自有分寸，只要这火烧不到你，怎样都好！"

大厅另一侧，晓晴拉着几欲冲进茶水间的何婷娜往楼外走去。

"哎，晓晴，你拉我干嘛，我还没沏茶呢！"

直到来到附近的咖啡厅，何婷娜才挣脱晓晴的手，搓着被捏红的手腕，愤然道："你不是怪我骗你见柯总要跟我绝交吗，怎么还找我喝咖啡？"

晓晴在没人的角落落座，气恼地招呼她，"你没见我们老板跟你们柯总的女朋友在里面啊，还没心没肺往里闯！"

"在里面又怎么了，茶水间又不是只有她俩能用！"

何婷娜的满不在乎换来晓晴恨铁不成钢似的长叹，"你是真不知道她俩的关系？"

这里面有情况！

敏感的何婷娜立马察觉出晓晴话里有话，眼珠一转，唇角扬起八卦爱好者特有的意犹未尽的笑容，讨好似的轻声道："她俩啥关系啊，你说说呗。"

"先点杯喝的吧。"晓晴不慌不忙道。

咖啡飘香间，晓晴望向窗外行色匆匆的人，似乎每一个人都有自己执着要去的方向，她是，何婷娜也是。

她不禁想起昨夜自己强行拉开包厢门后撞见对方偷听的尴尬模样。

"我还以为你真想跟我叙旧，原来只想利用我。"她说的凄然，可何婷娜却不以为意，"你啊，就是不开窍，柯总给你买那么贵的礼物，你怎么就不接受呢？"

"我跟你不一样，好吧！"

如今，两条路摆在面前，何婷娜会如何选择呢？

"晓晴，你快说嘛，你们老板跟我们老板女朋友到底是啥关系啊？"

"你，真想知道？"

"快说嘛！"

盯着何婷娜迫不及待的眼，晓晴幽幽道："既然你真想知道，那我就先讲讲我们老板与你们柯总的过往吧……"

咖啡还温着，对面的人已不知去向。晓晴默默闭眼，今天，她说了许多不该由她来说的话，这算不算往心机深重的方向迈进一步呢？

她忽然觉得很累很累。

翻出钱包，她正要付账，一张卡豁然出现在桌面，伴随熟悉的声音，"这杯咖啡，我请。"

她急忙转身，迎上洛一淡然的笑容。

"话都带到了？"

"是，按您说的讲的。"晓晴毕恭毕敬。

"很好。"洛一点头，眸色深重。

"老板，接下来该怎么做？"

洛一凝视前方，重重楼宇间似乎透不进一丝阳光。

她轻轻呵出一口气，淡然道："什么都不必做，等着，很快就会有结果。"

……

盛华有意推迟合作的消息是几天后传出的，尹氏当机立断终止评估，并宣布未来不会与其有任何形式的商业合作，当初宣传有多大张旗鼓，现在反噬就有多严重，一时间，盛华的诚信成为众矢之的，连同总经理柯晟昊的上位史也被一并爆出，成为人们茶余饭后的谈资。

结局来得太快，艾阳甚至来不及反应，过了周末就要回美国了。

收拾着行李，他忍不住去看洛一，阳光照在她消瘦的脸上，模糊了轮廓。说不疑惑是假的，艾阳想不明白，似乎从某一刻开始，整件事就像被推倒的多米诺骨牌，坍塌的风驰电掣。

她是怎么做到的呢？

艾阳想问又不知该如何开口，抿了抿唇，低下头继续收拾行李。

欲说还休的模样难免引人遐想。

洛一看在眼里，心里有些难过。

放下衣服，她想平心静气的说话，可话到嘴边却成了冷笑，"事是我做的，怎么样，怕了吗？"

艾阳没说话，走过去握住她的手，然后，突然用另一只手捏住她的脸颊。

"干什么，疼……"洛一被捏的呲牙咧嘴。

艾阳倒笑得温和，"我就想试试，这张面具，到底撕不撕得掉。"说着，吻上那双倔强里带起些许委屈的眼。

"我又没说什么，瞧把你委屈的！"抚上她清瘦的脸颊，艾阳叹了口气，本以为这次回来她能像休假似的胖上几斤，结果却越来越瘦，还不是因为殚精竭虑。"我说过，怎样的你我都爱，天真的，专注的，冷酷的，耍小聪明，无论你做什么，我都接受。"他看着她，眼里闪过一抹痛色，"只是，不管你想做什么，可否让我分担一份？"

洛一凝望着他，眼中温热。抱紧这个被她珍视的人，将脸贴近他心口，听里面的汹涌澎湃一下一下抚平自己的心浮气躁。"艾阳，你帮我的已经很多很多了，有些事我不想让你碰，终究不是什么好事。"

耳边传来一声叹，洛一觉得自己被抱得更紧更紧了。

"我说过，我会护着你。如果此时，我还没有足够的能力，至少，让我辅助你。"

"好。"她蹭着他的衣襟，感受从他心口传来的源源不断的温度，淡淡笑着，"如果没有你，我该怎么办……"

"嘘。"他轻吻她的额头，"别去想永远不会发生的事。"

洛一笑，寻着他的温存，贪恋地迎上。

窗外，阳光照在金色的穹顶上，反射出一片赤黄又融暖的光，洛一背靠艾阳，远眺楼宇间影影重重的城墙，这是她回来后第一次如此惬意的举目四望。

城还是那座城，可人早已不再是从前的人。

同样远望，艾阳的思绪却无法停歇，如果说工作上的事洛一自有定夺，他无权干涉，那么，一个关于她过往，他无法理解的问题是否可以在此刻提及？

紧紧抱着她，他在她耳边轻语，"亲爱的，我可以问你一个问题吗？"

"你说。"洛一应得大方，毫不介意他对自己有任何探寻，可她万没想到，艾阳想问的是："你和柯晟昊的事，跟你爸妈说过吗？"

洛一默默摇头，不知该如何形容内心恍然而起的无措，还有一丝失落，"没有。"

"为什么呢？"他抱着她的手臂越发收紧。

对啊，为什么呢？

洛一淡淡笑起，"可能是怕被责备吧。从小到大，无论发生什么坏事，不管因由为何，始作俑者是谁，最后都会被归结为是我的错。其实，我挺不明白的，在他们心里，我怎么会是个惹是生非的人呢？"洛一叹了口气，回身认真看艾阳，"你有没有一种感觉，好多事，如果是被外人误会都可以忍受，但若被最亲近的人中伤，无论程度有多深，都不容易接受。所以，很多事我不跟他们说，是怕造成二次伤害。那些最黑暗的日子都是我一个人挺过去的，慢慢的，就成了习惯。"

"我发现啊，亲人可以离我很远，但我却不觉得孤单。"

说这话时洛一是笑着的，可艾阳却宁愿她痛哭一场。

有些泪没有及时流下，干涸在心里，就会筑成一道墙，墙里护着小心翼翼的奢望，没有奢望，人才会变得坚强。

可他不希望她是这样的坚强。

轻轻揉了揉她的脸颊，他轻柔道："那，你想不想回家看看？"

回家？！

回家……

"为什么？"

他笑，"回家还需要理由吗？"

洛一不语。

艾阳继续问："你有多少年没回家了？"

多少年？

关于这个问题，洛一陷入回忆，多久的时间，她还真需要好好算一下。

是从哪一年开始，不归家成为一种常态呢？

好像从她分科考失利开始。

其实，洛一的学业并非一帆风顺，自打遇见柯晟昊，她很难集中精力应对残酷的考试，虽说过了资格考，但她却在分科考中失利，不仅意味着她必须放弃已有专业重新选择研究方向，更意味着她将在通过考试前失去奖学金的资助。

她还记得拿到考试结果那天，邮件里轻描淡写的话犹如一记惊雷劈倒了她。

原来，本已艰难的生活还可以难上加难！

幸好，她还有一次重考的机会，她认认真真思考自己所擅长的领域，也是在这时遇到了足以改变人生的导师，这也算是人在低到不能再低时触底反弹吧。

触底反弹吗？

洛一轻笑，现实带给她的打击可远远不止重选专业一项，在最艰难时，她看清了自己与家人的关系，无非是利用与被利用罢了。

没有奖学金，洛一只能向爸妈借钱。

那天，她按着计算器算出折合人民币后半年的开销，将计算器递给父母，恳求他们帮自己度过难关，那是自她长大后面对父母时最卑躬屈膝的一幕。非常意外的，一向对自己吝啬无比的母亲居然爽快地答应了她的请求，她内心无比感激，想着虽然自己与家人不甚亲近，可在关键时刻支持她的还是家人。

可惜这笔钱给了母亲顺理成章替她安排婚事的理由，对方是爸爸生意上的合作伙伴，不仅能给公司注资，还能带来不少商业机遇，但她不愿因利益赌上自己的幸福，所以，她逃了，连夜逃回学校。

那一夜，虽然她拿到了钱，却成了世上最穷的乞丐，一夜之间，一无所有。

也是从那时起，历经重重打击的她俨然成为一个没有感情的学习机器，熬夜做科研，拼命过考试，无所顾忌地想要拿回本该属于她的一切。即便柯晟昊仍时不时做出一些挑战人底线的事，她都听之任之，或许这才是他认为只要他认错她就会原谅的原因吧，但其实，在她潜意识里，他所带来的伤害相较于亲人的冷漠不值一提。

压倒她精神的最后一根稻草，来自于她本该倚仗的亲人，何其可悲。

洛一回想，自借钱那晚，到今天，她好像已有十年没回过家了。

整整十年！

当她说出这个数字时，连自己都吓了一跳，原来，至亲之人真的可以走成陌路，真的可以这样！

她将头埋进他的怀里，像胆怯时找理由逃避一样。

他怎能不理解她在逃避，可逃避真有用吗？

"洛一，这一回，我陪你回去吧。"

洛一静静看着艾阳，自从在一起，她似乎从未拒绝过他，那双真挚里带着安抚的眼，总让她觉得内心被填的满满当当，她可以因为他向自己证明她能攀上山顶而鼓足勇气回国面对困扰她多年的噩梦，也可以因为他怀着赤诚安安静静等在不远处而敢于独自面对让她不适的人解开心结，她对他的信任在完成一次又一次自我救赎的同时不断累积，到现在，只要他说"我会陪着你"，她似乎就能平复一个又一个创伤。

真是这样吗？

洛一差一点就要答应他了。

急促的门铃声猝不及防地打断思绪，洛一张了张口什么都没有说，径直走向房门，晃神间未检查来人直接打开了门。

"哄"一声响，她被重重摔到门外，头撞到墙上痛得眼冒金星。曾经暴虐的场景重现，她不必看清来人便被拖回多年前漆黑无助的深夜。

那一夜，她蜷缩在卫生间，透过狭小的窗望漫天繁星，那么多星星，却没有一颗为她而亮。

重重甩头，她想甩掉那些痛苦，一双手，温暖又执拗地将她锢入怀中。她茫然无措地抬头，眼前重影渐渐汇聚成一张脸，一张苍白里写满愤怒又疼惜的脸，她从那双清澈的眼里看到自己，仿若在黑夜里寻到了光，瞬间遣散惊慌与迷茫。

她从未得到过星星，却拥有了唯一照耀她的阳光。

"艾阳，我疼！"她轻声道，却并非是指自己受伤的额头，这点小伤相较于她空洞的不停想被填满的心来讲，不值一提。

可艾阳却着了急，怒视前方，眼里的冰冷瞬间冻住了光。

她这才想起现场还有第三个人，淡淡的将目光移到那人身上，衣衫褴褛怒目圆睁的人，忽然让她有种想笑的冲动，她也就肆无忌惮地笑了，"呀，我当是谁，张口就咬人，本性难移啊！"

阴阳怪气的笑是最毒的毒药，诛灭了柯晟昊心底最后一丝希望。他盯住她，死死盯着，像是想要玉石俱焚般，狠狠道："你这个女人，真可怕！居然用如此下作的手段阴我，我真恨当初没把你掐死！"话刚出口，一记闷拳迎面打来，他站立不稳伏到墙上，愣怔间发狠的气势一泄而光。

他根本没想到眼前这个毛头小子敢对他大打出手，用手摩挲唇角，待看清指尖殷红时，瞬间阴沉了脸，像电影里挨打后不服输却又不敢轻易出手的混混似的，用舌尖舔着带腥的牙齿，痞里痞气道："你居然敢打我！"

"打的就是你！"

艾阳一步上前，洛一立马跟上，将他的手握进掌心里，轻轻摩挲，试图安抚他黯然而起的怒意。

吓到她了吧。

艾阳恍然垂眸，眼里的愤怒化作疼惜，他忽然意识到自己是真的很心疼她，在那么多年里，竟被这样一个恃强凌弱的人欺负。

不知是不是两人之间的互动刺激到了柯晟昊，偃旗息鼓的他忽然疯扑上来，边挥手边大喊，像是给自己加油鼓劲儿一般，然后，不出意外地再次撞上艾阳的拳头，这一回，艾阳是下了狠手，柯晟昊耐受不住，弯下腰，可弯腰似乎很丢面子，他又捂住脸狼狈不堪地抬头，迎上艾阳自上而下威严的俯视，断断续续道："你……你怎么敢……"

艾阳冷笑，沉声道："上一拳，为七年前的洛一，这一拳，为你刚才的无礼，怎么着，你都得受！"

洛一瞬间泪目，小心翼翼地捧起他红肿的手，轻轻吹着伤，"为这种人，不值得！"

柯晟昊脸色一僵，恼羞成怒的眼神落在二人紧握的手上，难以置信道："你俩是什么关系？"

艾阳反手握住洛一的手，大大方方承认，"就是你想的那种关系。"

柯晟昊蓦然就笑了，肆无忌惮的笑结成锋利的刀照直戳向洛一，"你居然养了这么个小白脸，不得费你一大笔钱？"

艾阳面色瞬间煞白，他本以为柯晟昊想的是情侣关系，可万没想到此人如此龌龊。但想想他似乎也没多气，这样子虚乌有的构陷对他不会产生任何影响，自始自终他所在意的唯有洛一罢了。

可洛一却不这样想，手温柔地摩挲艾阳肿起的手背，而眼却恢复往日威严，"真是什么样的人看到的就是什么样的事。你啊，一向以讨好女人为自己铺路，可不就是你嘴里口口声声说的小白脸嘛！"

"你……"柯晟昊怒不可遏，在迎上艾阳冷峻的眼后，悻悻后退，"好，好，我收拾不了你们，自然有人收拾，我会让你们知道什么叫吃不了兜着走的！"说完，头也不回地走了。

"孬种！"艾阳低声骂。

看着那狼狈不堪匆匆退场的身影，洛一内心的空洞停止了凹陷，那么多年里，带给她无限恐惧的人居然如此不堪一击，怎么曾经的自己没发现呢？

感慨万千，她轻轻触摸额头上的伤，伤是疼的，但她的心却无比轻松，"那些年啊，我真是瞎了眼！"

一只手握住她的手，将她慢慢拉近，温暖的气流吹过她的伤，带起丝丝舒爽。

"等下带你去医院。"艾阳揽着她，用那双刚刚打过人的手轻轻抚上她的眼眸，轻声笑："不算瞎，还分得清好坏。"

洛一一把握住他的手，看着手背上肿起的包，一时间不知该哭还是该笑，"你啊，真是沉不住气！"

"这时候，沉住气干嘛？"他的手缩进她手心，感觉她的温度从冰凉到温暖，还能更暖，他柔声道："倘若，我早点出现，你就不会受这么多伤。"

洛一轻笑，将脸埋进他怀里，"现在出现，刚刚好。"

……

一扇门后，一个娇小的身影靠在墙上，颤抖间蜷缩进角落。晓晴捂住嘴，竭尽全力捂着才不至于泄露悲伤。刚才发生的事她看在眼里，自然也听到两人之间的对话，那些话啊……晓晴暗自想，可真是情意绵绵！直到这一刻她才惊觉，原来，从一开始，她与艾阳之间的距离就不是一星半点。

她自作多情可笑的单恋啊，该是时候结束了……

站在一片灰墙白瓦形态相似的楼宇间，洛一举目四望，矮小的楼遮不住天，她很轻松地看到天边的夕阳，照在被沙尘模糊了的瓦片上，反射不出一丝柔光。明明已过初夏，可洛一浑身发凉，楼门上熟悉又陌生的号码对应记忆里清晰又模糊的地址，街道对得上，至于楼号嘛……她迷茫地搜索被她习惯性清空的对话框，果然，什么地址都没有留下，微微闭眼，再睁开时她沉默地望向艾阳，该告诉他自己根本不知道爸妈住在哪儿吗？

这里是洛一儿时生活的地方，也是妈妈的老家。洛一还记得，姥爷家就住在离火车站不远的地方，小时候，她时常站在田埂上看火车穿过林园驶入深山，时常想，自己什么时候能坐上火车到山外看看？如今，她坐着车一路走过她儿时住的地方，林园不见了，田埂也变成了柏油路，连姥爷的房子都被一片又一片高矮相间的住宅楼取代。爸妈并不住在姥爷留下的楼房里。家里生意失败后，两人从打拼半生的大城市搬回老家，爸爸在一间籍籍无名的职业高中谋到一份教职，两人就住在学校分配的职工宿舍里，至于具体地址嘛，洛一实在记不清了。

"我是不是该提前跟他们说我要回来？"洛一闷声道，可回家的决心是她刚刚才确定的。回来这一路，她无比纠结这个决定是否正确，直到这一刻，无所遁形的无力感才催得她认清内心的不舍，"怎么办，艾阳，我找不到家了！"

艾阳心疼地抱住她，轻抚她的肩，柔声安慰，"别急，我们慢慢找。"

原本不想哭的洛一一下子红了眼眶。

抬起头，艾阳望进重重楼宇，怀里失落的人令他的心情难以言说。他注意到街边一位看热闹看得大大方方的阿姨，眼中的惊喜让他觉得对方似乎认识他们，微微一笑，他试探着问："请问，您知道，洛家怎么走吗？"

"哟，还真是洛家的闺女？！"阿姨疾步走来，毫不见外地细细打量艾阳怀里错愕的洛一，兴奋道："还真是啊！啧啧，这闺女长得比照片里还要好看！"

洛一瞬间红了脸，"您认识我？"

"岂止认识！你爸啊，天天拿着你的照片，逢人便夸这是他在美国的闺女，怎么样，这次回来……"阿姨脸上的笑灿若艳阳，余光扫过洛一身边的艾阳，像是发现了什么大秘密似的偷偷笑，"是带男朋友给爸妈看的？"

洛一看向艾阳，羞涩的点了点头，在她温和的目光里，艾阳唇角浮起同样温和的笑，两人顾盼的模样宛若此刻天边柔和的夕阳。

这般美好的画面令阿姨好生欢快，"哎呀，真好，真好啊，你爸知道还不知得多高兴呢！这个点儿，他肯定在公园下棋，你快回家，我给你叫人去。"

"哎，阿姨，"洛一连忙问："您知道我家住哪栋吗？"

阿姨略显诧异，回头看这极为相像的楼宇，诧异又消散，爽快道："呐，就那栋，一单元四楼西户。记住喽，倒贴福字的那家就是。"

"谢谢您。"

阿姨摆了摆手，笑着往院外赶去，絮絮叨叨的话语混进夕阳里，给傍晚增添一抹乐趣，"我就说嘛，楼号得刷清楚点，老孙还不听，瞧，人家分不清吧，赶明儿我一定得让他返工，得用红色，大红色！"

洛一深吸一口气，冲艾阳伸出手，轻声道："走吧，我们回家！"

艾阳笑着牵起那只冰凉到让人心疼的手，把手握进掌心，迎着光，轻轻呼出一口气，"走，回家。"

……

"近乡情怯"这个词，洛一也是站在倒贴福字的大门前才深刻理解它所代表的含义。

手伸至门前，她犹豫着看向艾阳，"是按门铃还是先敲门？"

这有什么区别吗？

艾阳疑惑，"按门铃吧。"

洛一缩回手，摇了摇头，"我妈不喜欢太吵。"

"那就敲门？"

洛一又摇头，"我妈有点儿耳背，可能听不见。"

叹了口气，艾阳轻轻按了一下门铃，门铃响起的瞬间，洛一一步跳到他身后，将他推至门前，艾阳明显感觉猫眼豁然一暗，在做好心理准备前，一个冰冷的女声悄然传来，"你是谁？"

艾阳瞬间体会到洛一的无措。

我是谁？！不该问我找谁吗？！

这该如何作答？

你女儿未来的老公？

这么说会不会有些过分？！

绽放出比往日更加灿烂的笑容，艾阳扬声道："阿姨，洛一回来啦。"

"洛一……"

门里豁然没了声音，而门却纹丝未动。

过了许久，艾阳的心逐渐忐忑起来，他有些不确定地去看身后低着头不知在想些什么的洛一，难道，这就是她不愿回家的因由？

可是，整整十年，有什么事是亲人之间过不去的呢？

就在他迟疑着该不该开口安慰她时，门豁然打开，一个消瘦的女人站在光里，光晕花了她的脸，让他无法辨清对方脸上的神情，可那双萧瑟里了无生气的眼仿若在干涸的草原上劈下一道闪电，危险中又预示着暴雨来临的生机，艾阳明白，这双眼并非注视自己，而是穿越他看向身后之人，深深呼吸，他缓缓移动脚步，温柔的让洛一暴露在注视之下，屏息凝神，默默观察着两个咫尺相距相顾无言的人，空气里莫大的哀伤让人不由种想哭的冲动。就在他以为两人会说些什么缓和气氛时，女人豁然转身进屋，没留给洛一任何说话的机会。

幸好，门，还是开着的。

艾阳赶忙推洛一进门，在她耳边轻声道："去说说话吧，没事，有我在。"

洛一叹了口气，慢慢走进玄关，朝光影里背对她的人轻声唤了句："妈，我回来了。"

妈妈脊背微颤，还是那副做起事来干脆利落的模样，麻利地收起茶几上散落的报纸，边收边埋怨："回来也不提前说一声，家里啥都没准备，只有粗茶淡饭，你们能吃得惯？"

洛一默不作声。

见她不说话，艾阳赶忙答："能，阿姨，洛一路上就嚷嚷着想吃您做的饭，还夸您手艺好呢！"

洛一望向忙不迭跑出来打圆场的艾阳，第一次发现，他还有如此机灵活泼的一面，余光里，妈妈注视艾阳，不冷不热问："你是谁？"

洛一默默叹了口气，上前一步握紧艾阳的手，轻声道："这是艾阳，我男朋友。"

艾阳微微垂眸，感受着自掌心源源不断传来的清凉，脑门上翻涌的热流被压下，长长缓缓呼出一口气，状作平静的迎上洛一妈妈审视的眼。幸好，对方没再说什么，将报纸装进围裙，道了句："你们坐，我去做饭。"他赶忙接道："阿姨，我来帮你。"说完追进厨房，临进门仍不忘回头冲洛一眨了眨眼。

洛一唇角微扬，他这般主动活泼的模样还真不常见，是为了什么，洛一暗自叹息，将注意力转移到周围熟悉又陌生的陈设上。有些家具是从旧家搬来的，比如这套红木沙发，再比如……她的目光落到地上被摆得端端正正的一双毛绒拖鞋上，拖鞋已洗得发旧，可她仍旧认出那是她高中时最喜欢的拖鞋，兔耳朵，绿绒毛，过了这么多年，还没有坏吗？她把脚轻轻伸进拖鞋，鞋底踩着有些颗粒感，她不禁轻笑，果然，还是坏了啊！

笑没来得及收起，身后的门猝然大开，她毫无防备地撞进来人明显焦急的眼里，心里"咯噔"一声撞开了花，花开带出一声"爸"，可这一声还没唤完，眼泪已先次第花开的落下。

"哎呀，——回来啦，回来就好，不哭，不哭啊！"

洛一满眼是泪，根本看不清来人，只觉有双温暖中带着石灰粉味儿的手抚上自己的脸，杂乱无章地拭去她源源不断落下的泪。

吸了吸鼻子，她闷声问："你怎么跟我高中班主任一个味儿啊？"

耳边传来一声笑，模糊中爸爸已不再是以前精明干练的模样，身上的书卷气古板又和蔼，居然像她儿时考满分后讨赏似的，自豪道："可不是嘛，你爸我现在就是班主任！"

洛一抹了一把脸，随手弹去爸爸肩头红色的粉笔末，红着眼笑，"挺好。"

"都杵在那儿干嘛，还不快来帮忙？"

洛一一个机灵望向厨房外的妈妈，她向来畏惧妈妈，但此时此刻妈妈脸上洋溢的表情是欣喜吗？她有些不可置信。

反倒是爸爸一个劲儿将她往前推，边推边笑，"嘿，你看，女儿回来啦！"

妈妈嫌弃地撇了撇嘴，"我又不是没看到，快进来炖肉，再晚，饭都吃不上啦！"说完，走进厨房。

而跟着妈妈出来还没来得及跟回去的艾阳笑得像株向日葵一样，直面对上爸爸惊诧的眼，站得笔直又挺立，"叔叔好！"

"哎，这就是那……"爸爸脸上的神情从惊诧到狂喜，眼神上下打量艾阳，打量不够还指指点点，最终，比画半天就憋出两个字，"挺好！"

艾阳明显长舒一口气，瞬间恢复那难得一见活灵活现的模样，举着沾满面粉的手，招呼道："叔叔，阿姨说您炖的肉特别香，我和面，您炖肉，咱一起帮阿姨？"

"哎，好嘞！"爸爸一撩衣袖，宛若要大干一场的模样，在进厨房前特意将洛一拉到沙发上，"你坐着，等吃饭。"说完，喜气洋洋地走进厨房。

洛一坐在沙发上，透过窗看艾阳忙前忙后，听爸妈斗嘴嗔笑，时间仿佛回到许许多多年前，她五岁时第一次回家的模样。那时的她也坐在沙发上，像个陌生人似的看爸妈做饭，看弟弟玩耍，一晃过了好多好多年啊！

晚饭是按老家接风的习俗准备的，"长接短送"，所谓长是指一碗长长的面条，寓意常回家看看。

面是艾阳和的，经妈妈反复手擀被抻成面条，上汤熬煮，最后淋上爸爸秘制软烂的牛筋、牛腱与牛腩，配以五花八门的小菜，是洛一每回归家必吃的第一顿饭。

劲道的面条，肉香袅袅，洛一迫不及待地尝一口，这一口竟吃出了十年魂牵梦绕的味道。洛一爱吃面，从小就爱吃，可这十年里她鲜少吃面食，理由是为了身体健康少碳少糖，直到这一刻，口腹之欲满足后，她才深刻意识到，有种思乡是杜绝一切与家相关的念想。

"来，吃菜。"爸爸夹了一筷子尖椒豆腐丝给她，虽是素菜，却是她最爱吃的。

舌尖辛辣与这做菜的人一样，她抿了抿唇，抬眸望妈妈，轻声道："谢谢妈妈做我爱吃的菜，味道还和小时候一样好吃。"

妈妈微微点头，倒是爸爸乐呵呵地把菜往她面前推，转手又给自己倒了一杯酒，边喝边笑，"你们怎么回来的这么突然？"

洛一把食物咽下，轻声答："来北京出差，顺道回来看看。"

"那……住几天？"

这才是爸爸真正想问的吧。

微微垂眸，她看着面在筷子上打成了结，声音越发轻柔，"明天中午就走。"

桌子上，爸爸喝酒的倒影明显一顿。

她瞬间抬眸，刚好看到妈妈收敛笑容，几乎是微不可闻地叹了口气。

爸爸皱眉，"好不容易回来一趟，多住几天嘛。"

"您也知道，我很忙……"洛一的声音越来越小也越来越没有底气。

拿起酒瓶，艾阳给爸妈斟满，也给洛一斟了一小杯，最后才给自己满上。端起酒杯，他以相比之下甚是洪亮的声音道："叔叔阿姨，往后我跟洛一会时常回来看你们，不用担心。"

爸爸看向艾阳，眼里的无奈被灌进酒里，与之重重相碰，"你小子，可得照顾好我闺女，我就这么一个宝贝女儿，她好，我跟她妈才会好！"

"您放心。"艾阳笑着递给洛一一个眼神。

洛一微微垂眸，掩下眼底豁然而起的哀伤，沉默片刻后，抬头道："爸爸，这话该反着说，只有你和妈妈好，我才会好。"说完，酒杯与爸爸的相碰，碰完后，又小心翼翼地移向妈妈。妈妈看着他们，只是看着，不言不语。这杯酒就像寄托了某种希望，洛一小心翼翼地奉上，谨小慎微地观察。幸好，妈妈没有像从前那般冷漠的待她，与她相碰后爽快地一饮而尽。而洛一，像个忽然得到糖的孩子，瞬间红了眼眶，烈酒入口，她居然尝到丝丝甘甜。

仿若千言万语都融进酒里，喝掉便冰释前嫌。

饭桌上的气氛终于活跃起来。

酒过三巡，爸爸的话更多了，一手拉起洛一，一边絮絮叨叨，"你妈啊，那会儿也是病急乱投医，你别往心里去，其实，她心里清楚得很，公司不是钱能解决的问题。"爸爸的手温暖又潮湿，捏得洛一的心也湿湿凉凉。指指洛一，他又指向妈妈，唉声叹气，"你妈她早后悔了，可就是憋着不说，就是嘴硬！"

"他爸！"妈妈厉喝。

若是往常，爸爸早一个激灵住了嘴，可今晚，不知是酒精作用还是话憋太久不吐不快，他完全不理会妈妈，一个劲儿道："哎，她倔，你也倔，真是一个模子里刻出来的，谁都不肯低头！"

洛一眼里的泪落得悄无声息。

端起酒杯，她狠狠闷了一口酒，酒入愁肠，果然辛辣无比。

她一边喝酒，一边听爸爸说话，脑海里不停回想从小到大与家人的过往，真是因为倔强才走到如今这般田地吗？

可若不是因为倔强，又是因为什么呢？

她想不清楚，可又很不甘心，那些她与家人错过的时光啊……

后来的事，她不记得了，不记得自己如何回到卧室，更不记得爸爸跟艾阳又说了些什么，她只觉得，睡意朦胧间，有只温暖的手抚过她的脸，从眉峰到鼻尖，带着颤抖，久久不息……

不知睡了多久，门外传来一声响，洛一自然而然的醒了。

悄悄出门，她看清厨房里昏黄的光，蒸汽结起雾模糊了窗，窗上映出的人影忙前忙后不知在做些什么。

慢慢靠近，她闻到熟悉的蒸笼香，是炸糕被纱布裹住受水汽蒸腾后油香酸甜的味道。

多么熟悉的味道啊！

她想起从前离家上学前，妈妈总会做一笼水饺配上她并不爱吃的油炸糕，强迫她必须每样吃一点，这样才能早点回家。

"长接短送"这古老的习俗，承载的是家人之间无声的思念。

我在这里，等你归来……

这个道理怎么现在她才懂呢？

那些被她忽略的悄无声息的关怀总抵不过大声宣泄的伤害，后者被深深记住，在夜深人静或情绪不好时被拉出来反复鞭笞，然后就形成了伤，一块难以愈合永远留疤的伤。

她轻轻叹息，才发现自己不知何时来到妈妈身后，眼前单薄消瘦的人似乎一伸手就能触碰得到。

缓缓上前，她拧开水龙头清洗水池里泡着的蔬菜，有意忽略妈妈看来的眼神，她不知该说些什么，而妈妈又鲜少与她说话，沉默就成了此刻两人最熟悉的状态，良久无言。

北方夏天的清晨，很凉，水也一样。

她用冰水洗菜，也冲刷内心百转千回的伤。

"凉不凉？"

妈妈轻柔的话语像一簇火苗忽然烫到了她的手，她微微缩手，轻声道："不凉。"

一只枯瘦的手伸来，自然到不能再自然地握住她晾在空中的手，轻轻揉搓，"还说不凉，手都冻僵了。"

妈妈温暖的体温从手心传来，就像小时候，她偶尔偷偷去拉妈妈没有牵住弟弟的手时，一样温暖。

"——，那些年，苦了你了。"

她没有说话，因为泪已代替所有言语决堤般流下。

那么多年无声的争辩，疏离的抗争，似乎在这一刻都失去了意义，有些战役，其实从来没有输赢。

她看着眼前清瘦的人，是从什么时候开始，一头乌黑秀发里混进了银霜？又是从什么时候开始，那个呼风唤雨遮天盖地的人有了如此温柔的变化？

这是她第一次意识到，妈妈老了啊！

心里的伤似乎不再重要，受伤原因到底是不是因为倔强也不重要，她忽然很希望，那些无法弥补的时光从今往后可以被认真把握。而她也该为十年固执离家，没留下任何转圜余地而道歉。

"妈，对不起……"

尽管这句抱歉，迟到了许多许多年。

一天那么短，短到一眨眼便要再次离家。

一天又那么长，长到足以抹去许多年的伤。

吃过早餐，洛一和艾阳出发去机场，爸妈执意要去送他们。

站在安检口，妈妈握着洛一的手久久不肯放。爸爸上前，揽住她的肩，柔声细语道："孩子大了，会照顾好自己。"

妈妈点了点头，可手却握得更紧了。

"妈……"洛一只唤了一个字便开始哭。

一向坚强的妈妈也豁然红了眼眶。

"爸，妈，我工作忙不能总回来，你们要是有空，来我这里住段时间吧。"

"哎，有空，有空！"像是就等这句邀请似的，爸爸立马笑逐颜开，

"你妈没事做，我带完这届就退休，我俩护照签证都办好啦，随时出发！"

妈妈顶着红了眼瞪他，爸爸乐此不疲地笑。

洛一也笑，"那好，我等你们来……"

告别爸妈，洛一与艾阳走进安检口，这一回，与十年前离家时的心情分外不同，她知道，这一回，无论她走多远走多久，身后总有两双眼带着殷切的期盼注视着她，让她再不会走丢。

看着她轻快的背影，艾阳忍不住笑，这样自由自在了无忧虑的洛一可真好！

"洛一，等你明白你名字的含义时，就会知道他们有多爱你。"艾阳暗自想。

洛一，洛一，洛家的唯一……

在洛一与艾阳回老家时，晓晴去见了她大学时最好的朋友，安琪。大学四年，两人不仅是同班同学，还住同一寝室，"形影不离"这个词最能形容两人之间的关系，只可惜，毕业季，分离的不仅仅是相恋多年的爱人，还有至交好友。

晓晴知道，大学一毕业，安琪就听从家人安排，嫁入豪门做起阔太太，那是一条与她选择出国深造完全不同的路。

站在金碧辉煌的客厅，她举目四望，头顶上璀璨如星碎的吊灯折射在金色的地板上，像极了作为公司门面的大堂，可这样气派的装潢竟出现在京郊一栋二层别墅里，晓晴想象得到安琪平日里的生活该有多么奢华，她再也不是那个成天数着日子安排生活费、爱逛打折店的女孩儿了。

"晓晴，好久不见。"

"是啊，安琪，好久不见！"

看着周身名牌的人，晓晴更在意她怀里不足半岁的宝宝，小孩儿有着一双酷似安琪通透灵动的眼，嘴里嗦着奶嘴，哼哼唧唧往妈妈怀里钻。而安琪环抱小孩，眼眸中不见了少女的逍遥，取而代之的是一种安逸又惬意的情态。

说实话，她有些羡慕安琪这般安逸的生活，甚至想如若当初她没有执意出国跟前男友分手，现在的生活大约也是安逸的吧。可若当真如此，她愿意用拼命所得来交换吗？细细思索，她摇了摇头，人与人的选择的确不同。

简单寒暄后，安琪带晓晴入席，今晚受邀的并不只有她，借她回国的名义，安琪安排了一场同学会，请的大多是大学时玩儿的好的朋友，大家喝酒谈心，分享毕业后的生活，其实，短短三年，大多数人都还处于事业初期，生活状态相近，因而畅谈起来其乐融融。

除了对面自斟自饮沉默寡言的人——何婷娜。

晓晴没想到会在这里见到她，毕竟大学时她与安琪交集甚少，更何况，晓晴知道她刚被裁员，裁员原因是她把老板的过往绘声绘色讲给准老板娘听，致使其强烈干涉与尹氏的合作，便有了后来一系列连锁反应，一个故事能带来如此天崩地裂的后果，谁都没有想到。

倒了一杯酒，她走近何婷娜，酒杯里是她斟满的歉意，"婷娜，希望你未来一切顺遂。"

何婷娜撩起眼看她，愤恨的眼神化作唇角的哼笑，她起身略过晓晴径直走到安琪身边，像是多年未见的老友般亲热地向她敬酒，安琪看着身边殷勤的何婷娜，又望向对面清冷的晓晴，接过酒杯一饮而尽。

晓晴微不可闻地叹了口气。

这杯酒预示着什么，不言而喻，她也终于理解今晚何婷娜会出现在这里的原因。

回到座位，何婷娜像是宣示主权似的朝她扬了扬头，晓晴心里的疏离悄然弥散，她不是一个擅长交际的人，但对方的新目标是她最好的朋友，有些话，她必须得说。

靠近何婷娜，她用只有两人才听得清的声音缓缓道："婷娜，良禽择木而栖，既然你选择安琪，以后就别再左右逢源了。"

何婷娜微微一怔，眼里的愤恨逐渐深化，但她不能发作，只能用冰冷到极致的话回："呵，我有今天皆是拜你所赐，只要你滚得远远的，我就能得到属于我的一切！"

晓晴望着她眼里的癫狂，没再说话。

有些事，不是她能讲明白的，正如，她无法说清，自己与何婷娜在整件事里究竟扮演着怎样的角色。

回到座位，她看向对面被人围着敬酒的安琪，她像颗璀璨的星星被捧在云层里，笑着，欢悦着，与旁边苦大仇深的何婷娜形成鲜明对比。

她忽然觉得，无论她也好安琪也好，亦或是何婷娜，都在自己所选择的路上慢慢发生变化。

聚餐结束后，同学们陆续离开，晓晴终于有了机会与安琪单独说话，可话到嘴边不知该从何说起，还是安琪率先问："你，一个人在国外生活的好吗？"

晓晴点头，将出国后的见闻一一讲给安琪听，着重讲到这一年来在工作中遇到的困难与成长，坦然又沉稳，像是历经千帆后她真就走向那类她梦想成为的人。

安琪静静听着没有说话，眼眸深沉是她不曾有过的情绪。许久之后，她握起晓晴的手，眼里满是疼惜，"你一个人在那么远的地方打拼，没人帮忙，连房子都得跟人合租，工作辛苦不说，还要面临身份上不可控的因素，你不会觉得这样不稳定的生活很没安全感吗？"

安全感这个词晓晴还是第一次意识到，出国这一路，她对自己想做的事想完成的目标都非常明了，除了抽签与暗恋那段时日，可事情过去了，她又恢复自信，还真没想过自己现实的处境。

轻轻摇头，她轻声道："每天一起床，我就开始一天的忙碌，白天忙工作，晚上复习 GMAT，该吃就吃该睡就睡，闭眼再睁开又是新的一天，这样的生活虽然无趣却很充实，我并没觉得不稳定。生活把握在手里，怎会没有安全感呢？"

安琪听了，喃喃自语，"我就过不了这种日子，太辛苦了。"

"你这样，多好啊。"晓晴反握安琪，真心觉得生活富足是件很令人羡慕的事，只是通往富足的过程并非她心之所向。

告别安琪，她背向灯火辉煌，面朝前方微弱的光，大步走去。

灯光熹微的路，会途经黑暗也充满波折，可路前方总有一束光生生不息地指引她前进的方向，这样足以。

需要靠自己来走的路才是她心之所向。

Chapter 18.
苦多了，我想走条捷径

作者寄：每个人为了生活都会进行选择，只是，在特定情境、特定时间，欲望被恐惧放大了。

时隔三周回到波士顿，春寒料峭已进入夏日炎炎，可再热的天都不及洛一此刻蠢蠢欲动的心，因为就在刚才她收到唐凌的信息——王甜辞职了。她有一瞬晃神，没想到这一天来得如此之快。目光淡淡扫过后半段信息，"王甜本想凭手中客户要挟应总重新分配尹氏资源，结果辞呈被直接批准。你知不知道，王甜手中的客户早被月主管接手，她连一个客户都带不走！"望向窗外，她微微闭眼，机场跑道反射来的光还真是刺眼。唇角一抹笑不着痕迹地绽放，她忽然很想看看王甜此刻的表情，于是，一下飞机便赶回公司。

　　洛一是在公司门口遇到唐凌的。王甜辞职的消息已被高层封锁，她特地跑下楼来告诉洛一目前的情况，"早会一散，王甜便将月主管叫进会议室，两人谈了两个多小时，没人敢打扰。"说这话时，唐凌甚是忧心，倒显得洛一格外轻松，她笑着，神色淡然，将行李递给唐凌，径直走向大门紧闭的会议室，一把推开门，走入这场没有硝烟的战争——

　　广袤无垠的草原上，风吹草动，露出一只猛虎，虎身匍匐，在这并不属于她的领地里，极力维持王者的威严，虎视眈眈地提防着不远处与其对峙的猎豹，她想肆无忌惮地扑上前撕咬对方，又怕鲜血淋漓弄脏她高贵的皮毛，一时迟疑，对面便又走来一只昂首挺立的狮子，那是一只与她情态完全不同的狮子。

或许因为地盘属于自己，狮子显得笃定又洒脱，自信地将利爪收拢却毫不吝惜以锐眼直视，不惧、不畏、不退缩，令猛虎望而生畏。在她身后，那只与虎对峙不露怯的猎豹在此时才显露出想要攻击的身势，一双眼沉思又敏锐，让虎觉得对方想要的似乎不只有她的命，还有更多更多……

时间在对峙中一点点流逝，食物链顶端的三头猛兽自成两派，僵持着，角逐着，衡量又算计着对方的实力与自己所能承担的代价。

慢慢的，猛虎开始异动，爪牙抬起却并非向前，而是忍耐又压制地一步一步往后退却，尽管眼里有万般不甘，她仍昂头挺胸，以最优雅的方式离场。反观对面，猎豹收回利爪，精神抖擞地舒展筋骨，而那傲视万物的狮子却仍是一副气定神闲的模样。

"你，你们……"王甜浑身发抖，眼神在月尔与洛一之间辗转，蓦然发现一件她从未留意过的事，此时此刻，那个令她恨不得与之同归于尽的人正站在同样令她愤恨的人身后，以一种她从未见过的温柔注视着身前之人。

温柔？

她再次确认月尔的眼神，那双眼里，没有她熟悉的清冷，不见她偶尔放肆的妩媚，更别提杀伐果断雷厉风行，而是一种她从未见过的柔情，柔情似水，只对在意之人。

原来如此！

她忽然很想放声大笑！

这个她一直以为眼里只有工作的人,所在意的原来不只有她能给予的资源,还有更多更多。在那些她想得到的东西里,自己悉心的培养又算得了什么?到头来,不过是又多了一个背叛自己的人。

人生啊,兜兜转转,有些人永远输在一个情字上,何其不甘!

眼看眼前之人彼此相顾,王甜越发愤然,"月尔,我可算明白你背叛我的原因了,这个答案,很好,很好……"她看着月尔又回看洛一,百转千回间,长叹一声,"洛一,你还不知道吧,月尔她……"

"王甜!"月尔阴狠地打断她想说的话,一字一句清晰道:"我要你的位置,要你手里的资源,有错吗?这条街上历来弱肉强食,这局你输了,就得服!"

"你……"王甜狠狠盯住月尔,缓了好一会儿,才颓然冷笑道:"好,月尔,算你狠!你别忘了,今天在笑的人或许明天就会被人踩在脚下!"她仰天长叹,像是在书写自己最后的章节,"我会等着,耐心等着看你们的结局!"

这个在金融街叱咤风云多年的人,就此以颓败的身姿退出舞台。

像是泄掉所有力气,月尔站立不稳被洛一扶住,眼看带领自己入行的人越走越远,心像裂开一个洞越来越幽暗。

看进深渊的人,深渊也同样看向你。

月尔觉得自己要窒息了。

幸好,肩头传来的暖流徐徐不急,温暖她的同时也提醒她做这一切的意义。

微微侧眸,她迎上洛一关切的眼,听她问:"话要说得这么绝吗?"

她抿了抿唇,一时不知该说些什么,最后,千言万语只汇成唇角一丝笑,她用尽全力,轻声道:"嗯,非要……"

小火温煮的水，气泡缓缓上涌，火候正好时，被一只骨节分明的手提起，滚水温壶，再慢慢浸没茶叶，等少许，被滤入花白瓷杯，一杯推至对面，一杯留给自己。

温水煮茶得花不少时间，可当应凯品茶时，沈童仍手执白子迟迟不肯落棋。

"你怎么还没想到要下哪儿？"应凯问。

白子在指尖打了个转，沈童缓缓落手却将棋放回棋盒，"你等的人没来，我怎敢贸然落子！"说话时，敲门声恰起，他眉峰一挑，嘻嘻哈哈道："得，人来了，我就不打扰啦！"说完，起身开门，门开的瞬间，他将外面的人一把推进门，自己则转身离开，留下一句，"这棋我解不了，换你来！"

洛一看着棋桌前神色郁郁的应凯，缓缓走上前打量棋局，这盘棋，黑白两方不相上下，这是不擅长下棋的沈童所布？她越看越惊讶，这棋也越来越熟悉，"这是上回咱俩没下完的棋，你怎么还没收啊？"

应凯阴郁的脸越发幽暗，"胜负未分，怎么收？"说着，将桌上热着的茶推给她，指了指对面，"正好，茶也煮了，咱俩慢慢下！"

黑子凶猛，一如既往，正如白子优柔又刚强。

炉上的火还烧着，融化了桌前对弈的两个人，一人观棋，眉心紧锁，而另一人，眼神自棋盘慢慢移向对面的人，长长缓缓地叹了口气，"盛华与尹氏的合作，被你搅黄了啊。"

洛一抬头，迎上应凯幽深的眼，微微一笑，"谈合作尚早，对方不值得劳心劳力去考量，自动退出刚好，省得给你添堵。"

应凯深深地看着洛一，低声咕哝了句，"给我添堵的事还少吗？"

洛一没听清，专注落子，白子正中黑子背心的位置，再抬眸，迎上应凯略显吃惊的眼，轻轻松松道："我不相信，你没想到会有这样的结果。毕竟，你能在我回国后逼王甜主动辞职，是算准了她会趁我不在时动风险部吧。'螳螂捕蝉黄雀在后'这招，我甘拜下风！"

"呵……"应凯摇头浅笑，"真是，什么都瞒不过你！"

"彼此彼此！"洛一也笑，心中一个大胆的猜想逐渐清晰，"所以，你为何表面要帮柯晟昊，却派我回国，明知我会坑他？"

应凯不语，缓缓将黑子落入白色的屏障里，屏障反噬，洛一瞬间觉得自己的局活了。

"大仇得报的感觉如何，是不是又变得生龙活虎了？"

洛一怔怔望向应凯，看他自如地将自己被吞掉的子一颗一颗拿下棋局。

"洛一，我听过一个故事，女孩儿被自己心爱之人欺辱凌虐却不肯低头服输，你说，如果这个受欺负的人在我身边，我该不该帮她出口气？"

洛一看着应凯，看着，看着，不知该作何反应。

该哭吗？

好像不是。

淡淡笑起，她将白子也丢进对方的严防部署里，然后，以明媚的笑容冲他道："和棋，好不好？"

应凯幽深的眼里终于现出一丝光泽，他笑着，像曾经无数次被洛一赢棋后毫无芥蒂地笑着，"棋逢对手，很好。但是……"他又落一子，子落黑子出局，"可我觉得，这样，才好。"

洛一看着他，无法言语。

"洛一，在你和王甜之间，我选择你。同样，在你和柯晟昊之间，我也会选择你……"

夕阳映晚霞正照在被大片白子占据的疆土上，而退至外围的黑棋犹如守护城池的战士，默默护着白子，在属于自己的疆域内，遥遥相望……

七楼天台属于每一个想在繁忙工作中获得一丝喘息的人，却不属于月尔，向来忙到无所顾及的她今天反倒站在阳光里，默默俯瞰这条被她搅起血雨腥风的街，街上游客来来往往，车辆川流不息，街景热闹的看不出一丝动荡，但她知道，权利交迭，暗流涌动，从今往后，这条街再不相同，而她也再无法像现在这样沐浴在阳光里了。

长叹一口气，她凝望天空，今天的天气好得叫人诧异，她忽然想起许多许多年前自己第一次走进金融街，湛蓝的天透过缝隙布进街景里，明媚的如今天一样令人心悸。也是在那天，她第一次见到王甜，这位大名鼎鼎的"女魔头"冷酷得如传说中一样，可她却很羡艳她做起事来雷霆万钧的模样，长长呼出一口气，她闭上眼，现在的自己终于也成了对方的样子，甚至更加决绝。

"这么做，真的有错吗？"

迟来的恻隐之心让人难免不安，自问未及自答，耳边忽然传来一声唤，伴随惹人恼的调笑声，幽幽曳曳道："做都做了，现在后悔，可还来得及？"

她微微睁眼，看向身旁倚靠栏杆的人，那人懒散得像只没有骨头的鱿鱼，数条软爪都踩在她毫无兴致玩笑的心里，搅动着，搅动着，让人忍不住想发脾气。

发脾气吗？

她淡淡笑起，眼眸比往常愈加阴冷，"所以啊，别惹我，我不是个好人！"

沈童眉头一挑，唇角依旧玩世不恭地笑着，可那双眼却越来越幽沉也越来越认真。盯住月尔，他死死盯住，忽然放声大笑，直笑得惹毛了月尔，才在她碎裂的情绪里，紧紧握住她挥来的手，收起笑容，狠狠道："刚好，我也不是！"

……

傍晚，晓晴拖着行李箱走进狭窄的小巷，巷口停着一辆搬家用的卡车，车窗里，一个娃娃看起来有些熟悉，她瞟了一眼并未在意，继续往家走去。直到远远的她看到有工人源源不断从她家搬出打包好的行李，才后知后觉意识到方才那个娃娃似乎是阿诺的。

穿过堆叠的纸箱，她快步上楼奔进阿诺的房间，房间里不见了那些常被她取笑丑娃娃，取而代之的是整齐的桌椅空荡的床，幸好，那熟悉的人还坐在床边收着散落的衣裳，她轻轻走过去，轻声唤："阿诺……"

女孩儿豁然回头，精致妆容间绽放开一抹无忧无虑的笑容，惊讶道："晓晴，你回来啦，不是说要出差很久吗？"

晓晴张了张口，没有回应。她记得某次通话，阿诺的确向她确认过回来的时间，那时她刚回国，不清楚项目进程只给出预估时间，现在想来，阿诺究竟是关心自己何时回家，还是想在她回来前离开呢？

心里蓦然有些发堵，可她不好意思直说，只能绕着弯问："你的租约到期啦？"

阿诺叠衣服的手微微一顿，倒是大大方方道："还没，这间房我转租了，我要搬去跟 Henry 一起住。"

Henry？

晓晴立马想起上回给阿诺拍照的摄影师，她知道，在她回国后两人成了男女朋友，可短短三周，竟到了同居的程度？

她立马关上门，隔绝门外人来人往的嘈杂声，像曾经无数次姐妹夜聊时席地而坐的场景般，慢慢坐到阿诺身边，按下她不停叠衣服的手，轻声道："阿诺，你刚跟他在一起就一块儿住，不太好吧。"

阿诺抬起头，那双藏在长睫毛后的眼难得显露出认真的神情，可唇角一撇，说出的话却是："姐妹，现在都什么年代啦，陌生人还能发生关系呢，我俩认识都两个多月了，怎么就不能住一起啊？"满不在乎的语气令晓晴一时不知该如何回应，仓促间将目光移向已被清空的书桌，她明白，好多话现在再说为时已晚，可不知怎得忽然有些沮丧。

她沉默地看阿诺继续叠衣服，听门外有脚步声来了又走，直到有人打开门，她对上一双沉郁的蓝眼睛，缓缓起身，冲对方礼貌点头，见阿诺热络地扑到对方怀里，像个小女孩儿似的挂在男人身上，她知道，自己到了不得不离开的时候。

回到卧室，她关上门，背靠门深呼吸，她总习惯把情绪压在心底，然后找个没人的角落慢慢消化。这般场景何其熟悉，可是这一回，她的内心不再如释重负，反倒搅起一种说不清道不明的忧虑，说实话，她很担心阿诺，可对方的人生到底不由她掌控，她该做些什么又能做些什么呢？

门外，重物移动的声音叮叮咚咚，直到一切归于平静，晓晴仍在纠结。

"晓晴，我走了。"

门外传来一声唤，她慌忙擦脸，才发觉自己早已然泪流满面。

缓缓开门，她带着哭腔问："阿诺，你非要走吗？"

阿诺也红了眼，"晓晴，其实，我瞒了你一件事。"

还有什么会比她忽然离开更加震撼？

叹了口气，阿诺幽幽道："其实，我跟 Henry 已经结婚了，夫妻嘛，自然要住在一起。"

"什么？"晓晴死死盯住阿诺，想从她爱开玩笑的眼里看出一丝没心没肺的痕迹，可惜对方太笃定，她太震惊，以至于双手不受控地揪住对方的衣襟，歇斯底里，"阿诺，你疯了吗？你不能这样做，不能这样啊！"

阿诺异常平静，反问："为什么不能？"

晓晴终于在她薄凉的反应里找回理智，迟疑着也试探着，轻声问："你，爱他吗？"

没了方才小女孩儿的情态，阿诺有种陌生的成熟，听到"爱"这个字眼，甚至嗤之以鼻，"他有我想要的东西，不重要吗？"

"你想要什么？"

阿诺牵起唇角却并非在笑，看着晓晴的眼越来越深邃也越来越悲凉，"你该知道我想要什么，不然，你每天拼死拼活是为了什么？"

晓晴哑然，回想起某个月色深沉的夜，阿诺坐在她床边，看着泪眼婆娑的她，开玩笑道："难道你就没想过，用别的方法留下来？"

"什么方法？"

"比如，找个老外嫁了呗，正好，一劳永逸。"

所以，她选择的是她口中的一劳永逸？

晓晴无法理解。

有句话叫"道不同不相为谋"，晓晴知道，阿诺也明白，可她还想再说些什么，叹了口气，幽幽浅浅道："晓晴，人与人是不一样的。我没你优秀更没你努力，想不费吹灰之力留下来对我来说只有这一个办法。你不知道，看到你每天早出晚归还要为抽签焦虑，我有多害怕，我怕自己毕业后找不到工作，更怕找到工作后又抽不中签，我想一劳永逸。"

她是这么想的？

晓晴惶惑，这个曾无数次安慰自己的女孩儿看起来是多么无忧无虑，畅谈梦想，意气风发，就连刚才，她临走时，仍在嘱咐自己别总熬夜要按时吃饭，懂事的模样让人根本看不出，原来，她内心也很焦虑。

"我苦过，所以，不想再苦。"这是阿诺留给她最后的话。

她豁然想起，自己特意买给她的丑娃娃还没来得及送给她，忙从行李箱里翻出娃娃往门外跑去。

巷口的车已经开了，她跌跌撞撞追出去，不理会路人异样的眼神，大声喊："阿诺！"

她就要碰到车尾了。

可车突然提速，在她不舍的目光里融入车流，逐渐消失不见。

站在路口，她大口大口喘着气，泪流满面，"阿诺，阿诺！"

就这样，阿诺退出了晓晴的生活，正如曾经无数来了又走的人一样。很久之后，晓晴每每帮助英语不好的女孩儿，还会想起那个叫陈诺的爱笑的女孩儿。

王甜离职的消息是第二天公布的，同时公布的还有月尔升为商业部新一任经理。

全体哗然。

那些因冒着尖儿想出人头地而过早站队的人相继离职，比如数据部的 Tony，但更多人却因此受益，比如商业部。常年受压制，职员们终于得以喘息，工作时长从无限制被月尔明确定为朝八晚六，一周五天，虽比别组还是长出一小时，但到底有了保障，部门几乎未经历动荡便重新步入正轨。

站在熟悉的落地窗前，月尔举目四望，曾几何时，她只有在与王甜探讨方案时趁对方思考的间隙偷偷去看窗外的风景，直到现在，她才发现那扇窗里能看到的景色远比她想象中更多。握紧手里刻有经理一职的名牌，内心不忍随眼界开阔一扫而光，她明白，自己想要的比眼之所见要远得远，该做的更比稳定局面要多得多。但她不能孤军奋战，她需要有自己的心腹，如唐凌之于洛一般，可以全心倚仗。

她不禁想到姜倩，这个因王甜与自己空降而失去晋升机遇的人，这些年里一直以马马虎虎毫无野心的状态存在，但她不相信，这样毫无竞争欲的人能一直留在副主管一位上，被挑出的错也都无伤大雅。

微微侧目，她望向身侧与她并肩而立的姜倩，一改往日极度八卦的模样，她看起来有种令人陌生的稳重。余光里，有鸟自楼宇间一晃而过直冲云霄，月尔恍然回眸，看着那鸟越飞越远越来越高，心里突然有些感慨，"倩儿，你就真没想过，有一天要取代我吗？"

姜倩平静的眼里迸裂出一丝饱含深意的笑，这笑月尔只在唐凌脸上见过，仿若退居山野的谋士，眼观全局，不再蛰伏，择木而栖。

看着月尔，姜倩没有逃避，"你的位置我的确想过，但是动你，我从未想过。"淡然的语气仿若在陈述一件多么无关紧要的事，"不然，你问我要我名下的客户时，我也不会把资料悉数给你。你想架空王甜，我，给你递刀，因为，那个位置的确更适合你！"

月尔清冷的眼神微微一冽，"原来，你都知道。"

"乐见其成！"姜情望向窗外，目光由深邃变得愈发认真，"月尔，其实，我一直很羡慕洛一与唐凌，身在职场，仍能像知己般互助扶持，相辅相成。你我也做那样的搭档吧……"

"好！"

硕大的落地窗前，两人相对而立，一人清冷的眼里渐渐流露出如沐暖阳的笑意，在她轻柔的目光里，一只手缓缓伸来，带着轻快的语气，坚定道："一言为定！"

月尔轻笑，同样坚定地握住那只手，"一言为定！"

金融街，一个永远鲜活永远欣欣向荣的地方，动荡也好，没落也罢，淹没在层出不穷的新鲜事里，很快就被人遗忘了。

最近发生新鲜事中，最脍炙人口最荒诞离奇的莫过于叱咤风云的风险部经理洛一与名不见经传的实习生谈恋爱的八卦，此事由实习生被总裁应凯约谈为始，经洛一亲口证实而炸裂，以至于，整条街上都在流传一句话："千万别小看你带的实习生，很有可能，以后她/他会成你老板娘/郎！"

金冠笼罩的楼顶，应凯临窗而立，明明是夏季，可沐浴在阳光里他备感冰凉。

真正冷的是身体吗？

他摇头苦笑，淡淡叹了口气。

门开，门又关。

他望向来人，像是寻到同一阵营的同伴般急切地问了声好，可对方只清冷地点点头，走到他身旁，以他方才的姿势俯瞰这座城，回答却未回应，清清淡淡道："你找艾阳谈话了？"

应凯越发心堵，他想象得出这话若由洛一来问会多么令人无法辩驳，可说话的人是月尔，怎么连对她，自己也说不出任何得以信服的理由？

上司干预职员恋情，这道理，无论如何都说不通，自己到底在纠结什么，旁人不知，他可清清楚楚，但即便清楚又能如何？

叹了口气，他内心一阵烦躁，随便"嗯"了一声便沉默不语。

月尔回头看他，自然读得懂他眼底的沉郁，可事到如今，说再多也无济于事，只能淡淡道："应凯，洛一有她自己的选择，你不必担心。"

"我担心？！呵，可笑！"应凯笑了，笑得像个弄丢玩具的孩子，满腹委屈，"我担心她做什么，怕她遇到一个只想利用她得到机会的人，怕她因为看上人家的长相而被骗？多大的人了，连人好坏都分不清吗？"

月尔轻笑，"是啊，你也说了，人好坏，洛一自然分得清，所以，你到底在干涉些什么？"

月尔清淡的眼如鹰钩般紧紧盯住应凯，她的话那么短，语气那样轻，却若重石般狠狠砸在应凯心上。

他，真的哑口无言了。

想起这些天自己放出去的话，故意的为难，他明明知道有些事由他来做肯定会惹怒洛一，但他仍旧做了，无非是，无非是……

"为什么会是他？"

应凯终于说出自己内心挣扎许久的话。

为什么会是他，一个身无分文，无足轻重，什么都没有的学生！

自己给不了的，难道那个人能给吗？

"是啊，"月尔轻声笑，"为什么是他呢？"

无解的疑问，孤单的两个人，待看清彼此眼底的无奈，才明白，有时候，孤独并非是陪伴可以消散的……

此时此刻，风险部，夕阳西下的办公间里空空荡荡。

洛一抬头，看到夕阳照在艾阳身上，映着他专注的眸眼，不知在写些什么。这些天，因为自己大胆承认恋情，明里暗里，他受到排挤，那些难听的话，他听了不少吧，就连涉及他的项目也受到多方阻碍，他做的一定很累吧。看他在纸上写了又擦擦了又写安安静静的模样，洛一着实有些心疼，她本能保护好他的……

叹了口气，她走到晓晴的工位，拉开椅子坐下，转头去看艾阳，夕阳温暖正照在他长长的睫毛上，仿若翩飞的蝴蝶偷偷停在葱郁的草尖，恰在此时，艾阳豁然抬眸，那双纯净的眼惊扰了蝴蝶，蝶舞翩飞落进洛一柔软的心里，她淡淡笑起，柔柔缓缓道："这些天，你还好吗？"

艾阳低下头，轻轻"嗯"了一声，继续写字，没再多说什么。

见他似乎根本不在意她所在意的事，洛一有些不知所措，她该说些什么来安慰他吗？

该说什么呢？

"艾阳，他们的话你千万别放在心上，我比你早毕业，早进入社会，早升职加薪，所以，才有了现在的一切。"压低声音，洛一明显是在安慰他，"等你到了我的年纪，肯定做得比我更好。"

"我知道。"艾阳抬眸，纯净的眼里是笃定的笑意，拿起桌上的纸，纸面翻转现出一幅画，笔触细腻勾勒出一张明媚的侧脸，深深浅浅，镌刻进洛一心里，他竟然一直在画她？！

"喜欢吗？"艾阳满眼期待，那藏不住的想被夸的心思惹得洛一直笑，"你这画的是……"

"你瞧，"转过她的座椅，艾阳以笔作尺，比向前方，"这就是我每天看你的角度。"

穿过玻璃墙，洛一看进办公室，空着的座椅，明媚的光，晃得眼前一片模糊。她笑了，笑得泪眼婆娑，过了好一会儿，才道出一句，"看来，得给你换个座位了。"

"为什么？"

"还问为什么？"她一扬头，望进艾阳清澈的眼眸，想说的话固在口中，挣扎许久，才在对方笑着的话语里，听到一句，"这样看着你，我才更专心。"

他望着她，执着而深沉；她看着他，温柔而动容。

"洛一，跟我在一起，你幸福吗？"

"当然！"

"那就好。"牵起她的手，他轻轻柔柔道："我在乎的，只有你的心意，我想要的，只是你开心，至于别人的看法，我无暇顾及。"

"洛一，爱上你，我是听从内心，无需勇气。但要经营好这份爱，的确需要勇气，更要自信。"他笑着，笑得纯粹又执着，眉峰一挑，豁然有些调皮道："软饭可不是谁都能吃的，我相信，未来的我让现在的我吃得起这碗饭！"

说这些话时，洛一凝视艾阳，感受他握紧自己的手，温暖又宽厚。有些话只有她才懂，因为它们沉淀于那些他们共同编织的回忆。

"其实，我内心有过纠结，是在第一次去你家那晚。"伸手，他抚平她皱起的眉头，"当时，我问自己还能给你些什么，你看起来的确什么都有了。但也是那晚，我听到你在黑夜里尖叫，特别心疼。"指尖从眉峰划到脸颊，轻轻摩挲，他轻声道："物质上，我的确给不了你太多，或者说，我能给的，你已然拥有。但我可以给你我的心，我全部的爱，照顾你，陪伴你，给你勇气去冒险，随你去所有你想去的地方……"

洛一热泪盈眶。

抱住艾阳，她轻轻将脸贴进他心口，似她听到的心跳声，一声又一声，沉稳且坚定，"这样就足够了。艾阳，这些才是我真正想要的。"

这才是，我孤身多年，一直等待一个人的意义……

在这之后，艾阳正式搬进洛一家。

那天，他拉着行李箱，握着洛一的手，离开租住的公寓。

站在门口，晓晴目送他们离开，这一次，心情与送阿诺时完全不同。

"老板，艾阳，祝你们幸福！"

"谢谢你，我们会的。"阳光下，洛一紧握艾阳的手，朝晓晴笑着，"明天见啦。"

"再见……"

晓晴挥手，告别他们，也告别自己还未萌芽就已苍老的爱情。

再见艾阳，再见晓晴。

三个月在弹指一挥间匆匆而过，实习生们陆续以答辩形式争取转正名额。看着会议室里不断涌入看热闹的人，认识的，不认识的，艾阳明白，这场答辩关系到的并不仅仅只有自己能否留下，还有更多。正了正领带，他望向台下注视着自己笑着的人，温和的眼神像极了早上她给自己系领带时温柔的模样，深吸一口气，他定下心绪，以最真诚的态度回应刁钻的问题。谦逊与渊博的知识成为他在这场激辩中最好的武器。

看着台上掌控全场游刃有余的人，洛一倍感骄傲，这份骄傲不仅来自于两人之间的关系，更像是看着自己从选材到锤炼，再到精心雕琢的宝剑，剑锋出鞘，一击致命，而自己也如传说中仗剑走江湖的侠客般，一人一剑，笑傲江湖。

最终，艾阳顺利拿到转正名额。

到总经理办公室取聘书时，洛一深深望向应凯，这段时间里，艾阳与自己所经历的阻碍，她明白是来自何人手笔，不然，这份文件也不会出现在这里。不反抗并不代表不气闷，可很多时候，意气用事不是证明自己最好的方式。正如桌上的信封，即便对方再不愿，也不得不承认这一局自己赢得扬眉吐气。

"谢谢。"拿起信封，洛一转身欲走。

身后传来一声叹，应凯用沙哑的嗓音问自己，"替他还是为你自己？"

洛一想了想，回眸浅笑，"谢谢你，包容我。"

幽深的眼眸，沉郁的人，应凯望着她，很久很久，终于摆摆手，颓败地叹了口气，"去吧……"

未开启的信封放在桌上，艾阳明白里面装着什么，指尖轻轻落在信封上，他迟疑着，犹豫着，最终将信缓缓推还给洛一，轻声道："我可能没办法接受这份工作。"

洛一格外诧异，这三个月来，她看着他为完成项目殚精竭虑，那么拼命那么执着，竟在最后关头让所有努力付之东流？

她没有说话，静静看着他。

艾阳抬手轻轻抚平她认真思考时习惯性皱起的眉，温柔道："我想完成工作并非是为得到 offer。来面试时，我说我想经历你的生活，我体会到了你的难处、要解决的问题、需维持的人际关系。再做选择，我会回到学术界。"

洛一沉默，回想与艾阳相遇后的点点滴滴，他的确习惯把问题都作科研似的刨根问底，若强行把他拉进快节奏以效率制胜的环境，的确限制了他深层次的思考能力。轻轻点头，她握紧他的手，认可且认真道："想做学术很好，只要你喜欢，我都支持！"

"喜欢只是一方面。"艾阳眼里闪着柔和的光，像在说一件多么美好的事，也的确是这样，"这些天，我常做一个梦，梦见咱俩有了小孩儿，特别可爱。"

洛一愣住，一时间不知该如何作答。

摸了摸她耳边的碎发，艾阳笑道："可能你还没空想咱们以后的生活，但我却想了个遍。你这么忙，我若再进业界，咱俩作息都受限，要真有了孩子，谁来接送谁来陪呢？我做学术，作息相对灵活还有寒暑假，以后家里的事多交给我，咱俩都不用为生活而放弃什么。"

"你想了这么远吗？"洛一喃喃道。

孩子？！家？！

这还是她第一次意识到，有一天，自己会与一个人结婚生子，组建家庭。

不是不想，而是，太过遥远。

可看着近在咫尺的人，明媚鲜活，触手可及，那所谓遥远的事似乎变得不再那么难以想象。

越想越脸红，她低声咕哝："谁要跟你生孩子！"

"哈哈哈……"艾阳一把揽住她，在她耳边轻声低语："现在不急，以后，可由不得你喽。想想，一定会特别好玩，还有点小期待呢！"

……

当洛一将 offer 原封不动还给应凯时，应凯沉默许久。

直到洛一离开，他才把信丢进碎纸机里，纸面被绞碎，碎屑缠绕，正如他此刻纠结的心绪。有些不好的事，他不希望洛一经历，可冥冥中又期待它发生，至少这样，他不会如此没有底气去阻挠她走向他不可控的人生。

可事已至此，自己似乎真没了转圜的余地。

只可惜，现在的他没勇气去承诺她所期待的未来。

就这么错过吗？

暂时错过吧。

转眸，他望向窗外，阴沉的乌云布满苍凉的天，要下雨了啊……

昏黄灯光下，艾阳一件一件整理衣物。洛一看着他，心里有些感伤，他要走了啊！

目光从指尖缓缓移到艾阳脸上，许是过于炙热，艾阳豁然抬头，清澈的眼眸里带起安慰的笑，"亲爱的，我是要离开，但你我的二人世界才刚刚开始。"

"什么意思？"洛一莫名其妙。

"我没买回加州的机票。"他看着她，如晨光般升起希冀，"要不要来一场说走就走的旅行？"

Chapter 19.
人生总要来一场说走就走的旅行

—

作者寄：旅行教会你的，远比你想象的多。

Day1. 09/02/2018

　　熟悉的高楼被远远甩在身后，洛一迎着光抬头去看高速公路上不断闪过的指示牌，匝道并行，车辆驶向康州的方向。从麻省到康州，一百多公里路，然后去往更远的地方。洛一从未想过自己会以自驾游的方式横穿美国，或许只有与艾阳一起，她才有如此冒险的勇气。轻轻抬手，她握上艾阳放在方向盘上的手，欣喜在心中发芽，这段属于她和他的旅程就要开始了！

　　远离城市，人烟稀少，到最后，一片绿意，一片林，再看不到任何人迹，除了偶尔匆匆而过的车辆以及丛林间不经意瞥见的牧场。从东到西自南向北，似乎天地间只剩他俩彼此相依。

　　驶过康州进入纽约州，林还是那片林，但路上明显有了人气，车更多不说，连风景都变得丰富起来，路到转弯处，豁然开朗，无边原野连着远山嵌入天际，从蔚蓝到墨灰再到深深浅浅的绿，层层浸染，让人觉得路到尽头必然广袤无垠，可路那么长，天那么远，总勾起你继续前行的欲望，前行去看更远的地方。

　　在服务区用过午餐，天开始下雨，轮到洛一开车。两人商量好，前四天赶路，每人每天开四小时，分两次轮换，不开车的人必须休息，所以，艾阳抱着抱枕很快入睡。

没人陪着说话，洛一并不寂寞，车上的音响开着，低声放着歌，歌声唱惆怅，却带着她愉悦的心情奔向远方。

愉悦是真的，但惆怅也是。

因为她亲眼目睹了一场惨烈的车祸。

蒙蒙细雨间，浓烟乍起，两辆相撞的车拦在路中央，碎裂的玻璃洒了一地，堵住车流，红红黄黄的车灯一直蜿蜒到山那边。事故发生在对面的高速上，洛一这边本不受影响，可急救的直升机飞溅起浓密的水雾，令洛一与周围的车同时慢下速度。水雾间，她看到救援人员提着担架跳下飞机，极速冲进浓烟里。这是她第一次亲眼目睹如此严重的交通事故，握着方向盘的手不觉收紧，转头看艾阳，他睡得安安静静，心里有什么忽然变得轻柔又沉重，缓缓踩下刹车，她以平稳的速度向前驶去。

这一路，两人白天赶路，夜里露营，所需装备少了做饭用的燃气，于是，途径 Scranton，宾州第六大城市，艾阳提议找一家中国超市补齐，没想到，搜遍附近还开着的超市，只找到一家老挝商店。抱着试一试的心态，洛一开进这片看起来早已荒废的区域，穿过旧工厂，碾过杂草丛生的路，终于找到这间连招牌都挂得歪歪扭扭的商店。

此刻，天渐黑，洛一有些忐忑，"真要进去吗？"

艾阳解开安全带，爽快道："去啊，来都来了！"

两人一同进门，嗯，果然，里面的陈设与外面的风景一样，不同凡响！

凌乱的杂货随意堆在路上，蚊蝇扑面而来，一排生熟混放的肉炭岌可危地摆放在热带水果旁，置物横梁下，活鳗鱼不停甩尾溅出白色塑料箱里所剩不多的水，洛一不停抬脚不停避让，才堪堪躲过这些看起来一碰就会塌的货架。

找了一圈，两人并未发现燃气，于是，艾阳尝试与不讲英文的店主交流，没想到，店主居然爽利地从一堆衣服里翻出一排崭新的燃气罐，当他举着罐子得意的笑时，洛一简直震惊无比。

付过钱，走出超市，洛一回头再看店门上斜挂的招牌，不禁感叹，"这真是我见过最神奇的商店！"

揽过她的肩，艾阳邀功似的笑，"怎样，哥找的地方，厉害吧！"

两人嘻嘻笑笑继续向前，抵达落脚点 Clarion 时天已大暗。

第一日，无间断行驶 850 公里，横跨四州，旅程近六分之一在惊喜与惊讶间匆匆而过。

这一晚，洛一看着窗外好不容易露出的星，内心充满期待。

Day2. 09/03/2018

谁说，定好的旅程不能改变?

与艾阳走的这一路，洛一在随走随变的旅程中深切感受到不确定所带来的惊喜。

比如，清晨醒来，她还沐浴在宾州温暖的阳光里，看森林被湖泊切割，树木参天逐渐变为平坦的农田，玉米接穗在光下金灿灿一片，只因途中艾阳提议稍改路线，中午再沐浴在阳光下时，洛一已坐在俄亥俄州首府哥伦布河岸的秋千上，看 Scioto River 静静流淌，风吹过秋千下两个相互依偎的人影，漾起水面温柔的涟漪。如果说哥伦布是宁静的，那么，时间流淌，空间转换，三小时后 280 公里外，印第安纳州首府 Indianapolis 打破宁静，给这段旅程添上一抹浓墨重彩。

洛一从未想到，在通往州政府肃穆的街道上会看到一群群热情洋溢的人，一边踩着动力车，一边浑身上下打响清脆的节拍，引亢高歌。在他们身后是对无数老兵沉重的纪念碑，而他们眼下是要为生活在此时此刻而愉悦高歌。

洛一不禁感慨，或许，这就是那些深眠在石碑下的人最想看到的生活吧。

说不冲击是不可能的，洛一觉得很神奇，短短两天，所闻所见似乎已超过蜗居的那条街，形形色色，人象百态。而对后面要走的路，即将发生的事，她同样充满好奇。

温柔夕阳下，两人继续前行。

第二天，自宾州 Clarion 至印第安纳州 Cloverdale 全程 735 公里，全程三分之一就此划上句点。

Day3. 09/04/2018

自东向西横穿美国，你会感受到一天从 24 小时忽然变成 25 小时的富足感，一小时很短，但有那么多风景可以看。趴在车窗旁，洛一看着无边无际的田野，绿油油的蔬菜夹在结穗的玉米与开花的油菜间，一片金一片绿一片白交相辉映。

进入伊利诺伊州，道路两旁完全不见树木，一道又一道白色围栏圈起动物们自由驰骋的牧场，牛羊鸡马漫步在各不相扰的领地里，无拘无束。

没作停留，两人直奔密苏里州重要的内陆港圣路易斯，去看 The Gateway Arch 这座高达 192 米的拱门。艾阳选的观景点在城外的公园，站在高台上，一河之隔，拱门尽收眼底。这里的风很静，没人更没喧嚣，有的只是遗世独立的建筑与空旷留白的风景。

好像这一天，洛一见到的城都杳无人迹。

四小时后，400 公里外的堪萨斯城，立于 National WWI Museum and Memorial 举目四望，映入眼帘的是一座萧瑟与柔辉并存的城市。

堪萨斯城，分属于两个不同的州，以堪萨斯河为界，东边属于密苏里，西边属于堪萨斯，行走于街道，谷歌地图不停提醒'Welcome to Kansas'，'Welcome to Missouri'，着实有趣。

这天夜里，洛一遇到的第一个陌生人告诉她在空旷又寂寞的原野里生活的人有多么温暖，朴实无华的温暖。

在杳无人迹的平原上行驶，一片漆黑，洛一只能看清车灯照亮的短短的路。

路上，遥远的距离，忽然亮起一盏小小的灯，近了，洛一才发现那是一间简陋的收费站，站内，收费员小姐姐打开窗亲切地朝他们挥手问好。

过路费不贵，只需 \$3.75，可完全没做准备的洛一与艾阳没有任何纸币，收费站简陋不能读取 E-ZPass，洛一只得翻出存了许久从未使用过的硬币，没想到，小姐姐兴高采烈道："今晚可有事做啦！"说着接过硬币，一枚一枚清点起来。

\$3.75 换成一分的硬币要 375 个，小姐姐真的数了近十分钟。

这十分钟里，鲜有车辆的旷野渐渐积起车流。

洛一怕让人等，焦急地翻找纸币，可小姐姐却晃着手上的存钱罐朝后面的车大喊："我这么多年都没见过这么多硬币！"

后车司机们也笑，没有一人鸣笛。

温暖的灯照着温暖的人，让身为过客的洛一忽然生出一种奇妙的归属感，陌生的地方似乎不再陌生，正如眼前孤单的人也充满力量。

终于数完钱，小姐姐探出头，将多余的硬币连同存钱罐一起还给洛一，笑着轻声道，'Have a nice trip!'

'Thank you so much, have a good night!"

洛一握了握她的手，也握住这黑夜里唯一的光束，这么偏僻的地方，如此不起眼的岗位，似水年华的女孩儿愿意用自己的耐心护送来来往往的陌生人，多么令人动容。

前方的路漆黑依旧，但因为有了身后的温暖，才不畏前行！

第三天，从印第安纳州 Cloverdale 至堪萨斯州 Topeka 全程 810 公里，旅行以来最感动的夜。

Day4. 09/05/2018

堪萨斯的全貌，洛一在清晨才看到。

田野不见，取而代之的是广袤无垠的草原，白色风车延丘脊连绵，由远及近，风声带起叶片转动的轰隆声，惊动草丛里打滚的小牛，小家伙一个机灵翻起，撒欢儿似的朝那庞然大物跑去，正在吃草的牛妈妈抬头，嚼着草的嘴"哞咻哞咻"叫着，大约是在唤贪玩儿的孩子回家吃饭。鹰击长空，盘旋于高速之上，或翱翔或静候，跟着洛一与艾阳的车一路走。

趴在车窗上，洛一望着眼前陌生又熟悉的风景，忽然想起儿时与爸爸妈妈还有弟弟一起去过的内蒙古大草原，同样的静谧与壮美，与眼前的风景合二为一。青草簌簌间撩拨开的是妈妈柔软的手拢过她被风吹乱的发，一手抱着弟弟，一手揽过她，笑容定格在爸爸老旧的相机里，那个相机，记录过多少被她遗忘的回忆，大大小小皆与愉悦相关。她想着，想着，心变得那么轻，也那么宁静。

"在想什么？"艾阳忽然问。

洛一回头，发现他看着前方的眼里尽是笑意。

洛一也笑起来，欢快道："我在想，为什么没早点出来看看，在狭小空间里计较的事，在这天地间，真的一点重量都没有啊！"

艾阳回眸看了她一眼，很久之后，才轻轻缓缓道："洛一，世界很大，我们还有很长的路要走，还有很多地方要去看，别让尘埃落进你心里。"

风起，卷着尘土略过一层又一层草尖，到远方时，风也好尘也罢，再掩不住那一片蔚蓝的天。洛一看着蓝天，轻轻笑起，轻声应："好。"

驶入科罗拉多州，时间又多了一小时。

这里的风景绝对是被低估的存在，用"惊鸿一瞥"来形容绝对不过分。水过深山，冲出的不仅仅是纵贯七州澎湃豪迈的科罗拉多河，还有常年由积雪覆盖，由林木编织，由草原供养的落基山脉。它成为洛一与艾阳此后余生不断探索，不断重新认识的地方。只是这一回，他们只来到首府丹佛，在城市间的公园里小坐。好像也是在这儿，他们约定以后还会一起再来，去看落基山，去看冰川，去看许许多多他们从未遇见从未想象过的大自然的馈赠。

是一起，执手相看。

第四天，从堪萨斯州 Topeka 至科罗拉多州丹佛全程 860 公里，超过二分之一的旅程就此结束。

Day5. 09/06/2018

离开丹佛，离开落基山脉，继续向西，天越来越热，植被也越来越稀疏，到最后，矮草丛丛点缀丘陵，远远望去，犹如伺机潜伏的猎豹，等到的只有疾驰而过的车辆。

当真是疾驰而过。

因为，这里的限速高达每小时约 130 公里，洛一开车自然成为这条路上行驶最慢的车辆。

但那又如何？

她一边哼歌，一边开车，一边欣赏道路两旁怪异嶙峋的岩石。没有植被覆盖，黄土被风轻易卷起，捶打在屹立不倒的岩石上，将其侵蚀成奇形怪状的模样，像拱门，像拇指，像摇着蒲扇吟诗作赋的人，像夏日里被阳光晒化的冰激凌甜筒……洛一一路看一路赞叹。

有车忽然急速超车，卷起的沙甩在挡风玻璃上，她笑出声，冲艾阳道："谁说落不进尘埃？"

艾阳默默替她打开雨刮器，飞沙成泥很快被冲刷干净，抬手，他摸了摸她的头，"强词夺理！"

洛一笑，转头又去数那被她描述得千奇百怪的石头，艾阳看着她，顺着她的目光去看她眼里的世界，笑而不语。

抵达 Dead House Point 已是傍晚，天有些暗了，但暗的不是阳光，而是厚重的云层，要下雨了啊！

深谷由科罗拉多河冲刷而成，自上而下，将时间刻进岩体，从橙红到深紫，再浸入墨绿色的河水，永远向前，湍流不息。

雨在毫无防备间倾盆而下，云边泛着金光，整片天看起来沉重又绚丽。白光刺目，闪电以迅猛之势劈来，将雷引向地面，洛一拉艾阳躲进山岩避雨，后来她才知道暴雨中在光秃的岩石下避雨有多危险。可若说危险，追逐闪电的人逆风而上，攀上山岩，用相机记录闪电炸裂时动魄惊心的一幕。这一幕让洛一深切感受到大自然无以比拟的力量，以及力量悬殊的人类勇往直前的魄力。

雨过天晴，天边映出一道彩虹，向着彩虹，两人继续前行，夜色浓重时，抵达拱门国家公园外名为 Moad 的小镇，这里的露营条件极好，无论是浴室、浣洗池、烧烤台，还是电源、防雨顶篷，一应俱全。搭好帐篷，备上火锅，两人边吃边聊。今晚的月很美，大雨冲刷后的月光尤其温柔。洛一吃着爱吃的火锅，仰望天空，忽然觉得这样平淡的生活也挺好。

平淡吗？

她望着眼前给她夹菜的人，这个词用得好像不太准确。轻轻笑起，她挑破碗里艾阳飘煮的溏心蛋，流心赤橙，正如注入平淡生活的炫彩。

这样，真挺好。

第五天，从科罗拉多州丹佛至犹他州 Dead House Point 再至 Moad，全程 560 公里，国家公园之旅正式开启。

Day6.09/07/2018

拱门国家公园，顾名思义，是由一座座被风侵蚀成拱门形状的山石组成。

坐在 Double Arch 中，洛一仰望暗红色的拱顶，以天为底，岩石若画框将风景一分为二，左边天的湛蓝与地的金黄相连，大胆呈现出撞色的图卷，右边层层叠叠的岩石如海浪般卷起暗红色的沙流淌进浅橘色的戈壁里，错落有致，奇形怪状。洛一明白，这些被风雕琢的石像无时无刻不在推演变迁，几年十几年后，再来此处看风景，天或许还是那片天，但所触碰的岩石，必然不再是曾经的石面。就像公园内唯一不可靠近的拱门——Landscape Arch，自 1991 年，岩石松动从拱顶坠落，便昭示它终有一天会消失的命运。现在，人们只能远远站在观景台上，看风吹拱顶，支撑其重量的玄柱越来越细，越来越岌岌可危。

为何不做支架辅助其支撑呢？

洛一想，大自然的新陈代谢，人类能干涉的其实很有限吧。我们能把握的或许只有珍惜现在，不破坏不干预，已然很是不易。

作为公园标志性景点之一，Landscape Arch，洛一和艾阳自然是要去看的，只是，通往看台要走一段很长的沙路，正常行走已是不便，更何况——

远远的，洛一看到一个男人推着一把轮椅缓缓走在沙石嶙峋的路上，纤细的轮子陷进土里，他推的很是吃力。幸好身旁有人路过，众人齐心协力帮他将轮椅抬到相对平坦的石路上，谢过众人，男人继续前进。直到洛一路过，才发现轮椅里坐着一个消瘦的女人。二人应该是夫妻吧，洛一想，即刻收回目光，因为，她看到女人枯瘦的手正抚在男人青筋暴起的手背上，脸上的笑容疼惜又动容，那神情太过灼目，洛一不忍去看，直到走出好远，她才恍然察觉自己早已泪流满面。

有种感动是在毫无防备时看见真情。

有种真情叫做，我虽身体不便，但我愿意为愿意为我付出的你踏遍全世界……

不知是否和她一样被方才的一幕所感动，站在看台上，艾阳望着岌岌可危的拱门，忽然说："亲爱的，如果有一天，我比你先离开，你就把我的骨灰撒到风里，以后每回刮风都是我来陪你。"这话乍听上去有些熟悉，洛一不记得自己是在哪本书或哪部电视剧里看过，可风吹树动，她忽然有些喘不上来气，未及反应，泪先一步如泉奔涌，真的是止都止不住。

艾阳慌神，赶忙卷起衣袖给她擦脸，可越擦泪越多，慌乱间只得俯身吻上那双惹人心疼的眼。

"艾阳，你以后别再这么说了，好不好，好不好？"洛一泣不成声。

"哦，哦，不哭不哭，"艾阳手足无措，手忙脚乱，一边擦泪，一边认错，"我错了，我错了，以后再不这么说了！"

过了好久，洛一平复下来，恍然意识到，这似乎是她第一次无法自控的心痛。

原路返回时，他们未遇到那对夫妇。洛一明白两人最终没走到看台，更没能近距离观看这岌岌可危的拱门，但有些遗憾，因为曾努力过，便不该被称为遗憾吧。

回到停车场，两人又看到那对夫妇，夕阳西下，一把轮椅，一个背影，一双手，紧紧相握。

洛一摸到艾阳的手，也同他十指相扣。

"艾阳，我们会老，也终会分离。但如果这一路，我们能像他们一样，一起面对磨难，一起享受生命，即便老去，即便别离，我心满意足。"望着他，她满眸深情，"我爱你，艾阳。"

他没有说话，紧紧，紧紧拥住她。

夜晚，艾阳在一间挂满风铃的小店为洛一买了一张捕梦网的图画，那时，他才终于说出心里话，"洛一，你就是，我的梦想啊……"

犹他州 Arch National Park，旅行以来第二次感动，让我们了解爱最本真的模样。

Day7. 09/08/2018

因为前一天下午突降暴雨，爬山去看 Delicate Arch 的计划落空，洛一和艾阳临时决定改变行程，在拱门国家公园多留半天。天刚蒙蒙亮，两人急行军似的开始攀爬 2.4 公里的山路，初阳微升时这座通体赤红的拱门出现在眼前，在平坦到草木不生的山岩上，独自承受雨雪风霜，被打磨被炙晒，屹立不倒。

洛一静静看着它，不知为何，竟从这块岩石上看到自己的影子。

孤独吗？

转头，她看向身旁同样仰望穹顶的艾阳，轻轻触碰他的手背，那只大手瞬间翻转过来，将她的手紧紧包在掌心。

洛一笑，内心充实且满足，回头再看这遗世独立的拱门，初阳照在岩石上反射出柔和又温暖的光。

"艾阳，谢谢你。"她轻声道。

艾阳恍然回眸，眼里皆是笑意，"谢我做什么？"

"谢谢你带我来看这么美的风景。横跨美国，我连想都不敢想。"

轻轻揽住她，艾阳道："横跨美国是我想做但没勇气去做的事，也要谢谢你，肯陪我冒险。"

洛一的眼瞬间晶亮，原来，在他给予她底气的同时，她也成为他最大的勇气。

所以说，一加一大于二。

离开拱门国家公园，一路向西，蒙蒙雾气里 Monument Valley 犹如巨人般静静凝视匆匆过往的人，这里是《阿甘正传》中阿甘奔跑的地方，也是《变形金刚》中擎天柱升级归来的区域。洛一很是激动，自己终于也像电影中的人物融进这犹如梦幻的风景，雾气模糊岩壁，渗进柔和的光里，远远望去，像是油画般，真实又虚幻，美的不可方物。

天还是晴天，偏偏下起小雨。

继续向西，远远的，洛一看到一个男人，骑着车背着硕大的旅行包，独自骑行在一眼望不头的公路上，光穿雨帘在其周身结起一层淡淡的光圈，迎着雨，哼着歌，他仿佛是在陪调皮的大自然玩闹似的，悠然又极有生命力的缓缓向前。

经过他身边，洛一减慢车速，打开窗，大声喊，'You're so cool！'

男人伸出大拇指朝她示意，脸上的笑容是她永远都忘不掉的，勇往直前！

穿越 Arizona 州际线时，天色渐暗，洛一想去的餐厅八点半关门，此刻已过七点，距餐厅还有一小时车程，怎样都不可能在关门前赶到，洛一有些失望。这种情绪只持续了一小时，接近小镇 Page，时间忽然变回七点，两人面面相觑，艾阳连忙赶往洛一想吃的印第安餐厅。

不亏是评分里接近满分的餐厅，废旧工厂内别有洞天，昏黄灯光照在用色大胆的涂鸦上，给画中古老的印第安文明罩上一层神秘的面纱。

店主是印第安人，祖先所属部落随科罗拉多河增减迁徙，最终定居在小镇 Page，店内保留传统的印第安美食与艺术表演，绝对是味蕾与视觉的盛宴。

灯光渐暗，表演开始，苍劲有力的皮鼓伴随清脆悦耳的铜铃衬托起表演者婉转悠扬的吟唱，唱出一段跌宕起伏的历史。在洛一的印象中，印第安文化是热情的是属于原野放荡不羁的，但当沉郁的乐曲击穿灵魂，即使语言不通，她也能感知到表演者情绪的悲怆，因为自己的文化变得岌岌可危吗？因为生存的领土一点点变小吗？

一曲终了，余音于耳，在热烈的掌声中，表演谢幕，而对于洛一来讲，对未知事物、文化甚至是人本身的探索才刚刚开始。

旅行，就是打开一扇门，将世界毫无保留的展示，让人忽然觉得眼前的路原来那么广又那般宽阔，所以，要不要从现在开始，去了解那些不懂的事，去探索那些从未认识的地方？

夜深露重时，二人抵达几里外的露营地，时间从八点半又变回九点半。仿若命中注定般，华丽的马车精美的衣裳在帮助灰姑娘实现心愿后又变回其本真的模样，一切都是刚刚好。

犹他州 Arch National Park 至 Monument Valley 再到亚利桑那州 Page 全程 460 公里。一座小镇，两种时间，旅行以来最奇妙的一天。

Day8. 09/09/2018

洛一鲜少被鸟鸣声吵醒，但今天不一样，近在咫尺的啃咬声让她瞬间惊醒，借着熹微拉开帐篷，豁然看到一只野兔正伸长脖子啃咬帐篷连结地面的绳索。动静惊动兔子，它抬头对上洛一的目光，像个做错事被抓包的孩子一样，鼻头一缩一缩，自以为隐身似的慢慢转身缓缓移动，然后撒了欢儿地往远跳去。

洛一想笑，举目四望，发现营地居然坐落在一片沙漠之间，仅有的水源使帐篷附近长起矮草，因此才吸引了沙漠里不常见的兔子前来觅食吧。

清晨的沙漠要凉许多。踩着沙子，洛一撑起燃气炉在烧烤台上煮面，等水开时，她抱着肩看阳光一点一点浸染沙漠，金黄又炽热。可身体还是冷，她不觉揉了揉鼻尖。肩头豁然温暖，厚厚的毛毯裹在身上，她迎上艾阳温和的目光，晨光里，他头发有些乱，带着倦意的眼明显还没有睡醒，但炉火太急，面已煮熟，他拿起筷子捞面，给她也给自己，清晨便在袅袅炊烟间开启。

马蹄湾是科罗拉多河最著名的转角，比 Dead House Point 更广阔也更加险峻。奔腾的河水将山峦切割，自东向西，从北转南，把岩体打磨成马蹄的形状，"马蹄湾"由此得名。

这里的游人很多，但大胆的就那么几个，洛一便是其中之一。不知哪儿来的勇气，她在没有任何安全措施的岩边坐下，将脚荡进空谷，看河水从脚尖淌过，天那么高又那般广阔，身后人声混进猛烈的风声中呼啸而过，除了——

急促的呼吸声停留在耳边，洛一回头，看进艾阳幽黑的眼眸，那双眼里透着明显的紧张，她这才发现自己红色的裙摆被他紧紧握在手中。

洛一笑，看着他苍白的脸调侃，"你恐高吗？"

艾阳摇头，顺势握住她的手。

"你怎么出这么多汗？"

艾阳不语，紧紧拉住她，直到她看完风景慢慢从崖边退回，才一把将她拉进怀里，像是失而复得似的，激动的浑身发抖，"我不恐高，但你坐崖边，我害怕……"

洛一想笑，见艾阳格外认真，不好一笑了之，应了几句后继续没心没肺地看羚羊谷去了。

羚羊谷，这条被洪流急速冲出的峡谷，将地表分割，从上看狭长又纤细漆黑一片，但深入峡谷，才领略到光线与岩壁相应逗趣的奇景，橙红的脉络透出一点黑一些紫，层层叠摞，犹如固住的流水延伸进更深更远的地方。

艾阳拍了许多流光溢彩的照片，但当他坐着游览大巴回小镇时，一路只盯着一张照片看。那是一张洛一站在光下仰望天空的照片，光打在身上，将红色的裙摆映进赤橙的岩壁，犹如伸展开一双翅膀。

洛一问："你怎么只看这一张啊？"

他笑，将她的手按进掌心，缓缓放低身势靠上她的肩，在她耳边轻语："洛一，你就像天使一样。"

没头没脑的夸赞让洛一顿时红了脸，还未接话，又听他自言自语似的低声道："别离开我，好吗？"

洛一惊讶，在一起后她还没见过他为了什么而患得患失，除了上午他抓着自己时苍白的脸颊。

是因为她做了极其危险的事吗？

洛一想，既然不想让自己那么做，为何不阻止她呢？

她心温柔又柔软，紧紧握住他的手，犹如上午他握紧她一般，轻声道："以后，我不会再做让你担心的事了，好不好。"

"嗯。"艾阳轻声应。

洛一觉得脖颈间毛茸茸的发弄得她很痒，如怀抱大狗狗一样。

迎着窗外柔暖的光，她牵起唇角，"今天的夕阳可真美啊！"

亚利桑那州马蹄湾、羚羊谷，再至大峡谷国家公园，全程 215 公里，绝美的风景，温暖的人，许多年后想来，依旧美好。

Day9. 09/10/2018

旅行过半，今天是洛一第一回睡懒觉，昨夜太晚抵达大峡谷，她几乎是一搭好帐篷便昏睡过去，直到日上三竿才清醒过来，醒来时身旁已没有人，她慢慢吞吞爬起身，拉开帘帐看到阳光下站在树荫里的人，那人手拿煎锅站在炉火边正烤着什么，飘香袅袅衬托他清俊的侧影，有汗自额间滑落，他抬起手腕擦了擦，继续认真煎烤。

拿起纸巾走过去，给他擦汗时，洛一看到锅里焦香的食物，黄油炒蛋平铺在抹了一层牛油果的面包上，点缀豌豆火腿。这是她平时爱做的食物，怎么到艾阳手下色泽如此鲜艳，闻起来如此撩人呢？

她不禁感叹，"你知道男人什么时候最帅吗？"

"什么时候？"

她深深望进他带笑的眼眸，"就是现在，认真做饭的时候！"

"馋猫！"他捏住她消瘦的脸颊，忽然发觉自旅行以来她似乎更瘦了，心被什么轻轻触碰，他轻声道："那我每天都帅给你看？"

洛一重重点头，眼里的笑无忧无虑。

艾阳深吸一口气，将面包出锅，催促她，"快去洗漱，回来吃早餐。"看着她蹦蹦跳跳跑远的背影，积蓄在胸腔里的空气才慢慢呼出，"总是顾及不到自己，该怎么办呢？"

他把面包摆在纸盘中央，用切好的胡萝卜一颗一颗摆出心形的模样，以前看别人做这事，他觉得好傻，但现在轮到他做，真是一边傻笑，一边还觉得挺美好。

看着盘子里越发精致的早餐，他忽然颇有成就感，再看向欢快跑来的洛一，他笑得灿若艳阳，"还好有我！"

......

在大峡谷的行程有三天，第一天用来了解公园，吃过早午餐，两人悠闲地走进公园，Time of Trail 临峡谷而建，4.5 公里路走过 20 亿年的时间，一步跨越一百万年，途中展示着来自各个时间段岩层的岩石，按其存在时间陈设在路旁，让所有走过这条路的人能够亲手触碰这些存在了上百万年的石头，许许多多比恐龙存在的年代还要古老。

沿路的休息区，在固定时间有工作人员前来讲解与峡谷相关的人文历史、自然地理，从峡谷生衍延伸到物种更迭，是一场极具内涵的体验。这样将知识融入风景的讲演还有很多，以至于多年后洛一再回想这次大峡谷之行仍认为这是她去过的最有意义的国家公园，因为，从这天开始，她每去一处国家公园，都会留出一天时间充分了解公园想传递的知识，无论是荒野求生，或是山火对自然毁灭性的影响，亦或是全球变暖带给自然切实的变化，都是从这天起她开始逐步了解、热爱并身体力行去改变与影响的。

傍晚，Yavapai Point，两人延峡谷而坐等待夕阳西下。今天的云很厚，在等待过程中许多人因不抱希望看到夕阳陆续离开，而洛一和艾阳仍守在原地，一个人等待是孤独，两个人等待便成了闲适家常。

风吹云动，在太阳落山前，云层豁然裂开一条缝，阳光以迅猛之势穿透而来，瞬间晕染积云，云海如美丽的姑娘将红色的紫色的橙色的绸缎穿在身上，与风共舞，舞出一段完美的谢幕。

亚利桑那州大峡谷绝对是值得一去再去，极其壮美的地方。

Day10. 09/11/2018

洛一一直以为爬山已是一件极具挑战的事，但当她走进大峡谷近距离观看科罗拉多河时，才明白，真正挑战体力与耐力的其实是深入谷底而非顶峰相遇。

早上七点，洛一与艾阳走上蜿蜒崎岖的 Bright Angle Trail(daytime)，这段路由四程组成，Mile-and-half Resthouse，Three-Mile Resthouse，Indian Garden，Pleasau Point，全长约 19.6 公里，垂直下降 940 米。

清晨的谷涧格外寂静，刚启程时，洛一一路欢愉，因为是下坡，路又由土填平成台阶，两人走得很快，抵达 Mile-and-half Resthouse 不过八点，这段路不难，到这里的人很多，两人稍作休息继续启程。

远远的，一队马队走来，马驮游客行走在狭窄的山路上，路的一边是岩壁另一边是峡谷，两方相遇之时，领队勒马，令马靠边悬站在悬崖之上，身后的马也随之让路，看得洛一心惊胆战。拉起艾阳，她边与对方打招呼边快步疾行，走过后听领队打了声口哨，返身回看时马队已潇潇洒洒继续前行。

抵达 Three-Mile Resthouse，游人明显减少。上午的阳光照在岩壁上，将赤红的岩石染得如其色泽般一样温热。继续向下，土质越来越松软也越来越难行，深色的土壤带着水汽，犹如新翻过一般。转个弯，几位公园管理员头戴安全帽手执铁铲正在翻修坑洼的土路，山崖陡峭无法利用机械，他们只得靠自己的力量一点点修缮。见到有人走来，他们停下手里的工作，站到路边，洛一这才看清领队的是位身材娇小的女孩儿，盈盈汗水浸润她高高束起的发，防尘面具罩脸却罩不住她璀璨的笑容。这种笑极具生命力，瞬间感染洛一。

洛一挥手，大声道，'Thank you for the hard work，you guys are the best！'

'You're so welcome!'

笑声散入深谷，溅起一阵回响。

继续下行，至 Indian Garden，俨如走入荒无人迹的沙漠，绿植变成锋利带刺的仙人掌，土路变黄沙，偶有蜥蜴拦路，只是一瞬，便在人影来临前匆匆逃窜。临近正午，太阳当头，没了山岩阻挡谷底的气温陡然上升到四十多度。洛一不停喝水不停擦汗，最后只能把湿透的毛巾挂在脖颈，才稳住急需阴凉的体温。

终于抵达 Pleasau Point，这是一处延伸至科罗拉多河上方的岩石，立于岩上，踩科罗拉多河于脚下，水势汹涌奔流不息。看着脚下壮美的风景，洛一颇有成就感，因为走到这里的人寥寥无几，这里的美也美得悄无声息。可当她举目远眺这数亿年形成的狭谷，岩壁是那般高耸，时间是那般浩瀚，置身其中，自己是多么渺小，所以，要在有限时间内做更有意义的事，她忽然想起艾阳说的，世界很大，别让尘埃落进心里，似乎真是这么一回事。

"热吗？"艾阳拿起她脖颈上的毛巾替她擦汗，在她回答前又问，"累吗？"

洛一摇了摇头，"艾阳，以后，我们去更多地方经历更多事吧，"望着湍流不息的水流，她轻声道："我有很多很有意义的事想去做，你能否陪我？"

"当然！"艾阳握紧她的手，"我们不正一起嘛。"

洛一笑。

是啊，我们正一起做着。

从谷底爬回地面的一路，因为体力即将耗尽而变得格外冗长。你看那寥寥无几向上攀爬的人，每个人脸上都没有任何表情，仿若被抽空灵魂般，若非心中还有一丝热情，当真要躺平在这一眼望不到头的路上。

而支撑洛一向前走的就是她刚说的想做有意义的事，比如，走完这条路，比如走完后吃颗水灵灵的西瓜，比如，偶然遇到的横跨科罗拉多河的四个女孩儿——

遇到她们是在 Three-Mile Resthouse，其中一个女孩儿让出座位供洛一休息。洛一很是感激，将随身带的水果分给大家，女孩们你一言我一语畅聊起来，她才得知，四人凌晨从对面的山坡下谷，横跨科罗拉多河，触碰潺潺河水，走连接南北的吊桥到达 Phantom Ranch，而后一路向上。这条路，常人要用整整两天才能走完，所以谷底设有供人露营过夜的营地，只是位置有限十分难约，女孩儿们便选择用一天走完别人两天的路。

这些话她们是笑着说的，云淡风轻，可洛一听着，内心极其震撼。目送她们离开，看着她们的背包上插着属于自己国家的国旗，旗面迎风飘扬，她忽然觉得在天地面前，人也可以很强大，只要心想，所需付出的就是时间、汗水，以及内心孜孜不倦的热爱。而这般热爱，这一路，洛一在许多人身上看见，无论是堪萨斯夜里独守收费站的小姐姐，还是拱门国家公园令人动容的夫妻，抑或是 Monument Valley 勇往直前的男人，以及小镇 Page 努力保留民族文化的印第安人，还有早上遇到的勤勤恳恳修路的园区管理员们，都像此刻背着国旗默默前行的女孩儿们，因为热爱，所以坚持，而她，因为看见他们的热爱，所以格外动容。

站起身，洛一拍了拍身上的尘土，内心畅快又轻松，"亲爱的，我想吃西瓜！"说完，大步向前走去。

终点来得悄无声息，就在洛一咬着牙坚持前行时，豁然开朗的平地预示着峡谷攀爬的结束。那天晚上，她与艾阳坐在露营椅上一人抱半颗西瓜大口大口地吃，瓜果清凉，沁人心脾，当真是她此生吃过的最甜的西瓜。

如果说纽约州最高峰 Mt.Marcy 是迄今为止两人爬过的最高峰，那么科罗拉多大峡谷就是截至今日他们深入地下的最低点。Bright Angle Trail(daytime) 全程约 19.6 公里，垂直下降 940 米，用时八个半小时完成，当真是汗水的洗礼。

Day11. 09/12/2018

爬完峡谷后该睡懒觉吗？不，洛一与艾阳身体力行揭示，爬完峡谷后更适合看一场惊艳绝伦的日出。

日出时间是早上 5:45，两人特地早起去占领视野更开阔的位置，果然，当他们提前一小时抵达观景台，已有摄影爱好者架起专业相机守在那里，来得早，观景台上还有一些好位置，洛一靠着艾阳沿石阶而坐，早风吹过，吹醒睡意却吹不走昨日攀爬留下的酸痛。

见洛一时不时揉腿，艾阳索性让她把腿架到自己腿上，一手托住她的腰，一手轻轻按揉她小腿上紧固的肌肉，边揉边道："亲爱的，你得加强锻炼啊！"

洛一知他是好意，但嘴上逞强，"我不锻炼都能走这么久，若是锻炼，你还能追得上？"

艾阳笑，唇在她耳边摩挲，"那倒是，幸亏你不锻炼，甩不掉我。"

洛一的脸在他的调侃中如阳通红。

接近日出时，观景台上聚满了人，陌生人之间似乎有一种无声的约定，没有交谈更无人喧哗，有的只是静默的等待。

等待不负等待的风景。

随着一道白光注入，混沌的山谷逐渐分出层次，东边还看不见太阳，但西边蓝色的岩层已混入一点橙，从橙到赤红再到深紫，几十秒时间，太阳探出头，一点点浸染云层，于是出现如此奇景：东边云霞如泼墨般平撒开一片鎏金，衬托西边谷涧一片蓝一片红一片青绿里泛着紫的流水，潺潺不息。

洛一一会儿看东一会儿看西，一时间竟说不清究竟哪边的风景更胜一筹，或许，无需对比，这铺天盖地的璀璨才组成大峡谷最完满的日出。

这一天，洛一与艾阳填补之前的空白，慢慢走细细看，将大峡谷的壮美都装进相片分享给值得分享的人，这座公园的确值得带亲人再来，来日方长，未来再续。

Day12. 09/13/2018

一个地方，你若真心爱上便会放慢前行的脚步；一段时光，你若沉浸其中便不忍迎接临近的离别。

大峡谷的轮廓越来越远，也就意味着旅行的结束越来越近。

进入内华达州，时间又多了一小时，艾阳专门绕道旧时横穿美国的 66 号公路，在那里随处可见身穿夹克脚蹬马靴的年轻人，破旧的老爷车轰鸣驶过，当真如看旧电影般穿梭回七八十年代的美国。

一路向西，他们路过胡佛大坝，抵达拉斯维加斯时正好赶上日落，落日照在霓虹灯璀璨的高楼上，将"纸醉金迷"四个字展现得淋漓尽致。

过了十几天野外生活，突然闯入这般繁华的都市洛一还真有些不适应，尤其她常听沈童调侃应凯在这里的艳遇，带着好奇心，她一路走一路看，眼花缭乱的街景，形态各异的楼，人那么多，车那么堵，这个被二人视作最适宜度假休闲的地方，当真有那么好吗？

直到夜里，她试过应凯口中最显而易见的休闲方式，眼看邻桌的男人们手持香槟怀抱美女，才真正理解这种一掷千金换来的令人麻痹的快感，但她并不属于这里。将面前一大摞筹码统统输光，她拉起一直陪在身边却不愿上桌的艾阳走出这灯红酒绿的地方。

外面的空气清新很多，但耳边还是闹哄哄的。

她侧目去看艾阳，他抿着嘴沉默不语，是在为自己方才明明赢了钱却不愿收手的事不开心吗？

握紧他的手，她轻声道："艾阳，我想确定一些事，所以才会这么做。"

"什么事？"艾阳眼中反射出的是会场里混杂的光，但那些光经过他清澈的眼，居然变得五颜六色，仿若阳光下的湖水，波光粼粼。

她笑着，笑得自由又惬意，"就是，我终于确定我的确不适合这样奢华的生活，体验过，才没那么好奇。"

艾阳脸上终于晕出笑意，长叹一口气，揉了揉她的头发，颇有些撒娇的意味，"你这试验代价也太大了，我一个学期的生活费哎！"

"没事儿，钱花了还能再挣嘛。"

拉起他的手，她随他走进今夜真正想去的秀场。拉斯维加斯的确有很多更适合他们去体验的生活，比如看一场太阳马戏团的表演。

等待 O 秀开场时，洛一同艾阳聊起她对拉斯维加斯的认知，忽然想起唐凌当年结婚时繁琐的申请流程，有些感慨，"亲爱的，你知道吗，在拉斯维加斯结婚可以当天公正，不用先获得审批再另预约结婚日期。"说这话时，她只是有感而发，可听话的人却撩拨心弦。

转过头，艾阳凝视着她，聚光灯下的人笑靥如花，同初见时一样，毫无预料地唤起他从未有过的心境。

有些事如果已然认定，是否无需再等呢？

灯光渐暗，他轻轻握起她的手，摸索那空白的指尖，心里某处在无声塌陷，但脑海里某个信念却逐渐清明。

O秀的确精彩，随着欢快的鼓点洛一尽情欢笑，在她未留意的地方，一双眼紧紧追随着她。

你在看尽万世浮华，而我眼中的风景皆为一人而生。

所以呢？

十二天，从森林，到田野，过草原，进山区，看戈壁，触沙漠，走过许多路，遇见许多人，发生许多故事，冥冥中似乎有什么在变化，却也想不出究竟是什么已然改变……

Chapter 20.
为爱结婚

—

作者寄：择偶需谨慎，结婚需随意。

Day13.09/14/2018

清晨，洛一从松软的被窝里醒来，摸了摸身旁的位置，被子是暖的，人却不见踪影，她喊了几声无人回应，于是遮上眼罩继续睡觉。直到唇畔温润，她舔着倾覆上来的温柔，钩住来人的脖颈，才借对方的力量坐起身来，摘下眼罩，朦朦胧胧间看着面前已收拾清爽的人，笑盈盈道："这么早，你干嘛去了？"

"早吗？"艾阳拿起床头上的闹钟，指了指上面十一点的时间。

洛一惊叫，边找衣服边道："这么晚了，你怎么不叫我起床，今天没安排吗？"

艾阳温柔地看着她，随手取出衣柜里的丝裙递给她，"这件合适。"

放下手中的短裤 T 恤，洛一接过如此不适合行走的衣服，慢悠悠道："看来，还真没安排！"说完，蹦蹦跳跳走进卫生间。

看着她愉悦的背影，艾阳唇角的笑恣意绽放，拉开窗帘，迎上阳光，他暗自搓着放松下来才感觉紧张到发痛的手，轻声笑，"今天的阳光可真好啊！"

午餐，二人选在拉斯维加斯有名的自助餐厅，这间以花海为主题的餐厅当真适合约会，置身花束间，看着面前精致的甜点，食物本身的质感已不重要，重要的是和身边人一起享受没有行程的时间，惬意又慵懒，自由自在。

不过，相较于在野外，穿着白衬衣的艾阳显得拘束很多，一块牛排切了又切迟迟没有下口，须臾间，他干脆放下刀叉，静静望向对面大快朵颐的洛一。

那么用力那么深情的眼神看得洛一有些局促，赶忙咽下口中的食物，关切道："怎么，不合口味吗，要不我们换家吃？"

艾阳摇头，原本深情的眼里混入浓浓笑意，看着叫人有些眩晕。

"那，我再给你拿些别的？"说着，洛一欲起身，起身的瞬间被艾阳握住手腕，"你先坐，我有话对你说。"

洛一望进他深邃的眼，眼里的情绪波涛汹涌，居然连她都紧张起来。

她乖乖坐下，看他将另一只手压在桌上，抬手间，一个灰色的盒子出现在桌面，修长的手指将它轻轻推向自己。她有些不知所措，脑海里豁然而起的预感催促她拿起盒子，盒盖打开，一枚精致的戒指安安静静躺在里面。

"这是……"她明白这是什么，可一颗心砰砰乱跳，想不起任何话语。

"洛一……"他开口，声音有些颤抖，"你愿意，嫁给我吗？"

所以，在这桌午餐前，你要向我求婚？！

……

短信铃响在安静的办公室显得格外突兀。

应凯拿起手机，机身瞬间滑落，他望向窗外，刚过五点的阳光正暖，回头再看屏幕，才确认方才所见并非幻觉。

"应凯，我要结婚了。"

一张戴着钻戒的照片后跟着一个没心没肺的笑脸。

在看到照片的瞬间，应凯"噌"地一下站起身，座椅撞到身后的书柜，巨大的声响让他的心怦怦乱跳，跳着才感受到被那枚小到不能再小的钻石划出的伤，尖锐的疼痛再隐藏不住情绪汹涌。

"怎么这么突然？"他缩了缩颤抖的手勉强发出这句话，堵住他真正想说的，"洛一，别嫁，再等等我。"

等他，凭什么？

他暗自苦笑。

"是有些突然，但，遇到合适的人不就该紧紧抓住吗？"

应凯沉默，看着这滚烫的字眼，百感交集。

往事一幕幕重现：谈客户受尽委屈时，只有她陪在身边，看尽他失魂落魄模样，说着鼓励的话；通宵加班，他忙到在沙发上将就休息，醒来时看到盖在身上的衣服还有晨雾中仍旧拼命工作的人；每一个出差归家的夜晚，那守候在机场外远远冲他挥手的身影……无数个日日夜夜，互相陪伴的每一天，深刻骨髓，有些人，太过珍惜真会变得小心翼翼。

难道，此刻还无法完全稳定下来的他，真不能给她她想要的生活吗？

想也未想，他按下通话键，却在电话接通的瞬间忽然不知该说些什么，"你在哪儿？"这是目前他最想知道的事，电话里熟悉的声音抑扬顿挫说了好些话，他静静听着任由心情跌宕起伏没有插话，当听到"拉斯维加斯"几个字眼时，一种不好的预感袭来，他抓住重点，直截了当问："结婚是什么时候？"

电话那边停顿片刻，声音里带着雀跃与欢喜，"明天。"

他头晕目眩，"洛一，你就这么草率的把自己嫁了？"

"草率吗？"电话里的人笑着，用他能想象到的阳光恣意的模样道："可我觉得，一切都是刚刚好……"

微倾的阳光照在挂断电话的人身上，洛一顺着光凝望远方，目之所及处天空皓白，无云也无太阳，那里并非夕阳西下的方向，洛一轻轻笑，回望沙发上一直凝视她的人，那人眼里的光宁静又温柔，正是自己一直想要停歇的地方，缓缓走过去，她像猫一样蜷缩进他温暖的怀抱，找了个舒服的姿势靠着，靠着，轻声道："艾阳，你要对我好，知道吗？"

艾阳俯身吻上她的额头，应了声"好"，轻轻的浅浅的，却也是笃定又有力量的。

她笑着拿起手机，指尖在通讯录里滑动，点开一个陌生又熟悉的头像，慢慢拼出一个字："妈。"

信息发送，刚放下手机，手机立马震动，她忙不迭去看，屏幕上居然有人回："什么事？"

她惊讶地看表，现在是国内凌晨五点，妈妈这么早就起床了？

"您这么早就起了？"

"没，起来喝水。"

"哦。"洛一淡淡道，才想起，这么应，妈妈根本听不见。

"有事吗？"妈妈问。

她恍然想起自己要说的话，深吸一口气，慢慢写："妈，我要跟艾阳结婚了。"

信息发送，无尽等待。

她有些诧异，人这么快又睡着了？

直到十多分钟后，手机再次响起，头像还是妈妈的，但语气却完全不同，"哎，好孩子，爸爸妈妈终于等到这一天了！"

"妈？"这个字刚发出去，屏幕上出现一行："我是你爸，你妈正激动的哭呢！"

洛一瞬间笑了，笑里夹着泪，一滴一滴地落。

她将手机贴近心口，远远望向窗外的阳光，慢慢西斜的太阳流光溢彩，永远是那般温柔的模样。

夕阳退却后留给天空的是夜的漆黑。

加班回到家，月尔刚开门，身后传来一阵响动，她返身去看，门口出现一个她绝对想不到的人。

"你怎么来了？！"

应凯阴沉的脸仿若楼道里忽然熄灭的灯，幽深又阴暗，似乎一碰就要迸裂出火花，不是引人入胜的烟火，而是叫人致命的电流。

不声不响，她让出一条路让他先进门，自己则跟在身后径直走进厨房，"你想喝酒还是喝茶？"

见他往吧台边一站，没有言语，她淡然一笑，打开酒柜取出一瓶红酒，酒入长杯，一片猩红。

她将杯子推到他面前，也给自己斟满一杯，"瞧你失魂落魄的模样，也就这个更适合你。"

见她如此淡然，应凯的眼眸越发幽暗，像是溺水之人偏要把旁人也拉下水般，几乎是狠狠道："月尔，洛一要结婚了！"

月尔端着酒杯的手微微一滞，这事她不想去想，看来还是逃不过。叹了口气，她喝了一大口酒，红酒入喉，甘甜又清苦，她淡淡笑，"你不早有预料吗？"

应凯沉默，指尖划过酒杯，仍像是不甘心似的，闷声道："难道，你就不难过？"

迎上他笃定的眼，月尔一口气将酒喝光，又斟满一杯，面上仍是清清淡淡，"我为什么要难过？"

眼神如剑，他铁了心想劈开她极力的伪装，也不知是自己的目光过于锋利，还是她本就不想躲藏，就在他直截了当问出"难道，你不爱她吗？"时，她居然长长舒了一口气，有种心事终于有人知晓的愉悦，淡淡浅笑道："你都看出来了啊！"

收回眼神，应凯任酒在他的指间掀起涟漪，唇齿间那声"嗯"说的毫无底气。

月尔倒是惬意，"我的心思，恐怕只有你能懂。"

"也不尽然。你的心思，到最后，王甜不也看清了吗？"

"呵，也是，反正，我又没打算隐藏。"月尔坦坦荡荡，"我的确爱她，很爱很爱。"将酒杯慢慢靠近应凯，引他看向自己的瞬间，她盯住他那双写满不甘的眼，直截了当道："但是，我和你，不一样。"

"有什么不一样？"应凯自嘲，还不都是某个人的手下败将！

像是看出他的心思，月尔晃着酒杯摇头道："我和洛一是不可能，你和洛一是错过，所以，咱俩不一样。"

应凯的眼眸瞬间失了焦距。

是啊，应凯，这么多年，你有无数次机会坦诚心意，但你都没能放下自我，有些事，错过了就是错过了。

看着他失神的模样，她忽然有些心疼，举杯向他，轻轻浅浅道，"敬你，也敬我自己。"

无尽沉默间，应凯缓缓举杯同她相碰，清冽的撞击轻而易举将他几近迸裂的心撞的稀碎。

一口气喝干酒，他狠狠撂下杯子，转身欲走。手腕豁然一紧，他回头，见月尔修长的手紧紧抓住自己的手腕。

她面色红润，唇却苍白，紧张地问："你要去哪儿？"

他干脆利落道："我买了今夜去拉斯维加斯的机票，我要当面跟她说清楚，这么多年我都没勇气开口的话。"他盯住她，势如破竹，"我，要把她找回来！"

"应凯，"月尔眼神哀伤，"你和我都爱洛一，可只有艾阳能给她，她想要的生活。"

"她想要什么我给不了？！"

"应凯……"她不愿直接了当将心里的指责说出口，有些话太伤人，有些真相太残忍，有时候，糊涂一些没什么不好。

可偏偏，他也是心知肚明的吧。

看着他颓然的模样，她只得认命道："应凯，我们就好好完成在洛一生命中的角色吧，别再强求。"

别再强求……

Day14.09/15/2018

早上九点，橙红的阳光照在 Clark County Marriage License Bureau 砖红色的墙上，映衬来来往往的人，每一个都显得喜气洋洋。偶遇手捧花束头戴薄纱的新人，来自陌生人一句简单的 'Congratulations' 让这清晨变得格外美好又轻柔。

但这美好并不属于街角一个靠墙而立的男人，男人身着灰色西装，黑衬衣黑领带，硕大的太阳镜遮住眼却遮不掉他周身上下过于阴冷的气场，一束鲜艳的玫瑰被他握在手上，在这喜气洋洋的氛围里，竟有种生死离别的萧瑟感。

沉默又压抑，与街对面一对十指相扣有说有笑走来的男女形成鲜明对比。

那对情侣看起来仿佛刚踏浪归来，男生随性地穿着粉色短裤白T恤，女生束发，穿一条碎花沙滩裙，即使站在街边阴影里都自带光芒，轻松又惬意。

在看到远远走来的两个人时，靠墙而立的男人站直身子，迎着清晨温暖的阳光一步又一步缓缓朝二人走去，对面的人也看到了他，女孩儿从惊讶到惊喜，几乎是一路小跑着，跑到男人面前，用那双阳光不及绚烂的眼看着他，笑盈盈道："应凯，你怎么来啦？！"

摘下墨镜，应凯阴沉的眼终于晕出一丝笑意，"你要结婚，我能不来？"说着将手中的玫瑰递给她，生生扛下心里无端而起的钝痛。

这貌似是他第一次送玫瑰给她。

我送给你花，却只为伴你出嫁。

"应凯，谢谢你，谢谢你来。"洛一真心道。

应凯摆了摆手，侧过头，不去看她灿若繁星的眼。

"走吧。"艾阳上前，淡淡地看了应凯一眼，伸手握紧洛一，唇角牵起温暖的笑，又冲他点了点头。

洛一随他向那栋庄严又温和的建筑走去。

看着地上密不可分的倒影，应凯忽然觉得自己是那般格格不入，几乎是泄愤般狠狠解开领带又狠狠抽出，绕手对折，仿佛要打架似的。

可对手是谁呢？

他颓败地叹了口气，在进门前把黑领带随手丢进垃圾箱。

通过安检，自询问处取号，在休息区等待片刻，轮到两人办理结婚手续。

工作人员看看西装革履神色肃穆的应凯，又看看揽着洛一身着随性的艾阳，眼底闪过一丝诧异，然后微笑着对洛一道："请出示你们的证件。"

洛一从包里取出艾阳与她的驾照递给她，工作人员开始办理结婚登记。

"来，在这里签名。"

艾阳提笔，指尖轻触薄薄的纸页，内心很是紧张，转头看洛一，她已将紧张写在脸上，不觉愉悦，伸手揉了揉她的头，在她看过来时，笔尖轻划，自己的名字便流畅的出现在纸页上，他微微一笑，把笔递给她。

"这么快？"洛一喃喃道。

"怎么，还要做个 presentation 吗？"艾阳笑。

她也笑，接过笔，深吸一口气，郑重地签下自己的名字，将文件还回去。

工作人员看向应凯，"你是证婚人吗？"

"需要证婚人吗？"洛一诧异。

工作人员笑，"不需要，不过既然有，签上也无妨。"

洛一回头看应凯，"你要签吗？"

"要！"应凯想都没想就应下来，接她递来的笔，在结婚申请上，洛一的名字下，用力写下自己的名字。

这或许是今生他与她最近的距离了。

婚礼在不远的小教堂举行，简单的仪式。

宣誓台前，两人执手相握。

牧师宣读，'We are gathering here today to witness the exchange of marriage vows between Yang and Yi. If anyone present here knows of any reason why the couple shouldn't be married, please speak now, or forever hold your peace.'

应凯挪步向前，举动引起牧师的注意，在牧师询问前，一道凌厉的目光稳稳扫来，扫清他豁然而起的冲动，迎上那双清澈间带着明显警告并宣示主权的眼，他内心纷繁复杂的情绪在洛一回眸时被统统击溃。

她的眼里，流露出的居然是——

无尽，安抚！

他笑了，笑得泪流满面，然后轻轻摆手，背过身去。

牧师继续道，'Do you, Yi, take Yang, to be your lawfully wedded husband?'

洛一早已晕湿眼眶，'I do.'

牧师，'Do you promise to love, honor, cherish and sustain him, in sickness and in health, in poverty and in wealth, until death do you part?'

洛一，'Yes, I do.'

牧师，'As token of promise, please place the ring on his ring finger.'

洛一拿起戒指，庄重地戴进艾阳的无名指。

牧师转向艾阳，'Do you, Yang, take Yi, to be your lawfully wedded

wife?'

艾阳深情地望向洛一,'Yes, I do!'

牧　师,'Do you promise to love, honor, cherish and sustain her, in sickness and in health, in poverty and in wealth, until death do you part?'

艾阳,'I do.'

牧师,'As token of promise, please place the ring on her ring finger.'

拿起戒指,艾阳轻轻为洛一戴上,抬手轻揉地拭去她眼角默默浸出的泪。

牧　师,'As you have both consented to be united and have exchanged marriage vows in front of us here today, I now pronounce your marriage. You may kiss each other.'

艾阳上前,浅浅印上洛一的唇,然后紧紧拥抱她。感觉胸口一片湿润,他嘴角微微上扬,抬头看向应凯,后者站在墙边,眼底已然一片血红。

艾阳静静注视着他,眸色深沉,过了良久,忽然,用口型道:"放心,我会照顾好她。"

应凯深深注视着眼前合二为一的身影,终于长舒一口气,缓缓移开目光。

走出教堂,艾阳去取车,让洛一随应凯等在原地。

看着应凯沉郁的脸,洛一笑,"应凯,我只是结个婚,又不是不回去工作,你要不要表现的如此悲怆?!"

应凯闭上眼,再睁开时,眼里已如往常一样云淡风轻肃穆又温和,"我等你回来。"顿了片刻又道:"疯了这么久,回来好好工作。"

洛一笑,张开手臂,踮起脚,主动拥抱他,"应凯,谢谢你这么多年的照顾。你要好好的，要幸福，知道？"

应凯俯身，第一次像个孩子似的将头埋进她的发丝间，熟悉的柠檬香，温暖的人，不知以后还会不会遇到一个人，如她一样，让他忘乎所以不计回报的付出。

背上轻轻柔柔的拍抚让他无比贪恋。

可他不能贪恋。

站直身子，他放掉此刻多么想占为己有的人，强行压下内心翻江倒海的情绪，顶着红红的眼，淡然的笑，"你好好生活就行，别瞎操心，我还能过得不好？！"

阳光下，洛一静静笑着，仿若初见时，她站在树荫下，拿着要他带给另一个人的东西，朝他招手，轻声唤："应凯，你来一下。"

那么美好的人，那么温暖的太阳。

从那以后，他只愿她一直沐浴在阳光之下。

取完车，艾阳停在路边，注视着两个人却未曾打扰。

应凯早就注意到他，用了这么久才确认，洛一的确是找了个好男人。

低头，他轻声对洛一道："你眼光不错，既然他是你想要的，就一定要幸福！"

"我会的。"

送洛一上车，应凯将手搭在车顶，俯身凑近艾阳，"照顾好她，倘若你让她受丁点委屈，我绝不会放不过你！"

艾阳没有争辩，郑重道："放心。"

阳光照来，洒在洛一身上，应凯看着她，她果然沐浴在阳光下，笑得璀璨又热烈，自由自在。

应凯轻声道："再见了，洛一。"

洛一挥手，"再见，应凯。"

车在他的注视下驶向前方。

洛一早早地奔赴向她向往的地方，而他还停留起点，遥遥相望。

后视镜中的人影越来越小，逐渐消失不见，有温热顺面颊默默流淌。

再见，应凯……

再见，洛一……

当天下午，应凯飞回波士顿，抵达公司时夜已深，他没有回家，而是站在漆黑宁静的办公室里俯瞰这条犹如巨蟒休眠般暂时解除危机的街，街道深邃处曾挂过一个彻夜通明的牌匾，那是他曾经实习的地方，如今已被另一所公司取代。

点燃一支烟，烟头在暗夜中忽明忽暗。

他很少在办公室里吸烟，今天却不一样。

金融街上，高楼伫立，新建的盖过久远的，不断拔高，不断生长。

他想着自己从一间办公室做大做强到占据金融街最黄金的位置，这才是他所追求的梦想。

他忽然想起洛一，想起她谈起工作时神采奕奕的模样，他还记得，没钱时，两个人曾坐在这条街口分吃一块面包，她抬起头看着几乎通天的格子间，问："应凯，你说坐在最顶端的人是何感受呢？"她问的云淡风轻，可那时，他便下定决心一定要带她去峰顶看看。

如果，他不能在生活中与她携手并肩，那么，就由他亲手创造与她的辉煌！

轻轻熄灭烟，他轻声笑，"洛一，接下来，许许多多年，就让我们携手并肩，开拓属于我们的疆土……"

一扇紧闭的门，月尔在外面，沈童在里面。

抱着双臂，她平静地注视着面前纹丝不动的门，神情恬淡而悠闲，像个早把猎物逼进绝境的猎手，淡然地俯视猎物作茧自缚。

屋内，沈童背靠门，仿若一只受困的小兽，禁锢在令人窒息的缝隙里，双手护心，绝望又痛苦地鼓励自己，"沈童，你要坚持住，一定要坚持住！"

不知这话是否传到月尔耳中，只听，门外传来笑声，"沈童，你再不开门，我真走啦！"

沈童闭眼，双手成拳，握得越来越紧，也越来越无法呼吸，"坚持住，坚持住……"

"再见！"

简单的两个字伴随一串清脆的高跟鞋声，渐行渐远。

他慌不择路，身体却比大脑更快，等他再反应过来时，自己已挡在月尔身前，对上她胜券在握的笑容，败得讽刺又狼狈。

"我还以为你能坚持多久呢！"月尔笑着，笑得他浑身发抖。

大跨一步，他冲到她面前，不由分说将人横抱起，快步进门。

门，若通往地狱的入口，在他忘乎所以不计后果的进入后，轰然关闭。

疯狂的吻，妖孽的笑，飞扬的衣物，撕扯出的痛楚……

原来，人心底都是有恶的，一旦被碰触，就如洪水决堤，一发不可收拾……

漆黑幽沉的夜，床头亮起一盏小小的白炽灯，照亮狼狈不堪的床榻。

沈童窝在床头，裸露的上半身线条分明，脸上贪欢后留下的斑驳掩不住唇角苦涩的笑，无可奈何。

"我的底线真是越来越低了！"他感叹，垂头看向身边躺得如妖孽般的女人，伸手想去抚摸她的脸，手却在空中无声停息，手握成拳，重重锤在自己心口，"月尔，在你面前，我都不知道什么是尊严了！"

"咱俩这算什么啊？！"撑起身子，他把头埋进臂弯，像个做错事想逃避的孩子，内心凄苦带进声音，无力的撕扯，"我心里快苦死了，我居然还他妈乐意！居然还会想只要能留在你身边，要我做什么都可以。真是犯贱！"

月尔坐起身，看着面前浑身颤抖的男人，似乎是第一次体会到什么叫做束手无策。

她静静地看着他，就这么静静看着，不知过了多久，伸手轻轻抚上他的肩。

他身上的肌肉因为她的触摸而瞬间紧绷。

抬起头，他见她一点点挪动，一点点靠近，最后把脸贴到自己的胸膛上。

沉重的呼吸，无以复加的紧张。

他不敢动，更不敢出声，生怕一不小心就碰碎这好不容易换来的梦。

梦里，是他从十几岁便开始编织的梦想。

良久的沉默，毫无章法的悸动，一分钟竟似跨越地久天长。

她缓缓开口，声音带起一丝不确定，"你，想再试试吗？"

试试？

试什么？

瞬间亮起的眼眸，犹如繁星般点亮夜空。

他一把拉起她，盯住她沉静的眼眸，问："你想试什么？"

"还同以前一样，在一起试试？"

她说的坦坦荡荡，他听的真真切切。

猛然将她压倒，他疯狂吻上那早已印如骨髓的唇，可以再一次抱紧她，没被反抗的，不失望的，毫无退缩的，沈童觉得，此时此刻，他终于找到了方向。

"月尔，我不会再离开你，永远不会！"

"你敢离开试试！"

"不敢……"

清晨的阳光照进斑驳树影，映在小巷间一个晨跑的女孩儿身上，女孩儿跑得快，转瞬拐进小巷，直到跑到一栋二层小楼前停下，大口大口喘着气。查看运动手表，比昨天的记录还快，她开心地抻了抻腿，快步跑上台阶。

开门，上楼。

原本属于阿诺的房间里走出另一个女孩儿，清新淡雅地笑着，冲她道："早安，晓晴。"

"早啊，向西。"她笑着回应，走进卧室。

洗澡，化妆，新的一天开始。

今天是周日，她打算吃过早餐后去图书馆学习，她刚报了 CMAT 考试，想再申请一个 MBA 充实自己。

将书放进包里，她走出门，抬头迎上阳光，今天的阳光绚烂又明媚，如同她能预见的未来一样。

或许，属于她的时代才真正开始……

经过十四天长途跋涉，洛一与艾阳终于抵达学校。

第二天一早，两人手牵手去见 Kim，Kim 欲哭无泪，原本他就计较得管比自己小的洛一叫师姐，结果，手把手带出的学生消失一段时间后居然进阶成师姐夫，这事带来的冲击估计够他消化一阵儿的了。

洛一不禁轻笑，转头对上其他她从未见过的艾阳的同学们，大家都叫嚣艾阳居然如此胆大包天将他们祭拜的考神变成老婆。不请客是不行的。艾阳欣然答应众人的条件，最终把请客地点选在 Santa Babara 的海边，一顿饭由此改成一次野营，洛一也见识到一群人说走就走的旅行。

跟朋友们在一起，艾阳就是个自带 BGM 的发光体，走到哪儿都能惊起一片欢笑，可偏偏这样的他又让洛一觉得很踏实。

搭好帐篷，两人终于有了独处的时间，艾阳拉洛一走在浅浅的沙滩上，似乎光牵手已不够，他时不时用复杂的眼神打量洛一，弄得她不知所措。

"你干嘛总看我？"

艾阳索性将她固在怀里，大大方方看起来，边看边笑，"原来就是你啊！"

他的目光过于璀璨，洛一不敢直视，只能盯住他脖颈柔软的地方，轻声问："你说什么？"

艾阳重复，"原来我等了这么多年的老婆就是你啊！"说着抬起她的下巴，要她直视他，轻柔里带起些许质问，"这二十七年你跑到哪里去了，要我等这么久！"

"哈？还说我，让我等更久的不是你吗！"她不甘示弱，伸手也捏住他的脸。

艾阳笑，反手捉住她的手，送到唇边，"还好，最后我们还是遇到了！”

他一把抱起她，将她举得高高的，像对一个孩子一样。

炙烈阳光下，洛一开怀大笑，满心满眼都是艾阳凝视自己时幸福的模样。

真好，自己在经历那么多伤后依然相信爱情；真好，在自己还相信爱情时，有人肯将一颗真心全心奉上；真好，他们在最好的时间遇到最好的彼此，一切都是刚刚好。

手轻轻滑向他的脖颈，俯身，她吻住他的唇。

夕阳照海面，留下合二为一不分你我的倒影。

夜色渐深，沙滩上燃起篝火，一群年轻人围坐火边，放着淡淡的歌，有人烧烤，有人嬉闹。

期间，不知是谁提出玩儿真心话大冒险，洛一幸运的成为第一个分享真心话的人。

看着篝火边专注烤棉花糖的艾阳，有人打趣地问洛一："学姐，你什么都有了，工作也好，社会地位也罢，可艾阳还只是个学生，你究竟喜欢他什么啊？"

火焰染红她的脸，在她明媚的眸中燃起一道光，她想着，认真想着自己想表达的含义，片刻后，轻轻缓缓道："我想用三个名词来形容艾阳，我觉得这三个词最好的诠释了他带给我的感受，他是如此，我义无反顾。"

"好。"

音乐声渐小，海浪依旧，在众人屏息凝神之时，艾阳望来的眼里带起深深的爱慕。

她开口说出第一个词："Determination（决心），"

他挑眉，唇角上扬。

"Responsibility（责任），"

浅笑渐深，是他愉悦的模样。

手尖与他十指相扣，她迎上他温柔的眼眸，浅浅呼出一口气，说出搅在她心里，她一直想告诉他的浓情蜜意，"My sunshine（我的阳光）。"

你好，我是洛一。

你好，我是艾阳。

于是，一道光，注入她的世界，自此不再孤单迷茫……